MIRA®

Der Preis dieses Bandes versteht sich einschließlich der gesetzlichen Mehrwertsteuer.

Umwelthinweis:
Dieses Buch wurde auf chlor- und säurefreiem Papier gedruckt.

Katy Cooper

Die Burg der flammenden Herzen

Roman

Aus dem Amerikanischen von
Dr. Holger Hanowell

MIRA®

MIRA® TASCHENBUCH
Band 25180
1. Auflage: Mai 2006

MIRA® TASCHENBÜCHER
erscheinen in der Cora Verlag GmbH & Co. KG,
Axel-Springer-Platz 1, 20350 Hamburg
Deutsche Taschenbucherstausgabe

Titel der nordamerikanischen Originalausgabe:
Lord Sebastian's Wife

erschienen bei: Harlequin Enterprises Ltd., Toronto
Published by arrangement with
Harlequin Enterprises II B.V., Amsterdam

Konzeption/Reihengestaltung: fredeboldpartner.network, Köln
Umschlaggestaltung: pecher und soiron, Köln
Redaktion: Claudia Wuttke
Titelabbildung: „Victor Gadino" bei Thomas Schlueck GmbH, Garbsen
Satz: Buch-Werkstatt GmbH, Bad Aibling
Druck und Bindearbeiten: Ebner und Spiegel, Ulm
Printed in Germany
ISBN 3-89941-238-9

www.mira-taschenbuch.de

1. KAPITEL

London. Juli 1521

Sebastian Benbury betrat die Stufen am Themseufer, die zur Londoner Residenz des Earl of Wednesfield führten. Als er durch den Garten auf die Tür zuschritt, die auf den Fluss hinausging, ahnte er noch nicht, dass in den Mauern von Coleville House Unheil drohte.

Mit den hundert Fenstern, die in der goldenen Julisonne glitzerten, und dem weit in den Himmel ragenden Dach bot das Haus den gewohnten Anblick. Er folgte dem gewundenen Weg vorbei an Kräutern und Blumen und betrat schließlich einen Korridor aus Wandschirmen, der ihm nach dem grellen Sonnenlicht stockdunkel vorkam. Zu diesem Zeitpunkt konnte Sebastian noch nicht wissen, dass sein Leben sich unwiderruflich ändern sollte.

Er blieb im Korridor stehen und blinzelte, um besser sehen zu können. Aus der Dunkelheit vernahm er die Stimme eines Dieners, der ihn fragte, ob er wünsche, gemeldet zu werden. Sebastian schüttelte den Kopf und bedeutete dem Bediensteten, sich zurückzuziehen. Unlängst hatte er seine Stellung bei Hofe aufgegeben, und solange er noch in London weilte, war er in Coleville House gern gesehen und genoss die großzügige Gastfreundschaft des Earl of Wednesfield. Man brauchte seine Ankunft daher nicht zu melden.

Als seine Augen sich an das Dunkel gewöhnt hatten, hörte

er einen Mann in der Empfangshalle sprechen. „Warum trägst du Schwarz, Bea?“

Die Stimme klang fremd, doch Sebastian beschlich das unbestimmte Gefühl, den Sprecher zu kennen. Wie war das möglich? Er kannte keinen engen Vertrauten von Beatrice Coleville Manners, der sie bei ihrem Kosenamen rief; zudem schien der Fremde auch nicht zu wissen, dass sie erst seit kurzem verwitwet war.

„Mein Gemahl starb vor zwei Wochen. Möge Gott seiner Seele Ruhe geben“, antwortete Beatrice mit ihrer tiefen, weichen Stimme. Der Klang rief widerstreitende Gefühle in Sebastians Brust hervor. Schmerz und Zorn waren so ineinander verwoben, dass er die Empfindungen nicht zu trennen vermochte. Doch er fasste sich wieder und verstand es geschickt, die Gefühle zu unterdrücken.

„Dann ist Sebastian Benbury tot?“ fragte der Fremde.

Tot? Wer war dieser Unbekannte, der davon ausging, dass es sich bei dem verstorbenen Gemahl von Beatrice nur um Sebastian handeln konnte? Er bekreuzigte sich bei der unheilvollen Bemerkung des Fremden und ging durch die Öffnung des Wandschirms in die Empfangshalle. „Ich bin so lebendig wie jeder hier in diesem Raum. Wer behauptet, ich sei tot?“

Rasch blickte er auf Beatrice’ Schwester Cecilia und ein ihm unbekanntes Paar an ihrer Seite, bevor er Beatrice ansah, die kühl und unnahbar in ihrer Trauerkleidung wirkte. Die Frau, die er einst geliebt hatte.

„John sagt es“, erklärte Cecilia.

Erneut ruhte Sebastians Blick auf dem fremden Mann. Sein

Herz begann schneller zu schlagen, als habe sein Körper den Unbekannten eher erkannt als seine Augen. Doch dann wusste er es. Der Fremde war Beatrice' Bruder, John Coleville. Er hatte England vor fünf Jahren verlassen und wusste daher vermutlich nicht, dass Beatrice mit Thomas Manners vermählt worden war. Deshalb war ihm der Irrtum unterlaufen, als er von ihrem verstorbenem Gemahl gesprochen hatte.

John war heimgekehrt. Die Wucht der Erkenntnis traf Sebastian unvermittelt, und ein fröhliches Lachen entfuhr ihm, das alle anderen Gefühlsregungen vergessen machte. John war ihm stets ein Gefährte und Freund gewesen und hatte für ihn all das verkörpert, was einen Bruder auszeichnet. Sebastian eilte auf ihn zu, um ihn in die Arme zu schließen. Er musste mit seinen Händen greifen, dass John wahrhaftig heimgekehrt war.

„Gott sei Dank! Gott sei dafür gedankt!“ rief er aus, doch die Worte reichten nicht aus, um seine Freude kundzutun.

In seinem überwältigenden Glücksgefühl nahm er erst nach einem Moment wahr, dass John weder lachte noch die Umarmung erwiderte. Auch Sebastians Lachen schwand, und verwirrt ließ er von seinem alten Gefährten ab.

„Du scheinst nicht begeistert, mich wiederzusehen, mein Freund. Was bedrückt dich?“

„Du glaubst gar nicht, wie ich mich freue“, erwiderte John grimmig und packte Sebastians Handgelenke.

„Das sieht man dir an“, meinte Sebastian ironisch und löste sich aus Johns Griff. „Es kann unmöglich die Trauer um den armen Thomas Manners sein, die dich so finster dreinblicken lässt. Du hast den Mann nie kennen gelernt. Komm, sag es mir, sag es uns allen. Warum dieses lange Gesicht?"

„Weil Bea sagt, sie sei die Witwe eines Mannes, den sie nicht geheiratet haben kann."

Fragend starrte Sebastian ihn an, und sein Nacken prickelte wie vor einem drohenden Unheil. „Ich war Zeuge ihrer Vermählung, und Ceci begleitete sie. Willst du uns weismachen, dass wir nicht da waren und alles nur ein Traum war?"

„Nein. Ich bin sicher, dass eine Hochzeit stattgefunden hat. Aber ich sage dir, die Eheschließung war ungültig."

„Ungültig? Mit welcher Begründung?"

„Da sie einem anderen Mann versprochen war", entgegnete John. „Versprochen durch ein bindendes Verlöbnis."

„Einem anderen Mann?" wiederholte Sebastian ungläubig. Sein Herz pochte laut in seinen Ohren. Er hatte geglaubt zu wissen, wozu Beatrice fähig war. Seine Vorahnung eines drohenden Unheils verstärkte sich. „Willst du andeuten, sie habe noch einen *anderen* Mann gekannt?"

„Von welchem anderen Mann redest du da?" fragte John mit zerfurchter Stirn und schüttelte den Kopf. „Sie ist mit dir verlobt, Sebastian."

„Mit mir?" In der Halle herrschte eine unheimliche Stille.

„Hast du den Verstand verloren?" rief Beatrice schließlich. „Wir sind genauso wenig verlobt wie ... Wir sind nicht verlobt. Glaubst du etwa, mir würde ein solcher Irrtum unterlaufen?"

„Oder mir?" setzte Sebastian nach. „Das ist nicht lustig, John."

„Es ist kein Scherz, Sebastian, und ich finde es auch nicht

spaßig. Erinnerst du dich nicht an den Vorabend des Dreikönigstages, als du uns mit deiner Familie in Wednesfield Gesellschaft geleistet hast? Ich stibitzte einen Krug Honigwein, den wir drei im alten Turm austranken. Du und Beatrice, ihr habt euch einander die Ehe versprochen, und dann haben wir alle gelacht und noch mehr von dem Wein getrunken."

„Heilige Jungfrau", sagte Beatrice und schloss die Augen.

„Ich kann mich nicht entsinnen …" Doch Sebastian erinnerte sich genau, sosehr er auch versuchte, jene Stunden zu vergessen. Einzelheiten, die er längst begraben glaubte, erhoben sich aus der Tiefe seines Gedächtnisses. Die Worte eines Gelübdes … „Ja, ich entsinne mich", räumte er ein. „Aber was soll dieses törichte Gerede? Wir haben uns kein bindendes Versprechen gegeben." Ein Versprechen, das gebrochen werden konnte, aber keines, das ihn verpflichtete.

„Ich erinnere mich indes an etwas anderes, Sebastian. Denk nach, was du gesagt hast, denk an die Worte, die du benutzt hast. Das Versprechen, das du gegeben hast, bindet dich."

Beatrice ballte die Hände zu Fäusten, als wollte sie sich mit einem Schlag aus dieser Lage befreien. „Du bist kein Geistlicher. Wie kannst du dir da so sicher sein?"

Für einen Augenblick fragte Sebastian sich, ob er schlafe und Johns erschreckende Eröffnungen lediglich Teil eines Albtraums seien, aus dem er bald erwachen würde. Gewiss gehörte dieser Irrsinn in das Reich der Träume. Ansonsten wäre sein Leben innerhalb von fünf Minuten aus den Fugen geraten.

„Erinnerst du dich nicht? Du gelobtest, Sebastian zum Mann zu nehmen, und er versprach, dich zur Frau zu nehmen.

Ihr beide habt etwas versprochen, ohne Bedingungen. Dadurch habt ihr euch ein verbindliches Eheversprechen gegeben", sagte John. „Die letzten drei Jahre habe ich unter Kirchenmännern gelebt, Bea. Die Heilige Stadt Rom atmet geradezu den Geist des kanonischen Rechts. Ein Mann, der Ohren zum Hören hat, kommt dort nicht umhin, ein wenig zu lernen."

Auch Sebastian war ein wenig mit dem kanonischen Recht vertraut. Daher wusste er, dass er nicht das getan hatte, was John behauptete. „Wir haben die Ehe nicht vollzogen. Daher kann das Versprechen nicht bindend sein."

„Das tut in diesem Fall nichts zur Sache. Selbst wenn du nie mit ihr das Bett geteilt hast, ist sie vor Gott immer noch deine Frau", erklärte John freundlich.

„Ich kann das nicht glauben", sagte Beatrice. Sie setzte sich auf eine der Bänke, die an der Wand standen, legte den Kopf in den Nacken und faltete die Hände im Schoß. Für einen Moment wollte Sebastian neben ihr Platz nehmen, als ihr Gefährte im Unglück. Aber er konnte es nicht, da sie ihn verraten und den Pfad der Ehre so leichtfertig verlassen hatte, als habe sie sich von einem Kleid trennen wollen, das ihr nicht länger passte.

Er musste schnell etwas unternehmen, um das Unheil abzuwenden.

„Ich bin mit Cecilia verlobt", sagte er.

„Das ist unmöglich", meinte John.

„Hör auf zu lügen, Sebastian", warf Cecilia im selben Augenblick ein. „Es macht die Lage nur noch schwieriger."

„Wir können vorgeben, es wäre nie geschehen. Wenn niemand davon weiß …"

Er hielt inne, da ihm die Wahrheit langsam bewusst wurde. Dies war kein Albtraum, aus dem er erwachen würde. Wenn er es sich auch anders wünschte, seine Verlobung mit Beatrice war echt, so unumstößlich und wahrhaftig wie die Ehe. Er könnte sich nun wie ein Narr oder ein Kind aufführen und eine Zeit lang dagegen ankämpfen, doch zu welchem Zweck? Er schadete nur seiner Seele und seiner Ehre und wäre letzten Endes immer noch mit Beatrice verlobt.

Gott stehe ihm bei – er wünschte, es wäre nicht wahr.

„Aber *du* wirst es wissen, Sebastian. Und Gott wird es wissen. Könntest du je mit reinem Gewissen eine andere Frau ehelichen, die nichts weiter wäre als deine Konkubine? Und wenn du nicht heiratest, wer soll dann eines Tages dein Erbe sein?" fragte John.

„Wie komme ich bloß wieder aus dieser Sache heraus?" Beatrice' Stimme klang schwach und tonlos.

Sebastian blickte sie von der Seite an. Ihre Blässe stach deutlich von ihrem schwarzen Schleier und Mieder ab, und selbst aus ihren Lippen war jegliche Farbe gewichen. Sie sah erschöpft und traurig aus, wie eine einsame Frau, obwohl die Verwandten ihr Gesellschaft leisteten. Mitleid regte sich in ihm, ein Mitleid, das sie nicht verdiente und gegen das er sich sträubte. Die Hände zu Fäusten geballt, wandte er sich ab und begab sich in die andere Ecke der Empfangshalle. Er lehnte sich an die Wand und presste seine Stirn gegen die kühlen Steine. Hinter seinem Rücken redeten die anderen weiter, als sei er noch in ihrer Mitte, während er allmählich versuchte, den Schrecken des Nachmittags zu verarbeiten – Johns unerwartete Heimkehr, seine verhängnisvolle Eröffnung.

„Ceci, warum kämpfen die beiden dagegen an? Was ist in meiner Abwesenheit geschehen?“ fragte John.

„Ich weiß es nicht. Ich habe nie verstanden, warum sie sich nicht vertragen.“

„Das nützt mir wenig!“ rief Beatrice. „Ihr würdet gut darantun, mir mitzuteilen, wie ich aus all dem herauskomme!“

„Es gibt keinen Ausweg. Du bist vor Gott mit Sebastian verheiratet“, erwiderte John.

„Und wenn ich es leugne? Was ist dann, mein Bruder?“

„Sebastian kann dich von Rechts wegen zwingen, bei ihm zu leben.“

„Und wie viele Zeugen würde er dafür benötigen? Reicht einer aus? Und wirst du mir in dieser Angelegenheit zuwiderhandeln, mein lieber Bruder?“ Beatrice’ hitziger Zornesausbruch verlieh ihrem Tonfall eine besondere Schärfe.

„Vor Gericht bedarf es zweier Zeugen, aber wenn du einen anderen Mann ehelichst, machst du dich der Bigamie schuldig. Und deine Kinder werden Bastarde sein“, fügte John hinzu.

„Ich habe nicht die Absicht, erneut zu heiraten. Das eine Mal reicht mir in meinem Leben.“

„Bea, du weißt, dass dein Eheversprechen bindend ist“, sagte Cecilia.

„Es gibt keine Zeugen!“

„Ich werde bezeugen, dass du dich auf das Versprechen

eingelassen hast“, sagte Cecilia mit fester Stimme. „Zusammen mit John macht das zwei Zeugen.“

„Verflucht seid ihr!“ Beatrice’ Stimme stockte bei den letzten Silben.

Sebastian hob den Kopf. Er hielt den Moment für gekommen, um diesem zwecklosen Aufbegehren Einhalt zu gebieten. Er und Beatrice mussten den Tatsachen ins Auge sehen und sich für ihr Handeln verantworten – es war längst überfällig, das Versprechen einzulösen, welches gar nicht hätte vergessen werden dürfen. Diese Verbindung war von Unheil überschattet, doch sie hatten die Saat selbst gesät. Wer sollte nun die bittere Ernte einfahren? Entschlossen drehte Sebastian sich um, durchschritt die Halle und schloss sich wieder der kleinen Gruppe vor dem Kaminfeuer an. Er wandte sich Beatrice zu und zwang sich, ihr fest in die klaren, blauen Augen zu schauen. Doch er musste seine auflodernde Wut unterdrücken.

„Ich kann keine andere Frau heiraten, wenn ich weiß, dass die Ehe eine Lüge ist. Ich könnte einer Gemahlin nie zumuten, mir einen Sohn zu schenken, da er nichts weiter als ein Bastard wäre. Du bist meine Frau, sosehr ich es mir auch anders wünsche. Beatrice, wenn du noch ein Fünkchen Anstand besitzt, wirst du als meine Frau bei mir leben.“

„Das werde ich nicht tun. Ich werde nicht die Gemahlin eines Mannes sein, der mich so verachtet wie du“, entgegnete sie und starrte ihn wütend an, als sei der ganze Aufruhr einzig und allein seine Schuld. Als hätte nur er, und nicht sie, dieses gedankenlose Versprechen gegeben.

Sein Zorn loderte auf. „Es entspricht wahrlich nicht meinem Wunsch, mit einer Frau verheiratet zu sein, die so stolz ist, dass sie sich lieber zu Grunde richtet als nachzugeben. Aber unglücklicherweise bin ich mit einer solchen verlobt und habe keine andere Wahl. Vor Gott bist du bereits meine Frau, Beatrice, und daher schuldest du mir Gehorsam."

„Wie kannst du es wagen!" brauste sie auf.

John setzte sich neben seine Schwester und legte seine Hand auf die ihre. „Beatrice, sei doch vernünftig. Du kannst nicht gewinnen. Nicht, wenn Ceci und ich gegen dich aussagen. Genauso wenig kannst du den Rest deines Lebens in der Schwebe verbringen und weder Gemahlin noch Witwe noch unverheiratet sein. Ich vermag nicht zu sagen, was geschehen ist, dass du dich derart von Sebastian entfremdet hast, und ich verstehe auch nicht, warum ihr euch beide so kindisch benehmt. Aber gewiss ist keiner von euch so töricht, sein Leben zu ruinieren."

Beatrice wandte sich ihm zu und starrte John eine Weile an. Ihre freie Hand umklammerte die Sitzlehne so fest, dass die Knöchel weiß hervortraten. „Das bedeutet, dass ich in der Falle sitze."

„Wir beide, vergiss das nicht", merkte Sebastian an. Starrköpfiges Weibsbild, konnte sie das nicht begreifen?

„Ja, so ist es", sagte John mit milder Stimme, „aber nur, wenn ihr es beide als Falle betrachtet."

Beatrice löste sich von Johns Hand und fasste sich an die Schläfe. „Ich habe Kopfschmerzen. Ich kann euch nicht länger zuhören. Ihr werdet mich bitte entschuldigen." Sie erhob sich, deutete vor Sebastian einen steifen Knicks an und verließ die Halle, ohne sich noch ein weiteres Mal umzusehen.

Sebastian sah ihr nach, die Hände noch immer zu Fäusten geballt. Dann wandte er sich an John, gegen den er in diesem Augenblick einen unbändigen Groll hegte. Wenn sein Freund im Ausland geblieben wäre, um sich weiterhin dem Müßiggang hinzugeben ... „Warum bist du gerade jetzt zurückgekehrt? Konntest du nicht in Rom bleiben?“

„Ich wollte nach Hause.“ Er sprach mit leiser Stimme und deutete mit einem Nicken auf seine Begleiterin. „Ich wollte mit Lucia, meiner Gemahlin, heimkehren.“

Sebastians Gesicht brannte. Wenn er nun all seine Träume und Hoffnungen begraben musste, so lag das nicht daran, dass John heimgekehrt war. Es lag daran, dass er einst verrückt vor Liebe gewesen war.

John fuhr fort, und seine Stimme klang unnachgiebig. „Ich werde mich hierfür nicht entschuldigen. Ich konnte ja nicht ahnen, dass du und Beatrice gar nicht verheiratet seid und keine blonde Kinderschar großgezogen habt.“

„Ich weiß, ich weiß. Vergib mir, ich bitte dich.“ Sebastian seufzte und setzte seine Mütze auf. „Was für eine verfluchte Situation. Ich muss meinen Berater aufsuchen und deinen Vater finden. Es gilt, die Verträge neu aufzusetzen.“

Sebastian ging auf Cecilia zu. „Ceci, es tut mir Leid. Was wird jetzt aus dir werden?“ Er hatte erwogen, sie zu heiraten, eine kluge und abgeklärte Frau. Anders als ihre Schwester wäre sie eine vernünftige Wahl gewesen.

Sie nahm seine Hand und drückte sie. „Lieber Sebastian, sorge dich nicht um mich. Alles wird gut."

„Aber ich mache mir Sorgen", entgegnete er. „Und ich liebe dich seit geraumer Zeit."

„Wie ich dich und meine Schwester liebe. Wenn du etwas für mich tun willst, dann schaffe diesen Streit mit Beatrice aus der Welt."

„Das kann ich nicht", erwiderte er leise, als wolle er seine Worte ungehört verklingen lassen. „Ständig muss ich an sie und Conyers denken, und dann werde ich so wütend, dass ich nichts anderes mehr sehe."

Ihre Brauen zogen sich über der kurzen Nase zusammen. „Sie liebt ihn nicht, Sebastian."

„Dann ist es noch schlimmer, als ich befürchtet habe." Er stieß einen Seufzer aus. „Belassen wir es dabei, Ceci. Du kannst es nicht ändern." Er küsste sie auf die Stirn, ging dann an ihr vorbei und umarmte John. „Es freut mich, dass du wieder daheim bist. Mir wäre es zwar lieber gewesen, wenn du andere Neuigkeiten mitgebracht hättest, aber ich bin froh, dass du gekommen bist, bevor Ceci entehrt wurde. Eure Eltern haben mir freundlicherweise gestattet, während meines Aufenthaltes in London hier zu weilen, und daher werde ich euch später wiedersehen." Er verbeugte sich vor Johns Frau, die nach wie vor schweigend an der Seite ihres Mannes stand, kehrte sich dann ab und verließ die Empfangshalle. Ohne sich noch einmal umzudrehen, verschwand er hinter den Wandschirmen.

Nun erwartete ihn die schwierige Aufgabe, sich dem Earl zu stellen.

Nur das Korsett unter ihrem Mieder verhinderte, dass Beatrice sich zusammenkrümmte, um die Schmerzen in ihrem Bauch zu lindern. Das konnte ihr unmöglich widerfahren, nicht nach all dem, was vorgefallen war.

Sie löste sich von der Tür ihres Schlafgemachs und kniete an der gegenüberliegenden Wand auf ihrem Betstuhl nieder. *Um was soll ich bitten? Soll ich Gott um Gnade ersuchen, um Beistand? Oder soll ich um Antworten beten, Antworten, die ich nicht erhalten werde?*

Sie fand keinen inneren Frieden, wohin sie sich auch wandte. Stattdessen spürte sie Verzweiflung, als sei ihr Herz von eisiger Kälte ergriffen. Verzweiflung war eine Sünde, und sie war der Sünden überdrüssig. Hörte es denn nie auf? Ließ sich die Düsterkeit, die ihr Herz umgab, nie vertreiben, selbst wenn sie all ihren Pflichten nachkam? Verzweifelt umklammerte sie den Rand des Betstuhls und lehnte den Kopf gegen ihre verkrampften Hände.

Beatrice befürchtete, ihr ganzes Leben lang danach streben zu müssen, richtig zu handeln. Nur um festzustellen, dass sie trotz all ihrer Anstrengungen stets versagte. Sie war erschöpft; wie leid sie es doch war, nach innerem Frieden und einem reinen Herzen zu streben! So sehr, dass sie sich manchmal wünschte, vom Schweißfieber hinweggerafft zu werden. Doch dieser Wunsch grenzte an Selbstzerstörung, die ihre Seele mit einer weiteren Sünde belasten würde.

Und jetzt dies. Sie war in einer zweiten Verbindung gefangen und wieder einem Mann ausgeliefert, der kein Erbarmen kannte. Waren ihre Sünden tatsächlich so schwer wiegend, dass eine solche Strafe gerechtfertigt war? Sie hatte für die Verfehlungen des vergangenen Jahres Buße getan. Gewiss war es genug gewesen …

Jemand klopfte an die Tür und öffnete sie.

„Lasst mich allein“, bat Beatrice, ohne aufzuschauen, wer gekommen war. Sie konnte jetzt keine Gesellschaft ertragen, denn sie hatte nicht die Kraft, eine innere Ruhe vorzutäuschen, die sie nicht verspürte.

„Ich bin es, Beatrice“, sagte Cecilia.

Sie hob den Kopf und starrte ihre Schwester an. Cecilia stockte der Atem, als sie in Beatrice’ verzweifeltes Gesicht sah, trat ein und schloss die Tür hinter sich.

„Ich brauche dein Mitleid nicht“, meinte Beatrice. In dem stillen Gemach klang ihre Stimme hart und abweisend. *Bitte geh nicht, verlass mich nicht!* „Ich sagte, lass mich in Ruhe. Höre auf meine Bitte.“

„Das werde ich nicht tun.“ Cecilia setzte sich auf die Truhe, die vor dem Bettende stand, und legte die gefalteten Hände in den Schoß. Wie eigensinnig ein jeder in der Familie war, wie hartnäckig jeder von ihnen darauf bestand, seinen Willen zu bekommen. Beatrice vermochte nicht, die Kraft aufzubringen, sich ihrer Schwester zu widersetzen. Die Ehe mit Manners hatte ihr jeglichen Starrsinn genommen und sie so untätig werden lassen wie eine geistesschwache Nonne.

„Ich versuche zu beten“, meinte sie.

„Du versuchst es nur?“

Unmerklich zuckte Beatrice zusammen. „Ich kann nicht beten, wenn du mich beobachtest.“

„Ich mache mir deinetwegen Sorgen", sagte Cecilia.

„Das ist nicht nötig. Es besteht kein Anlass." *Ich verdiene es nicht.*

„Es betrübt mich, dich und Sebastian so verfeindet zu sehen. Und da ihr euch unwiderruflich versprochen seid …"

„Sprich nicht davon!" Sie konnte darüber nicht reden, mit niemandem. „Es wäre für alle besser, er hätte dich geheiratet …"

„Nicht für mich, Beatrice, niemals für mich", entgegnete Cecilia und versteifte sich. „Das darfst du nicht glauben."

„Warum nicht? Ihr seid immer gute Freunde gewesen und seid euch stets ungezwungen begegnet. Ihr würdet gut miteinander auskommen, und jeder von euch könnte eine schlimmere Wahl treffen." Es fiel ihr leichter, über Cecilias Herzensangelegenheiten zu sprechen als über ihre eigenen.

„Ich kann Sebastian unmöglich heiraten. Es war falsch von mir, es auch nur zu erwägen", sagte Cecilia und presste die Lippen zusammen.

Was nun? Beatrice strich über das Holz des Kniestuhls, der kein Polster besaß und trotz ihrer Röcke hart gegen ihre Beine drückte. Das geöffnete Fenster über dem Betstuhl ließ die warme Luft des Nachmittags herein. Unten im Garten hörte man das Gemurmel und Gelächter von Männerstimmen. Die Laute drangen in das Schweigen zwischen ihr und Cecilia, und Beatrice musste an Gärten denken. Würde Sebastian ihr die Pflege seines Gartens überlassen, oder würde er es ihr verbieten, wie Thomas es getan hatte? *Ich mag darüber nicht nachdenken.* Denn sie wagte es nicht zu hoffen.

Sie öffnete den Mund, um Cecilia zu bitten, das Gemach zu verlassen. „Hast du je gebetet und das Gefühl gehabt, dass Gott und die Heiligen gar nicht zuhören?" Plötzlich hatte sie Tränen in den Augen; ihr Herz fühlte sich an, als seien ihm die Worte entrissen worden.

„Nein", flüsterte Cecilia. „Fühlst du dich so einsam?"

„Ja." Beatrice legte den Kopf auf die Hände und weinte.

Augenblicklich war ihre Schwester bei ihr und schloss sie fest in die Arme, als wolle sie sämtliche Dämonen fern halten.

„Scht, Liebes, scht."

Dankbar lehnte Beatrice sich bei ihr an und wurde von heftigem Schluchzen ergriffen. Sie war des Weinens müde, denn auch die Tränen verschafften ihr keine Linderung. Schließlich beruhigte sie sich und sah ihre Schwester mit geschwollenen Augen an.

„Ich habe keine Kraft mehr, Ceci", hauchte sie. „Ich habe keine Kraft, verheiratet zu sein."

„Du wirst keine Kraft benötigen, Liebes", erwiderte Cecilia und streichelte über Beatrice' Rücken. „Sebastian wird sich um dich kümmern."

Wenn sie es doch nur glauben könnte. Er hatte sie nie verletzt, aber sie war auch nie zuvor in seiner Gewalt gewesen. *Ich kann es nicht länger ertragen. Es wird mich umbringen.*

„Wird er das?" murmelte sie. „Er hasst mich."

„Er liebt dich", sagte Cecilia. „Lass mich dein Kleid aufbinden, und dann legst du dich ein wenig hin und ruhst dich aus. Wenn du glaubst, dass Gott deine Gebete nicht erhört, bist du schon zu müde, um noch klar denken zu können. Du solltest besser schlafen, glaube mir."

Beatrice straffte die Schultern und lachte voller Verzweiflung auf. „Aber ich finde keinen Schlaf. Ich schlafe seit Jahren schlecht."

Cecilia versteifte sich, als ob Beatrice sie überrascht hätte. Dann erhob sie sich, nahm die Hand der Schwester und zog sie auf die Beine. „Das heißt nicht, dass du jetzt nicht schlafen kannst. Soll ich dir etwas vorspielen? Ich könnte schnell meine Laute aus der Kemenate holen."

„Nein. Hab Dank, nein. Ich werde mich hinlegen, wie du es verlangst, aber nur, wenn du mich allein lässt."

Cecilia zog die Stirn in Falten. „Bist du sicher?"

„Ja. Lass mich allein, ich bitte dich."

„Nun gut. Es missfällt mir zwar, aber ich füge mich, wenn es deinem Wunsch entspricht." Mit besorgter Miene sah sie ihre Schwester an.

„Ja. Geh bitte, Ceci."

Nachdem sie die Schnüre an Beatrice' Kleid gelöst hatte, verließ Cecilia den Raum. Beatrice lockerte ihr Mieder, öffnete das Korsett und zog es unter dem Mieder hervor. Nun lag es neben ihr auf dem Bett. Es war vortrefflich gearbeitet und bestand aus Elfenbein, in das man Heilige, Tiere, Blumen und Pflanzen geschnitzt hatte. Thomas hatte es ihr einst gegeben. Oh, wie sie es hasste!

Sie drehte sich auf die Seite, rollte sich zusammen und ließ ihren Tränen erneut freien Lauf.

2. *KAPITEL*

Unglücklicherweise befanden sich der Earl und die Countess of Wednesfield gerade auf dem Weg nach Coleville House, als Sebastian Westminster erreichte. Im Stillen verfluchte er sein Pech, legte ein paar Münzen in die ausgestreckte Hand des Dienstboten und kehrte zum Anlegeplatz am Flussufer zurück. Gott sei Dank war ihm der Gezeitenstrom gewogen. Ansonsten hätte er womöglich über eine Stunde festgesessen, wenn nicht gar die ganze Nacht.

„Mylord sind sehr in Eile", stellte Ned, sein Diener, fest.

„Halt den Mund, und besorge mir ein Boot", sagte Sebastian und sah Ned missmutig an. Das Letzte, was er nun brauchte, war ein plappernder Narr, der ihm jammernd in den Ohren lag.

Leise murrend bahnte der Diener sich den Weg durch die Menge auf den unteren Uferstufen. Für einen Augenblick war er verschwunden, tauchte indes sogleich wieder auf und eilte an die Seite seines Herrn. „Ich habe einen Bootsverleiher gefunden, Mylord. Aber es wird etwas kosten."

„Alles kostet mich Geld", murrte Sebastian. „Gehen wir."

Die Strömung war günstig und trug zu einer raschen Rückfahrt bei. Sebastian hüllte sich in seinen kurzen Mantel, kauerte sich auf die hinterste Sitzbank des Bootes und hörte nur widerwillig auf die Rufe und Flüche des Bootsführers und auf die Beschimpfungen, die von anderen Booten als Antwort herüberschallten. Er hasste London – hasste den Fluss, den Hof, die dreckigen, überfüllten Straßen. Von ganzem Herzen wünschte er sich, daheim in Benbury zu sein, wo er in aller Ruhe mit der Schafzucht seine Geldkassette füllen konnte. Aber es war nicht allein der bescheidene Wohlstand, den Benburys Felder und Wiesen einbrachten, nach dem er sich sehnte; es verlangte ihn vor allem nach dem Landhaus, das hinter niedrigen Mauern lag und von grünen Gärten umgeben war – ein Ort des Friedens.

Seine Miene verfinsterte sich, und der Bootsführer ruderte schneller. Wo Beatrice sich aufhielt, hatte es nie Frieden gegeben; Benbury würde sich daher kaum als die Zuflucht erweisen, nach der Sebastian sich gesehnt hatte.

Die Fahrt zurück zum Haus der Colevilles war kürzer als die Hinfahrt, was nicht nur an der günstigen Strömung gelegen hatte. Vielmehr fürchtete Sebastian das bevorstehende Gespräch mit Lord Wednesfield, da er wusste, dass dem Earl die Änderung des Ehevertrags missfallen würde – vermutlich wäre er sogar ziemlich erzürnt. Und was sollte er ihm überhaupt sagen? Dass seine ältere Tochter trotz ihrer guten Erziehung bereits ein Eheversprechen gegeben hatte, als sie gerade zu einer jungen Frau herangereift war? Der Earl würde Sebastian für diese Anmaßung scharf zurechtweisen, und er hätte es auch nicht anders verdient.

Schließlich hielt das Boot am Anlegeplatz vor dem Haus der Colevilles. Sebastian stieg aus und erklomm die Stufen, die zum Garten hinaufführten. Unzählige Gedanken gingen ihm durch den Kopf. Konnte er nicht einfach sagen, dass er Beatrice Cecilia vorzog? Einst hatte es tatsächlich der Wahrheit entsprochen.

Neds Schritte auf dem gefliesten Boden rissen Sebastian aus seinen Gedanken. „Er hat mein ganzes Geld genommen, Mylord. Ich brauche mehr“, hörte er Ned neben sich sagen.

Sebastian hielt es nicht für nötig, seinen Diener anzuschauen. „Keinen Penny mehr. Du wirst kein Geld in Benbury brauchen.“

„Benbury, Mylord? Wir werden London verlassen?“

„Morgen oder übermorgen. Spätestens jedoch am Freitag. Du wirst schnellstens die dazu nötigen Reisevorbereitungen treffen.“

„Ja, Mylord. Wie Ihr es wünscht.“

In der Halle erfuhr Sebastian von dem Hausvorsteher, dass der Earl und die Countess sich bei der Ankunft in Coleville House sogleich in die Kemenate im oberen Stockwerk begeben hatten. Sebastian schlug das Angebot aus, sich anmelden zu lassen, durchmaß die Halle und ging die Treppe hinter der Empore hinauf, die zur Kemenate führte. Obgleich er das Gespräch mit dem Earl fürchtete, setzte ihm das Warten noch mehr zu. Hastig eilte er hinauf. Wenn er einmal etwas in Bewegung gesetzt hatte, würde er den Lauf der Dinge nicht mehr aufhalten.

In der Kemenate saßen der Earl und seine Gemahlin in großen Lehnstühlen am geöffneten Fenster. Die Countess war in ihre Stickerei vertieft, während ihr Gemahl mit gesenktem Haupt dasaß, die Hände vor dem Bauch verschränkt. Er schien ganz in Gedanken vertieft zu sein.

Sebastian verbeugte sich und sagte: „Mylord, ich würde gerne mit Euch sprechen. Unter vier Augen."

Der Earl hob den Kopf und sah Sebastian an, wobei sich seine Augen argwöhnisch verengten. Der durchdringende Blick währte nur kurz, doch Sebastian wurde das Gefühl nicht los, dass der alte Mann bis in die dunklen Tiefen seiner Seele gesehen hatte. Er widerstand dem Verlangen, wegzuschauen und sich wie ein unsicherer Junge zu winden. Aus einem Augenwinkel nahm er wahr, wie die Countess ihre Näharbeit ablegte und ihn mit krauser Stirn musterte.

„Wünschst du das Gespräch jetzt?" fragte der Earl, der seine Hände immer noch über dem Bauch verschränkt hielt.

Sebastian schluckte. „Ja, Mylord, wenn es Euch recht ist."

„Um was geht es?"

„Um meine Verlobung mit Eurer Tochter."

Bei diesen Worten weiteten sich die Augen des Earl, und seine strengen Gesichtszüge wichen einer freundlich-gleichmütigen Miene, die er sonst bei Hofe zur Schau stellte. Ahnte er, was bevorstand? Wie sollte er? Doch er spürte gewiss, dass etwas nicht in Ordnung war.

„Gehen wir ein wenig." Der Earl erhob sich und legte seine Hand ungewöhnlich kraftvoll auf Sebastians Schulter, obwohl er noch Augenblicke zuvor abgespannt gewirkt hatte. Seine Finger umklammerten Sebastian, und der unangenehme Druck war selbst durch die Kleidung hindurch zu spüren. Ohne den Mantel, das Wams und das Unterhemd hätten diese Finger ihn gewiss verletzt. Wollte der Earl ihn durch sein Verhalten daran erinnern, ihn nicht zu enttäuschen? Oder war das seine übliche Antwort auf etwas, was er befürchtete? Sebastian kannte Lord Wednesfield schon seit Kindheitstagen, aber er vermochte nicht, diese Fragen zu beantworten.

Der Earl schwieg so lange, bis sie den Garten erreicht hatten, der im goldenen Licht der späten Nachmittagssonne vor ihnen lag. Die grauen Schatten der anbrechenden Dämmerung sammelten sich allmählich unter den Gewächsen, die in einzelnen Gruppen gepflanzt waren. Der endlos scheinende Tag neigte sich seinem Ende zu.

„Was hat es mit dem Verlöbnis meiner Tochter auf sich?" fragte der Earl, als er endlich Sebastians Schulter losließ.

Mutig stellte Sebastian sich seinem Blick. „Ich wünsche, Eure Tochter Beatrice zu heiraten, und nicht Eure Tochter Cecilia."

Fragend hob der Earl die Brauen. „Was hat das zu bedeuten?"

„Ich ziehe Beatrice ihrer Schwester vor. Und jetzt, da sie verwitwet ist, steht dem nichts mehr im Wege."

Der Gesichtsausdruck des Earl hatte sich nur unmerklich verändert, als er seinem Gegenüber eine schallende Ohrfeige verpasste. Sebastian taumelte, doch es lag eher an der Überraschung als an dem Schlag selbst, obwohl seine Wange gehörig brannte.

„Mylord?"

„Das ist dafür, dass du mich zum Narren halten willst."

Sebastian rieb sich den Kopf. „Ich verstehe nicht, Mylord. Was soll das bedeuten?"

Erneut schlug der Earl zu, und diesmal trieb die Wucht des Hiebes Sebastian zurück. Zorn wallte in ihm hoch, doch er beherrschte sich, die Hand gegen Wednesfield zu erheben. Nicht nur, dass der Earl eine höhere Stellung einnahm, er war Sebastian seit vielen Jahren wie ein Vater gewesen. Daher stand es ihm zu, ihn zurechtzuweisen, auch mit der Härte seiner Hand.

„Mylord! Das habe ich nicht verdient."

„Da du mich belügst, geschieht es dir recht. Und weil du mir törichte Lügen auftischst, verdienst du es umso mehr", grollte der Earl, und seine Miene verhärtete sich. „Jetzt sag mir die Wahrheit und lass ab von diesem törichten Gerede."

Sebastian hätte wissen müssen, dass er nicht davonkommen würde, ohne die wahren Umstände der Verlobung preiszugeben. „Ich bitte Euch, Mylord, schlagt mich nicht erneut, ehe Ihr nicht die ganze Geschichte vernommen habt."

Der Earl nickte. Sein Mund glich einer harten Linie, die Brauen unter seiner gerunzelten Stirn waren über dem Nasenrücken zusammengezogen. Er war nicht zornig – noch nicht. In einem schnellen, stillen Gebet bat Sebastian um Vergebung und erklärte dann, was sich vor Jahren an jenem Dreikönigsabend zugetragen hatte.

„Und warum erfahre ich erst jetzt davon?" fragte Wednesfield mit ruhiger Stimme.

„Mylord, als wir uns das Versprechen gaben, hielt ich es nicht für bindend. John hat mir indes vor Augen geführt, dass es uns beide bindet." So war es die ganze Zeit gewesen, aber das konnte er dem Earl nicht sagen. „Als Ihr Lord Manners

Eure Tochter versprochen habt, wusste ich, dass es nicht sein durfte." Beatrice hatte ihm einst erzählt, Manners habe um ihre Hand angehalten, und in diesem Augenblick war ihm bewusst geworden, dass ihr das Versprechen am Dreikönigsabend nichts bedeutete. Nie hätte sie einem Mann gestattet, ihr einen Antrag zu machen, wenn sie sich bereits als verlobt betrachtet hätte. Und er hatte auch erkannt, dass er ihr nichts bedeutete. „Wir waren noch jung."

„Nicht mehr jung genug", sagte der Earl kurz angebunden. Er seufzte. „Bist du sicher, dass es sich so zugetragen hat?"

„Mylord, ich weiß nicht, was ich mit Sicherheit sagen kann. Aber ich weiß, dass wir uns ein bindendes Versprechen gegeben haben, und deshalb ist Beatrice nach dem kanonischen Recht jetzt meine Frau."

„Wofür brauchst du mich dann? Sie ist deine Frau, mit oder ohne meinen Segen." In Lord Wednesfields Stimme schwang Missfallen mit.

„Aber in der Öffentlichkeit gelten wir nicht als verheiratet. Ich möchte nichts tun, was einem von uns Schande bereitet. Und daher brauchen wir eine Verlobung und eine Hochzeit, als ob wir noch gar nicht verheiratet wären. Zudem würden die Zeugen unserer Heirat mein Gewissen beruhigen."

„Und wenn mir nun gar nichts an deiner Gewissensberuhigung liegt? Was wirst du dann tun?"

„Ich werde Beatrice als meine Gemahlin mit nach Benbury nehmen, mit oder ohne Eure Zustimmung, Mylord. Sie wird keine Mitgift haben und auch keine Vermögenszuwendung erhalten. Sollte ich vor ihr sterben, wird sie mittellos dastehen, aber so sei es. Ich kann nicht gegen Euch kämpfen.“ Er presste die Lippen aufeinander und wartete auf den Sturm, der über ihn hereinzubrechen drohte.

Sebastian hielt dem kalten, dunklen Blick des Earl stand, doch der Magen drehte sich ihm um.

Wednesfield nickte, und sein bedrohlicher Blick wich einem sehr nachdenklichen Ausdruck. „Ich werde dir nun etwas sagen, was ich bisher keinem anderen Mann erzählt habe. Solltest du je davon sprechen, werde ich es leugnen.“ Er sah an Sebastian vorbei und verzog missmutig den Mund. „Es entsprach nicht meinem Wunsch, Beatrice in Manners Hände zu geben, aber ich sah keinen Grund, mich zu weigern. Als sie mich auf die Heirat ansprach, gestattete ich es. Nachdem die Ehe geschlossen war, musste ich nur allzu deutlich erfahren, was für ein Mann dieser Manners war. Danach schwor ich mir, keiner meiner Töchter je wieder zu gestatten, einen Mann zu heiraten, dem ich kein Vertrauen entgegenbringe.“ Erneut fiel sein Blick auf Sebastian. „Du hältst mich gewiss für einen weichherzigen Narren. Denn die Ehe wird wegen wichtiger Verbindungen geschlossen, wirst du anmerken.“

„Mylord, ich habe Euch gestanden, dass ich mich Eurer Tochter aus keinem anderen Grund gegenüber verpflichtet habe als aus Zuneigung. Wie sollte ich Euch dann weichherzig nennen?“

„Eine kluge Antwort“, entgegnete Wednesfield, und ein flüchtiges Lächeln huschte über sein Gesicht. „Aber bedenke eines. Warum sollte ich einem Mann als Verbündeten vertrauen, wenn ich ihm nicht als Schwiegersohn vertraue?

Aber darum geht es mir nicht." Er streckte die Hand aus und ergriff den Kragen von Sebastians kurzem Mantel. „Ich kenne dich seit deiner Kindheit, Benbury, aber wenn du mir nicht so mutig begegnet wärst wie gerade, hätte ich dir nicht gestattet, Beatrice mitzunehmen. Denn ich würde dich nicht für Manns genug befinden, sie zu ehelichen." Er ließ Sebastians Kragen los.

Und wenn Wednesfield ihn abgelehnt hätte, wäre er frei gewesen. *Nein,* vernahm er da eine innere Stimme aus der Tiefe seines Herzens, die mit harter Entschlossenheit zu ihm sprach. Unabhängig davon, was irgendjemand sagte oder tat, waren Beatrice und er auf Lebenszeit aneinander gebunden. Unwissentlich hatte er dem Gelübde einst abgeschworen. Ein zweites Mal könnte er es nicht tun.

Der Earl lächelte, aber eine Kälte überschattete die gewohnte Wärme in seinen Augen. „Ich widersetze mich dir nicht, und daher brauchen wir nicht weiter darüber zu sprechen. Mit Freuden gebe ich dir meinen Segen, aber ich werde die rechtlichen Dinge nicht mehr heute Abend besprechen." Sein Lächeln wurde breiter. „Komm morgen zu mir, vor der Mittagsstunde, und dann werden wir einen Ehevertrag ausarbeiten, der uns beiden gefällt."

Nach vielen Tränen fand Beatrice endlich ein wenig Schlaf, doch er brachte Träume hervor, die sie aufschreckten. Mit kalten, zittrigen Händen saß sie aufrecht im Bett, aber als sie die Finger vor ihr Gesicht hielt, spürte sie, dass sie schwitzte. Erneut drängte der Traum sich in ihr Bewusstsein; sie glaubte,

Hände zu sehen und bildete sich ein, einen strengen Geruch von Moder und Fäulnis zu riechen. Schnell bekreuzigte sie sich, um den Albdruck abzuwehren, und kletterte aus dem Bett. Vielleicht fände sie Schutz im Gebet.

Doch sie kniete nicht nieder. Selbst wenn das Gebet sie vor jeglicher Erinnerung an Thomas bewahrte, vermochte sie nicht zu beten. Ihr Herz wurde zu Stein, ihre Seele glich einer Einöde. Sie war verloren und weit von Gottes Liebe entfernt, vielleicht sogar von seinem Zorn.

Außerdem war es spät geworden. Bald schon käme die Familie zusammen, um zu Abend zu essen. Wenn sie noch vor Anbruch der Dämmerung speisen wollte, musste sie sich den Verwandten anschließen. Ihre Augen waren geschwollen und brannten von all den Tränen. Sie musste die Augen kühlen, um die Schwellung zu lindern. Jedes Anzeichen von Tränen würde ihre Mutter nur neugierig machen; und Neugierde führte unweigerlich zu peinlichen Fragen, obgleich diese gewiss freundlich gemeint wären. Doch ihr Herz und ihre Seele waren zu aufgewühlt, um bohrende Fragen aushalten zu können.

Auf dem Tisch an der Wand standen ein Wasserkrug und eine Schale. Hatte Cecilia dafür gesorgt? Vielleicht. Beatrice füllte die Schale bis zur Hälfte mit Wasser und beugte sich hinab, um das Gesicht zu waschen. Das Wasser duftete schwach nach Lavendel und Rosen und kühlte ihre Haut. Der Duft, der Erinnerungen an glücklichere Zeiten in den Gärten von Wednesfield in ihr hervorrief, war Balsam für ihre wunde Seele. Immer wieder tauchte sie die Hände in das Wasser und benetzte ihr Gesicht, bis sie nichts anderes mehr zu riechen vermochte.

Bitte, gütige Maria, lass mich wieder glücklich sein. Gesegneter Jesus, verleih mir Stärke, damit ich meine Heimsuchungen überstehe, und lass mich Frieden finden.

Das Gebet war ausgesprochen, bevor sie überhaupt wahrnahm, dass sie gebetet hatte. Langsam richtete sie sich auf und wartete auf das Gefühl von Trostlosigkeit, das sich stets einstellte, wenn sie zu beten versuchte. Wasser tropfte auf ihre Brust und ließ sie zusammenfahren. Sie fühlte sich nach dem Gebet nicht besser, aber sie fühlte sich auch nicht schlechter. Lag darin vielleicht eine Antwort? Sie wusste es nicht zu sagen und hatte keine Zeit, über das Geheimnis nachzudenken. Wenn sie sich nicht beeilte, käme sie zu spät zum Essen.

Als sie das Speisezimmer betrat, hatte sie auf den ersten Blick den Eindruck, als schare sich die ganze Familie um Sebastian. Er saß neben ihrem Vater und sah ihren Bruder John an, während er sprach. Seine Mundwinkel zuckten, als ob er jeden Augenblick lächeln würde. Es schmerzte sie in ihrem Herzen, diesen Anflug von Fröhlichkeit zu sehen, denn sie wusste, dass sie ihm kein Lächeln mehr auf die Lippen zaubern konnte. Dabei war es einst so einfach gewesen. Sein Lächeln würde schwinden, wenn er sie sähe, denn er verachtete sie – und das mit Recht.

Cecilia erhob sich von ihrem Platz und kam auf Beatrice zu. „Komm, setz dich zu mir", sagte sie leise. „Ich werde dir etwas vorspielen."

Beatrice war schon so lange nicht mehr in der Lage gewesen, etwas anderes als Schmerz und Scham zu verspüren; andere Gefühle mussten sich an ihrer verfinsterten Seele vorbeidrängen. Jetzt spürte sie, wie besorgt ihre Schwester um sie war, obwohl sie äußerlich gefasst schien. Sie hatte das Gefühl, Cecilia die Sorge nehmen zu müssen, konnte es aber nicht. „Es würde mir gefallen", sagte sie und ergriff die Hand ihrer Schwester. Sanft drückte Cecilia ihre Hand, und ihre Finger waren warm und fest.

Als sie den Raum durchschritt, erregte sie Sebastians Aufmerksamkeit. Sein Lächeln schwand, und seine Miene wurde völlig ausdruckslos. Im Kerzenschein wirkten seine Augen so schwarz wie zwei Löcher in einer Maske. Jetzt beugte John sich zu ihm herüber und flüsterte ihm etwas ins Ohr. Sebastian wandte den Blick von ihr, und seine Wangenmuskeln zuckten. Ihr Herz schlug wie ein gefangener Vogel flatternd gegen die Rippen und raubte ihr den Atem. Sie hatte überlebt, da sie in der harten Schule ihrer Ehe gelernt hatte, selbst die kleinste Veränderung im Gesichtsausdruck ihres Gemahls zu deuten. Sebastians Miene jedoch vermochte sie nicht ohne weiteres einzuschätzen. Wenn sie seine Züge nicht deuten konnte, wie sollte sie dann all das überleben?

Eine kleine Stimme in ihrem Hinterkopf flüsterte ihr zu: *Sebastian hat dich nie verletzt.*

Sebastian hatte sie nie in seiner Gewalt gehabt. Vor der Heirat war Thomas durchweg freundlich und höflich zu ihr gewesen; danach – sie zuckte zusammen. Verzweifelt bemühte sie sich, nicht mehr an die Zeit *danach* zu denken.

Sie nahm neben Cecilia auf der Bank Platz und begann, ihre Röcke glatt zu streichen, bis sie sich in Erinnerung rief, dass sich niemand aufregen würde, wenn der Rock ein wenig unordentlich aussah. Wie lange würde es noch dauern, ehe sie damit aufhörte, ihren verstorbenen Ehemann zufrieden stellen zu wollen? Sie faltete die Hände im Schoß, um sie still zu halten und konnte nicht umhin, aus den Augenwinkeln einen Blick auf Sebastian zu werfen. Er lächelte John an, wobei er einen Mundwinkel höher zog als den anderen; diese Ungleichheit verlieh seinem Lächeln etwas Durchtriebenes. Ihr pochender Herzschlag drohte in einer Woge aus Sehnsucht und Schmerz unterzugehen, die ihr das Atmen schwer machte.

Lächele mich noch einmal so an wie früher. Als er sie noch liebte, hatte der Zauber dieses verwegenen Lächelns sie mehr als einmal zu harmlosen Narreteien verleitet. Sie hätte alles für ihn getan.

Ich habe dich so geliebt.

Beatrice schluckte und schaute auf ihre Hände, die verkrampft in ihrem Schoß ruhten. Sie hatte ihn aufgegeben, weil sie feige gewesen war. Schlimmer noch, denn sie war ein Feigling gewesen, der vor Eitelkeit und Stolz zu bersten drohte.

„Was soll ich für dich spielen, meine Schwester?“ fragte Cecilia leise.

„Kannst du die Lieder anstimmen, die Emma einst gesungen hat, als wir Kinder waren?“ *Lass mich wieder Kind sein, wenn auch nur in der Erinnerung. Lass mich in die Zeit zurückkehren, bevor ich Sebastian von mir stieß.*

„Das kann ich, wenn du es wünschst.“

Cecilia entlockte den Saiten der Laute eine einfache Melodie, die ihr Kindermädchen oft gesungen hatte, wenn sie dabei war, Kleidungsstücke auszubessern oder Beatrice und Cecilia beibrachte, auf ihre Nadelstiche Acht zu geben. Beatrice hatte die Näharbeit vom ersten Augenblick an geliebt, während ihre Schwester sich gegen Stoffe, Nadel und Faden gesträubt hatte, als seien sie ihre Todfeinde. Unzusammenhängende Erinnerungen erfüllten sie mit einem Gefühl des Friedens, als habe sich die Unbeschwertheit zahlloser Nachmittage mit der Melodie vermischt, die nun im Raum erklang. Der Aufruhr in Beatrice' Brust legte sich allmählich, als die hässlichen Erfahrungen angenehmen Gedanken wichen.

Sie sah sich in der alten Kemenate in Wednesfield neben Cecilia auf einer Bank sitzen, wo sie ein Hemd für ihren Vater bestickte, während Cecilia verzweifelt jammerte und leise Flüche ausstieß, da sie sich mit Hohlsaumstichen abmühte, die nicht richtig sitzen wollten. Sie konnte sich an keine einzige gemeinsame Nähstunde mit ihrer Schwester erinnern, die nicht eine gereizte, schweißnasse Cecilia hervorbrachte, die ihr Leinen beschmierte und die Fäden verknotete.

Nun stimmte Cecilia ein anderes Lied der alten Emma an, und Beatrice' Erinnerungen schweiften weiter in die vergangene Zeit zurück. Jetzt sah sie sich allein nähen, verborgen in dem alten Turm, damit niemand die Reiher sah, die sie in einer aufwändigen Schwarzstickerei auf ein Leinenhemd stickte. Benbury Reiher ... ein Hemd für Sebastian. Wie alt mochte sie da gewesen sein? Vierzehn vielleicht? Er hatte ihr damals versprochen, das Hemd immer zu behalten.

„Spiel etwas anderes, Ceci", sagte John.

Cecilia sah ihre Schwester fragend an. *Soll ich?*

Wärme durchströmte Beatrice. Als sie heranwuchsen, waren Johns Worte für Cecilia wie ein Gesetz gewesen, das nicht hinterfragt wurde. Jetzt würde sie ihm gewiss widerstehen – ihrer Schwester zuliebe. „Spiel, was du möchtest", erwiderte Beatrice. Die innere Wärme entlockte ihr ein Lächeln.

Die Dunkelheit in ihrem Herzen schwand nicht vollends, aber sie riss hier und da auf, wie eine Mauer, die langsam in sich zusammenfiel, nachdem man sie untergraben hatte. In einige Winkel ihres Herzens fiel Licht, hervorgerufen durch die Aufmerksamkeit von Lavendel und Rosenduft in ihrem Wasser und durch die liebenswerten Bemühungen ihrer Schwester, sie zu erfreuen. Ein Lächeln schien die Dunkelheit weiter zu vertreiben. War es möglich, dass ihr Gnade statt Ungemach zuteil wurde?

Cecilia erwiderte ihr Lächeln. „Ich werde spielen, um mir selbst eine Freude zu machen." Nachdenklich zog sie die Stirn in Falten. „Ich habe das Lied erst kürzlich gelernt, als ich den Hof verließ, sei also nachsichtig. Ich bin noch nicht so geübt."

Sie stimmte eine lebhafte Melodie an, und während sie spielte, konnte Beatrice keine einzige falsche Note hören. Nachdem sie die Melodie einmal gespielt hatte, begann Cecilia, mit ihrer glockenklaren Stimme zu singen. Die Worte des Liedes waren ein wenig anzüglich, wie es bei Hofliedern oft der Fall war; der Kehrreim war reiner Unfug. „And a hey nonny, hey nonny nonny no!“

Als Cecilia den Refrain zum dritten Mal sang, fiel John mit ein, und die tiefen Töne seines Baritons legten sich über die helle, reine Stimme seiner Schwester. Beatrice lauschte der Musik und wünschte, auch mitsingen zu können, doch sie fürchtete, wie eine Krähe zu krächzen. Sie bewegte ihre Zehenspitzen zu dem ausgelassenen Rhythmus der Melodie, und als John im Takt zu klatschen begann, machte sie unbeholfen mit. Lucia, die an Johns Seite saß, tat dasselbe und lachte dabei. John hatte erklärt, dass sie die englische Sprache kaum beherrsche, aber die englische Musik schien sie sehr wohl zu verstehen.

Ihr Vater sang zusammen mit Cecilia die vierte Strophe. Hier lag die Quelle ihrer musikalischen Ader; die Stimme ihres Vaters war so geschmeidig wie Honig in der Wabe. Neben ihm saß ihre Mutter und klatschte den Takt mit, wobei ihr Gesicht im Kerzenlicht glänzte. Sie hatte nicht mehr Anmut in ihrer Stimme als Beatrice, doch genau wie ihre Töchter liebte sie die Musik.

„And a hey nonny, hey nonny nonny no!“

Beatrice hätte Sebastians Stimme selbst aus dem Chor von Westminster herausgehört. Sie war nicht so tief wie Johns Stimme und auch nicht so geschmeidig wie die ihres Vaters, doch sie klang so hell und klar wie Quellwasser, das über Steine rann. Da sie sich sicher war, dass er ihr keinen Blick schenken würde, sah sie vorsichtig zu ihm hinüber.

Sie hatte sich geirrt.

Selbst auf diese Entfernung leuchtete das Kornblumenblau seiner Augen. Gewiss waren dies die blauesten Augen in England. Sie wartete darauf, dass der maskenhafte und kaum zu deutende Gesichtsausdruck endlich schwand, der seine Züge hatte erstarren lassen. Stattdessen verfinsterte sich seine Miene, als er sie mit verengten Augen anstarrte. Vor einer Stunde noch hätte diese düstere Miene sie zutiefst verunsichert. Jetzt aber, nach Cecilias Freundlichkeit und dem fröhlichen Klang des neuen Liedes, schöpfte sie neuen Mut.

Herausfordernd hob Beatrice das Kinn und hielt seinem Blick stand. Sie musste ihre ganze Willenskraft aufbringen, um nicht wegzuschauen; es war viel zu lange her, seit sie versucht hatte, jemanden mit ihrem Blick in Verlegenheit zu bringen. Beatrice erschauerte, als ihr einfiel, dass sie binnen Wochen ganz in Sebastians Gewalt wäre. Dann könnte er sie behandeln, wie es ihm gefiel. Aber mit dem Mut war ein Funke der Hartnäckigkeit, die ihrer Familie zu Eigen war, neu erwacht, und sie würde sich ihm nicht beugen. Sie musste der kleinen Stimme in ihrem Innern Glauben schenken, die gesagt hatte, Sebastian würde ihr nichts antun.

Jetzt wandte Sebastian sich ab.

Beatrice sank zurück gegen die Wand, als hätte er sie losgelassen. Seit ihrer Vermählung mit Thomas hatte sie niemandem mehr getrotzt. Wie lange war das her? Drei Jahre, vielleicht vier? Sie konnte sich nicht genau erinnern, doch es kam ihr wie eine halbe Ewigkeit vor.

Ihr Herz, das sie kaum gespürt hatte, als sie Sebastian

angesehen hatte, begann wieder schneller in ihrer Brust zu schlagen, als wolle es aufbegehren. Sie war kaum in der Lage, ruhig zu atmen. Wie hatte sie es wagen können? Warum war sie so töricht gewesen? Er würde außer sich vor Wut sein, und das zu Recht. Schlimmer noch, sosehr sie die bittere Wahrheit auch fürchtete, Sebastian war ihr Gemahl, der das Recht hatte, sie mit den Händen zurechtzuweisen. Sie müsste entsetzt sein; gewiss war das Pochen ihres Herzens ein Anzeichen von Angst.

Nein, was sie fühlte, war keine Angst. Angst strömte nicht so schnell durch ihre Adern; und Angst ließ sie wohl kaum aufrecht neben Cecilia auf der Bank sitzen. Das Gefühl, das ihren Herzschlag beschleunigte und ihr beinahe den Atem nahm, war Aufregung. Aufregung, die zugleich gewohnt und fremdartig war.

Warum war sie aufgeregt, wenn sie doch Angst haben müsste?

Während des Abendessens, das aus Ente, Gans, gutem englischem Rindfleisch und Kapaunen bestand, zerbrach sie sich darüber den Kopf. Sie wusste, dass sie von ihrer Familie angesprochen wurde, und sie antwortete auch aufs Geratewohl, doch sie war zu sehr damit beschäftigt, ihre Gefühlslage zu durchdringen. Sie vermochte nicht zu sagen, warum ihr gewagtes Verhalten ihr vertraut vorkam, und verstand nicht, dass sie nicht schreckensbleich geworden war. War es möglich, dass Sebastian nicht wie Thomas war? Sie sah hinüber zum anderen Ende der Tafel, wo er zwischen John und ihrem Vater saß. Der Kerzenschein verlieh seinem gewellten Haar einen goldenen Schimmer und glitzerte in seinem Bartansatz. Er schien beinahe in Gold getaucht zu sein, selbst sein gelbbrauner, kurzer Umhang und das mit Brokat geschmückte Wams. Er kam ihr vor wie ein Heiliger in einer Buchmalerei.

Nein, er war ganz anders als Thomas, allein schon von seinem Äußeren her.

Dienstboten erschienen, entfernten die Tischtücher und brachten verschiedene Käsesorten und Obst. Beatrice suchte sich einen Apfel aus und begann, ihn mit ihrem Messer zu schälen. Äpfel hatte sie schon immer geliebt, vor allem, wenn sie frisch und saftig waren. Und dieser war besonders saftig, denn ihre Hände waren feucht und klebrig. Sie schnitt ein Stück ab, steckte es in den Mund und kaute genüsslich.

Schnell warf sie Sebastian einen Blick zu. Er starrte sie an, und sein Mund war ein dünner, harter Strich geworden. Dann wandte er sich wieder von ihr ab, um sie kurz darauf erneut anzusehen. Wie sehr musste er den Gedanken verfluchen, sie zu heiraten.

Sie konnte es ihm nicht verübeln, dass er sich nach einer anderen Frau sehnte. Welcher Mann würde eine Frau haben wollen, deren Seele so schwarz wie die ihre war, obwohl sie versucht hatte, sich durch Beichte und Buße von den Schandflecken zu reinigen? Beatrice seufzte und legte den Apfel auf den Tisch. Was ein jeder von ihnen dachte, war bedeutungslos geworden. Ob sie es nun wollten oder nicht, sie waren einander versprochen, gebunden vor Gott, wenn auch noch nicht vor dem Altar.

Wenn sie diesem Wahn nicht Einhalt gebieten konnte, blieb ihr nichts anderes übrig, als die Gemahlin zu sein, die er gewiss verlangte. Demütig, gehorsam, zutiefst ehrenhaft. Wie viel Demut würde er ihr abverlangen? Würde sie lediglich den Wünschen Folge leisten müssen, die er offen aussprach? Oder müsste sie wieder unausgesprochenen Befehlen gehorchen und Bestrafungen für unabsichtlichen Ungehorsam erdulden?

Abermals schaute sie hinüber zu Sebastians Platz. Inzwischen hatte ihr Vater ihn für sich beansprucht. Sebastian zog die Stirn in Falten und nickte, während der Earl redete, doch er sah nicht wütend aus, sondern hörte ihm aufmerksam zu.

Aber Zorn war nicht allein ausschlaggebend. Ein Mann konnte Zorn vortäuschen und ihr scheinbar ohne Grund Prellungen zufügen, die so groß und dunkel wie Pflaumen waren. Wenn jemand aus kaltem Herzen zuschlug, schmerzte es genauso, als wenn jemandem die Hand im Zorn ausrutschte.

Sie würde noch wahnsinnig, wenn sie länger am Tisch bliebe, da sie Sebastian immerzu anschauen musste. Auch wenn sie bei seinem Anblick auf Gedanken kam, die ihr im Augenblick nicht recht waren. Er war wie eine Wunde, die sie immer wieder aufreißen musste. Ihr blieb noch Zeit genug, sich mit dieser Wunde abzufinden, wenn sie als seine Gemahlin bei ihm lebte.

Beatrice stand auf. Alle bei Tisch schauten sie an. Ihre Mutter war erzürnt über diese Missachtung des Anstands, Cecilia sah besorgt aus, und John wirkte nachdenklich. Sebastian ballte auf dem Tisch die Hand zur Faust, als ihr

Vater sie ansah, doch das war die einzige Regung, die er preisgab. Seiner Miene ließ sich nichts entnehmen.

Der Earl erhob sich nun ebenfalls. „Nun, meine Tochter?“ fragte er ruhig.

„Ich bitte um Erlaubnis, mich zurückziehen zu dürfen, Vater“, sagte sie leise.

Nachdenklich musterte er sie, und die Stille im Speisezimmer war fast greifbar. Ihr Vater könnte sie nun maßregeln, ihr die Erlaubnis verweigern und sie vor Sebastian und ihrer Familie demütigen, denn sie hatte einfach so gehandelt, ohne nachzudenken.

Er schob den Stuhl zur Seite und machte Platz zwischen seinem Stuhl und dem ihrer Mutter. „Komm her.“

Beatrice folgte der Aufforderung und kniete zu seinen Füßen nieder. Selbst wenn er sie demütigte, wäre das nichts im Vergleich zu früheren Erniedrigungen. Sie hatte bereits so viel erdulden müssen; gewiss könnte sie noch mehr Leid aushalten. Er überraschte sie, indem er ihr eine segnende Hand auf den Kopf legte. Als sie sich erhob, sagte er: „Komm näher, Liebes.“ Sie folgte seinem Wunsch, und er küsste sie auf die Wange und tätschelte zärtlich die andere. Zuletzt hatte er sie in dieser Weise geküsst, als sie noch ein kleines Mädchen gewesen war. Sie drückte ihre Wange gegen seine raue Haut.

Ich wünschte, ich wäre die Frau, zu der du mich erzogen hast.

„Ich gestatte dir, dich zurückzuziehen.“

Ihre Mutter sprach mit sehr leiser Stimme: „Mylord.“

Doch der Earl legte ihr eine Hand auf die Schulter. „Nein, Pippa.“

Langsam lehnte die Countess sich zurück. Nie stritten sie sich öffentlich oder vor den Augen ihrer Kinder. Beatrice hatte sich schon oft gefragt, ob sie überhaupt jemals in Streit gerieten.

„Geh, mein Kind“, sagte ihr Vater.

Sie nahm eine Kerze, um den Weg zu ihrem Schlafgemach zu finden, doch sie sorgte für mehr Schatten als Licht. Die Dunkelheit schien zu beben, als sei sie voller Dämonen. Nein, keine Dämonen; ihre wirren, ungebärdigen Gedanken warfen jene Schatten.

Vor ihrem Gemach blieb sie stehen und war nicht in der Lage, die Tür zu öffnen. Heute schien sie den längsten Tag ihres Daseins durchlebt zu haben, doch sie fühlte sich nicht erschöpft. In ihren Gliedern spürte sie einen beängstigenden Tatendrang, jene Art von Tatkraft, die sie einst in Wednesfield für Ausritte und Spaziergänge genutzt hatte. Doch jetzt konnte sie unmöglich ausreiten, in der gefährlichen, tödlichen Dunkelheit. Aber sie konnte auch nicht untätig sein. Wo sollte sie hingehen? Wo fände sie einen ruhigen Ort, eine Zuflucht vor ihren Ängsten und inneren Dämonen?

Eine Zuflucht …

Sie blies die Kerze aus, da sie nicht von den beunruhigenden Schatten begleitet werden wollte, drehte sich auf dem Absatz um und ging in Richtung der Kapelle, die am anderen Ende des Hauses lag.

3. KAPITEL

Kurz nachdem Beatrice die anderen verlassen hatte, stand Sebastian auf und verbeugte sich vor dem Earl und der Countess. Jetzt, da Beatrice fort war, erinnerten ihn alle, die am Tisch saßen – John und seine Frau, Lord Wednesfield und seine Gemahlin, sogar Cecilia –, daran, was ihm nie vergönnt sein würde: eine erfüllte und friedliche Ehe. Und diesen Gedanken konnte er nicht länger ertragen.

Er verließ das Speisezimmer in Richtung der Empfangshalle. Die Nacht war angebrochen und es war längst Zeit, ins Bett zu gehen, aber er war zu aufgewühlt, um zu schlafen. Wenn er nun in sein Gemach zurückkehrte, würde er nur wach liegen und an nichts anderes denken als Wollpreise, seine Pachtzinsen und Einkünfte, die seine Ausgaben immer weniger deckten … und an Beatrice.

Im Haus herrschte vollkommene Ruhe, als seien sämtlicher Bewohner, selbst diejenigen, die er soeben verlassen hatte, in traumlosen Schlaf gefallen. Sebastian beneidete sie. Er entsann sich, wie leichtfertig er einst geglaubt hatte, er käme nie zu Schaden, weil ihm nie ein Unrecht widerfahren war. Wenn sein Onkel ihm nicht geholfen hätte, hätte er womöglich alles verloren. Seither begleitete ihn die Angst um Benburys Zukunft Tag und Nacht.

Am anderen Ende der Halle geriet ein weißer Fleck in sein Blickfeld, der schwach von der Glut im Kamin beleuchtet wurde. Sebastian zog sich weiter in die Schatten zurück. Wer schlich dort durch die Halle, wenn doch fast alle Bewohner sich längst in ihre Gemächer zurückgezogen hatten? Und warum sah er lediglich das weiße Oval eines Gesichts in der Dunkelheit?

Die Gestalt kam näher, und der matte Schein des Feuers fiel auf die Verzierungen der samtenen, schwarzen Röcke. Gehüllt in ihr Witwenschwarz, war die Gestalt gleichsam mit den Schatten verschmolzen und selbst für seine scharfen Augen kaum wahrnehmbar.

Beatrice.

Sie ging an ihm vorüber, ohne ihn zu bemerken. Vielleicht gab sie auch nur vor, ihn nicht gesehen zu haben. Dann schritt sie durch einen Bogen, der zu den Stufen der Kapelle führte. Sebastian schlich ihr nach und fragte sich, wohin sie zu dieser späten Stunde wohl gehen mochte, doch auf der untersten Treppenstufe zögerte er. Sie konnte nur in die Kapelle gegangen sein; es gab keine andere Möglichkeit. Aber wieso? In ihrer Familie war sie diejenige, die am wenigsten zur Frömmigkeit neigte, und sie war gewiss keine Frau, die mitten in der Nacht das Gebet suchte.

Seine Neugierde war geweckt, und da er sich nur zu gerne von seinen Sorgen ablenken ließ, folgte er ihr die Treppe hinauf.

Ein schwacher Schimmer aus dem Innern der Kapelle verriet ihm, dass die Tür halb offen stand. Als Sebastian eine Hand auf das Schnitzwerk legte, hielt er inne, um abzuwägen, ob er eintreten sollte. Wenn Beatrice in ein Gebet vertieft war, wäre er bloß ein unwillkommener Eindringling – und was auch immer sie dort drinnen machte, er müsste mit ihr sprechen, sobald er ihr gegenüberstand. Aber er hatte ihr nichts zu sagen. Nichts, das er zu äußern wagte.

Er stellte sich vor, wie er sich abkehrte, die Treppe hinunterging und die Halle durchquerte, um sein Bett aufzusuchen. Für das Treffen mit dem Earl am nächsten Tag würde Ruhe ihm sicher hilfreich sein; hier mit Beatrice zu verweilen, wäre allerdings töricht. Zudem gehörte die Zeit, da er sich noch von jeder Gefühlsregung leiten ließ, längst der Vergangenheit an.

Schließlich drückte er die Tür auf.

Die Kapelle war düster und nur von wenigen Lichtern erleuchtet, die Geborgenheit verhießen. Ein tapferes Schauspiel gegen die Schwärze der Nacht. Beatrice kniete auf dem Boden der Kapelle, ihr Kopf war über die gefalteten Hände gebeugt. Ihre Haube verbarg das Gesicht, doch selbst wenn er sie nicht auf den Treppenstufen gesehen hätte, hätte er sie an ihrem anmutigen, schlanken Hals erkannt. Fürwahr, er würde sie immer erkennen, unter allen Umständen. Als er sie und Conyers damals entdeckt hatte, hatte er sie innerhalb weniger Sekunden erkannt, obwohl sie ganz von dessen Armen umschlungen gewesen war.

Angespannt hob er die Schultern. Die allzu lebhafte Erinnerung, Beatrice in den Armen von George Conyers zu sehen, entfachte Wut in ihm, als habe er den Anblick gerade erst ertragen müssen. Er kämpfte gegen den Zorn und die Erinnerung an und versuchte, nicht mehr an das Vergangene zu denken. Als er die Tür lautlos schließen wollte, glitt sie ihm aus der Hand und fiel mit einem leisen Geräusch ins Schloss.

Erschrocken fuhr Beatrice herum und hielt sich die Hände vor die Brust. Dann sah sie ihn, und ihr Gesicht wurde ausdruckslos.

„Mylord, Ihr habt mich erschreckt", sagte sie leise, als sie sich erhob.

„Das war nicht meine Absicht." Sebastian ging weiter in die Kapelle, denn er fühlte sich unwillentlich hineingezogen. Weil er Beatrice' offenkundige Frömmigkeit nicht mit den Dingen in Einklang bringen konnte, die er über sie wusste, fragte er wie unter einem Zwang: „Warum bist du hier?"

Sie blinzelte, als ob die Frage sie überraschte. „Ich kam, um zu beten."

„Zu dieser Stunde? Wenn die Bediensteten schlafen?"

Sie hob das Kinn. Ihre Augen waren geweitet, ihr Blick unsicher, als fragte sie sich, ob er sie verspottete. „Was macht die Tageszeit schon aus?"

„Ich hätte erwartet, dass du dein Bett aufsuchst."

Sie schwieg so lange, dass er schon glaubte, keine Antwort mehr zu erhalten. Dann senkte sie den Kopf ein wenig. „Gebete sind gut für die Seele. Wenn ich es vorher noch nicht gewusst habe, so weiß ich es jetzt."

Wegen deiner Sünden. Erneut merkte er Zorn in sich hochsteigen, und wieder stieß er ihn zurück. Er war ihr nicht gefolgt, um sie wegen der Vorfälle zu beschimpfen, die nicht mehr rückgängig gemacht werden konnten. Oder vielleicht doch? Töricht wie er war, wusste er nicht, warum er ihr überhaupt nachgegangen war, doch er hatte sich nicht zurückhalten können.

„Betest du darum, dass du von unserem Eheversprechen entbunden wirst?“ Er sprach, ohne nachzudenken, und noch im selben Augenblick wünschte er, er hätte nichts gesagt.

Ihr Gesicht war wie versteinert. „Es gibt keine Erlösung.“

Am Nachmittag war er davon ausgegangen, dass ihre zornige Weigerung, das Verlöbnis anzuerkennen, auf ihren Schrecken zurückzuführen war. Die Art und Weise, wie sie ihn immer wieder bei Tisch angesehen hatte, hatte in ihm die Hoffnung genährt, dass sie der Ehe nicht voller Wut und Kälte entgegensah. Die Trostlosigkeit, die nun in ihren Augen stand, machte seine Hoffnung indes zunichte.

„Woher willst du das wissen?“

„Weil dir all das nicht gefällt. Erst wenn wir erlöst würden, wärst du glücklich.“

Das überraschte ihn. Er hatte nicht geahnt, dass sie sein Verhalten in dieser Weise zu deuten vermochte. „Glaubst du, mir würde es gefallen, erlöst zu sein?“

Falten zerfurchten ihre Stirn. „Warum nicht? Du wärst mich los und frei, um Cecilia zu heiraten.“

Er wollte Cecilia nicht heiraten. Mochte er Beatrice auch nicht vertrauen, aber er würde ihre Schwester keinesfalls bevorzugen. Diese Gedanken überraschten ihn erneut, und er ertappte sich bei einem ungewöhnlichen Bekenntnis. „Du bist keine schlechte Partie, Beatrice.“

Ihre Miene verfinsterte sich, und sie löste sich von seinem Blick. „Das weißt du doch gar nicht.“

„Ich weiß es.“

Versonnen strich sie über ihren Rock und sprach zum Boden gewandt. „Das kannst du nicht wissen."

Sie hatte so leise gesprochen, dass er näher an sie herantreten musste. Als ihr Rocksaum seine Schuhspitze streifte, blieb er jedoch stehen. „Du bist von hoher Geburt und mit einer reichen Mitgift versehen. Und du bist bereits eine Ehefrau gewesen. Nichts an der Ehe wird dir demnach fremd sein."

Bei diesen Worten schaute sie nachdenklich auf und musterte sein Gesicht. Er ließ ihr Zeit, das zu finden, wonach sie offenbar suchte.

„Ich bin nicht deine Frau gewesen, und ich glaube auch nicht, dass die Wege meines verstorbenen Mannes deine Wege sind."

Schmerz erfasste ihn bei diesen Worten. Genauso wenig, wie er an ihre Liebschaft mit Conyers denken wollte, mochte er an das Leben erinnert werden, das sie zusammen mit Manners geführt hatte. „Ich bin ein Mann, wie er einer gewesen ist. Wie verschieden können wir sein?"

Eine düstere Erinnerung regte sich in ihrem Innersten; er konnte die Schatten in ihrem Gesicht deutlich sehen, bevor sie sich abwandte. „Nicht alle Männer sind gleich", murmelte sie.

Das wirst du am besten wissen, vernahm er eine innere Stimme. Er presste die Lippen aufeinander, um die Worte nicht laut auszusprechen. Trotz des Zorns, der sich nicht verdrängen ließ, hatte er nicht die Absicht, sie mit Anschuldigungen zu überhäufen. Oder sie für Sünden zu strafen, die er sich ausmalte und die alle schlimmer waren als die eine, deren Zeuge er gewesen war.

Da er schwieg, wandte sie sich ihm wieder zu. Der fragende Blick schwand, während ihre Augen über sein Gesicht wanderten. Erkenntnis leuchtete schließlich in ihrem Blick auf, als sähe sie, was er zu verbergen suchte. Doch dann merkte er, dass es nur der Kerzenschein war, der sich in ihren blaugrauen Augen spiegelte. Ihre Miene wurde undurchdringlich. Er verspürte ein Prickeln im Nacken. Beatrice war gleichsam entschwunden und hatte ihm nur ihren Körper zurückgelassen.

Komm zu mir zurück.

„Beatrice", sagte er zärtlich.

„Mylord?"

Versteck dich nicht vor mir und rede mich nicht wie einen Fremden an. Du weißt, dass ich keiner bin.

„Nenn mich bei meinem Namen."

Ihre Blicke trafen sich, und in den Tiefen ihrer Augen sah er, dass Beatrice zurückkehrte. Die Entfernung zwischen ihnen schmolz wie Schnee im Frühling. Sie versuchte, sein Gesicht zu ergründen, als sei er ihr zum ersten Mal begegnet.

„Was willst du von mir, Sebastian?"

„Nichts", antwortete er. Er vermochte nicht in Worte zu fassen, was er wollte. Er wusste lediglich, dass sie es ihm nicht geben könnte.

Sie faltete die Hände. „Ich glaube dir nicht."

„Ändert das etwas?" Er verschränkte die Arme.

„Ich wünschte, ich wüsste, was du verlangst, damit ich mich vorbereiten kann, dir deinen Wunsch zu erfüllen."

„Glaubst du, ich werde etwas von dir verlangen, das du nicht zu erfüllen weißt?“

„Ja, so ist es.“

„Warum? Was habe ich je getan, das diese Ansicht rechtfertigt?“

„Du bist ein Mann. Das ist alles.“

„Denkst du so schlecht über Männer?“

„Schlecht über sie denken? Nein, Sebastian, das tue ich nicht. Männer sind, wie sie sind, und deswegen darf man sie nicht für schlecht oder gut befinden. Ich frage nur, damit ich das erfülle, was du von einer Gemahlin verlangst.“

„Das tut nichts zur Sache. Du kannst niemals all das sein, was ich von einer Frau ersehne.“ *Diese Möglichkeit hast du verspielt, als du George Conyers in dein Bett gelassen hast.* Er presste die Kieferknochen zusammen, damit ihm diese Worte nicht über die Lippen kamen. Zorn schmerzte in seiner Brust, brannte in seinem Hals. Wenn er sich nicht in Acht nahm, würde er anfangen, sie zu verfluchen. Dann wäre niemals Frieden zwischen ihnen.

Mit leiser Stimme fragte sie: „Wenn ich nie die Frau sein kann, die du dir wünschst, Sebastian, willst du mir dann nicht wenigstens sagen, was ich tun kann, um das Beste aus diesem schlechten Handel zu machen?“

„Was auch immer du tust, es wird gut genug sein.“ Es musste ausreichen. Sie waren aneinander gebunden und konnten in diesem Leben nicht mehr getrennt werden.

Seufzend senkte sie den Blick. „Ich glaube dir nicht.“

„Wir können die Vergangenheit nicht ungeschehen machen,

Beatrice. Du kannst deine Liebschaft mit Conyers nicht rückgängig machen, und ich kann nicht ändern, was ich dazu gesagt habe. Von jetzt an ist alles, was ich brauche, dein Gehorsam. Und ich bezweifele nicht, dass ich ihn mir verschaffen werde." Das entsprach zumindest der Wahrheit, denn von dieser Forderung würde er nicht abrücken.

„Wenn wir die Vergangenheit nicht ungeschehen machen können, bin ich zumindest bereit, sie ruhen zu lassen." Sie schaute zu ihm auf, und in ihren klaren Augen fing sich das Kerzenlicht. „Wirst du es auch können?"

Er sah zur Seite, da er ihren forschenden Blick nicht aushielt. „Was kümmert mich die Vergangenheit?"

„Du kannst sie nicht einfach leugnen. Ich habe für meine Sünden Buße getan und gelobt, nicht noch einmal zu sündigen. Bei meiner unsterblichen Seele, ich werde keine Schande über mich bringen. Doch du kannst weder vergessen noch vergeben. Wie sollen wir dann je zusammenleben, Sebastian?"

„Wir werden zusammenleben, weil wir es müssen", erwiderte er.

Sie entfernte sich von ihm und trat zum Altar. Er ging ihr nach.

„Was verlangst du von mir, Beatrice?" fragte er.

Sie bekreuzigte sich und kniete mit gefalteten Händen. Er kniete sich neben sie.

„Sag mir, was du verlangst."

Sie starrte auf die Chorschranke. „Ich möchte Frieden finden."

„Ich kann ihn dir nicht geben."

„Ich weiß. Niemand kann das."

Niemand? Erinnerungen tauchten vor seinem geistigen Auge: wie Conyers seine Hand auf die ihre legte, wie er sie küsste. Und Beatrice ließ all dies zu.

„Konnte Conyers es?" fragte er. In der Stille klang seine Stimme hart.

Sie schloss die Augen, presste die Lippen aufeinander und sagte schließlich mit trauriger Stimme: „Sir George Conyers wollte nichts weiter als ein schnelles Vergnügen."

„Das du ihm bereitet hast." Es war nicht seine Absicht, über diesen Mann zu sprechen, aber er musste sie weiter bedrängen. Was war bloß mit ihm los?

Mit einem Kopfschütteln öffnete sie die Augen und starrte erneut die Chorschranke an. „Das habe ich nicht getan."

„Willst du behaupten, ich habe mich in dem, was ich sah, geirrt?"

„Was hast du gesehen?"

„Ich sah, wie er dich berührte, wo niemand, außer deinem Gemahl, dich berühren sollte." Seine Arme und Schultern verspannten sich, und hinter seinem Zorn brannte ein so tiefer Schmerz, dass die Erinnerung ihm erneut zur Qual wurde.

Sie sprach so leise, dass er zunächst nichts verstand, doch dann sagte sie ein wenig lauter: „Es stimmt, was du gesehen hast."

„Du sprichst in Rätseln, Beatrice. Du leugnest, ihm Vergnügen bereitet zu haben, gibst indes zu, bei ihm gelegen zu haben."

„Ich gebe gar nichts zu."

„Hast du bei ihm gelegen? Oder habe ich mich getäuscht?" Der Widerhall seiner erhitzen Stimme brach sich an den Wänden der Kapelle. Endlich machte er seinem Zorn Luft.

Sie suchte seinen Blick, doch ihre Augen waren wachsam. Für einen kurzen, bitteren Moment sah er das Mädchen vor sich, das einst so einfach zu durchschauen gewesen war. Jetzt aber war es ihm unmöglich, ihren Gesichtsausdruck zu deuten.

„Es tut nichts zur Sache, ob ich bei ihm gelegen habe oder nicht. Ich werde dir treu sein und es dir geloben, wenn du es von mir verlangst, aber ein Versprechen wird nicht nötig sein. Ich werde dir nie untreu werden, denn ich werde meine unsterbliche Seele nicht aufs Spiel setzen, um einem anderen Mann ein paar schöne Stunden zu verschaffen."

Schnell schaute sie weg und erhob sich. „Lass uns das Gespräch beenden, Sebastian. Ich bin müde und sage Dinge, die ich besser für mich behalten sollte. Wenn du es mir gestattest, würde ich mich gerne zurückziehen." Sie ging zur Tür.

Mit einem Mal verflog Sebastians Zorn, als könne er ihre Abwesenheit nicht ertragen. Er stand auf und folgte ihr. „Geh nicht, Beatrice."

Sie drehte sich zu ihm um. „Warum nicht? Wir streiten uns nur, wenn wir uns sehen. Vielleicht sind wir erst nach einiger Zeit in der Lage, ohne Zwistigkeiten zusammenzuleben. Doch der Zeitpunkt ist noch nicht gekommen."

Er streckte seine Hand aus, die nicht mehr länger zur Faust geballt war. „Ich möchte nicht, dass wir so auseinander gehen."

Beatrice seufzte. „Ich auch nicht, aber ich weiß nicht, was wir sonst tun könnten."

Er kam näher und hielt ihr nach wie vor die Hand hin. „Wenn ich sage, dass ich dir glaube ..."

„Lass dich bei so einem geringen Anlass nicht zu einer Lüge hinreißen, Sebastian. Es ist zu unbedeutend."

Er ließ die Hand sinken; die zwei Fuß, die sie voneinander entfernt waren, schienen zwanzig zu sein. „Du hast dich verändert."

Entschlossen reckte sie das Kinn empor. „Vielleicht war ich nie die Person, für die du mich gehalten hast. Möglicherweise ist das, was du nun vor dir siehst, die Wahrheit."

„Ist es so?"

Sie verzog den Mund zu einem bitteren Lächeln. „Du musst aber auch alles hinterfragen. Ich kann dies nicht beantworten und deine Befürchtungen nicht zerstreuen. Und ich vermag dir keinen Trost zu spenden. Dies ist das Los, das wir für unsere Sünden erleiden müssen." Rasch kehrte sie sich ab und ging die restlichen Schritte zur Tür. Dann drehte sie sich noch einmal zu ihm um. „Gute Nacht, und möge Gott mit dir sein." Sie entschwand seinem Blick und schloss die Tür hinter sich.

Ohne Beatrice schienen die Wände der Kapelle ihn zu erdrücken und die Luft allzu frostig und nasskalt zu sein. Die flackernde Flamme auf dem Altar warf Schatten und goldenes Licht auf die dunkle Steinmauer. Sebastian kehrte zum Altar zurück, kniete nieder und suchte in der Leere, die ihn mit einem Mal überfallen hatte, nach einem Gebet.

Stünde es in seiner Macht, würde er Beatrice von dieser Ehe entbinden. Nicht, weil er jede andere Frau lieber geheiratet hätte, sondern weil sie Recht damit hatte, dass sie immerzu stritten, wenn sie zusammen waren. Er wollte keine Ehe, die nur aus Zwist bestand. Wie Beatrice sehnte auch er sich nach Frieden, aber wenn er bei ihr war, kam er nicht zur Ruhe. Andererseits konnte er nicht von ihr lassen, um Frieden für sich zu finden.

Doch sosehr er es sich auch wünschte, wäre er doch niemals frei, und ebenso wenig Beatrice. Sie waren aneinander gebunden, vor Gottes Angesicht. Einige Männer mochten sich ihrer Frauen wie eines alten Schuhs entledigen, indem sie sich auf entsprechende Vorverträge beriefen oder sich ganz zufällig einer Blutsverwandtschaft entsannen. Sebastian würde niemals derart unehrenhaft handeln, auch nicht, um dieses Verlöbnis ungeschehen zu machen. Ob er es nun wollte oder nicht, er musste die Frau heiraten, die er seit Kindheitstagen liebte.

Möge Gott ihnen beistehen.

4. KAPITEL

Beatrice schloss die Kapellentür und lehnte sich gegen das dunkle Holz. Sie wartete, bis ihr wild pochendes Herz sich beruhigte. Die Begegnung mit Sebastian hätte sie mit Besorgnis erfüllen müssen, denn es hatte sich gezeigt, dass ihr als seine Gemahlin kein Frieden vergönnt sein würde. Doch statt Entsetzen stellte sich ein Gefühl von Heiterkeit bei ihr ein. Dieselbe belebende Erregung, die ihren Körper erfasst hatte, als sie Sebastians Blicken standgehalten hatte, ließ jetzt ihr Herz schneller schlagen. Was war mit ihr geschehen, dass sie sich nicht davor fürchtete, ihn zu treffen oder ihm zu trotzen?

Sie straffte die Schultern. Hier vor der Kapelle konnte sie nicht verweilen und sich den Kopf zerbrechen. So eilte sie durch das dunkle Haus in ihr Schlafgemach. Nachdem das Zimmermädchen ihr beim Entkleiden geholfen und ihr das Nachtgewand angelegt hatte, entließ sie das Mädchen. Sie wünschte keine Gesellschaft, während die Gedanken in ihrem Kopf herumwirbelten. Allein schritt sie im Gemach auf und ab, zu rastlos, um Ruhe zu finden.

Etwas hatte sich an diesem Abend verändert. Bevor sie durch Sebastian unterbrochen worden war, hatte sie wahrhaftig gebetet. Nur wenige Stunden, nachdem sie Cecilia gesagt hatte, sie könne nicht mehr beten. Wie war das möglich? Was hatte die Schranke in ihrer Seele geöffnet?

Als sie in Wednesfield aufgewachsen war, hatte sie sich zu Beginn des Frühlings oft eingebildet, sie könne fühlen, wie die

Erde zu neuem Leben erwachte, noch ehe die grünen Triebe sichtbar wurden. Als ob der neue Saft, der durch die Bäume lief, sich auch in ihr regte. Dieses kribbelnde, feine Gespür durchströmte sie in diesem Augenblick, das Empfinden, dass schlafende Dinge erwachten. Irgendwie hatte dieses Gefühl mit Sebastian zu tun und mit dem Aufruhr, in dem sie sich befand.

Sie schüttelte den Kopf. Angst kroch in ihr hoch und wisperte: *Wenn du diesem Gefühl traust, steht es umso schlimmer um dich.* War es tatsächlich Angst oder vielmehr ihr klarer Verstand? Damals hatte sie geglaubt, Thomas vertrauen zu können, doch sie hatte sich in ihm geirrt. So war es auch mit Sebastian und George Conyers gewesen. Nein, es wäre besser, ihre Gedanken für sich zu behalten und sich in die Rolle einer unterwürfigen, in allem gehorsamen Gemahlin zu fügen. Heute Abend war das letzte Mal gewesen, dass sie um ein Haar in eine Auseinandersetzung mit Sebastian geraten war.

Die Tür öffnete sich knarrend. Beatrice drehte den Kopf und erblickte Cecilia, die mit der Laute in der Hand in das Zimmer schlüpfte, nachdem sie sich vergewissert hatte, dass ihre Schwester allein war.

„Wo sind Mary und Edith?“ fragte Cecilia.

„Mary war nicht hier. Und Edith habe ich fortgeschickt.“

Für einen Moment verengten sich Cecilias Augen, doch sie sagte nichts weiter als: „Kannst *du* mir dann helfen?“

„Gerne.“

Sie sprachen kein Wort, während Beatrice ihrer Schwester beim Entkleiden behilflich war, doch Beatrice spürte, dass

Cecilia sie beobachtete. Ihre dunklen Augen sahen ohne Zweifel mehr, als sie erkennen ließ. Beatrice wusste, dass sie selbst nicht dumm war, aber wenn sie ihren Verstand mit der Klugheit ihrer Schwester verglich, kam sie sich wie eine Närrin vor.

Während Cecilia ihr Haar flocht und die Nachthaube aufsetzte, nahm Beatrice Platz. Auch sie müsste das Haar zu einem Zopf flechten, aber sie wollte es nicht. Noch nicht.

Cecilia zog die Bänder ihrer Haube stramm. „Willst du so zu Bett gehen? Dein Haar wird morgen ganz durcheinander sein."

„Mir ist, als hätte ich nicht mehr die Kraft", gab Beatrice zu. „Den heutigen Tag möchte ich am liebsten hinter mir lassen, aber ich fürchte, der morgige Tag wird noch schlimmer sein."

„Lass mich das machen."

Beatrice nickte und rückte den Stuhl von der Wand ab. Cecilia nahm den Kamm, den sie aufs Bett gelegt hatte, und stellte sich hinter die Schwester. Mit sanften Berührungen glitten ihre Finger durch deren Haar. Wohlbehagen durchströmte Beatrice. Sie hatte es immer schon geliebt, wenn ihre Schwester oder Emma ihr das Haar kämmten; beide übten eine beruhigende Wirkung auf sie aus.

Eine einzelne Locke fiel ihr über die Schulter und glänzte golden im Kerzenschein. Cecilias Hand, deren Fingerspitzen schwielig vom Lautespielen waren, strich die Locke zurück.

„Immer schon habe ich mir gewünscht, ich hätte dein Haar", sagte Cecilia und zog den Kamm vom Haaransatz bis hinunter zu den Spitzen, wobei sie Beatrice' Rücken streifte.

Als Beatrice den Kamm spürte, wich das letzte bisschen Anspannung aus ihrem Körper. Sie brauchte einen Augenblick, ehe sie etwas erwidern konnte.

„Weil es blond ist?“

„Und gelockt.“

„Aber dein Haar ist seidenglatt!“ Fürwahr, Cecilia war dunkelhaarig, aber ihr Haar war fest und glänzend. Es fühlte sich kühl und seidig an. „Und ich wollte immer dein Haar haben.“

Ihre Schwester lächelte. „Du kannst doch nicht ein Spatz wie ich sein wollen.“

„Papa hat dunkles Haar.“

„Ah.“

Während Cecilia stets ihrer Mutter näher gestanden hatte, war Beatrice immer der Sonnenschein ihres Vaters gewesen. Doch jene Tage schien eine andere Person und nicht sie selbst erlebt zu haben.

In einem langsamen, einschläfernden Rhythmus glitt der Kamm immer wieder durch ihr Haar. In die Stille hinein sagte Beatrice: „Ich habe mit Sebastian gesprochen.“

Cecilia hielt inne. „Wann?“

Beatrice öffnete die Augen. „Etwa vor einer Stunde. Nachdem ich euch verlassen hatte.“

Erneut fuhr Cecilia mit dem Kamm sanft durch das Haar. „Was hast du ihm gesagt?“

Sie erinnerte sich nicht an die Worte, nur an das flammende Blau von Sebastians Augen. Einmal war er wütend geworden, wütend genug, um sie zusammenzucken zu lassen, doch sie hatte ihn nicht gefürchtet. Auch wenn es klüger wäre, ihn zu fürchten – sie konnte es offenbar nicht.

„Beatrice, was hast du ihm gesagt?"

„Ich kann mich nicht erinnern." In ihrem Gedächtnis war nichts mehr außer strahlend blauen Augen.

„Und was hat er zu dir gesagt?"

„Er sprach über Sir George." Nein, er hatte nicht gesprochen, sondern sie wütend angefahren. Und dennoch hatte sie ihn nicht gefürchtet.

„Und was hast du geantwortet?" Cecilia fuhr unbeirrt mit dem gleichmäßigen Kämmen fort, und ihre Stimme war so ruhig, als sprächen sie über das Wetter.

„Ich sagte ihm, ich würde keine Sünde begehen, um einem Mann Vergnügen zu bereiten." Oder um Missfallen zu erregen. Kurz nach Thomas' Tod hatte Sir George Conyers ihr eine Nachricht zukommen lassen, mit der dringenden Bitte, sie möge sich mit ihm treffen. Beatrice hatte diese Nachricht, zusammen mit all den nachfolgenden, unbeantwortet zurückgeschickt. Sie hatte mit ihm und allem, was er in ihrem Leben bedeutet hatte, abgeschlossen.

„Was hat er dazu gesagt?" fragte Cecilia so ruhig wie zuvor. Ihre Stimme verriet nichts weiter als leidenschaftsloses Interesse. Wie leicht es war, jemandem zu antworten, der sich nicht über das aufregte, was man sagte.

War ihre Schwester deshalb eine so gute Zuhörerin, da ihre Worte sie weder erschreckten noch aufwühlten? Mit ihr zu sprechen war wie eine Beichte, jedoch ohne die Last der Reue oder den Preis der Buße. Alles, was sich in Beatrice aufgestaut hatte, drängte nun mit Macht hinaus, ohne dass sie wusste, wie sie mit all dem zurechtkommen sollte. Sicher würde Cecilia einen Weg finden, wie man ihr helfen könnte.

„Er hat gesagt, ich habe mich verändert." Sie beugte sich vor und hielt sich die Hände vors Gesicht. „In weniger als einem Monat werden wir heiraten. Wie sollen wir bis dahin lernen, nicht immer nur zu streiten?"

„Ich denke, die Hochzeit wird nicht vor Michaelis stattfinden", meinte Cecilia.

Beatrice richtete sich auf. „Erst Ende September? Warum so spät?" Obwohl sie wusste, dass sie und Sebastian Zeit brauchten, um zu lernen, gut miteinander auszukommen, wollte sie keinesfalls warten, schon gar nicht zwei Monate. Sie war nicht frei, würde es nie sein. Und daher wollte sie auch nicht die Zeit haben, darüber nachdenken zu können, wie es wohl sein mochte, wenn sie unverheiratet wäre.

„Du bist erst seit kurzem Witwe. Es muss ausreichend Zeit verstreichen, um sicherzugehen, dass du kein Kind erwartest."

Beatrice wirbelte auf dem Stuhl herum und sah Cecilia an. „Du weißt, dass ich nicht guter Hoffnung bin", sagte sie, und ihr Herzschlag schien einen Moment auszusetzen. Es war schwer, über ihre Kinderlosigkeit zu sprechen.

„Das weiß ich …"

„Und Sebastian wird es auch wissen, sobald wir beieinander liegen." *Falls er mit mir das Bett teilt.* Sie verdrängte die Gedanken und weigerte sich, ihnen Raum zu gewähren.

„Aber die Öffentlichkeit muss es erfahren", erklärte ihre

Schwester. „Du weißt so gut wie ich, dass der Anschein der Wahrheit wertvoller ist als die Wahrheit selbst.“ Sie ergriff Beatrice’ Schultern und schüttelte sie sanft. „Wenn nur die Wahrheit zählte, könntest du gleich morgen mit Sebastian nach Benbury aufbrechen.“

„Ich kann nicht so lange warten“, flüsterte Beatrice.

„Bist du so ungeduldig?“ fragte Cecilia und hob die Brauen.

„Ungeduldig? Nein, ich brenne genauso wenig darauf, Sebastians Frau zu werden, wie ein Verurteilter darauf aus ist, dem Scharfrichter gegenüberzutreten. Aber es wäre mir lieber, nicht tagaus, tagein auf den Galgen warten zu müssen.“

„So schlimm wird es nicht werden, Beatrice, da bin ich mir sicher.“

„Ich kann meine Zunge nicht im Zaum halten, wenn ich mit ihm zusammen bin! Ich nörgele und beschwere mich, wie es sich für eine Ehefrau nicht ziemt. Er wird mich maßregeln, Ceci, wenn nicht mit einer Gerte, dann mit der bloßen Hand. Und ich weiß nicht, ob ich noch mehr davon ertragen kann. Was soll ich nur tun?“

„Sei still, Liebes.“ Cecilia kniete neben ihr, legte den Kamm zur Seite und nahm Beatrice’ Hand, die sie sanft drückte. „So zornig Sebastian auch auf dich sein mag – und er ist zornig, obwohl ich es töricht von ihm finde –, so ist er doch ein guter und freundlicher Mann. Er ist nicht wie Thomas Manners, und er wird dich nicht so behandeln wie Manners es getan hat.“

„Woher willst du das wissen? Woher?“

„Sebastian schlägt weder seine Pferde noch seine Jagdhunde. Warum sollte er also seine Frau schlagen?"

An Cecilias Worten war etwas Wahres dran. Sebastian neigte nicht dazu, diejenigen, die seiner Sorge anbefohlen waren, schlecht zu behandeln. Ganz anders war es bei Thomas Manners gewesen. Den Unterschied zu sehen war eine Sache, Vertrauen aufzubringen, eine andere. „Ich habe schreckliche Angst", flüsterte sie. So unsinnig es auch schien, Beatrice fürchtete sich nicht vor Sebastian, sie hatte lediglich Angst davor, ihn zu heiraten.

„Ich weiß, Liebes, ich weiß." Cecilia ließ Beatrice' Hand los und schloss die Schwester in die Arme. Beatrice legte den Kopf an Cecilias Schulter, während ihre Schwester ihr über den Rücken strich, wie Emma es zu tun pflegte, als sie noch kleine Mädchen waren. Cecilias Klugheit hatte sie nicht kalt oder lieblos werden lassen, und sie hatte auch nicht vergessen, wie man Liebe zeigte. Beatrice fühlte sich von neuer Kraft erfüllt, als wäre die Stärke ihrer Schwester auf sie übergegangen.

„Ich bin so froh, dass du bei uns in Wednesfield sein wirst", sagte sie.

Die Hände auf ihrem Rücken hielten inne, doch Cecilia sagte kein Wort. Beatrice hob den Kopf und schaute zu ihrer Schwester auf, die traurig den Blick gesenkt hielt. Beatrice wurde es kalt ums Herz.

„Du kommst nicht nach Hause." Sie brauchte nicht zu fragen, da sie die Antwort bereits ahnte.

Cecilia hob die Lider, in ihrem Blick mischten sich Traurigkeit und Aufgeregtheit. „Wenn die Königin es mir gestattet, werde ich meine Stellung als Hofdame wieder aufnehmen."

„Warum?" *Warum gehst du? Weshalb verlässt du mich, wenn ich dich brauche?* „Zum Wohle der Familie? Wir haben das nicht nötig. Weil du das Leben bei Hofe liebst? Du magst den Hof nicht, das habe ich in deinem Gesicht gelesen." Sie war ihrer Hoffnung beraubt und fühlte sich betrogen. Mit beiden Händen wollte sie Cecilia festhalten, doch in ihrer Wut erkannte sie, dass ihre Schwester durch nichts aufzuhalten war.

Cecilia löste sich von Beatrice und kniete weiter neben ihr. „Nein", entgegnete sie leise. „Ich mag das Leben bei Hofe nicht." Sie seufzte. „Und ich möchte dich tatsächlich nicht verlassen, aber es gibt Dinge ... Menschen ... einen Mann, dem ich mich stellen muss, bevor ich etwas anderes tun kann."

„Wer ist es? Wen musst du unbedingt treffen? Und warum?" *Wer mag so bedeutsam für dich sein, dass du mich dafür verlässt?* Beatrice verdrängte diesen Gedanken. *Ich werde mir nicht selbst Leid tun.* Mitleid, von wem auch immer, war fehl am Platze.

Cecilia schluckte mühsam. „Ich liebte einen Mann." Sie griff nach dem Kamm und fuhr mit den Fingerspitzen darüber. Die Berührung erzeugte ein merkwürdiges, schnarrendes Geräusch. „Und ich dachte, er liebt mich." Sie legte den Kamm auf den Schoß. „Ich muss die Wahrheit ergründen. Denn ich muss wissen, was er fühlt."

„Wer ist es?" Gerüchte kamen Beatrice in den Sinn, Geschichten, die sie zur Hälfte aufgeschnappt hatte, da ihr niemand die volle Wahrheit sagen wollte. Doch sie hatte den Gerüchten keinen Glauben geschenkt. „Ist es der Herzog von …"

„Sprich seinen Namen nicht aus!" rief Cecilia aus und legte ihrer Schwester die Hand auf die Lippen. „Ich will ihn nicht hören."

„Es gab Gerüchte …", sagte Beatrice hinter vorgehaltener Hand.

Cecilia nickte. „Und es ist etwas Wahres dran." Sie ließ die Hand sinken. „Ich muss wissen, ob er mich liebt. Und deshalb muss ich ihn wiedersehen."

Der Mut ihrer Schwester raubte Beatrice den Atem. Sie gedachte, den Mann aufzusuchen, den sie liebte, um die Gewissheit zu erhalten, dass er sie nicht mehr liebte. Als Beatrice einmal den gleichen Mut hätte aufbringen müssen, hatte sie sich hinter ihrem Stolz versteckt, aus Angst, verletzt zu werden. Cecilia hingegen schien ein viel größeres Risiko einzugehen.

„Und wenn er dich doch liebt?" fragte Beatrice. Sie musste es ganz einfach wissen, als würde sie sich selbst eine Frage beantworten, der sie bisher ausgewichen war. Als wäre damit ein Problem gelöst, das sie nicht wahrhaben wollte. „Du kannst ihn nicht heiraten."

„Ich weiß, dass ich ihn nicht heiraten kann. Aber wenn er mich liebt, weiß ich, dass alles, was ich getan habe, richtig gewesen ist." Cecilias Blick war in die Ferne gerichtet, als ob Erinnerungen an ihr vorüberglitten, die sie aus dem kleinen, von Kerzen erleuchteten Schlafgemach entführten.

„Was ist geschehen?“ Was könnte ihre gute, kluge Schwester getan haben, dass das Wissen um die Liebe eines Mannes ihre Fehler aufwog?

Cecilia löste sich aus ihren Erinnerungen, doch als sie Beatrice ansah, lag etwas Undurchdringliches in ihrem Gesicht. „Dreh dich um. Lass mich dein Haar kämmen.“

Beatrice drehte ihrer Schwester den Rücken zu. Auch wenn Cecilias Mienenspiel sie nicht gewarnt hätte, würde sie niemals in die Geheimnisse eines anderen Menschen dringen. Zu viele hatten sich in ihre Angelegenheiten eingemischt.

Gelber Kerzenschein und graue Schatten tanzten auf der rauen Wand. Die Muster aus hellen und dunklen Flächen veränderten sich, wenn der Luftzug unter der Tür die Kerzenflamme zum Flackern brachte. Beatrice sprach gleichsam zu dem Schauspiel aus Licht und Schatten: „Ohne dich wird es in Wednesfield anders sein.“

Ihr Verstand sagte ihr, dass sie Cecilia in den letzten Jahren nicht gebraucht hatte, und daher sollte es ihr nichts ausmachen, wenn ihre Schwester die Burg verließ. Doch die einsame Stimme, die sie verdrängt zu haben glaubte, fragte: *Und wer wird mir jetzt ein Gefährte sein?*

„Es war alles anders, als du gegangen bist“, erwiderte Cecilia.

Sie legte ihr das Haar über die Schultern, bevor sie erneut sanft mit dem Kamm durch die Locken glitt. „Ich werde zurückkommen, wenn du Sebastian heiratest.“

Beatrice nickte. *Was werde ich bloß bis dahin tun?*

5. KAPITEL

„Michaelis?“ wiederholte Sebastian ungläubig, denn er war sich sicher, den Earl falsch verstanden zu haben. Gewiss würde Lord Wednesfield nicht von ihm erwarten, beinahe zwei Monate zu warten, bevor Beatrice ihm gehörte. „Ich sehe keinen Grund, die Hochzeit hinauszuschieben.“

Der Blick des Earl erinnerte Sebastian an seine Kindheit, als Lord Wednesfield ihn wie seinen eigenen Sohn behandelt hatte. Damals hatte er nicht nur seinen Söhnen Jasper und John, sondern auch ihm beigebracht, was es hieß, ein Edelmann und Grundbesitzer zu sein. Derselbe Gesichtsausdruck war stets die Antwort des Earl auf törichte Fragen gewesen; als Sebastian nun diesen Blick sah, zog er die Stirn in Falten. Was war an seinen Worten denn falsch gewesen? Es konnte keinen triftigen Grund geben, die Hochzeit zu verschieben.

Der Earl schüttelte den Kopf, und in seinem Blick lag Abscheu. „Nein, es gibt keinen Grund. Wenn dir ein Sohn geboren wird, ist es offenbar unbedeutend, ob die Leute an den Fingern abzählen und behaupten können, der Junge stamme von Thomas Manners ab. Was macht es schon aus, dass du ihn zwar für dich beanspruchst, die Leute ihn aber hinter deinem Rücken Bastard schimpfen?“

Der ruhige, nachdenkliche Tonfall des Earl ärgerte Sebastian. Insbesondere, weil er erkannte, dass er Wednesfields Spott verdiente. Seine Behauptung war dumm gewesen.

Und dennoch, zwei Monate? „Warum so lange, Mylord? Beatrice ist bereits seit über zwei Wochen verwitwet."

„Bist du so versessen darauf?" fragte der Earl und hob verwundert die Brauen.

Etwas in den dunklen Augen des Earl verunsicherte Sebastian, und er beschloss, sich zurückzuhalten. „Nein, nur überrascht. Aber ich verstehe, was Ihr meint. Michaelis sei es."

Lord Wednesfield lächelte. „Das war noch das Einfachste, mein Junge." Das Lächeln wurde breiter. „Ich fürchte, der Rest wird nicht so einfach vonstatten gehen." Er setzte den Bierkrug an die Lippen und nahm einen kräftigen Schluck.

Die Anspannung, die Sebastian bei seiner Vorahnung verspürt hatte, ließ nach. Das Trinken war ein Schachzug des Earl, der den anderen glauben machen sollte, er sammele seine Gedanken, obgleich er sich in Wahrheit bereits jedes einzelne Wort zurechtgelegt hatte. Ein Gefühl von Zuneigung und Bewunderung, das schon immer seine Beziehung zum Earl bestimmt hatte, durchströmte Sebastian auch jetzt wieder.

Wednesfield setzte den Krug ab und seufzte. Mit dem Handrücken wischte er sich über den Mund. „Es ist nicht richtig von mir, schlecht über einen Verstorbenen zu sprechen. Auch über deinen Vater sollte ich zu niemandem ein böses Wort verlieren."

Was hatte dies mit Beatrice und ihm und ihrer Hochzeit zu tun? Sebastian schwieg und wartete, dass der Earl nach der überflüssigen Einleitung nun auf das Wesentliche zu sprechen kam.

„Ich habe es dir schon hundertmal gesagt – Landbesitz ist der wahre Reichtum."

Hundertmal? Das hatte er schon tausendfach von ihm gehört. Jedes Mal, wenn sein Vater einen weiteren Hof oder ein weiteres Stück Land veräußert hatte, waren die Worte des Earl in sein Bewusstsein gedrungen. Und wenn er daran dachte, was sein Vater von Benbury übrig gelassen hatte, riefen Wednesfields Worte eine tiefe Verbitterung in ihm hervor. Wenn Landbesitz der wahre Reichtum war, so hatte Lord Benbury seinen Sohn beinahe mittellos gemacht. Gott und den Heiligen sei es gedankt, dass sein umsichtiger Onkel Henry Isham eingeschritten war.

„Als dein Vater zu mir kam und mir das Landhaus in Herron anbot, habe ich versucht, ihn von dem Verkauf abzuhalten. Ich habe mit Engelszungen auf ihn eingeredet. Doch er wollte nicht auf mich hören, Sebastian, und daher habe ich ihm letzten Endes das Land abgekauft. Ich dachte, wenn ich es hätte, wärest du eines Tages in der Lage, es von mir zurückzukaufen."

„Vielleicht, Mylord."

In Herron, einem kleinen, reizvollen Landgut inmitten von Feldern und Wiesen, war er geboren worden; dieses Herrenhaus hatte ihm immer am besten gefallen, und er hatte es tief bedauert, als es verkauft wurde. Das Gut hatte stets beträchtliche Erträge abgeworfen, und gewiss hatte sich der Gewinn unter der Hand des Earl noch steigern lassen. Herron eines Tages zurückzukaufen lag gewiss jenseits seiner finanziellen Möglichkeiten.

„Ich denke, Herron war nicht das einzige Gut, das dein Vater veräußert hat. Vergib mir, aber er war ein Narr."

Das war er, Mylord. Sebastian brachte die Worte nicht über die Lippen, sosehr sie auch der Wahrheit entsprachen.

„Ich kann nicht alles wieder beschaffen, was er verkauft hat. Herron aber soll Beatrice' Mitgift sein."

„Herron, Mylord?" Hatte er das richtig gehört? Sein Herz begann heftig zu pochen.

„Unter einer Bedingung", fuhr der Earl fort, „von der ich unter keinen Umständen abrücken werde. Das Gut fällt an mich oder meine Erben zurück, sollte Beatrice kinderlos sterben."

„Mylord, wie das? Eure Tochter kann sehr wohl unfruchtbar sein. Es ist sicher, dass sie ihrem verstorbenen Gemahl keine Kinder gebar." Gott helfe ihm, wenn es stimmte – denn er konnte sich keine kinderlose Frau leisten.

Der Earl sah ihn finster an. „Du hast dich vor einigen Jahren aus einer Laune heraus an sie gebunden, Benbury, und jetzt wagst du es, dich über Beatrice' Mitgift zu beschweren. Ich schulde dir nichts."

Sebastian streckte die Arme aus. „Dann gebt mir nichts. So werde ich zumindest alles, was ich habe, mein Eigen nennen können, und es wird mir nicht weggenommen, weil meine Frau mir keinen Sohn schenken kann."

„Ich habe gesagt, dass Beatrice dir ein Kind, nicht unbedingt einen Sohn, schenken muss." Lord Wednesfield schaute weiterhin düster drein. „Bei Jesus Christus, Herron könnte dir schon im Hochsommer des nächsten Jahres gehören, wenn du deine Aufgabe gut erfüllst."

Sebastian sehnte sich mehr nach Herron, als er zu sagen vermochte, doch er hatte Bedenken, das Gut anzunehmen. Wie sollte er es halten? Und wie sollte er es ertragen, Herron wieder abgeben zu müssen?

Lieber hätte ich die Hälfte von Herrons Wert in Gold, Mylord, oder auch nur ein Viertel, als erneut mit ansehen zu müssen, wie mir das Landhaus durch die Finger rinnt.

Das konnte er dem Earl jedoch unmöglich vorschlagen.

„Nun gut, Mylord. Das Herrenhaus ist Beatrice' Mitgift. Ich halte es für eine allzu großzügige Gabe, aber ich wäre töricht, mit Euch darüber zu streiten. Ich bin Euch zu großem Dank verpflichtet."

Der Earl schnaubte. „Sag einem Mann niemals, dass er dir zu viel gegeben hat. Er könnte dir glauben." Er sah Sebastian an. „Jetzt, da wir über Beatrice' Witwenabsicherung verhandeln müssen, wäre eine entsprechende Zuwendung deinerseits angemessen."

Fragend hob Sebastian die Brauen. Sollte er die Gewalt über Benbury etwa in Beatrice' Hände legen, wenn sie ihn überlebte? „Nein, Mylord."

„Nein? Nachdem ich ihr Herron als Mitgift zugesichert habe?"

Einen Augenblick lang war Sebastian versucht, dem Earl zu sagen, er könne Herron behalten, wenn das der Preis war. Dann kam ihm ein anderer Gedanke. „Überlasst ihr Herron, wenn sie eines Tages Witwe ist. Nicht weniger, da es sich um ein so ertragreiches Gut handelt. Und nicht mehr, damit mein Sohn seine Ländereien verwalten kann, auch wenn Beatrice noch leben sollte."

Der Earl öffnete den Mund, als wolle er widersprechen, doch dann lächelte er. „Herron sei es." Er beugte sich vor und lächelte wie ein Junge, der einen Raubzug in die Vorratskammer erwog. „Nun lass uns sehen, ob wir aneinander geraten, wenn es um die Einzelheiten geht."

Sebastian musste seinen ganzen Verstand zusammennehmen, um mit dem gerissenen Earl zu verhandeln und die Anwälte daran zu hindern, die ohnehin verworrene Übereinkunft zusätzlich zu verkomplizieren. Nach drei mühseligen Stunden setzte er seine Unterschrift unter den Heiratsvertrag. Der Inhalt des Vertrags hätte schlimmer ausfallen können, wenn der Earl darauf aus gewesen wäre, Sebastians Lage auszunutzen. Wenn die einzelnen Klauseln ihn auch nicht von seinen Sorgen befreiten, so trugen sie zumindest nicht dazu bei, sie zu verschlimmern.

„Alles, was jetzt noch zu tun bleibt, sind das Heiratsaufgebot und die Vermählung", sagte Wednesfield mit zufriedener Stimme. „Wirst du später deine Stellung bei Hofe behalten? Soll ich mich darum kümmern, ob wir Beatrice noch eine gute Position verschaffen können?"

Beatrice bei Hofe, wo sie Bewunderer anziehen würde, die so korrupt waren wie Conyers? Nein, sie würde den Rest ihres Lebens in sicherer Verwahrung in Benbury verbringen, mochte sie auch noch so weinen und flehen. Und er selbst würde glücklich sterben, wenn er nie an den Hof zurückkehrte. Sein Vater hatte stets darauf bestanden, ein Mann könne nur dann sein Glück machen, wenn er um den König kreise wie die Sonne um die Erde. Vielleicht war etwas Wahres daran, aber es traf ebenso zu, dass man sein Vermögen kaum schneller verlieren konnte. Selbst wenn er etwas für die Ränke und den Glanz bei Hofe übrig gehabt hätte, wäre er dennoch fortgegangen, denn er war den Anforderungen einfach nicht gewachsen.

„Nein, Mylord. Wir werden auf Benbury leben."

„Du wirst manch eine Gelegenheit auf Beförderung verpassen", sagte der Earl und zog die Brauen über der Nase zusammen.

Sebastian sah auf seine Hände. Lord Wednesfield hatte Recht; der Hof war der einzige Ort, wo man an der Freigebigkeit teilhaben konnte, die den Händen des Königs entströmte. Vielleicht würde Beatrice beizeiten ...

... Beatrice, ein Honigtopf, der die schlimmste Sorte Fliegen anzog.

Er hob den Kopf und sah dem Earl in die Augen. „Das Leben am Hof verschlingt alles, was meine Ländereien an Erträgen bringen. Ich kann es mir nicht leisten."

Fragend sah Wednesfield ihn an. „Selbst jetzt nicht, da du Herron bald dein Eigen nennen wirst?"

„Jedes Jahr kostet das Hofleben mehr. Ihr habt meinen Vater einen Narren gescholten, weil er sein Land verkaufte. Er veräußerte seinen Besitz, da seine Ausgaben größer waren als seine Einkünfte. Ich werde nicht denselben Fehler machen."

„So sei es. Was mich betrifft, ich werde froh sein, einen Mann in meiner Grafschaft zu wissen, der einen klugen Verstand hat." Der Earl erhob sich. „Und ich bezweifele nicht, dass es meiner Gemahlin gefallen wird, ihre Tochter in der Nähe zu haben. Komm, gehen wir zu den beiden und verkünden ihnen die guten Neuigkeiten."

In der Halle erfuhren sie von einem Diener, dass die Countess, ihre Töchter und die Zofen in den Garten gegangen waren, um die willkommene Regenpause zu genießen. Am Ende des Ganges, der zum Garten führte, stand eine Tür offen; blaugrünes Licht schimmerte von draußen herein, das nach der schwachen Beleuchtung in der Halle und dem Gang blendete. Sebastian folgte dem Earl und betrat den feuchten, hellen Garten.

Die nassen Blätter glitzerten, und die Steine auf dem Pfad dampften leicht im Sonnenschein. Der Geruch von satter, brauner Erde stieg ihm in die Nase. Zu seiner Linken schritten Cecilia und ihre Mutter Arm in Arm, gefolgt von ihren Zofen. Zu seiner Rechten erging Beatrice sich allein im Garten, drehte eine Rose in ihren Händen und hielt den Kopf gesenkt. Sebastian wünschte, er könne sich Cecilia zuwenden; nach der verwirrenden und schwierigen Begegnung mit Beatrice am vergangenen Abend war er nicht sicher, ob er schon wieder bereit war, mit ihr zu sprechen.

Er lockerte die Schultern und straffte den Körper. Nur ein Feigling würde vor einer Frau davonlaufen. Gewiss könnte er seinen Zorn zügeln, um Beatrice nicht erneut zu schelten. Er wandte sich an den Earl und bat um Erlaubnis, zu Beatrice gehen zu dürfen. Mit einer wohlwollenden Handbewegung entließ ihn der Hausherr. Am liebsten hätte Sebastian all seine Sorgen hinter sich gelassen, während er mit großen Schritten auf Beatrice zuging.

Sie schaute auf, als er näher kam, doch die Rose drehte sich nicht mehr in ihrer Hand. Sebastian blieb fünf Schritte von ihr entfernt stehen, denn ihre unsichere, trübsinnige Miene lähmte ihn. Violette Flecken unter ihren Augen ließen ihren Blick matt erscheinen. Dunkel stachen die Ränder von ihrer blassen Haut ab. Sie sah aus wie eine Frau, die zu lange nicht mehr richtig geschlafen hatte.

Er presste die Zähne zusammen, und unergründliche Gefühle stritten in seiner Brust. Hasste sie den Gedanken, ihn zu heiraten, so sehr? Versonnen strich er über den pelzbesetzten Kragen seines Mantels. Ob sie mit der Verbindung zufrieden war, durfte keine Bedeutung haben. Sie waren gebunden und hatten keine andere Wahl, als das Beste aus ihrer Ehe zu machen.

„Es ist vollbracht", begann er.

„Wann?" fragte sie nur.

Er zog die Stirn in Falten. „Wann?" Was meinte sie nur? Wann waren sie endlich zu einer Übereinkunft gekommen? Oder wann würden sie heiraten? Sie spielte auf alles und nichts an.

„Wann werde ich als deine Gemahlin bei dir leben müssen?" fragte sie nun. Die Rose bewegte sich in ihrer Hand, und ein Blatt fiel herab, das an ihrem Rock zu Boden glitt. Er kam näher.

„Noch zwei Monate. Die Hochzeit wird an Michaelis stattfinden."

Sie nickte. „Das sagte mir Ceci bereits."

„Sie wusste es?"

„Ich glaube nicht, dass sie es wusste. Ich denke, sie vermutete es oder hat es sich ausgerechnet. Ich muss erst beweisen, dass ich nicht Thomas Manners' Kind in mir trage."

„Bist du guter Hoffnung?" fragte er. Es war das erste Mal, dass er diese Frage stellte. Was würde geschehen, wenn sie ein Kind erwartete?

„Ich bekomme kein Kind, da bin ich mir sicher", antwortete sie und sah an ihm vorbei. Sie sprach ausdruckslos, obgleich ihre Worte bedeutungsvoll waren, aber er vermochte ihren Tonfall nicht zu deuten.

Mehr als jede andere Frau, die er kannte, war sie ihm ein Rätsel. „Wie meinst du das?"

Sie suchte seinen Blick, und in ihren Augen lag eine Frage. Er wagte kaum zu atmen, und als sie schließlich ihre Antwort fand, konnte er genau sehen, dass sie beschlossen hatte, ihm nicht alles zu erzählen, was sie wusste.

„Ich weiß es, so wie jede Frau es wissen würde. Meine Blutung hat nicht ausgesetzt." Sie errötete, während sie sprach, aber ob es daran lag, dass sie gelogen hatte oder dass es ihr unangenehm war, vor ihm über so intime Dinge zu sprechen, vermochte er nicht zu sagen. „Doch die Wahrheit tut nichts zur Sache. Das, was man glaubt, ist die Wahrheit, die zählt."

Er dachte daran, wie er sie einst eingeschätzt hatte und was er dann hatte erfahren müssen. Sie in Conyers' Armen, dessen Hände auf ihrer Brust ... Trotz seiner guten Absichten sprachen Schmerz und Zorn aus ihm. „So kann eine Frau also getrost ihre Versprechen brechen, und solange niemand davon weiß, bedeutet es nichts."

„Oder ein Mann", entfuhr es ihr scharf. Ihr Zorn entlud sich wie ein Blitzschlag, doch so schnell wie ein Wetterleuchten war er auch wieder verflogen. Seufzend senkte Beatrice den Kopf. „Ist es deine Absicht, mich so zu behandeln? Mich bei jeder Gelegenheit an meine Sünden zu erinnern?" Ihre Stimme klang traurig, und halb von ihm abgewandt, verzog sie den Mund nach unten.

„Nein", erwiderte er. „Das ist nicht meine Absicht."

„Können wir nicht friedlich miteinander umgehen, Sebastian?" Sie hob den Kopf und sah ihm in die Augen. „Ich will nicht mit dir streiten."

„Ich auch nicht mit dir. Aber ich sehe nicht, wie wir es vermeiden können." Nicht, solange er sich durch ihre Worte zu scharfen und verletzenden Äußerungen hinreißen ließ.

Sie hielt sich die Rose vors Gesicht, und die Blütenblätter streiften ihre Nase. Aber er glaubte nicht, dass sie den süßen Duft wahrnahm, denn ihr Blick war in die Ferne gerichtet.

„Ceci hat Mut", sagte sie.

„Ja, tatsächlich." Er runzelte die Stirn. Ihre Bemerkung hatte augenscheinlich nichts mit dem Gespräch zu tun, aber er vermutete, dass sie nicht aus der Luft gegriffen war. So wartete er, dass Beatrice den nötigen Bezug herstellen würde.

„Sie traut sich Dinge zu, die ich nie gewagt habe", fuhr sie fort, „und indem sie das tut, entfacht sie meinen Mut."

Mut, um was zu tun? Er wollte die Frage stellen, aber etwas – ein Engel oder ein Dämon – hielt ihn zurück.

Sie schaute auf und sah prüfend in sein Gesicht. Abermals las er gleichsam die Gedanken in ihren Augen: sie dachte nach, wog Möglichkeiten ab. Als sie zur Seite schaute, wusste er, dass sie es wieder einmal vorzog, die Gedanken vor ihm zu verbergen. Der Morgen, der Nachmittag, der Rest seines Lebens verdüsterte sich; das Schweigen würde immer da sein, wie unausgesprochene Dinge zwischen ihnen.

„Vergib mir, Sebastian." Ihre Stimme klang rau, als ob sie sich zu diesen Worten gezwungen hätte. Er presste die Lippen aufeinander. Was für ein neues Spiel war das? Und wenn es gar kein Spiel war? Er konnte nicht klar denken, vermochte ihre Ehrlichkeit nicht zu beurteilen. „Vergib mir wegen Conyers und vergib mir, dass ich meinem Gemahl mit voller Absicht untreu geworden bin."

Ihre Vergehen waren nicht gegen ihn gerichtet gewesen, daher konnte Sebastian ihr nicht vergeben, selbst wenn er gewollt hätte. Der einzige Mann, der ihr verzeihen könnte, lag kalt in seiner Gruft. „Darum kannst du mich nicht bitten."

„Du kannst mir nicht vergeben?" rief sie und zerdrückte die Rose in ihrer Hand. Ihr schwerer, süßer Duft hing in der Luft.

Zwischen zusammengebissenen Zähnen stieß er hervor: „Ich kann dir nicht vergeben, du hast mir nichts angetan."

„Wenn ich dir nichts angetan habe, warum zürnst du mir dann? Weshalb hasst du mich so?" Zwischen den dunklen Falten ihrer Haube wirkte ihr Gesicht noch bleicher als zuvor. Jegliche Farbe war aus ihren Lippen gewichen.

„Ich hasse dich nicht“, entgegnete er.

„Lügner“, stieß sie leise hervor. Ihre Lippen bebten, als wollte sie jeden Moment weinen, aber in ihren Augen lag eine Kälte, die er niemals zuvor bei ihr gesehen hatte. Ihn fröstelte.

„Ich hasse dich nicht“, wiederholte er. Er war wütend auf sie, wütender als je zuvor, doch er wusste nicht einmal, warum. „Ich verachte dich.“

Die Worte hingen in der Luft; er konnte sie nicht wieder einfangen. Sie hielt den Atem an und nickte schließlich. „So.“ Dann öffnete sie die Hand, und Rosenblätter rieselten wie roter Schnee zu Boden. „Wir passen gut zueinander. Doch du kannst mich nicht so verachten, wie ich mich selbst verachte.“

Ohne einen Knicks und ohne ihn um Erlaubnis zu fragen, drehte sie sich um und schritt davon.

„Beatrice.“ Es war nicht seine Absicht gewesen, zu sagen, dass er sie verachtete; es war ein zu einfaches Wort für das, was er fühlte.

Er verstand nicht, was sie dazu bewogen hatte, ihn um Vergebung zu bitten. Versuchte sie, ihn zu täuschen, oder wollte sie lediglich mit ihrer Vergangenheit abschließen? Aber indem er ihre Entschuldigung zurückgewiesen hatte, hatte er die Gelegenheit zunichte gemacht, den gemeinsamen Umgangston zu ändern. Und er hatte ihr die Bitte in harter und unmissverständlicher Weise abgeschlagen.

Wenn er ihre Entschuldigung einfach angenommen hätte, wären die endlosen Zwistigkeiten dann beendet gewesen? Er wusste es nicht, doch vielleicht war es noch nicht zu spät.

Es gab nur einen Weg, es herauszufinden. „Beatrice!“

6. KAPITEL

Beatrice zwang sich, nicht länger zu zittern, und ballte die Hände zu Fäusten, als sie den Weg zum Flussufer hinunterlief. Sie wusste nicht, ob sie vor Zorn, Angst oder Schmerz bebte, doch es machte keinen Unterschied. Die Gefühle hatten sich ihrer bemächtigt und zerrten sie mit sich fort, wie eine Flutwelle, die nun die Barrieren einriss, die sie um ihr schutzbedürftiges Herz errichtet hatte.

„Oh, Gott, was soll ich tun?" flüsterte sie. Ihre hart erkämpfte Selbstbeherrschung war dahin.

Sie hatte sich bemüht, Frieden zwischen ihnen zu stiften, aber Sebastian hatte das nicht gewollt. Stattdessen hatte er ihre Bemühungen zunichte gemacht, seinen Zorn zu besänftigen. Wenn er mit ihr keinen Frieden schließen wollte, sah sie keinen Ausweg mehr. Sie würden bis zu ihrem Tode miteinander im Streit liegen.

Als Thomas gestorben war, hatte sie geglaubt, die Mauern ihrer Gefängniszelle seien eingestürzt und hätten sie nach langer Finsternis endlich das Licht des Tages sehen lassen. Es hatte sie nicht gekümmert, wie sie den Rest ihres Lebens verbringen würde, denn sie war froh gewesen, sich von Stund an weder vor Thomas' Flüchen noch vor seiner drohenden Faust in Acht nehmen zu müssen. Dann, als sie gerade bereit gewesen war, über ihr Leben nachzudenken, war John heimgekehrt, und ein neues Unheil hatte sie eingeholt.

„Beatrice!" rief Sebastian hinter ihr.

Sie wusste, dass sie umkehren müsste – kein Zweifel, er

wäre zornig, falls sie es nicht tat –, aber sie konnte nicht stehen bleiben und sich ihm stellen. Nicht, solange sie sich abmühte, ihres inneren Aufruhrs Herr zu werden.

„Beatrice!“

Einige der Männer, die in den Beeten am Flussufer arbeiteten, hoben die Köpfe und starrten in ihre Richtung. Hinter sich vernahm Beatrice eilige Schritte auf dem Pfad. Eine Hand packte sie und wirbelte sie herum.

„Beatrice, hast du …“

Sie zuckte zusammen, zog den Kopf ein und hielt die Arme schützend vor ihr Gesicht. Es geschah unwillkürlich – sie fand nicht die Zeit, darüber nachzudenken.

Sebastian lockerte den Griff, ließ sie indes nicht ganz los. „Beatrice!“

Langsam ließ sie die Arme sinken, ihre Wangen glühten. Warum hatte sie sich so verhalten? Sie wusste doch, dass Thomas tot war und seine sinnlosen Schläge mit ihm ein Ende gefunden hatten. Solange sie im Haus ihres Vaters war, hatte sie nichts zu befürchten. Warum also hatte sie vor Sebastian so viel von sich preisgegeben?

„Hast du geglaubt, ich würde dich schlagen?“

Ihr Herz hämmerte gegen die Rippen, die Atemzüge beschleunigten sich. Sie konnte darüber nicht sprechen, nicht vor Sebastian. *Ich muss mich beherrschen.*

„Nein, das habe ich nicht“, keuchte sie und rang nach Atem.

„Ich glaube dir nicht einen Augenblick“, erwiderte er und zog die Brauen zusammen.

Ihr war schwindelig.

„Du bist zusammengezuckt. Ich habe es genau gesehen“, setzte er ruhig nach.

Dunkle Punkte flimmerten vor ihren Augen. Undeutlich sah sie, wie sich Sebastians Lippen bewegten, sie hörte seine Stimme, verstand jedoch nichts. Ich werde ohnmächtig, dachte sie und hielt sich an Sebastians Ärmel fest, um den drohenden Sturz abzuschwächen.

Blitzschnell stützte er sie mit dem freien Arm und zog sie an sich. „Ruhig atmen“, sagte er.

Sie lehnte sich bei ihm an, spürte seinen Unterarm auf ihrem Rücken und den Druck seiner Beine und der Hüfte an ihren Röcken. Seine Nähe hätte in ihr Entsetzen auslösen müssen. Stattdessen beruhigte sich ihr Atem, der Schwindel ließ nach, und ihr Herzschlag verlangsamte sich. Ihr seelischer Aufruhr legte sich, und sie verspürte Wärme und Geborgenheit.

Für einen Augenblick ruhte sie in seinem Arm.

„Beatrice.“ Sebastians Stimme war leise und drang so weich an ihre Ohren wie eine zärtliche Berührung.

Sie schaute zu ihm auf und sah seine Augen. Alles um sie herum, der Garten, das Murmeln des Flusses, das Geschwätz der Arbeiter und das laute Auflachen ihres Vaters, trat in den Hintergrund und verlor sich in dem dunklen Blau von Sebastians Augen. Er bewegte den Arm und zog sie enger an sich. Gewiss spürte er ihr Zittern, doch seltsamerweise störte es sie nicht.

„Warum bist du zusammengezuckt?“

„Ich …“ Ihre Stimme versagte, und ihr stockte der Atem.

Wie hatte sie nur vergessen können, wie lang seine Wimpern waren und wie golden die Spitzen schimmerten? „Ich habe dich ..." Sie konnte ihm unmöglich weismachen, ihn nicht gehört zu haben. Trotz der steifen Röcke spürte sie deutlich seine kraftvollen Beine. Dieser Augenblick würde unweigerlich vorübergehen, aber sie wollte ihn für die Ewigkeit festhalten. Eine Sehnsucht erfasste sie, die ungewöhnlich willkommen war. „Ich habe dich nicht erkannt."

Lange sah er sie an, als warte er auf weitere Erklärungen.

Ich werde ihm alles sagen, alles über Thomas, dachte sie. Doch ihre Lippen gehorchten ihr nicht, die Worte blieben ihr im Halse stecken. Sebastian verachtete sie; wie sollte sie da angesichts seines Spotts ihre Seele vor ihm ausbreiten?

„Ich verstehe", sagte er und ließ sie los. Als er einen Schritt zurücktrat, kam es ihr so vor, als stieße man sie aus einem warmen, erleuchteten Raum hinaus in die finstere, kalte Nacht. Schlimmer noch, sie fand sich in der Finsternis wieder, weil sie Angst davor hatte, was ihr in dem Raum zustoßen könnte. Wenn sie nicht gelogen hätte, würde er sie immer noch halten. Was für eine Närrin sie doch war.

„Ich habe die falschen Worte gewählt, als ich dir sagte, dass ich dich verachte", räumte er ein und verschränkte die Arme vor der Brust.

Sie schaute weg. „Warum solltest du mich nicht verachten, Sebastian? Ich habe dich nicht belogen, als ich sagte, ich verachte mich selbst." Wenn sie nicht in der Lage war, über Thomas zu sprechen, so konnte sie zumindest das zugeben.

Statt ihr zu antworten, schwieg er. Fragend schaute sie zu

ihm auf und sah, dass er sie durchdringend aus zusammengekniffenen Augen anstarrte. Sie wartete darauf, dass er etwas erwiderte oder wegschaute. Er tat indes weder das eine noch das andere, sondern beobachtete sie, als versuchte er zu bewerten, was er sah.

Sein beharrliches Schweigen und der durchdringende Blick ließen sie schließlich ausrufen: „Glaubst du mir etwa nicht?"

Sebastian sah sie weiterhin an und schüttelte dann den Kopf. „Ich glaube dir. Aber ich weiß nicht, weshalb."

„Warum sollte ich mich nicht verachten?" rief sie. „Ich habe Dinge getan, die mich entehren."

„Du hast gesagt, du habest für deine Sünden gebüßt", entgegnete er gereizt und stemmte die Hände in die Hüften. Er war groß und kräftig, und seine Schultern wirkten breit vor dem sonnigen Sommerhimmel.

Erneut regte sich Sehnsucht in ihr. Plötzlich wurde sie sich ihres Körpers bewusst. Mit einem Mal spürte sie die Ärmel und die Röcke auf ihrer Haut, die Enge ihres Korsetts und den leichten Wind, der über ihren Hals strich. Ihr Kummer und die widerstreitenden Gefühle, die ihr Herz aufwühlten, steigerten dieses Bewusstsein noch und ließen es scharf hervortreten. Würde sie dies auch fühlen, wenn er sie nicht im Arm gehalten hätte? Es war nicht von Bedeutung.

„Ich schäme mich noch immer", sagte sie. Sie war umso mehr von Scham erfüllt, denn sie hatte sich nicht von George Conyers liebkosen und küssen lassen, weil sie ihn begehrte. Nein, sie war der ständigen Anschuldigungen ihres Gemahls, untreu zu sein, überdrüssig gewesen. Schließlich hatte sie der

Vorstellung nicht widerstehen können, so verdorben zu sein, wie Thomas Manners sie darstellte. Da die Tugendhaftigkeit ihr keine Freude bereitet hatte, hatte sie das Vergnügen an der Sünde ausgekostet. Doch letzten Endes hatte sie nirgends Freude finden können.

„Ich kann dir nicht helfen", sagte Sebastian.

„Darum bitte ich dich auch nicht."

„Mylady Manners!" Auf dem Pfad kam ihr ein Dienstbote entgegen, der einen Brief in der Hand hielt. Der Bedienstete verbeugte sich und reichte ihr das Schreiben. „Dies ist für Euch abgegeben worden, Mylady."

Beatrice nahm den Brief, drehte ihn um und sah auf den Abdruck im Siegelwachs. Das Wappen der Manners. Das letzte Mal hatte sie den Ring, der diesen Abdruck machte, an Thomas' Finger gesehen. Sie zitterte.

„Um was handelt es sich?" fragte Sebastian.

„Ein Brief von meinem Stiefsohn, wie es aussieht", sagte sie und erbrach das Siegel.

Im Gegensatz zu ihrer Schwester fiel Beatrice das Lesen nicht leicht. Daher benötigte sie einige Minuten, um zu verstehen, was in dem Schreiben mitgeteilt wurde. Selbst nachdem sie die Zeilen ein zweites Mal überflogen hatte, konnte sie dem Inhalt jedoch keinen Glauben schenken. Der großspurige Speichellecker gedachte, ihr das Anrecht auf ihre eigenen Habseligkeiten zu verwehren. Zorn flammte in ihr auf. Gewiss würde er es nicht wagen.

Sie reichte Sebastian den Brief. „Bitte, lies das, wenn du magst, und erkläre mir, was es zu bedeuten hat." Ihre Stimme klang freundlicher, als sie geglaubt hatte. So waren demnach nicht alle harten Lektionen, die Thomas ihr beigebracht hatte, umsonst gewesen; sie war in der Lage, äußerst gelassen zu klingen, während sie ihre Verärgerung zu verbergen wusste.

Er nahm das Schreiben und überflog die Zeilen rasch. „Hier wird behauptet, dass die Edelsteine, die du verlangst, der Manners-Familie gehören. Es heißt, du habest kein Anrecht auf den Schmuck."

Dafür werde ich ihn züchtigen.

Sie atmete tief durch und beruhigte sich. „Ich habe es befürchtet."

Ich werde ihm sämtliche Knochen brechen.

Sie war nur eine Frau, unfähig, jemandem ein Leid zuzufügen, da sie zur Demut und Unterwürfigkeit erzogen worden war. Doch in diesem Moment, als der Zorn in ihrem Herzen anschwoll, glaubte sie, die Kraft zu besitzen, einen Mann in Stücke reißen zu können.

„Welchen Schmuck meint er?"

„Schmuckstücke, die mein Gemahl mir gegeben hat. Nichts aus dem Vermögen der Manners. Er hat damals ausdrücklich gesagt, dass die Stücke mir gehören."

Etwas von ihrem Zorn musste sich in ihren Augen widergespiegelt haben, denn Sebastian trat ein wenig zurück und hob die Hände in einer beschwichtigenden Geste.

„Macht es dir so viel aus? Misst du Schmuck so große Bedeutung bei?"

Nein, wollte sie sagen. *Ich hasse jeden einzelnen Stein, jede Unze Gold. Aber wegen des Schmucks habe ich allzu viele*

Tränen vergießen und mehr ertragen müssen, als ich mir je erträumt habe. Mir steht es zu, das zu behalten, was mir gehört.

„Ich werde keinem aufgeblasenen Gecken gestatten zu stehlen, was mir gehört. Und ich werde nicht untätig dastehen, während ein Dieb, der es wagt, sich selbst mein geliebter Sohn zu nennen, mich beraubt." Sie presste die Lippen aufeinander und hatte Angst davor, ihr aufflammender Zorn könnte Sebastian verstimmen. Doch sie war nicht gewillt, auch nur ein einziges Wort zurückzunehmen. *Und wenn er mich schlägt, was kümmert es mich?*

„Denkst du, ich werde dir nichts geben?" sagte er und zog die Stirn in Falten. „Hältst du mich für so mittellos?"

Ich denke, du wirst mir überhaupt nichts geben, da ich die letzte Frau bin, für die du dich entschieden hättest. Geschickt verstand sie es, ihre Wut zu bändigen, eine Fähigkeit, die sie angesichts der dauernden Verärgerung ihres Gemahls entwickelt hatte. Und so holte sie tief Luft und spürte, wie die Rippen gegen das enge Korsett drückten, bevor sie leise ausatmete. Genau wie Thomas brauchte auch Sebastian nie zu erfahren, wie sie um ihre Geduld rang.

„Dies ist ein Überbleibsel aus meiner Vergangenheit. Ich wollte dich damit nicht belasten."

Finster sah er sie an. „Mach nicht so ein langes Gesicht, Beatrice. Denkst du etwa, ich kann dir keinen Schmuck besorgen, um das zu ersetzen, was du verloren hast?"

Thomas hatte viel grausamere Dinge gesagt und getan, aber er hatte sie nie so wütend gemacht wie jetzt. „Möchtest du, dass ich offen spreche?"

Er verschränkte die Arme erneut vor der Brust, und sie dachte an eine Festung, deren Zugbrücke zur Verteidigung hochgezogen und deren Fallgatter herabgelassen worden war. „Das möchte ich."

Sie straffte die Schultern. Wenn er sie nun schlüge, würde sie nicht klein beigeben. „Ich habe keine Zweifel, dass du genug Vermögen besitzt, um die armseligen Dinge zu ersetzen, die ich zurückverlange. Aber dein ganzes Geld macht den Diebstahl nicht ungeschehen."

„Ist es der Abscheu vor Diebstahl, der dich so zornig macht?" fragte er. „Oder eher deine Habgier?"

Sie hielt ihm die Hände hin, wobei sie die Handflächen nach unten drehte, damit er sehen konnte, dass der einzige Ring, den sie trug, ihr Ehering war. „Sind das die Hände einer habgierigen Frau?" Dann hob sie die Hände an ihren bloßen Hals. „Trage ich Ketten, die mit Perlen und Rubinen besetzt sind? Ist dies eine habgierige Aufmachung? Ist meine Haube verziert? Oh ja, ich bin eine habgierige Frau. Hast du keine Angst um deine Schatztruhen, wenn ich in dein Haus komme?"

„Dein Tonfall steht einer gehorsamen Frau schlecht an."

„Du hast Recht, Sebastian. Aber du hast mich noch nicht für dich beansprucht."

Er kam näher, so nah, als wollte er sie einschüchtern. Wenn das seiner Absicht entsprach, hatte er beinahe Erfolg. Doch hartnäckiger Stolz und der Beschluss, sich nicht erneut zu ducken, veranlasste sie, gerade und mit erhobenem Haupt vor ihm zu stehen. Herausfordernd hielt sie seinem Blick stand und wehrte sich gegen jegliche Unterwürfigkeit, während sie innerlich zitterte. Aber es war keine Furcht, die sie fühlte.

„Soll ich also meinen Anspruch auf dich geltend machen?“ fragte er. „Wird das deine Zunge zügeln?“

„Du hast mich gebeten, offen zu sprechen. Wenn dir nichts an ehrlichen Worten liegt, dann gestatte mir nicht, so zu sprechen.“

„Soll ich meinen Anspruch geltend machen, Beatrice? Antworte mir wahrheitsgemäß.“

Der Quell aus Mut und kecken Worten in ihr versiegte. Erheitert und entsetzt zugleich starrte sie in seine Augen, die dunkel hinter seinen golden glänzenden Wimpern ruhten. Doch sie fürchtete sich nicht vor ihm, obwohl in den Tiefen seiner Augen etwas glomm, das ihr Angst einflößte. Ja, dachte sie. Nein ... ich weiß es nicht.

„Du hast versprochen, mich zu Michaelis zu heiraten. Ist das nicht früh genug?“ Ihre Stimme war leise, ähnelte einem rauen Flüstern und klang gar nicht nach ihrer eigenen Stimme. Die Worte schienen nicht durch ihren Verstand geformt zu sein, sondern entsprangen offenbar den Tiefen ihrer Seele.

Sebastian befeuchtete die Lippen. „Nein“, wisperte er, „ist es nicht.“ Er schluckte und trat einen Schritt zurück. Sein Mund war eine dünne, harte Linie. „Fang das nicht mit mir an, Beatrice. Du wirst mich nicht lächerlich machen.“ Er trat noch einen Schritt zurück. „Ich muss gehen, und ich glaube nicht, dass ich dich wiedersehen werde, bevor du auf die Burg deines Vaters zurückkehrst. Frage deinen Vater nach den Bedingungen deiner Mitgift, wenn es dich interessiert.“

„Wohin gehst du?“ wollte sie wissen. Die Frage hätte sie nicht stellen dürfen, denn es stand ihr nicht zu, doch sie konnte ihn jetzt noch nicht fortlassen.

Er runzelte die Stirn. „Wagst du es, mich auszufragen?“

Wenn ich Ja sage, wird er sehr zornig werden, zu Recht. Wenn ich Nein sage, lüge ich. Sie starrte ihn an. *Das war eine törichte Frage, mein gefürchteter Gemahl.*

Als sie nicht antwortete, stieß er einen Seufzer aus. Der Ausdruck des Missfallens schwand, und die Anspannung fiel von ihm ab. Er sah so müde aus, wie sie sich fühlte, doch in seinen Augen entdeckte sie einen Funken, den sie bis in die Zehenspitzen spürte. *Wie kann das sein? Wie kann ich das in seiner Gegenwart fühlen? Und wie lange fühlt er es schon?*

„Du bist verwirrt, und jetzt bin ich auch durcheinander“, sagte er. Zum ersten Mal seit Jahren lag ihr gegenüber nichts als ein wehmütig-scherzhafter Tonfall in seiner Stimme. „Ich besuche meinen Onkel Isham in Kent. Daher werde ich nicht rechtzeitig zurück sein, um dich auf der Heimfahrt zu begleiten.“

Ohne seinen Zorn und Spott war Beatrice hilflos. Wie sollte sie ihm in Zukunft antworten, wenn sie nicht mehr länger wusste, wie er sich verhalten würde? „Gott sei mit dir, Sebastian.“

Als seine Augen über ihr Gesicht und ihren Leib wanderten, hatte sie das Gefühl, seine Hände zu spüren. Ihr Mund wurde ganz trocken.

„Auf ein Wiedersehen, Beatrice.“

7. KAPITEL

Als Sebastian drei Tage später in Begleitung von Bediensteten und Wachen in den Weg einbog, der zum Anwesen seines Onkels Henry Isham außerhalb von Canterbury führte, hatte sich die Familie vor der großen Eingangstür versammelt. Der Bote, der vorausgeritten war, hatte die Verwandtschaft von Sebastians Ankunft unterrichtet. In der leuchtenden Nachmittagssonne stand Henry auf der obersten Stufe der Eingangstreppe. Neben ihm stand sein Sohn Kit, hinter ihm seine Tochter Anne. Henrys Gesichtsausdruck war weder freudig noch abweisend und ähnelte eher einer Maske, die so wenig wie möglich verraten sollte.

Sebastian hielt sein Ross vor der Treppe an. Er schwang sich aus dem Sattel, streifte die Handschuhe ab und erklomm die Stufen, auf denen die Ishams warteten. Kit verbeugte sich, Anne machte einen Knicks, aber Henry blieb kerzengerade stehen. Trotz der abwartenden und steifen Haltung ging Wärme von seinen hellen, blauen Augen aus. Schließlich breitete er die Arme aus, und Sebastian erwiderte die herzliche Umarmung.

„Warum bist du hier?“ fragte Henry so leise, dass niemand es hören konnte.

„Ihr sollt es bald erfahren“, erwiderte Sebastian und löste sich aus der Umarmung, um seinen Vetter und seine Base zu begrüßen.

„Das ist ein edles Wams fürs Reiten“, stellte Kit fest, und

seine Augen leuchteten. „Hast du vor, uns Ehrfurcht einzuflößen, Vetter?“

„Sebastian war am Hof“, sagte Anne. „All seine Dinge müssen sehr edel sein.“

Henry gebot Anne zu schweigen.

Verschüchtert zog sie den Kopf ein, bevor sie Sebastian vorsichtig in Augenschein nahm. Auch Kit starrte ihn an, und seine Augen hafteten mit großer Wissbegier auf seinem älteren Vetter. Was für eine Antwort erwarteten sie von ihm? *Ja, sie sind edel. Sehr edel sogar. Und viel zu kostspielig für meinen Geldbeutel, aber ich war am Hof und hatte keine andere Wahl.*

Sebastian musste lächeln. „Nun, Vetter? Möchtest du mich bei meiner Ankunft schäbig wie einen Bettler sehen?“

„Lasst uns hier nicht herumstehen und wie Elstern schwatzen“, warf Henry ein. „Komm herein. Meine Leute versorgen dein Pferd, und mein Verwalter wird sich um deine Begleiter kümmern.“

Isham ging voraus, und seine Kinder folgten Sebastian, als sie sich in den Salon über der Empfangshalle begaben. Es war ein gemütlicher Raum, der nach Westen ging und zu dieser Tageszeit von goldenem Licht erfüllt war. Henry bestand darauf, Sebastian seinen großen Lehnstuhl anzubieten, eine Form der Ehrerbietung, die einen leicht spöttischen Beigeschmack hatte. Zwar achtete Henry den Standesunterschied, aber er war von Sebastians höherem Rang nicht eingeschüchtert, wusste er doch, dass sein adliger Neffe seinen Rat brauchte.

Als man Platz genommen hatte, fragte er: „Und, was gibt es Neues?"

„Ich bin verlobt mit der älteren Tochter des Earl of Wednesfield, Lady Manners."

Anne hielt den Atem an und verschränkte die Hände. Kit lehnte sich zurück und staunte mit offenem Mund.

„Ist sie nicht verheiratet? In Norfolk?" fragte Henry und zog die Brauen zusammen.

Sebastian schüttelte den Kopf. „Nein. Sie ist verwitwet."

„Seit wann? Ich habe mit ihrem Mann noch am Johannistag geschäftlich zu tun gehabt."

„Seit vierzehn Tagen."

Henrys Miene verdüsterte sich zusehends. „Sie ändert ihren Stand sehr schnell."

Sebastians Augen verengten sich. War dies einer von Henrys unterschwelligen Vorwürfen, oder war es nicht mehr, als es schien? „Was wollt ihr damit sagen, Onkel?"

Isham wirkte überrascht, als habe er nicht erwartet, dass Sebastian nachfragen würde. „Nicht mehr, als ich gesagt habe. Es geht schnell vonstatten."

„Nur ein Narr lässt sich eine treffliche Verbindung entgehen", erwiderte Sebastian taktvoll vor seinen jüngeren Verwandten, die dem Gespräch mit großen Augen lauschten. „Da ich mir vorgenommen habe zu heiraten, habe ich mich nach einer Frau umgeschaut. Ich kann mir keine bessere Verbindung vorstellen als mit der Familie der Wednesfields."

„Der Earl hat wenige Verwandte", gab Henry mit leichter Besorgnis zu bedenken.

„Dann wird er sich umso mehr auf mich freuen. Über Beatrice' Mutter gibt es allerdings noch eine Verbindung zu den Nevilles."

„Die auch nicht mehr die Familie sind, die sie einmal waren." Henry seufzte und umfasste seine Knie. „Ich bin nicht so sicher, ob du nicht doch eine bessere Partie machen könntest."

Plötzlich stieg die Erinnerung in Sebastian auf, wie Beatrice ihm im Garten von Coleville House Trotz geboten hatte. Mit den erhitzten Wangen und den strahlenden Augen hatte sie ausgesehen wie eine Frau, die sich vor Begierde verzehrte. Und obwohl er wusste, dass nur der Zorn ihre Hitze hervorgerufen haben konnte, war er dennoch das Gefühl nicht losgeworden, dass sie Leidenschaft versprühte. Seither schien zumindest sein Körper davon überzeugt, eine Ehe mit ihr wäre doch nicht unheilvoll, was auch immer sein Verstand und sein Herz ihm einflüsterten.

„Es ist zu spät, Onkel. Ich habe den Vertrag bereits unterschrieben."

„Hat nicht Lady Wednesfields Großvater die Tochter eines Benbury geheiratet?"

„Der Großvater von Lady Wednesfields Großvater. Lady Manners und ich stehen in keinem verbotenen Grad der Blutsverwandtschaft." Er und Beatrice hatten das seit der Kindheit gewusst. Ihre gemeinsamen Vorfahren lagen mehr als vier Generationen zurück, so weit, dass man sich kaum noch daran erinnerte.

„Mmmh." Henry verlagerte sein Gewicht und glättete die

Falten seines langen Gewandes. „Ich vermute, du hast deine Mutter nicht gefragt."

„Nein, Onkel, das habe ich nicht getan." Er zog in Betracht anzumerken, dass seine Mutter zu weit entfernt wohnte, um sie zu fragen, verwarf den Gedanken indes sofort wieder. Henry wusste so gut wie er, wo seine Mutter lebte.

„Wann heiratest du?"

„Zu Michaelis", antwortete Sebastian.

„So spät?" fragte Anne versonnen.

„Sie ist gerade erst verwitwet", erwiderte ihr Vater ungehalten. „Unterbrich uns nicht, Mädchen."

Henrys ungewohnt scharfer Zurechtweisung folgte ein unangenehmes Schweigen. Schließlich meinte Sebastian versöhnlich: „Ich bitte euch, als meine Gäste zur Hochzeitsfeier zu kommen."

Henry nickte. „Du benötigst gewiss eigene Zeugen."

„Ich würde mich freuen, wenn Ihr in jedem Fall anwesend wäret", fügte Sebastian hinzu und sah Henry an. „Und wenn es Euch auskommt, würde ich gerne mit Euch über geschäftliche Dinge sprechen."

Wenn sein Onkel überrascht war, so verbarg er es geschickt und nickte bloß, als ob er mit dieser Bitte gerechnet hätte. Vermutlich hatte er das tatsächlich, denn ihm entging nur wenig.

„Warum nicht gleich? Komm mit mir in mein Geschäftszimmer."

Sie gingen in eine kleine Kammer, die hinter der Halle lag. Der Raum war voller Tische, auf denen sich Rechnungsbücher türmten, so dass man sich kaum noch bewegen konnte. Nachdem Henry ein paar Talglichter angezündet hatte, ließ er sich auf einen Stuhl vor dem größten Tisch fallen und wies seinem Neffen einen Stuhl in der Ecke zu. Sebastian zog ihn näher an den Tisch und nahm gegenüber seinem Onkel Platz.

Henry sagte kein Wort und wartete. Seine Geduld erinnerte Sebastian an den Earl und dessen Schachzüge. Wie sollte es auch anders sein? Sowohl Lord Wednesfield als auch Isham hatten ihn abwechselnd zu einem ehrenhaften Mann erzogen. Sie ähnelten einander.

„Ihr werdet mich einen Narren schelten, Onkel, wenn ich Euch alles erzählt habe."

„Vielleicht. Was hast du getan, dass ich dich so nennen müsste?"

„Es steckt mehr hinter meiner Verlobung als der Wunsch, eine treffliche Partie zu machen."

„Deine Mutter schrieb mir, dass du die Absicht hegst, um die Hand der jüngeren Wednesfield-Tochter anzuhalten. Ist die ältere so viel wohlhabender?"

Sebastian seufzte, denn für einen Moment war er nicht gewillt, über seine traurige Lage zu sprechen. Doch dann vergaß er das unausweichliche Missfallen und den Tadel seines Onkels. „Nein, aber darum geht es nicht. Ich habe Lady Manners bereits vor fünf Jahren eine feste Zusage gemacht."

Aus der Miene seines Onkels wich jeglicher Ausdruck, die Wärme in seinen Augen war verflogen. Das Schweigen im Raum wog schwerer als Blei.

Nach einer Weile fragte sein Onkel: „War das Gelübde bindend?"

„Hinreichend bindend."

Henry kniff die Augen zusammen. „Dann könnte es noch gebrochen werden. Kannst du dich noch von dem Gelübde frei machen?"

„Ich habe es nicht vor."

Henry durchbohrte ihn mit einem harten Blick. „Mich kannst du nicht täuschen. Du willst diese Verlobung doch nicht."

„In der Tat. Wenn ich kein bindendes Versprechen gegeben hätte, wäre ich jetzt nicht hier. Aber ich bin durch ein Gelübde gebunden und will es nicht brechen."

Isham ließ seinen Blick durch den Raum schweifen, als ob er glaubte, Weisheit in den aufgestapelten Büchern oder in den staubigen Ecken zu finden. Dann schaute er wieder zurück zu seinem Neffen. „Warum gefällt dir diese Verlobung nicht?"

Sebastian strich sich mit den Handflächen über die Oberschenkel. „Ich vertraue ihr nicht."

Geduldig wartete Henry auf weitere Erklärungen.

„Sie hat ihr Eheversprechen gebrochen."

„In welcher Weise? War sie ungehorsam? Oder hat sie …"

Sebastian zögerte, mit der Wahrheit herauszukommen, als verrate er Beatrice mit seinen Worten. „Sie nahm sich einen Liebhaber."

Überrascht zog Henry die Brauen hoch. „Bist du sicher?"

„Ich sah die beiden in einem verfänglichen Moment, der nicht anders zu deuten war." Conyers' Arm an ihrer Taille, seine Hand auf ihrer Brust … Sebastian war inzwischen darin geübt, die qualvolle Erinnerung beiseite zu schieben.

„Ich muss bekennen, dass ich deine Entscheidung, diese Frau zu heiraten, nicht nachvollziehen kann." Tiefe Sorge lag in Henrys Blick, und seine Lippen waren zusammengepresst. „Wenn sie so wenig Ehrgefühl besitzt, kannst du gewiss nicht fortfahren wie bisher."

„Ich bin mit ihr unwiederbringlich verbunden." Sebastian seufzte und suchte nach Worten, um zu erklären, warum es ihm widerstrebte, Beatrice zu verstoßen. Er verspürte das Verlangen, seine Auffassung von Ehre nicht zu verletzen. „Ich kann das nicht durch eine Lüge ändern."

„Du bist ein Narr."

„Ich weiß, aber ich bin kein ehrloser Narr."

„Was ist die Ehre wert, wenn du um deinen eigenen Sohn betrogen wirst? Willst du, dass der Nachkomme eines anderen Mannes Benbury erbt? Lass die Finger von ihr", sagte Henry mit Nachdruck.

„Ich kann nicht", antwortete Sebastian. „Glaubt mir doch, ich würde es tun, wenn ich nur könnte. Dennoch, ich werde nicht lügen, und auf andere Weise komme ich nicht aus dieser Ehe heraus. Wenn Ihr mich gern habt, so ersuche ich Euch zu akzeptieren, dass Beatrice Manners meine Gemahlin sein wird."

Henry war sehr aufgebracht und holte tief Luft. „Nun gut. Ich werde deiner Bitte nachkommen, da du mir viel bedeutest. Außerdem möchte ich mich nicht um das Vergnügen bringen, dir hinterher sagen zu können, dass ich dich gewarnt habe. Was wirst du aber in der Zwischenzeit unternehmen, um Beatrice von ihrer Untreue abzubringen?"

„So weit im Voraus habe ich noch nicht gedacht", räumte Sebastian ein.

Henry schnaubte. „Wenn ich für jedes Mal, das du nicht vorausgedacht hast, einen Penny bekommen hätte, müsste ich jetzt so reich sein wie Krösus. Das ist der wahre Grund für dein Kommen, oder nicht? Du möchtest, dass ich für dich denke."

„Mir liegt sehr viel an Eurem Rat, und dafür werde ich sogar Eure spitzen Bemerkungen ertragen."

Ein Lächeln huschte über Henrys Gesicht, bevor er antwortete. „Mein Rat ist sehr einfach. Du musst sie mit Liebe an dich binden."

„Wie bitte?"

„Wirb um ihre Liebe, erobere ihr Herz. Sieh dir deine Tante an. Als sie deinen Onkel heiratete, war sie das eigenwilligste Mädchen, das ich je gesehen habe. Edward eroberte ihr Herz und durch ihr Herz ihren willigen Gehorsam."

„Eine Gemahlin schuldet ihrem Ehemann ohnehin Gehorsam."

„Auch ein Hund schuldet seinem Herrn Gehorsam, den er verweigert, wenn er nicht richtig erzogen wird. Man kann Ergebenheit in eine Frau hineinprügeln wie in einen Hund, aber dann muss man sich mit einer Frau begnügen, die wie ein Hund zusammenzuckt und winselt, wenn man sich ihr nähert. Nein, so wie man die Hunde mit lieben Worten, Belohnungen und gelegentlichen Strafen erzieht, so muss man auch eine Ehefrau erziehen. Wirb um sie. Mach sie unempfänglich für die Reize eines anderen Mannes."

„Ich habe nicht vor, sie zu lieben", sagte Sebastian steif.

„Ach was! Ich spreche nicht von dir. Ich spreche von einer Frau, die schwächer und leichter verführbar ist als ein Mann. Binde ihre Augen und ihr Herz an dich, und du brauchst keine Bedenken zu haben, dass sie sich nach anderen Männern sehnt."

„Was Ihr sagt, hört sich sehr einfach an, Onkel, aber ich bezweifele, dass es so leicht ist."

„Warum? Du bist gut gebaut, klug, pflegst eine ausgesuchte Wortwahl. Gewiss hast du Frauen in dein Bett locken können – in deinem Fall liegt der Unterschied allerdings darin, dass du diese Frau nicht einfach fortschicken kannst, wenn du ihrer überdrüssig bist."

Doch Beatrice könnte er nicht so verführen wie die flatterhaften Hofdamen mit ihren grellen Röcken. Hofdamen verspürten nicht mehr Liebe als Höflinge; es war stets nur ein Spiel aus Lust und Langeweile gewesen. Was für Sünden sie auch begangen hatte, Beatrice war keine Mätresse am Hof.

„Frauen sind wankelmütig, Onkel. Vielleicht gewinne ich ihre Liebe, und sie reicht bis in den Winter. Aber was wird im Frühling?"

„Dann wird sie deinen Sohn unter ihrem Herzen tragen, und kein Mann wird sie mehr begehren."

„Es gibt nur eine Schwierigkeit, die nicht so einfach zu

überwinden ist. Ich verachte die Dame." *Ich verachte sie, begehre sie, muss immerzu an sie denken.* In seinem Kopf drehte sich alles – gefährlich und anziehend.

„Ich wette, das ist nicht alles", kam es freundlich von seinem Onkel.

„Ich kann dieses Spiel unmöglich spielen."

„Ist es ein Spiel? Oder erziehst du eine ehebrecherische Frau zu einer guten Gemahlin?"

„Ich bezweifele, dass sie eine gute Gemahlin sein wird."

Henry schüttelte den Kopf. „Ich habe vor langer Zeit die Hoffnung aufgegeben, dass Frauen sich so verhalten, wie ich es erwarte. Sie werden dich immer wieder überraschen. Lady Manners könnte eine ausgezeichnete Gemahlin werden." Er zauderte und warf Sebastian einen verstohlenen Blick zu, als wolle er die Vertrauenswürdigkeit seines Neffen abschätzen, und fügte dann hinzu: „Ich hatte jahrelang mit Lord Manners zu tun. Er war so unstet wie ein Wetterhahn, der sich nur nach dem vorherrschenden Wind dreht, und neigte zu Zornesausbrüchen. So ein Mann kann durchaus eine hübsche, lebhafte Gemahlin in die Arme eines anderen Mannes treiben, sofern dieser andere Mann sie mit zärtlichen Worten zu umgarnen versteht."

„Ihr entschuldigt sie", empörte Sebastian sich.

„Nein, das tue ich nicht. Ich bringe ihr lediglich Verständnis entgegen. Denn ich habe festgestellt, dass es mir bei meinen Geschäften hilft, wenn ich nachvollziehen kann, warum ein Mensch sich so verhält, wie er sich verhält. Was nun Lady Manners anbelangt; wenn es nach mir ginge, wärst du aus dieser unseligen Beziehung befreit. Da du diese Möglichkeit nicht in Betracht ziehst, muss ich dir helfen, den Weg einzuschlagen, für den du dich entschieden hast."

„Das ist nicht nötig."

„Wir sind verwandt. Was du tust, geht auch unweigerlich mich etwas an." Henry hielt inne. „Es gibt da noch einen Punkt, den du bedenken solltest. Vorhin habe ich von dem Kind eines anderen Mannes gesprochen, das Benbury erben könnte. Meine größere Sorge ist aber, dass es vielleicht nie einen Erben geben wird. Lady Manners war vier Jahre verheiratet und offenbar zu keinem Zeitpunkt guter Hoffnung. Vermutlich hast du dich für eine unfruchtbare Gemahlin entschieden. Wenn dem so ist, wird aus dieser Ehe kein Nachwuchs hervorgehen."

„Sie ist nicht unfruchtbar. Alte Bullen zeugen keine Kälber, nicht einmal mit fruchtbaren Kühen. Sie wird ein Kind bekommen."

„Das kannst du nicht wissen."

Sebastian seufzte. „Du hast Recht. Aber ich kann beten."

„Teile das Bett mit ihr."

„Wie bitte?"

„Hole sie in dein Bett, bevor ihr verheiratet seid. Wenn sie kein Kind erwartet, verstößt du sie."

„Das kann ich nicht tun!"

„Müsste deine Sorge um Benbury nicht wichtiger sein als deine Bedenken?" ermahnte Henry ihn. „Willst du, dass alles, was deine Vorväter errichtet haben, wieder an die Krone fällt, nur weil du es nicht fertig bringst, mit einer Frau das Bett zu teilen, die du als deine Gemahlin bezeichnest?“

„Natürlich bringe ich das fertig“, entgegnete Sebastian. Bei diesem Gedanken brannte es in seiner Lendengegend. Die Regungen brachten ihn aus der Fassung, denn es war denkbar, dass Beatrice seine Begierde ausnutzte, um ihren Willen durchzusetzen. „Was ich nicht fertig bringe, ist, sie fallen zu lassen.“

„Du musst rücksichtslos handeln, um das zu schützen, was dir gehört.“

„Aber nicht unehrenhaft.“

„Ich dränge dich nicht dazu, unehrenhaft zu handeln, sondern möchte dir vor Augen führen, was du deinem Besitz schuldig bist.“

Henrys Einsatz für Benbury gab ihm das Recht, über die Zukunft des Guts zu sprechen. Wäre er nicht gewesen, wäre Benbury unter einem Schuldenberg versunken, den Sebastians Vater zu verantworten hatte. Geduldig und beharrlich hatte sein Onkel ihm beigebracht, seine Einkünfte zu verwalten, damit seine Ausgaben gedeckt waren, und die Belastungen, die er geerbt hatte, zu mindern. Wenn Sebastian nun sein väterliches Erbteil aufgab, würde er zudem Henrys unablässige und selbstlose Arbeit zunichte machen.

Was für ein verfluchter Kreislauf! Ein kompliziertes Knäuel, das er nicht entwirren konnte. Was auch immer er tat, welche Maßnahmen er auch in Zukunft ergriff, immer würde er jemanden verraten. Wem schuldete er Treue? Seinem Onkel? Sich selbst? Benbury?

„Ich kann Euch keine Versprechungen machen, aber ich werde Benbury nicht vergessen."

„Mehr kann ich nicht verlangen", erwiderte sein Onkel.

„Es gibt da noch eine Angelegenheit, bei der ich Eure Hilfe benötige", sagte Sebastian.

„Um was handelt es sich?"

„Der verstorbene Lord Manners schenkte seiner Gemahlin Schmuckgegenstände, und Lady Manners' Stiefsohn weigert sich, den Schmuck zurückzugeben."

„Du möchtest, dass ich mich für dich einsetze."

„Ihr könntet den Himmel davon überzeugen, die Sonne aufzugeben", sagte Sebastian.

Sein Onkel schnaubte. „Ich habe für Schmeicheleien wenig übrig."

Sebastian lächelte durchtrieben.

„Nun gut, ich werde mich darum kümmern", meinte Henry seufzend und erhob sich. „Komm, gehen wir zu den anderen zurück. In der Früh kannst du deiner Mutter von diesem Verlöbnis schreiben. Ich lasse ihr den Brief dann zukommen."

Als sie das Geschäftszimmer verließen, machte Sebastian sich bewusst, dass er Gefahr lief, erneut Beatrice' Schönheit zu verfallen, sobald er um sie warb. Sie bedeutete ihm immer noch viel, auch wenn er sich das Gegenteil erhoffte. Falls er sich nicht in Acht nahm, lief er Gefahr, sich in der Liebe zu verstricken, obwohl er selbst es war, der Beatrice in eine Liebesfalle locken wollte.

Er musste äußerst umsichtig vorgehen.

8. KAPITEL

Beatrice verknotete den Faden und schnitt das Ende ab. Auch das letzte Hemd ihres Vaters war geflickt, und nun hatte sie nichts mehr zu tun. Seit sie vor vierzehn Tagen mit ihrer Familie nach Wednesfield Castle zurückgekehrt war, hatte sie nicht untätig herumgesessen, sondern ihrer Mutter und den Frauen bei der Arbeit geholfen. Als sie nun aufschaute und durch das hohe, kleine Fenster in der alten Kemenate sah, nahm sie ein Stück des blauen Himmels und ein Tüpfelchen einer weißen Wolke wahr. Da nichts mehr zu tun war, kamen ihr unweigerlich ein paar Dinge in den Sinn, über die sie unter gar keinen Umständen nachdenken wollte.

Sie war nicht Cecilia, die genauso gut lesen konnte, wie sie sprach, oder die für die anderen Frauen in der Kemenate zu singen pflegte. Beatrice schaute zu ihrer Mutter hinüber, die am anderen Ende des Raumes saß, wo das Licht am hellsten hereinschien. Sie nahm die Rechnungsbücher von Wednesfield in Augenschein. „Mutter, habe ich Eure Erlaubnis, mich zurückziehen zu dürfen?“

Die Countess schaute auf, und eine Frage lag in ihren Augen. Was auch immer sie in Beatrice' Gesicht sehen mochte, schien sie zufrieden gestellt zu haben, denn sie nickte. „Nan, begleite Lady Manners.“

„Ja, Mylady.“ Nan gehörte zu den jüngeren Zofen auf Wednesfield. Sie war klein und mollig, hatte ein rundes Gesicht und sah stets so aus, als würde sie lächeln. Von all den

Frauen, die ihrer Mutter unterstanden, mochte Beatrice Nan am liebsten, da sie so fröhlich war.

Sie und Nan trugen weitkrempige Strohhüte gegen die Sonne, als sie eine halbe Stunde später das Hauptgebäude verließen. Beatrice richtete ihren Blick zum Himmel und schloss die Augen. Sie holte tief Luft und wartete. Schon bei der Ankunft auf der Burg hatte sie gehofft, jenen inneren Frieden wieder zu spüren, den sie in ihrer Kindheit gekannt hatte. Das Gefühl hatte sich bislang nicht eingestellt, und es kehrte auch jetzt nicht zu ihr zurück.

Sie öffnete die Augen und sah durch das große Tor hindurch auf die grüne Welt, die jenseits der Burgmauern in der Sonne schlummerte. Ihre Mutter und gewiss auch Nan, die geduldig hinter ihr blieb, erwarteten, dass sie in den Garten von Wednesfield ging, der an die Hausmauern grenzte. Sie sollte dorthin gehen, denn der Garten war eine ihrer Zufluchtsstätten in Kindheitstagen gewesen.

Ein anderer geschätzter Aufenthaltsort war eine kleine Stelle am Ufer des ruhigen Flusses Wednesford gewesen, wo die Flussbiegung einen kleinen Teich am Ufer speiste. Sebastian, ihre Brüder Jasper und John sowie einige der Pagen ihres Vaters waren dort zur Sommerzeit geschwommen. Sie und Cecilia hatten immer am Ufer unter den Weiden gesessen und zugeschaut, wie die Jungen schwammen und miteinander rangen.

An anderen Tagen hätte sie die Ordnung und das üppige Grün des Gartens bevorzugt, doch heute zog es sie zu dem Teich. Sie wollte dem leisen Murmeln des Wassers am Ufer lauschen, dem Seufzen des Windes, der mit den Blättern der Weidenbäume spielte. Wenn ihr der Duft des Wassers in die Nase stieg und sie die leichte Brise auf ihrer Haut spürte, fand sie womöglich den Frieden, den sie suchte.

Aber sie konnte nicht allein gehen, und deshalb schaute sie sich nach Nan um. „Folge mir", sagte sie und ging auf das Tor zu.

Sie wartete auf Widerspruch – jede andere Zofe hätte Einwände gehabt, aus guten Gründen –, aber Nan hielt den Mund, selbst als Beatrice den Weg verließ und über die Felder lief.

Als sie die alte Stelle unter den Bäumen erreichten, sah Beatrice, dass sich kaum etwas verändert hatte. Eine Weide hatte einen Ast verloren, und die Steine, die aus der Sode hervorragten, waren moosiger, als sie es in Erinnerung hatte. Aber der Fluss murmelte leise vor sich hin wie eh und je, und Licht und Schatten flackerten immer noch abwechselnd auf den Baumwurzeln, während die Blätter und Zweige über ihr im Wind raschelten. Beatrice streckte die Hand aus und berührte den nächsten Baumstamm; die Rinde fühlte sich kühl und rau an. Die Bäume am anderen Ufer glitzerten in der Sonne, als der Wind in die Blätter fuhr.

Sie schaute zurück zu Nan. Das Mädchen stand da und wartete geduldig, während ihre Augen von den Bäumen zum Fluss und zurück wanderten.

„Komm. Nimm Platz und plaudere ein wenig mit mir", forderte Beatrice sie auf. Sie setzte sich genau an den altbekannten Platz, wo Wurzeln und Stamm einen behaglichen

Sitz geschaffen hatten; von hier aus konnte man den Fluss betrachten. Nan ließ sich ihrer Herrin gegenüber auf einem Stück Rasen nieder und breitete die Röcke auf dem Boden aus.

Beatrice nahm den Hut ab, lehnte den Kopf gegen den Baum und beobachtete, wie Nan, die inmitten ihrer Röcke saß, von unsteten Lichtflecken beschienen wurde. Schafe grasten auf den Hängen am anderen Ufer; sie ähnelten dicken Wolken, die sich über das grüne Gras treiben ließen. Ein leichter Windstoß kräuselte das Wasser des Teichs und fächelte Beatrice Luft zu, die angenehm nach Gras und Fluss roch.

Jede stechende Furcht, jeder nagende Zweifel, jedes Gefühl von Reue und Schuld oder schmerzender Sorge nahm ab, verschwand gänzlich und ließ nichts als Stille und angenehme Ruhe zurück. Frieden. Der innere Frieden, der sich ihr so lange entzogen hatte, den sie ersehnt und endlich gefunden hatte.

Lange saßen sie schweigend am Ufer. Allmählich drängte sich die Reue wieder in Beatrice' Bewusstsein, aber jetzt ließ sie sich besser ertragen. Der Friede hatte sich einmal eingestellt; gewiss würde er wiederkommen.

Einen Augenblick später ritten zwei Männer über die Anhöhe am anderen Flussufer. Beatrice setzte sich aufrecht hin, wachsam und vorsichtig. Zwar galt das Land ihres Vaters allgemein als sicher, und niemand würde ihr so nah bei der Burg ein Leid zufügen, aber sie musste dennoch vorsichtig sein. Mit zusammengekniffenen Augen versuchte sie zu erkennen, ob ihr einer der Reiter bekannt vorkam.

Sebastian.

Sie wusste, dass er es war, noch bevor sie seine Art, im Sattel zu sitzen, und seine Kopfhaltung erkannt hatte. Ihr Herz begann zu klopfen, und ihre Glieder spannten sich. Doch sie widerstand dem Verlangen aufzuspringen und davonzulaufen.

„Das ist Lord Benbury“, sagte Nan.

Beatrice schaute sie an. „Kennst du ihn?“

„Nein, aber ich kenne seinen Diener, Ned Makepeace. Sein Vater hatte vor Jahren mit meinem geschäftlich zu tun.“

Die beiden Reiter kamen näher, bis sie den Rand des Teichs erreicht hatten. Sebastian war eher schlicht gekleidet. Er trug ein Wams und Beinlinge, die abgetragen aussahen. Die Stiefel indes, die ihm bis zu den Knien reichten, waren neu und gut gepflegt, denn das feine Leder glänzte im Sonnenlicht.

„Seid gegrüßt, Lady Manners“, rief er vom anderen Ufer herüber.

Seine Stimme rief Erinnerungen an den Moment wach, als er ihren drohenden Sturz verhindert und sie eng an sich gedrückt hatte. Der Wunsch, Sebastian erneut zu spüren, erfasste sie wie eine warme Woge von ihren Brüsten bis zum Bauch.

„Mylord.“ Das war alles, was sie sagen konnte.

„Warte auf mich. Weiter stromabwärts überquere ich den Fluss und bin gleich bei dir.“

Mehr als je zuvor verspürte sie den Drang davonzulaufen – doch nicht aus Angst. Die innere Unruhe bedeutete keinesfalls Furcht. Nein, sie war sehr aufgeregt und konnte kaum noch an sich halten. Was hatte es zu bedeuten, dass sie beim Anblick von Sebastian derart aufgewühlt war? Doch sie wollte jetzt nicht weiter darüber nachdenken.

Binnen Minuten ritt er am diesseitigen Ufer auf Beatrice zu, gefolgt von Ned. Sie stand auf und dachte, er würde geradewegs zu ihr reiten, um sie durch seine Größe auf dem Pferderücken einzuschüchtern.

Aber er ritt nicht bis zu ihr. Als er vielleicht fünfzehn Fuß von ihr entfernt war, hielt er an und stieg ab. Für einen langen Moment sah er sie an, ohne ein Wort zu sagen. Sein Blick wirkte nachdenklich, und in seinen Augen entdeckte Beatrice keine Anzeichen seines früheren Spotts oder Zorns. Wo war sein missbilligender Augenausdruck geblieben? Unverwandt sah sie ihn an und rechnete jeden Moment damit, dass er sie seine Verachtung spüren lassen würde.

„Ned. Gib den Pferden Wasser."

„Ja, Mylord." Der Diener schwang sich aus dem Sattel und trat vor, um die Zügel von Sebastians Ross zu nehmen.

Wollte Sebastian etwa nicht, dass Ned Zeuge einer ihrer Auseinandersetzungen wurde? Vielleicht war es so, aber *sie* wollte auf keinen Fall, dass ihre Zofe sah, wie schlecht sie und Sebastian miteinander auskamen. „Geh mit ihm, Nan. Für einen Fremden wie ihn wäre es ungünstig, ohne einen Bewohner von Wednesfield auf dem Land meines Vaters gesehen zu werden."

„Ja, Mylady."

Der Diener führte die Pferde an Sebastian und Beatrice vorbei, um sie stromaufwärts zu tränken, und Nan schloss sich ihm an. Weder Beatrice noch Sebastian sprachen, bis die Bediensteten außer Hörweite waren.

„Ich habe nicht damit gerechnet, dich hier anzutreffen", begann Sebastian.

„Heute früh habe ich auch noch nicht daran gedacht, hierher zu gehen", erwiderte Beatrice. Sie war allein mit ihm und spürte seine Nähe allzu deutlich. Daher vergrößerte sie den Abstand zu ihm, bis sie den Baum an ihrem Rücken spürte. Sebastian folgte ihr und stand so dicht vor ihr, dass ihr Rocksaum über seine Stiefel streifte.

Verzweifelt suchte sie nach Worten, da ihr das Schweigen Unbehagen bereitete. „Waren deine Verwandten wohlauf?"

„Es geht ihnen gut." Er hielt inne und sah sie an. „Ich habe sie zur Hochzeit eingeladen."

Sie nickte. „Wie viele werden kommen?"

„Ein Dutzend, nicht mehr." Er schaute zur Seite und erlöste sie von seinem Blick. Mit vorsichtiger Stimme, als wolle er sie warnen, sagte er: „Es sind Kaufleute."

„Doch von edler Geburt", ergänzte sie. „Das habe ich noch nicht vergessen."

Als er sich ihr wieder voll zuwandte, verzog er den Mund zu einem wehmütigen Lächeln. „Ich habe vergessen, was du alles über mich weißt." Wärme, ehrliche Wärme, lag in seinen Augen, als er sie anschaute. Wie war das möglich? Was hatte er in den vergangenen vierzehn Tagen bloß gesehen oder erlebt, dass er seine Meinung über sie derart geändert hatte?

„Ja, natürlich weiß ich vieles über dich. Und du über mich." Sie schüttelte den Kopf. „Aber wenn du mir die Bemerkung gestattest, ich glaube nicht, dass wir uns *wirklich* kennen."

Sein Lächeln schwand. „Wie meinst du das?"

Sie seufzte und rang nach Worten. „Vier Jahre sind vergangen, seit wir freundlich miteinander gesprochen haben, Sebastian. Ich denke, wir haben uns beide verändert und sind nicht mehr der Junge und das Mädchen, die sich einander die Ehe versprachen."

Er lachte kurz auf. „Gewiss nicht." Dann fuhr er ernst fort: „Wenn wir uns fremd geworden sind, warum können wir nicht wenigstens ein gutes Einvernehmen schaffen? Ich möchte nicht mit dir in Streit leben, Beatrice."

„Und ich ebenso wenig mit dir", antwortete sie.

„Ich wusste, dass dir an einer Aussöhnung lag, als du mich in London um Verzeihung gebeten hast."

Mit brennenden Wangen erinnerte sie sich, dass er ihr die Vergebung verweigert hatte.

„Meine Worte waren unbedacht", fuhr er fort. „Ich kann dir zwar nicht blind vertrauen, aber ich glaube nicht, dass du dich schändlich verhalten wirst."

Beatrice hatte nicht das Recht, mehr zu erwarten, doch die Worte taten weh. Schon wollte sie sagen: *Du kannst mir vertrauen. Du kannst mir vertrauen, weil ich in einer harten Schule die Folgen von Betrug und Schande durchlebt habe.* Als sie in sein Gesicht schaute und seinen festen Blick sah, wusste sie jedoch, dass sie nicht mehr von ihm erwarten durfte. Sie musste sich damit zufrieden geben. „Nun gut", meinte sie stattdessen.

Er lächelte sie an, und das Lächeln war wie eine ausgestreckte Hand. „Dann ist es erledigt. Wir werden nicht mehr miteinander streiten."

Sie wollte seinen Worten Glauben schenken, konnte es aber nicht. Wie sollten sie so viele Jahre voller Streitigkeiten einfach hinter sich lassen? „Wenn du es so wünschst."

Ein langes Schweigen trat ein. Die Sonne, die durch das Blattwerk schien, fiel auf sein Gesicht, fing die klaren, blauen Tiefen seiner Augen ein und strich über die Konturen seiner breiten, festen Kieferpartie. Sein Lächeln schwand, und er sah sie durchdringend an. Ihr Herz pochte laut.

„Ich wünsche es so." Die Welt um sie herum verblasste, wie zuvor in dem Garten in London, und schien in tiefen Nebel getaucht, während er sie anschaute, als habe er sie noch nie zuvor gesehen. „Wie schön du bist." Er streckte die Hand aus und strich ihr mit einem Finger über die Wange. Seine Fingerspitze war heiß und ein wenig rau.

Bei dieser Liebkosung begann ihre Haut zu prickeln, und ihr Mund wurde ganz trocken. Er stand so nah vor ihr, dass sie die Hitze seines Leibes spüren konnte wie strahlendes Sonnenlicht auf ihrer Haut. Sie wartete darauf, dass er wegschaute und den Abstand zu ihr wieder vergrößerte, während ihr Herzschlag in ihrem ganzen Leib vibrierte. Seine leuchtenden Augen waren nun so dunkel wie der Nachthimmel, seine Gesichtszüge gespannt. Voller Angst und Aufregung las sie in seinem Blick Verlangen.

„Lass dich küssen, Beatrice."

Seine tiefe Stimme drang bis in ihr Innerstes. Sie nickte,

unfähig, irgendetwas zu erwidern, und bot ihre Lippen zum Kuss. Er beugte sich zu ihr hinab und küsste sie, wobei sein Mund lediglich den ihren streifte und sein Atem aus süßer Minze ihre Wangen warm umspielte. Als sie nicht zurückwich, drückte er seine Lippen wie ein Siegel auf die ihren, doch er fasste sie nicht an. Die Liebkosung seiner Lippen, heiß und zärtlich zugleich, war die einzige Berührung. Wenn sie es wollte, könnte sie sich von ihm befreien, indem sie einfach nur den Kopf wegdrehte.

Aber sie wollte sich nicht befreien. Sie stieß einen Seufzer aus und öffnete sich seinem Kuss. Er hielt den Atem an, und dann spürte sie seine Zunge auf ihren Lippen, bevor er die Weichheit ihres Mundes erkundete. Der Schreck fuhr ihr bis in die Fingerspitzen, und die Welt unter ihren Füßen begann sich zu drehen. Benommen legte sie die Arme um seine Schultern, um sich festzuhalten. Er war breit gebaut, und durch das wattierte Wams spürte sie, wie kräftig er war.

Bei allen Heiligen, Verlangen. Sie hatte vergessen, wie das war. Das letzte Mal, als sie etwas Ähnliches verspürte, hatte sie in Sebastians Armen gelegen, und das war schon so lange her, dass es ihr wie hundert Jahre vorkam.

Neben den Gerüchen von Leder und Wolle, Pferd und Mann nahm sie noch etwas anderes wahr. Etwas, das Sebastians Wesen zu sein schien und bis in ihr Innerstes drang. Sie lehnte sich an ihn, begierig, ihm nah zu sein.

Als hätte ihre Berührung seine Zurückhaltung gesprengt, drückte er ihren Leib an sich, während er sie mit heißen Küssen bedeckte und seine Zunge die ihre liebkoste. Auch wenn sie zuvor geküsst worden war und geglaubt hatte, schon einmal Gefallen an Küssen gefunden zu haben, so hatte sie nichts erlebt, was diesem Moment glich.

Eine heiße, glühende Dunkelheit schien sie zu blenden. Glut fraß sich durch ihren Leib, als Sebastians Arme sie umschlossen und sie gegen seinen kraftvollen Körper pressten. *Ja. Oh, Sebastian, ja.* Das war es, was sie begehrte – der fordernde Druck seiner Lippen, die nach mehr verlangten, seine Hände an ihrer Taille, die sie enger an ihn zogen. Sie waren sich so nah, dass sie unter seinem Herzschlag erzitterte. Ihre Arme streiften über seine Schultern, ihre Finger tauchten ein in das weiche, gelockte Haar in seinem Nacken. Sie schmiegte sich an ihn, doch er konnte sie nicht eng genug halten.

Seine Hand umfasste ihr Kinn und ihr Gesicht, der Daumen strich mit sehnsuchtsvoller Zärtlichkeit über ihre Wange. Er küsste ihre Mundwinkel und ihr Kinn. Seine Lippen berührten sie so sacht wie eine Feder, doch der wohlige Schauer drang tief in ihr Innerstes und ließ ihre Haut vor Hitze glühen.

„Beatrice, süße Beatrice."

Benommen drückte sie die Stirn gegen seinen Hals und rang nach Atem. Ihre Knie wurden weich. Wenn er sie nun losließ, würde sie fallen. „Sebastian."

Er beugte den Kopf hinab und küsste ihre Schulter. Sein Mund glühte auf ihrer Haut, während seine Hand über ihre Schultern strich und schließlich auf ihrer Brust ruhte. Sie zitterte am ganzen Leib, Hitze erfasste sie von Kopf bis Fuß.

„Sebastian." Sie wollte mehr, ihr Verlangen wuchs, nagte

an ihr, aber sie vermochte nicht, sich auszumalen, wie dieses „Mehr“ aussehen würde.

„Liebling. Oh, ja, wie herrlich.“ Er drückte seine Wange gegen die ihre, seine Finger liebkosten die Brust unter dem Mieder, und seine Fingerspitzen weckten ein glühendes Verlangen in Beatrice. Ihr Keuchen klang wie ein Schluchzen. Sebastian antwortete mit schwacher Stimme: „Du bist süßer als Honig.“ Er küsste ihre Augen, die Nase, dann wieder ihren Mund, und bei diesen verlangenden Küssen öffneten sich ihre Lippen bereitwillig.

Der feurige Genuss, den sie in seinen Armen erlebte, war stärker als alles andere, was sie bislang erfahren hatte. Er hatte Recht: Es war süßer als Honig. Die Glut ihrer Begegnung drohte sie zu überwältigen. Sie löste sich von dem Kuss und bedeckte seinen Mund mit ihren Fingerspitzen. Seine Lippen und seine Zunge strichen über sie; sie fühlte die Liebkosung tief in ihrem Innern, und Tränen stiegen ihr in die Augen.

Oh, Süße, diese Süße. Sebastian hob sie halb hoch; sie spürte seinen Leib, als sei es der ihre, und dennoch schien er zu weit von ihr entfernt. *Deshalb warnen uns die Priester vor der Sünde. Da sie so süß und so verführerisch ist.* Sie könnte versinken, jetzt, sich ganz dem sehnsüchtigen Verlangen hingeben. *Ich habe es nie gewusst. Ich habe nie geahnt, wie süß die Sünde der fleischlichen Lust sein kann …*

Sünde.

Sie hielt inne, und das Wort hallte in ihrem Kopf wider.

Dies ist Sünde.

Ihre Blindheit schwand, die rotglühende Dunkelheit verflüchtigte sich. Vor ihrem geistigen Auge sah sie ein Bild von sich selbst – ihre Kleidung war durch die Liebkosungen einer männlichen Hand in Unordnung geraten, ihr Mund war rot und geschwollen durch die Küsse eines Mannes.

Ich habe mich der Sünde der Fleischeslust schuldig gemacht.

Jeden Augenblick könnte er mit der Hand in ihr Mieder fahren, und sie würde es zulassen; danach könnte er sie zu Boden drücken, ihr die Röcke bis zur Taille hochschieben, und sie würde es willkommen heißen.

Als hätte man sie in den Fluss geworfen, löschten kühler Verstand und kalte Wut die Hitze ihrer Begierde. Sie löste sich aus seiner Umarmung, zitterte vor Verlangen nach ihm und schüttelte sich gleichzeitig vor Abscheu vor sich selbst.

Wie rasch und leichtfertig war sie wieder dem alten Pfad gefolgt, mit einem Mann, der allen Grund hatte, ihre Ehre in Frage zu stellen. Er hatte nichts weiter zu tun brauchen, als sie um einem Kuss zu bitten, und schon hatte sie sich in seinen Armen wiedergefunden und ihm gestattet, sie mit einer Leidenschaft zu küssen und zu liebkosen, die mehr als unziemlich war. Schlimmer noch, sie wollte nichts lieber als in seine Arme zurückkehren und ihn gewähren lassen, um dem Pfad ihrer Begierde zu folgen – wohin er sie auch führen mochte. Und sie wollte wissen, was Sebastian noch vollbringen würde, um größere Wonnen in ihr zu entfachen.

„Beatrice …“ Seine Stimme klang heiser, und die Hand, die er ihr entgegenstreckte, zitterte leicht. „Liebling.“

„Nein!“ Schnell wich sie vor ihm zurück und presste

eine Hand vor den Mund. „Nein. Ich darf mich nicht so verhalten."

Er kam näher. „Du bist meine Frau. Das weißt du. Es ist keine Sünde dabei."

Sie schüttelte den Kopf. „Ich lasse mich nicht ins Gras drücken wie eine einfache Gänsemagd." Hitze und Sehnsucht ergriffen von ihr Besitz. In diesem Moment verlangte es sie so sehr nach ihm, dass sie sich ihm überall hingegeben hätte. Mehr zu sich selbst als an ihn gerichtet, flüsterte sie: „Selbst als deine Frau will ich es nicht."

„Bea, bitte." Sebastian kam näher und stand nun beinahe vor ihr.

Fragend schaute sie in sein Gesicht. Seine Augen waren immer noch dunkel, das Gesicht verspannt. Seine Lippen sahen geschwollen aus; sie sehnte sich nach dem Druck seiner Lippen auf ihrem Mund, dem Hals, den Brüsten. Sie wollte es so sehr, dass die Sehnsucht sie zu zerreißen drohte.

Beatrice stolperte über ihren Rocksaum. Wenn sie noch einen Moment länger hier verweilte, würde sie seine ausgestreckte Hand ergreifen und alles annehmen, was sein Blick ihr verhieß. Schnell raffte sie die Röcke, wandte sich von ihm ab und rannte zurück zur Burg.

9. KAPITEL

Sebastian lehnte am Baumstamm und vergrub das Gesicht in seiner Armbeuge. Unerfüllte Sehnsüchte quälten seinen Leib, der gespannt war wie eine Bogensehne. Er hatte gewusst, dass es ihn nach Beatrice verlangte, aber nicht damit gerechnet, dass sein ganzes Denken in dem Augenblick aussetzen würde, da er von der Süße ihrer Lippen gekostet hatte. Als er sie geküsst hatte, waren seine Sinne nur auf ihren Mund gerichtet gewesen, auf ihren weichen Leib und die zunehmende Erregung. Vor Jahren war es angenehm gewesen, sie zu küssen, doch das war nichts im Vergleich zu dem unbändigen Entzücken, das ihn heute erfüllt hatte.

„Narr, Narr, Narr", murmelte er. Er sehnte sich nach ihr, war für sie entbrannt; Begehren verzehrte ihn. Dies hatte er befürchtet, da er wusste, wie sie ihn mit nur einem Blick oder einer Berührung bezaubern konnte. Und dennoch bereute er es keineswegs, sie geküsst zu haben. Sein heftiges Verlangen hatte ihn überrascht, aber es war zumindest nichts passiert, und er hatte gelernt, vorsichtiger zu sein.

Schließlich löste er sich von dem Baum. Der Earl hatte nach ihm geschickt; es blieb also keine Zeit, hier im Freien wie ein grüner Junge zu stehen, der nach der Geliebten schmachtet. Jetzt galt es, Ned zu finden und den Ritt nach Wednesfield fortzusetzen. Er folgte dem kleinen Pfad aus niedergetretenem Gras, den die Pferde am Ufer hinterlassen hatten. Als er den Teich hinter sich ließ, wurde das Murmeln des Wassers, das über die Steine floss, immer lauter und war wie eine angenehme Musik in seinen Ohren. Doch er glaubte auch, das leise Lachen einer Frau zu hören.

Durch die Zweige hindurch entdeckte er Ned und Nan, die ihre Köpfe zusammensteckten. Dann warf Nan den Kopf in den Nacken und lachte. Vom Klang her musste es das Lachen sein, das er zuvor gehört hatte. Sie rückte von Ned ab, und als Sebastian sich seinen Weg durch die Zweige bahnte, warf sie dem Diener einen kecken Blick über die Schulter zu. Die Luft zwischen ihnen schien von Tändeleien erfüllt zu sein, und Sebastian wusste nicht, ob er belustigt oder verärgert sein sollte.

„Wenn du fertig bist, Mädchen, folge deiner Herrin, die bereits zur Burg zurückgeht“, sagte er. Er sprach härter als beabsichtigt, doch es ließ sich nicht ändern. Das Mädchen durfte unmöglich allein hier zurückbleiben und die Beute irgendeines vorbeiziehenden, zungengewandten Schurken werden.

Unsicher schaute sie zu Sebastian hinüber und murmelte etwas zu Ned. Nach einem kurzen Knicks in Sebastians Richtung lief sie an ihm vorbei und eilte den Pfad entlang. Ned wagte es nicht, Sebastian in die Augen zu schauen, und wickelte verlegen die Zügel um seine Finger.

„Und wenn *du* fertig bist, können wir vielleicht unseren Ritt nach Wednesfield fortsetzen.“

Verstohlen warf der Diener ihm einen Blick zu, um abschätzen zu können, wie wütend sein Herr war, dann brachte er mit einem Seufzer dessen Pferd nach vorne. Sebastian schwang sich in den Sattel und lenkte sein Tier auf den Pfad, der von den Bäumen wegführte. Das leise Klirren des Sattelzeugs und der dumpfe Hufschlag sagten ihm, dass Ned dicht hinter ihm ritt.

Sebastian erreichte den befestigten Weg nach Wednesfield und drängte sein Pferd zu einem starken Trab. Der andere Weg, der sich durch sanfte Hügel schlängelte, war zu schmal, um schneller zu reiten. Die Abkürzung über die Felder des Earl reizte ihn zwar – vor Jahren war er stets auf diese Weise in Wednesfield angekommen –, aber er war nicht mehr der Besucher von damals, der Nachbar, der befreundetes Land überquerte und zu Besuch kam. Jetzt war er ein gänzlich anderer Mensch.

Der Haushalt auf Wednesfield war gut geführt, denn als Sebastian durch das große Tor in der alten befestigten Mauer ritt, lief augenblicklich ein Junge zum Hauptgebäude, während ein anderer sich eilte, um die Stallburschen zu holen. Noch bevor er überhaupt abgestiegen war, stand bereits der Verwalter von Wednesfield im Burghof, um ihn ins Haus zu geleiten. Ned hinter sich wissend, folgte Sebastian dem Verwalter zum Gemach des Earl über der Halle.

Den Ellbogen auf die Stuhllehne und das Kinn auf die geballte Hand gestützt, saß der Earl vor dem einzigen Fenster des Raumes und lauschte der dünnen und schrillen Stimme eines Harfenspielers. Seine Augen waren halb geschlossen, seine Gedanken offenbar ganz woanders. Der Verwalter, der vor Sebastian stand, hüstelte leicht.

Lord Wednesfield schaute auf. Als er Sebastian sah, machte er eine rasche Bewegung mit den Fingern. Der Harfenspieler hörte auf zu singen und legte die Hände über die Saiten. „Du kannst dich entfernen", sagte der Earl zu dem Mann. „Komm herein, Sebastian. Leiste mir Gesellschaft."

Sebastian entließ Ned, und hinter ihm wurde die Tür leise zugezogen.

Der Earl erhob sich, kam auf Sebastian zu und umarmte ihn. „Mir wurde berichtet, du seiest nur mit deinem Diener gekommen. Warum der rasche Aufbruch ohne angemessene Begleitung?" Sie gingen zu einem Tisch, auf dem ein Krug und zwei Becher bereitstanden. Sebastian wartete höflich, bis der Earl ihm mit einem Wink bedeutete, die Becher mit Ale zu füllen.

„Ich nehme Eure Einladung ernst, Mylord. Außerdem brauche ich meine Leute in Benbury, denn sie bereiten alles für die Ankunft der neuen Herrin vor."

„Setz dich. Reden wir ein wenig." Der Earl wies auf den Lehnstuhl seiner Gemahlin, der neben dem seinen stand. Soweit Sebastian sich erinnern konnte, durfte nur die Countess auf diesem Stuhl Platz nehmen. Es war demnach eine große Ehre für ihn, auf dem Stuhl sitzen zu dürfen.

Und dann traf ihn die Erkenntnis wie ein Keulenschlag. In sechs Wochen wäre er mit Beatrice vermählt, und dann bestanden Bande zu dem Earl, die stärker waren als Freundschaft. Er setzte sich. Bislang hatte er sich benachteiligt gesehen, dabei aber ganz aus den Augen verloren, was er durch die Ehe mit Beatrice gewann.

„Ich hatte nicht erwartet, dass du so schnell zurückkehren würdest", begann Wednesfield. „Ich hoffe, deiner Familie geht es gut."

„Ja, Mylord." Sebastian kostete von dem Ale. „Ich bat meine Verwandten, als Gäste bei der Hochzeit zu sein, wenn Ihr nichts dagegen habt."

„Was sollte ich dagegen einzuwenden haben? Jeder Mann, der nach London kommt, kennt den Namen von Henry Isham. Er mag nur ein Kaufmann sein, aber er ist der Prinz seines Berufsstandes."

„Ihr seid zu gütig, Mylord."

„Sebastian, bald schon bist du durch die Vermählung mein Sohn. Meine Söhne sagen nicht ‚Mylord' zu mir, wenn wir, wie jetzt, zusammensitzen. Nenn mich Sir."

„Sehr wohl, Sir."

Lord Wednesfield lächelte. „Sehr wohl, in der Tat." Er leerte seinen Becher und stützte ihn auf seiner Armbeuge ab. „Lady Wednesfield ist Herrons Bücher durchgegangen, um sicherzustellen, dass alles in Ordnung ist. Sie sagte mir, alles sei so, wie es sein müsse, aber du möchtest gewiss selbst einen Blick in die Bücher werfen."

Wenn eine Frau die Bücher geprüft hatte, wollte er auf jeden Fall hineinsehen. „Ich habe nicht gewusst, dass Ihr Lady Wednesfield Einblick in Eure Bücher gewährt."

„Gewährt?" Der Earl schnaubte. „Wenn ich es nicht täte, gäbe es ein heilloses Durcheinander, das sich so rasch nicht wieder beheben ließe."

„Gewiss habt Ihr einen Mann, der Eure Bücher führt", sagte Sebastian.

„In der Tat, aber Lady Wednesfield überprüft seine Arbeit. Sie hat einen ausgeprägteren Sinn für Zahlen als jeder andere

Mann, den ich kenne. Ich wäre ein Narr, mir ihre Fähigkeit nicht zu Nutze zu machen.“ Er verschränkte die Hände und berührte mit einem Daumen die Goldkette, die an seiner Brust hing. „Beatrice besitzt die gleiche Gabe. Es steht mir nicht zu, mich in deine Angelegenheiten zu mischen, aber wenn du geneigt bist, auf den Rat eines erfahrenen Mannes zu hören, dann wirst du sie deine Bücher führen lassen. Sie wird in der Lage sein, Rechenschaft über jeden Penny abzulegen, der irgendwo auf deinem Besitz ausgegeben wurde.“

Ihr diese Macht gewähren? Er würde zwar versuchen, durch sein Werben ihre Liebe zu erwecken, wie sein Onkel es ihm geraten hatte, aber er würde ihr nichts anvertrauen, was mit seinem Vermögen zu tun hatte.

„Du möchtest zweifellos wissen, warum ich dich kommen ließ“, sagte der Earl.

„Ich bin Euch dankbar für den Rat, doch ich denke, dass Ihr nicht bloß deshalb nach mir geschickt habt.“ Sebastian nahm einen weiteren Schluck Ale und beschloss, die Erläuterungen des Earl abzuwarten.

Lord Wednesfield lächelte billigend, als erkenne er Sebastians Schachzug. „Es ist nichts Unangenehmes. Ich möchte dich lediglich bitten, so lange mein Gast zu sein, bis du Beatrice heiratest. Wir könnten gemeinsam nach Herron reiten, damit du einen Eindruck von dem Gut erhältst, bevor du es übernimmst.“

„Zu gütig von Euch, daran zu denken, Sir“, erwiderte Sebastian.

„So bist du damit einverstanden?“ fragte der Earl.

„Ja, Sir."

„Dann darfst du gehen und die Freiheiten meines Hauses genießen."

„Und Herron? Wann werden wir dorthin aufbrechen?"

Der Earl hob die Hand, um eine weitere Unterredung abzuwehren. „Wir sprechen später darüber, morgen vielleicht. Denn vor Ablauf einer Woche brauchen wir nicht aufzubrechen." Er lächelte ihn an. „Geh zu meiner Tochter und begrüße sie. Ich bin sicher, sie wird sich freuen, dich zu sehen."

Sebastian bezweifelte dies, doch das konnte er ihrem Vater unmöglich sagen. Er stand auf, verbeugte sich und verließ den Raum.

Sebastian sah Beatrice nicht vor der Abendmahlzeit wieder. Als er sich von dem Staub des Weges befreit und die edlere Hauskleidung angelegt hatte, war es bereits zu spät geworden, um nach ihr zu suchen. Da er wusste, dass der Earl mit seiner Familie im Speisezimmer war, begab er sich ebenfalls dorthin.

Er blieb auf der Schwelle stehen und ließ den Blick suchend im Raum umherschweifen, bis er Beatrice gefunden hatte, die neben dem Stuhl ihrer Mutter stand. Sie war in schwarzen Samt gekleidet, der an den seitlichen Schlitzen das gestärkte, weiße Leinen ihres Untergewandes enthüllte. Mit ihrer schwarzen Haube, die mit Perlen, Gold und Steinen besetzt war, schien sie eine ganz andere Person zu sein als die einfach gekleidete Frau, die er am Flussufer geküsst hatte. Einerseits wirkte sie unnahbar, sah aber andererseits auch trauriger und verletzbarer aus. War ihre Verwundbarkeit womöglich eine Lüge, war der Hauch des Kummers, der sie umgab, vielleicht nicht mehr als der Widerschein ihrer schwarzen Kleidung? Obwohl sie bekümmert aussah, wirkte die Trauer leicht vorwurfsvoll, als wollte sie zum Ausdruck bringen, dass sie ihre Ehe missbilligte. Oder vielleicht stellte sie die Trauer zur Schau, um ihn fern zu halten und ihm deutlich zu machen, dass sie sich nicht von Küssen täuschen ließ.

Dafür ist es zu spät, Mylady.

Er verbeugte sich vor dem Earl und der Countess, doch bevor er sich zu Beatrice gesellen konnte, kamen die Diener herein und breiteten die Tischdecken aus. Sebastian beobachtete Beatrice vom anderen Ende des Raumes aus. Wenn man sie so sah, würde man kaum vermuten, dass sie ihn an diesem Nachmittag geküsst und lieblich und willig in seinen Armen gelegen hatte. Es mochte an ihren gesenkten Lidern liegen oder an dem ernsten Gesichtsausdruck. Vor allem aber lag es an dieser verfluchten Kleidung, die sie gleichsam abschirmte und aus ihr ein bleiches Geschöpf der Schattenwelt machte, das bereits mit einem Bein im Grabe zu stehen schien.

Kein Schwarz mehr für dich. Ich werde dich davon überzeugen, Farben zu tragen. Und dann werden wir sehen, was geschieht.

Als der Tisch gedeckt war, nahm die Familie Platz. Sebastian und Beatrice saßen nebeneinander. Sie grüßte ihn, ohne ihn anzuschauen, aber unter ihrem züchtigen, schwarzen Ausschnitt hoben und senkten sich ihre Brüste rasch. Offensichtlich war sie von seiner Nähe nicht so unbeeindruckt, wie ihre scheinbare Ruhe vermuten ließ. Während der einzelnen Gänge sprach er abwechselnd mit ihr und mit der Gemahlin ihres Bruders, die an seiner anderen Seite saß. Er achtete darauf, unbekümmert zu plaudern und Beatrice nur die feinsten Stücke zu servieren. Bei dieser Geste kehrte die Farbe in ihr Gesicht zurück, und ihr Erröten ermutigte ihn.

John und seine Gemahlin entschuldigten sich, sobald die Teller abgedeckt waren und Obst, Käse und Spezereien gebracht wurden. Jetzt konnte er Beatrice seine ganze Aufmerksamkeit widmen und mit seinem Vorhaben beginnen, ihr von der Trauerkleidung abzuraten.

Er beugte sich zu ihr hinüber. „Warum trägst du immer noch Schwarz?" Sein Mund war wenige Zoll von ihrer Wange entfernt, die so zart wie Rosenblätter war. Seine Hände ruhten auf dem leinenen Tischtuch, doch er sehnte sich danach, Beatrice erneut zu berühren. Er musste sich zurückhalten, sie nicht vor aller Augen zu liebkosen.

„Vor der Welt und allen Leuten bin ich eine Witwe", murmelte sie. „Ich werde die schwarze Kleidung an dem Tag ablegen, an dem wir heiraten."

Durch den dunklen Stoff ihres Kleides wirkte ihre Haut genauso schimmernd wie die Perlen an ihrer Haube, und bei jedem Atemzug wogten ihre Brüste voll und rund unter ihrem Mieder. Er wollte diese Brüste mit seinen Händen berühren, seinen Mund zwischen den sanften Hügeln vergraben.

Sebastian schaute weg, und sein Körper verspannte sich bei diesen unziemlichen Gedanken. In dieser Weise von ihr zu denken war nicht Teil seines Plans. Er würde sich nicht von Begierde leiten lassen. Als er sich und seine ungebärdigen Gedanken wieder gezügelt hatte, wandte er sich Beatrice erneut zu. „Trag Blau, wenn du mir gefallen möchtest."

Verstohlen warf sie ihm einen Blick zu. „Warum würde es dir gefallen, wenn ich Blau trage?"

„Es passt zu deinen schönen Augen."

„Du schmeichelst mir", sagte sie.

Er überlegte kurz, es zu leugnen, verwarf den Gedanken aber. „Ist es Schmeichelei, die Wahrheit zu sagen?" fragte er. „Du hast immer ganz wundervoll in Blau ausgesehen."

„Du auch – du solltest nichts anderes tragen", entgegnete sie und schaute zu ihm auf. In ihrem Blick lag Zweifel, als ob sie zu ergründen suchte, warum er so mit ihr sprach.

„Ich werde tragen, was immer dir zusagt. Nenn mir die Farbe."

Sie ließ sich zu einem dünnen Lächeln verleiten, ein Lächeln, das sie ohne Zweifel am Hof gelernt hatte. Er selbst verfügte über eine Unmenge ähnlicher Mienenspiele und Masken, die der Täuschung dienten. „Ich überlasse es dir, die Farben selbst auszusuchen. Das würde mir am besten gefallen."

Er legte seine Hand auf die ihre und umschloss sie. „Such mir eine Farbe aus und versprich mir, dass du Blau tragen wirst."

Ihre Hand bewegte sich unter seiner und sie versuchte, sich zu befreien. „Das ist unziemlich."

„Wie das?“ fragte er. „Wir sind miteinander verlobt.“

„Ich weiß, aber …“

„Ich bin als dein Freier gekommen, um dich für mich zu gewinnen, Beatrice. Wirst du mir etwa diese kleine Gunst abschlagen wollen?“ Er hatte den flehenden Tonfall in seiner Stimme nicht beabsichtigt, aber ihre Hand blieb ruhig liegen, und ihre Augen suchten seine Gedanken zu ergründen. Suchte sie nach Wahrheit? Oder bloß nach Gewissensberuhigung? Er konnte ihr das eine geben, nicht aber das andere.

„Warum? Warum tust du das, Sebastian?“ Sie sprach sehr leise, und er musste sich zu ihr hinüberbeugen, um sie zu verstehen.

Vielleicht sollte er ihr endlich seinen ehrlichen Wunsch darlegen. „Weil es mir nicht genug ist, ohne Streit mit dir zu leben. Ich möchte, dass zwischen uns Harmonie entsteht.“

Röte stieg ihr in die Wangen, sie biss sich auf die Unterlippe. Die Erinnerung an ihren süßen Mund war so lebhaft, dass er die Glut verdrängen musste, die erneut in ihm entfacht war. Als er den Blick von ihren Lippen nahm und ihr in die Augen sah, bemerkte er, wie sie dunkler wurden.

„Warum hast du mich geküsst?“ wisperte sie.

„Weil du schön bist, Beatrice.“

Ihre rosigen Wangen waren nun von einer tiefen Röte überzogen. „Sprich nicht so.“ Er fühlte, wie ihre Hand zitterte.

„Du bist schön, und es war nicht mehr als ein Kuss“, sagte er, um sie zu beruhigen.

„Es war viel mehr als ein Kuss“, erwiderte sie.

Viel mehr als ein Kuss, fürwahr. Er wollte sie so gerne

küssen und konnte das Verlangen kaum noch ertragen. Doch er wollte nicht nur ihren Mund küssen, sondern auch ihre Brüste, den Bauch, den schlanken Hals, ihre Finger, Zehen und jede kostbare, zarte Stelle ihres Leibes.

Woher kam dieses maßlose Verlangen? Gewiss nicht allein von einem einzigen Kuss …

Aber der Kuss war alles andere als gewöhnlich gewesen. Ihre Lippen hatten ein Feuer in ihm entfacht, das nicht einmal die erfahrenste Liebkosung je in ihm ausgelöst hatte. Und jetzt war er für sie entflammt, misstraute ihr aber gleichzeitig. Wenn sich ihm die Gelegenheit böte, würde er ihr Bett aufsuchen, ohne darüber nachzudenken. Er musste sie haben, und er konnte unmöglich bis Michaelis warten.

Und er würde sie besitzen, sobald er sie davon überzeugt hatte, sich ihm hinzugeben. Er warf ihr einen flüchtigen Blick zu. Bildschön, aber ein wenig traurig, saß sie neben ihm in ihrer Witwentracht. Ihr Leib versprach ungeahnte Kostbarkeiten, ihre Leidenschaft am Flussufer stellte ihm pure Wonne in Aussicht.

Hole sie in dein Bett.

Sebastian glaubte, die Stimme seines Onkels zu hören, listig und verlockend. Er nahm sich indes nicht vor, Beatrice zu verführen, sondern zunächst ihre Liebe zu erwecken. Die Ehre verbot es ihm, weiterzugehen. Wenn aber das Werben um ihre Zuneigung sie auch in sein Bett lockten, würde er nicht ablehnen.

10. KAPITEL

Seufzend saß Beatrice in ihrem Bett und rieb sich die müden, brennenden Augen. Sie hatte die Nacht über kaum geschlafen, und ihre Gedanken drehten sich wie ein Mühlrad, als sie zu begreifen suchte, was Sebastian vorhatte – wenn er überhaupt etwas im Schilde führte.

Seit nunmehr fünf Jahren waren sie zerstritten, und sobald sie auch nur einen Augenblick zusammen waren, überhäufte jeder den anderen mit spöttischen und höhnischen Bemerkungen. Als sie Thomas Manners versprochen worden war, hatte Sebastian sich verändert. Von da an benahm er sich so, als hätte sie ihm die Treue gebrochen, dabei hatte er in Wahrheit *sie* verraten, da er es nicht zu Stande gebracht hatte, um ihre Hand anzuhalten. Er hätte sagen müssen: „Du bist mein", wenn es ihm etwas bedeutet hätte. Aber stattdessen hatte er schweigend dagestanden und sie bloß angestarrt, als sie ihm erzählte, dass ein anderer Mann sie begehrte.

Sie zog die Knie an, stützte ihr Kinn darauf und starrte auf den schmalen Lichtstreifen, der zwischen den Vorhängen am Fußende des Bettes hindurchschimmerte. Doch auch sie hatte nicht gesagt: „Bin ich dein oder nicht? Möchtest du um meine Hand anhalten? Oder bin ich frei, mich von diesem Mann umwerben zu lassen?" Aber hätte sie ihn an seine Möglichkeiten erinnern müssen? Sie konnte seine Antwort unmöglich in Voraus kennen und hatte nicht den Mut besessen, ihn zu fragen. In manch einer Nacht, in der sich kein Schlaf einstellen wollte, hatte sie sich gefragt, wie ihr Leben wohl verlaufen wäre, wenn sie ihm die Fragen gestellt hätte, anstatt zu schweigen.

Jetzt, nach ihrem törichten Versuch, für ein gutes Einvernehmen zwischen ihnen zu sorgen, kehrte er von seinem Onkel zurück und schien wie verwandelt zu sein. Aber was war in seinem Herzen vorgegangen? Hatte er wirklich beschlossen, ihre Entschuldigung anzunehmen? Er verhielt sich so, als habe er ihr vergeben, doch eine innere Stimme in ihr zweifelte an ihm. Warum war das so? Weshalb konnte sie den Beweisen in seinen Augen keinen Glauben schenken?

Er will etwas.

In den Jahren, die sie unter den Füchsen am Hof zugebracht hatte, waren ihr die vielen Gesichter der Täuschung begegnet. Etwas Unbestimmbares in Sebastians Verhalten erinnerte sie an die Höflinge, die sie angelächelt und mit lieblichen Worten umgarnt hatten, während sie bloß ihr Verderben im Sinn hatten. Die Erkenntnis versetzte ihrem Herzen einen Stich. Immer war sie davon ausgegangen, Sebastian sei anders als die anderen Männer, auch wenn er sehr zornig auf sie gewesen war.

Du hast dich in Thomas geirrt. Kannst du dich überhaupt auf etwas verlassen?

Das war das eigentliche Problem. Es war töricht von ihr gewesen, Manners zu heiraten und zu glauben, sein Verlangen nach ihr sei so groß, dass sie ihn mit Leichtigkeit handhaben könne. Wenn sie sich bereits bei ihm so getäuscht hatte, wie sollte sie sich jemals wieder einer Einschätzung sicher sein?

Du bist dir sicher, dass diese Ehe genauso verheerend verlaufen wird wie die andere.

Die andere *Ehe?* Erinnerungen voller Abscheu stiegen in ihr auf.

Ihre Zeit mit Thomas war keine wirkliche Ehe gewesen, und alles, was sie erduldet hatte, war umsonst gewesen. Sie hatte unter seinen Schlägen und unmäßigen Wutausbrüchen gelitten, hatte das Nähen und die geliebte Gartenarbeit aufgeben müssen und zudem seine hartnäckigen, aber vergeblichen Versuche ertragen, bei ihr zu liegen. Stets hatte er ihr eingeredet, sein Verlangen nach ihr nähme unweigerlich zu, wenn sie ihm eine gute Gemahlin wäre.

Er hatte nach Tod gerochen; mit leblosen, kalten Fingern hatte er sie gestreichelt, und seine Knochen waren unter seinem dünnen Fleisch zu spüren gewesen. Bereits dem Tode geweiht, hatte er versagt, ihren Schoß mit Leben zu erfüllen.

Gott sei es gedankt, dass sie nun nicht mehr still zu liegen brauchte, während dieser Mann sie berührte, ihre Schenkel öffnete und sich auf sie legte. Seinem Mund war der Gestank von Knoblauch und Fäulnis entströmt, wenn er wieder einmal vergeblich versucht hatte, die Ehe zu vollziehen. Sie fröstelte.

Zumindest würde sie diese Zumutungen nicht bei Sebastian erleiden. Hitze strömte von ihrem Hals hinab zu den Brüsten und dem Bauch. Als er sie beim Fluss geküsst hatte, war die Leidenschaft seines Mundes ein untrügliches Anzeichen seines Begehrens gewesen.

Eine Hand schob sich zwischen die Bettvorhänge und

zog sie zur Seite: Es war Nan. Da Beatrice sich so in ihren Gedanken verloren hatte, war ihr entgangen, dass ihre Zofe inzwischen aufgestanden war.

„Es wird hell, Mylady“, sagte Nan und zog die Vorhänge ganz zur Seite. Hinter ihr am Fenster zeigte sich ein schmaler, blasser Streifen des Morgenlichts, während der übrige Himmel noch vom Dunkel der Nacht überzogen war. Nach der Finsternis zwischen den Vorhängen wirkte der fahle Raum geradezu hell. „Was möchtet Ihr heute tragen?“

„Das schwarze Brokatkleid und das Mieder mit den schwarzen Ärmeln“, erwiderte Beatrice, als sie die Beine über die Bettkante schwang. Die Frage war jeden Morgen dieselbe. Warum sollte ihre Antwort sich geändert haben? „Die schwarze Haube, die Kette mit den dunklen Steinen. Kleide mich schwarz, Nan, ich bin bloß eine Krähe.“

„Was ist mit Euren weißen Ärmeln, Mylady? Wollt Ihr die nicht lieber tragen, zu dem weißen Untergewand? Ihr solltet etwas von dem Schwarz ablegen, da Ihr bald heiratet.“

Beatrice schüttelte den Kopf. „Ich werde Schwarz tragen, bis ich heirate.“

Nan nickte ergeben, und ihr sonst so fröhliches Gesicht wurde von Sorgenfalten überzogen. Beatrice seufzte, denn sie spürte die Enttäuschung der Zofe und ihren eigenen Abscheu vor der Trauerkleidung. Warum legte sie weiterhin so viel Wert darauf? Sie trauerte nicht im Mindesten über Thomas' Ableben, und da sie bereits verlobt war, könnte ihr niemand übel nehmen, wenn sie die tristen Farben wegließ. Ohnehin war sie das Schwarz mehr als leid.

„Nein, warte", sagte sie. „Kleide mich in Blau."

Nan strahlte über das ganze Gesicht, als wäre Beatrice' Sinneswandel ein Geschenk für sie. Während sie ihr das Haar kämmte und hochsteckte und ihr beim Ankleiden behilflich war, biss Beatrice sich auf die Zunge, um nicht laut auszurufen: *Nein, leg das weg, zieh mir die Trauerkleidung an.* Indem sie Sebastians Wunsch nachkam und sich blau kleidete, ermöglichte sie ihm, weiterhin um sie zu werben. Ein Werben, das womöglich zu seinem Bett führte, lange bevor sie verheiratet waren.

Gestern hatte er sie daran erinnert, es sei keine Sünde, wenn sie beieinander lägen, da sie verlobt waren. Voller Angst war sie vor ihm geflohen, aber auch vor ihrem eigenen Verlangen. Und sie fürchtete das, was er später zu ihr sagen würde, wenn sie sich von ihm verführen ließ. Nachdem er sie in Georges Armen gesehen hatte, hatte er fortwährend Schlechtes von ihr gedacht, ohne ihre wahren Gründe in Betracht zu ziehen. Doch sie war nicht in der Lage gewesen, seine Worte aus ihrem Gedächtnis zu verbannen. „Du bist meine Frau. Das weißt du. Es gibt keine Sünde." Diese Worte hatten ihr Verlangen nach ihm noch gesteigert, und als er sich am Flussufer zu ihr hinabgebeugt hatte, hatte sie ihm kaum zuhören können, da eine brennende Sehnsucht ihr die Sinne raubte.

Wieso begehrte sie ihn nach nur einem Kuss so stark? Und wie sollte sie ihr Verlangen bis zur Vermählung zügeln?

Das brauchst du nicht zu tun. Er ist dein Gemahl, und da gibt es keine Sünde.

Außerdem erwartete man von einer Witwe nicht, ihre Jungfräulichkeit zu beweisen. Dieses Mal würden keine Laken gezeigt werden wie nach der Hochzeitsnacht, als Thomas sich selbst in den Fuß geschnitten hatte, um seine Schande zu verbergen. Sie könnte in den kommenden Wochen zu jeder Zeit gefahrlos mit Sebastian das Bett teilen.

Doch wovor war sie nun sicher? Vor dem Tod? Thomas hätte sie ohne Zweifel getötet, wenn sie jemals bei einem anderen Mann gelegen hätte, aber bei Sebastian zu liegen war ganz etwas anderes. War sie vor jeglicher Schande geschützt? Sebastian hatte gesagt, es sei keine Sünde, mit ihm das Bett zu teilen. War sie vor Beschuldigungen sicher?

Beschuldigungen! Dagegen war sie nicht gefeit, auch nicht gegen Bedauern. Wie konnte sie sicher sein, dass Sebastian sich in den kommenden Jahren auch wirklich an die Behauptung erinnerte, es sei nicht falsch, miteinander das Bett zu teilen? Woher nahm sie die Gewissheit, dass sie es eines Tages nicht bereute, sich ihm hingegeben zu haben? Würde sie ihn überhaupt gewähren lassen?

Kann ich ihm vertrauen?

Sie hatte Angst, er könnte sie verletzen, wenn sie ihm zu viel von ihrem Herzen und ihrer Seele offenbarte. Dennoch wollte sie ihn, ihr Leib schrie geradezu nach ihm. Konnte sie bei ihm liegen und sich frei und sicher fühlen? Das würde sie nur erfahren, wenn sie den Versuch wagte und sich in sein Bett begab.

„Welchen Schmuck, Mylady?“ fragte Nan und unterbrach Beatrice’ Gedankengang.

Sie war im Begriff, die Zofe zu bitten, das Perlenhalsband zu holen, das ihre Eltern ihr zur Vermählung geschenkt hatten. Doch sie hielt sich zurück, denn sie erinnerte sich an Sebastians Blick, als sie ihm ihren bloßen Hals und ihre Hände hingehalten hatte, um ihm zu zeigen, dass sie keinen Schmuck besaß.

„Keinen", erwiderte sie. Würde er verstehen, warum sie keinen Schmuck trug? Es tat nichts zur Sache; sie konnte nichts von ihrem Geschmeide anlegen.

Als sie angekleidet war, ging sie zur Kapelle und betete. Mit erleichterter Seele begab sie sich danach in das Gemach ihrer Mutter. Vor der Tür zögerte sie, denn mit einem Mal machte sie sich die Tragweite ihrer Entscheidung bewusst, die Witwentracht abgelegt zu haben. Wenn dieser Schritt nun das Missfallen ihrer Mutter erregte? Zwar hatte die Countess ihren Schwiegersohn nie gemocht, aber sie könnte sehr wohl von Beatrice erwarten, das Andenken ihres verstorbenen Gemahls in Ehren zu halten.

Ich habe ihm gegeben, was ihm zustand, sogar mehr. Doch ihre trotzigen Gedanken fielen in sich zusammen; wehe dem Kind, das den hohen Anforderungen der Countess of Wednesfield nicht gerecht wurde! Beatrice schluckte, da ihre Kehle wie zugeschnürt war, und gab Nan mit einem Nicken zu verstehen, die Tür zu öffnen.

Mit einem Mal herrschte Schweigen in dem Raum, der eben noch von gedämpften Stimmen erfüllt gewesen war. Ihre Mutter saß in ihrem edlen Lehnstuhl und schaute von der Näharbeit auf. Erstaunt hob sie die Brauen, als sie des blauen Brokatstoffs gewahr wurde. Beatrice straffte die Schultern, hin- und hergerissen zwischen dem Bedauern, das Schwarz abgelegt zu haben, und den ersten Regungen des Widerstandes.

Doch plötzlich schienen ihre Befürchtungen bedeutungslos zu sein. Die Verwunderung ihrer Mutter wich einem Lächeln, ein Ausdruck, der so einladend war wie eine ausgestreckte Hand. Beatrice' angespannte Vorsicht schwand. Seit der Ankunft auf Wednesfield war ihre Mutter freundlicher und ließ die weichen Züge unter ihrem abweisenden Mienenspiel erkennen – wie ein Igel, der sich nicht mehr länger zu einem stacheligen Ball zusammenzog.

„Komm, mein Kind, setz dich zu mir."

Beatrice nahm auf dem Schemel neben dem großen Stuhl der Countess Platz. Als sie die Röcke glatt strich, hielt ihre Mutter ihr das Nadelkissen hin. „Nimm eine Nadel und hilf mir bei diesem Altartuch. Es ist für die Abteikirche, und ich kann auf die Hilfe keines anderen vertrauen. Nicht eine der Zofen näht so fein wie du."

Beatrice nahm das Nadelkissen, suchte sich eine Nadel heraus und führte den Faden durch das Öhr. Sie hob das Tuch an einem Ende hoch, suchte nach dem Anfang und begann zu sticken. Sie spürte, wie das alte Vergnügen wiederkehrte, Schönes zu schaffen. Wie viele Tage ihrer Kindheit hatte sie wohl in diesem Raum verbracht, die Nadel in der einen Hand, den Stoff in der anderen, während sie nähte und sich Träumereien hingab?

Gemessen an der Bildung ihrer Schwester, kam ihr die

eigene Fertigkeit im Umgang mit der Nadel unbedeutend vor. Gleichwohl hatte ihr Vater sie einst gebeten, den Deckel eines Messbuchs, das der Königin überreicht werden sollte, mit einer Stickerei zu versehen. Jede Frau war in der Lage, einen feinen Saum zu nähen und Stickereien anzufertigen; aber wie viele konnten neben Englisch auch noch Französisch und Latein lesen? Und was ihre viel gepriesene Schönheit anbelangte, so war dies ein Geschenk; selbst als ihre Eitelkeit am stärksten gewesen war, hatte sie gewusst, dass sie nicht so gut war, wie ihr hübsches Antlitz vermuten ließ. Sie war nicht schön geschaffen worden, weil sie gut war.

„Meine Augen haben nachgelassen“, klagte ihre Mutter mit einem ungeduldigen Seufzer. „Du wirst diese Stiche machen müssen.“ Sie reichte Beatrice das Ende, an dem sie arbeitete, dessen Verzierungen sehr fein und behutsam gestickt werden mussten. Beatrice nahm eine andere Nadel und hielt den Stoff näher an die Augen, um die Feinheiten besser unterscheiden zu können.

„Ich werde dich vermissen, wenn du fort bist“, sagte die Countess leise.

„Weil ich gut nähen kann.“

„Nein, Kind. Ich werde deine Gesellschaft vermissen.“

Beatrice ließ die Näharbeit sinken und sah in das Gesicht ihrer Mutter. Ihre Augen schimmerten, als kämpfe sie gegen Tränen an.

„Ich werde nicht so weit weg sein. Benbury ist nur drei Meilen entfernt.“

„Ich weiß. Aber es ist schön, bei dir zu sitzen.“

Es war immer schön gewesen, in der Kemenate zu sitzen und elegante Verzierungen mit Nadel und Faden zu schaffen. Sie hatte von Sebastian geträumt, während sie Hemden für ihren Vater und ihre Brüder genäht hatte. Wovon hatte sie noch geträumt? Von der vollkommenen Liebe, von vollkommener Harmonie, von endlosen, sonnigen Tagen, die mit Sebastians Lächeln angefüllt waren. Das Gefühl hatte sie beseelt, dass er ihr die Welt zu Füßen legen würde, wenn er könnte.

Beatrice hielt inne, obgleich die Nadel erst halb durch den Stoff gezogen war. Sie hatte seine Zuneigung stillschweigend vorausgesetzt und stets geglaubt, seine Liebe sei eine Huldigung ihrer Schönheit. Gewiss hatte er sie geliebt. Wer hatte das nicht? Ihr Mundwinkel zuckte, als sie die Nadel durch das Tuch führte und zum nächsten Stich ansetzte. Niemand hatte sie so geliebt, wie sie es sich vorgestellt hatte. Niemand konnte es. Ihre Eitelkeit hatte sie töricht werden lassen.

Nun, Thomas hatte ihr diese Eigenart ausgetrieben. Ihre Schönheit hatte ihm nur etwas bedeutet, da andere Männer ihn um seine Gemahlin beneideten; sie war ein Ziergegenstand geworden, ein nettes Spielzeug, und weniger als das, wenn er missgelaunt gewesen war. Er hatte ihr verboten zu nähen und behauptet, es schade ihren Augen; mit der Zeit war sie davon ausgegangen, dass er Verbote nur aussprach, weil es ihm Befriedigung verschaffte.

Es war eine Sünde, Gott für den Tod eines Menschen zu danken. Wenn es keine gewesen wäre, hätte sie dem Allmächtigen jeden Tag gedankt. War es aber verwerflich, froh über ihre Freiheit zu sein? Möge Gott es ihr nicht als Sünde anrechnen, denn sie wusste nicht, wie sie diese Gedanken beichten sollte und mochte sich auch nicht ausmalen, welche Bußen ihr dafür auferlegt würden.

Sie und ihre Mutter waren seit über einer Stunde schweigend in die Näharbeit vertieft, als ein Junge in die Kemenate schlüpfte und sich vor der Countess verbeugte. „Mylady, Lord Benbury lässt fragen, ob seine Verlobte, Lady Manners, ihm unten in der Halle Gesellschaft leisten darf."

Beatrice hob den Kopf. Sebastian fragte nach ihr? Warum? Was wollte er? *Um dich werben*, flüsterte ihr eine innere Stimme zu, die sie mehr als beunruhigte.

Die Countess sah ihre Tochter an. „Das muss Lady Manners entscheiden."

Geh, dachte sie. Bleib hier. Wenn sie klug wäre, würde sie bleiben, wo sie war ... Aber Sebastian hatte nie zuvor offiziell nach ihrer Gesellschaft verlangt.

„Wenn Ihr mich nicht mehr braucht, Mutter, würde ich gerne zu ihm gehen."

„Ich brauche dich nicht dringender als dein Gemahl, Kind. Geh."

Beatrice ließ die Nadel im Tuch stecken, als wolle sie bloß einen Moment fortgehen. „Ich bin gleich zurück."

Ein Anflug von schelmischem Spott schimmerte in den Augen der Countess, als ob sie wüsste, wie unwahrscheinlich es war, dass Beatrice bald zurückkehren würde. „Geh nur."

Das Herz schlug Beatrice bis zum Hals, als sie die Kemenate verließ und die Treppe hinunterging, die in die glänzende Halle führte. An der einen Wand fiel die Morgensonne durch die bunten Glasfenster und tauchte den gefliesten Boden in die Farbenpracht des Topases, Rubins und Saphirs. Inmitten dieser Pracht stand Sebastian, sein goldenes Haar leuchtete, und das Blau seines kurzen Umhangs war von farbigen Mustern gesprenkelt. Als er Beatrice sah, lächelte er.

„Nun, Mylady“, rief er und kam auf sie zu. Er nahm ihre Hand, führte sie an die Lippen und hauchte einen warmen Kuss auf ihren Handrücken. Sein Daumen strich über ihre Knöchel. „Was, immer noch kein Schmuck?“

Sie horchte auf einen spöttischen Unterton, vernahm indes keinen. Dann sah sie in seine warmen blauen Augen. Er schien sich keiner Schuld bewusst zu sein, als hätte er sie nie verhöhnt oder der Habsucht bezichtigt. Beatrice beschloss, auf die wohl ehrlich gemeinte Frage zu antworten.

„Solange mein Stiefsohn mir nicht das zurückgibt, was mir zusteht, werde ich keinen tragen“, sagte sie.

„Dann ist es umso besser, dass mein Onkel sich für uns beide einsetzt“, erwiderte er.

Sie schluckte und schaute ihm tiefer in die Augen, um die Wahrheit zu finden, entdeckte aber bloß jene Wärme, der sie nicht ganz vertrauen wollte. War es eine Lüge? Oder hatte er sich ihr gegenüber gänzlich verändert? Sie würde die Antwort nie erfahren, sofern sie sich nicht ein wenig aus ihrer vorsichtigen Haltung herauswagte.

„Ich bin dankbar für jede Hilfe.“

„Es ist mir ein Vergnügen.“ Er drehte ihre Hand um und führte ihre Handfläche an seine Lippen. Sein heißer Atem schien ihre Haut zu versengen. „Da das geklärt ist, lass uns ein wenig im Garten deiner Mutter spazieren gehen."

„Warum?" Die Frage war heraus, bevor sie in der Lage war, sie zurückzuhalten.

Er lächelte sie an. „Da es angenehm sein wird."

„Ich folge deinem Willen."

Er legte ihre Hand, die er immer noch hielt, auf seinen Unterarm und geleitete sie durch einen Bogengang zu der Tür, die zu den Gärten hinter dem Haus führte. Als sie in den sonnendurchfluteten Garten traten, wandte er sich ihr zu und schaute sie an. Sein Lächeln war so strahlend wie ein Sommermorgen, seine Augen blauer als der Himmel über ihnen. Sosehr sie auch danach suchte, sie konnte keinerlei Verstellung bei ihm entdecken; seine Freude schien ehrlich zu sein. Und sie wollte nur allzu gern glauben, dass er aufrichtig zu ihr war.

„Ich habe es ernst gemeint, als ich den Wunsch äußerte, zwischen uns möge Harmonie herrschen."

„Das wünsche ich mir auch."

„Trefflich." Er führte sie auf den Weg.

Der Garten in Wednesfield lag innerhalb der Burgbefestigung und war viel größer und älter als der Garten der Londoner Residenz. Hier umgaben golden schimmernde Mauern die Anlage und nicht die schmutzige Themse; die Steine speicherten gleichsam die Wärme der Sonne und strahlten sie wieder ab, so dass die Pflanzen hier bei weitem besser gedeihen konnten. Auf den gewundenen Pfaden nahm Beatrice das satte Grün und die vielfältigen Düfte der Kräuter wahr, die den Beeten bei der Hitze innerhalb der Mauern entstiegen. Sie würde diesen Ort mit all seiner Pracht vermissen. Zwar wusste sie nicht, in welchem Zustand der Garten in Benbury zurückgelassen worden war, nachdem Sebastians Mutter erneut geheiratet hatte, aber er konnte sicher unmöglich mit dieser grünen Pflanzenpracht mithalten.

„Kannst du meine Gärten so üppig wie diese werden lassen?“ fragte Sebastian und beugte sich zu ihr hinab.

Mit einem Mal schien sich alles in ihrem Kopf zu drehen. War es seine Nähe, die sie schwindelig machte, oder lag es daran, dass er offenbar ihre Gedanken gelesen hatte? Sie wusste es nicht und hinterfragte es auch nicht; vielmehr regte sich in ihr die Sehnsucht nach seinem warmen Atem auf ihrer Haut. „Nein, aber ich kann sie fruchtbarer machen, als sie sind“, sagte sie leise, „wenn du es wünschst.“

„Ich wünsche es.“ Er verlangsamte die Schritte. „Hast du Manners’ Garten fruchtbarer gemacht?“

„Nein“, entgegnete sie vorsichtig, um die schmerzende Erinnerung zu lindern. „Mein Gemahl sagte, es schicke sich nicht, dass ich mir Gedanken über Kräuter mache, da er Gärtner mit dieser Aufgabe betraut hatte.“

Er schaute sie an, und seine Wimpern glänzten golden in der Sonne. „Hat es dir so viel bedeutet?“ fragte er, und in seinem Tonfall schwangen Freundlichkeit und Zweifel mit.

Was sollte sie sagen? Sie wollte keine ausweichenden Antworten ersinnen – die Wahrheit allein würde genügen. „Ja, das hat es. Es gibt wenige Dinge, von denen ich etwas verstehe. Wenn man mir diese wenigen Dinge verwehrt …“

„Ich werde dir nicht verbieten, meine Gärten zu versorgen. Du hast mein Wort darauf.“

„Hab Dank“, erwiderte sie. „Ich weiß nicht, wie ich mich dafür erkenntlich zeigen soll.“

„Lächele für mich. Das würde mir schon genügen.“

Da sie ihm nichts abschlagen konnte, wenn er freundlich zu ihr war, lächelte sie verzagt. Sebastian erwiderte das Lächeln, wobei er einen Mundwinkel höher zog als den anderen; es war jenes Lächeln, das sie bereits vor Jahren betört hatte.

„Fällt es dir so schwer zu lächeln?“ flüsterte er.

Ihr Herz machte einen Satz, als habe es einen Schlag übersprungen. „Nein.“

„Sei glücklich, Bea.“

„Ja.“

Noch bevor er sich zu ihr hinabbeugte und ihre Lippen suchte, konnte sie in seinem Augenausdruck sehen, dass er sie küssen wollte. Die Berührung war sanft und nicht so fordernd wie am Vortag, doch Beatrice wurde von einer heißen Welle erfasst. Die Erde unter ihr schien zu schwanken. Er hob den Kopf, schaute sie an und beugte sich vor, um sie auf die Stirn zu küssen. Seine Zärtlichkeit rührte sie zutiefst.

„Ich möchte, dass du glücklich bist.“

Da sie einen fremdartigen Tonfall in seiner Stimme vernahm, löste sie sich ein wenig von ihm und schaute in sein Gesicht. Den unsteten Ausdruck in seinen Augen hätte sie bei jedem anderen Menschen als Schuldeingeständnis gedeutet, doch nicht bei Sebastian. Er hatte keinen Grund, Schuld zu empfinden. Zu Recht hatte er ihr früheres Verhalten verurteilt, doch offenbar hatte sich sein Groll aufgelöst wie Morgennebel. Wieso sollte man sie nicht eine Dirne schimpfen, wenn sie sich wie eine benommen hatte?

„Wenn du freundlich zu mir bist, werde ich glücklich sein, Sebastian", sagte sie.

Zärtlich strich er ihr mit den Fingern über die Wange. „Dann sollst du die glücklichste Frau auf Erden sein."

Mit blindem Vertrauen schmiegte sie sich an die Hand, die sie liebkoste. Dann umfasste er ihr Kinn. Sanft, so sanft, dass sie jeden Augenblick den Kopf wegziehen konnte, zog er sie enger zu sich und hob ihr Gesicht ein wenig. Sie ließ sich von ihm führen und schwebte ihm gleichsam entgegen, als habe seine Berührung all ihre Zweifel und Sorgen vertrieben. Doch trotz seiner zärtlichen Annäherung war augenblicklich eine blendende, heiße Glut in ihr entfacht, als er sie küsste. Sobald seine hauchzarten Küsse über ihren Mund strichen, hieß sie ihn mit geöffneten Lippen willkommen. Mit dem freien Arm umfasste er ihre Taille und zog sie enger an sich.

Das innere Feuer, das sie erst gestern am Flussufer versengt hatte, flammte aufs Neue auf, als habe es die ganze Zeit nur geschwelt. Sie ergriff seine Arme und spürte seine Kraft unter ihren Handflächen. Wenn George ein solch brennendes Verlangen in ihr entfacht hätte, wäre sie dann in der Lage gewesen, ihm ihr Bett zu verweigern? Nein, niemals; sie hätte der Versuchung, mehr von diesen Freuden zu kosten, nie widerstehen können. Sebastian liebkoste ihre Unterlippe, und der Genuss des sanften Drucks seiner Zähne machte sie ganz schwindelig. Irgendwo, tief in ihrem Innern vernahm sie ein Flüstern: *Wie soll ich ihm widerstehen?*, doch dann war die Stimme verstummt, gleichsam von der Woge der Begierde fortgespült. Er bewegte sich, und ihre Leiber schmiegten sich noch enger aneinander, als seien sie dafür geschaffen. *Wir sind verheiratet. Es ist keine Sünde.*

Als habe er ihren Gedanken vernommen, hob Sebastian den Kopf und bedeckte ihren Mund mit Küssen, die wie ein zarter Mairegen waren. „Du bist lieblicher, als ich es mir erträumt habe, Bea", sagte er, „aber dies ist nicht der rechte Ort für diese Dinge." Mit einem Kopfnicken deutete er auf die Fenster von Wednesfield, die wie neugierige Augen wirkten.

Sie löste sich aus seiner Umarmung und ging zwei Schritte zurück, um etwas Abstand zwischen ihnen zu schaffen. Wollte sie ihn damit fern halten oder sich selbst zwingen, von ihm abzulassen? Sie vermochte es nicht zu unterscheiden.

„Ich bitte um Verzeihung."

„Nein, Bea", entgegnete er und überwand die Distanz zwischen ihnen mit einem einzigen Schritt. „Es war mein Fehler."

All ihre ängstliche Wachsamkeit regte sich in ihr. „Meinst du das wirklich?" fragte sie und bat im Stillen, dass sie sich nicht verhört hatte. Sie wollte so sehr glauben, dass er den Fehler wahrhaftig bei sich suchte.

„Ja", erwiderte er. „Ich meine es so, wie ich es sage."

Sie lauschte auf ihre innere Stimme, die ihr sagen würde, dass er log; diese kleine Stimme, die ihr bis zum Ende ihrer Ehe mit Thomas beigestanden hatte. Sie hatte Beatrice stets gewarnt, wenn sein Zorn anwuchs, wenn sie leise gehen musste und sich nur noch in die Überreste ihres Stolzes hüllen durfte. Doch nun blieb die Stimme stumm und überließ ihr allein die Einschätzung, ob in Sebastians strahlenden, tiefblauen Augen tatsächlich Aufrichtigkeit lag.

Ich will dir glauben, aber ich habe Angst, furchtbare Angst, mich in dir zu täuschen. Beweise dich mir, Sebastian, bitte.

Sie konnte nichts sagen, denn sie musste ihre Zweifel für sich behalten. Wenn sie ihm nicht so einfach vertrauen konnte, wie sollte er ihr dann vertrauen? Das war es, was ihr Sorgen bereitete. Sie vermochte sich nicht zu erklären, wie sein Sinneswandel zu Stande gekommen war; solange nicht der letzte Zweifel ausgeräumt war, konnte sie nicht blind darauf vertrauen, dass die Veränderung in seinem Verhalten auch wirklich mit einer Veränderung seines Herzens einherging.

Er nahm ihre Hand und legte sie auf seinen angewinkelten Arm. „Lass uns ein wenig gehen. Ich werde dich nicht wieder küssen."

Gemeinsam schritten sie weiter auf dem Pfad, doch nun war die Stille zwischen ihnen aufgeladen, als würde jeden Augenblick ein Blitz einschlagen. Sie vermochte an nichts anderes zu denken als an die Anspannung in Sebastians Arm, an die Art und Weise, wie seine Beine ihre Röcke streiften und an die Hitze seines Leibes, der so dicht neben ihr war.

„Was wirst du benötigen, um den Garten in Benbury so schön wie diesen zu machen?" erkundigte er sich plötzlich, als ob die ungewohnte Nähe auch ihn beunruhigte.

Sie atmete tief durch und stieß einen Seufzer aus, der ihr einen klaren Kopf verschaffen sollte. „Ich werde vor allem

Zeit brauchen. So etwas erschafft man nicht in einem Jahr, nicht einmal in zwei Jahren."

„Du wirst ausreichend Zeit haben. Wir werden nicht am Hof sein."

Gott sei Dank. Zu wissen, dass sie die Wölfe und Füchse los war, die starrenden Augen und die scharfen, gehässigen Zungen … „Ich bin froh."

„Machst du dir nichts aus dem Hofleben?" fragte er mit einer seltsam angespannten Stimme.

„Der Hof war mein Untergang", erwiderte sie. „Wie sollte ich mich da nach einer Rückkehr sehnen?"

Während sie den Pfad entlangschritten, dachte sie über Sebastian nach. Warum kehrte er dem Hof den Rücken? Soweit sie unterrichtet war, hielt man dort große Stücke auf ihn. Er war in der königlichen Gunst höher und höher gestiegen und offenbar auf dem besten Wege, befördert zu werden.

„Ich verspüre auch kein Verlangen, dorthin zurückzukehren", sagte er plötzlich, als habe er ihre unausgesprochene Frage vernommen. Es war bereits das zweite Mal, dass er ihre Gedanken las. Sie zitterte. „Ist dir kalt?"

„Nein", antwortete sie leise. „Ich fühle mich wohl."

„Du musst mir sagen, wenn dir kalt wird."

„Das tue ich." Sie gingen ein wenig weiter. „Warum willst du nicht zurück zum Hof? Gewiss ist es dir dort nicht schlecht ergangen."

„Es kostet zu viel und wirft zu wenig ab", erwiderte er.

Sie dachte in diesem Augenblick an ihren eigenen, armseligen Werdegang. „Fürwahr."

„Dann sind wir uns ja einig“, meinte er und legte die freie Hand auf ihre. „Ein ruhiges Leben für uns.“

„Ja“, bekräftigte sie.

Eine Weile gingen sie schweigend nebeneinander her, und Sebastian war offenbar zufrieden. Doch Beatrice kam innerlich nicht zur Ruhe, denn eine misstrauische Stimme in ihrem Hinterkopf murmelte Fragen, die sie nicht zu stellen wagte. *Warum bist du jetzt so freundlich zu mir, obwohl du mich noch vor vierzehn Tagen verachtet hast? Was erwartest du von mir, das du nicht verlangen kannst?* Und unter der inneren Stimme tauchte die Erinnerung an eine Zeit voller Furcht auf, als sei Sebastian wie Thomas und treibe nur ein Spiel mit ihr, um sie zu beschämen.

Sebastian wäre nie so unfreundlich, sprach die Stimme ihres Herzens, aber sagte ihr Herz nicht bloß das, was es glauben *wollte?* Beatrice wusste es nicht. Sie hatte geglaubt, sehen zu können, dann jedoch feststellen müssen, dass sie blind war; deshalb wagte sie es nicht, ihrem Urteilsvermögen zu vertrauen, da es sie in den letzten Jahren getrogen hatte.

„Was bereitet dir Kummer, Beatrice?“ fragte Sebastian mit ruhiger Stimme.

„Nichts“, erwiderte sie. Sie konnte darüber nicht sprechen.

„Du wirkst so, als könntest du jeden Augenblick zusammenzucken. Fürchtest du dich vor mir?“

„Nein.“ Es war keine Lüge. Mehr als alles andere fürchtete sie ihre eigene Torheit.

Er blieb stehen. „Was macht dir dann Angst? Denn du fürchtest dich vor etwas. Ich sehe es dir an.“

Konnte er es sehen? Wenn er sie jetzt richtig einschätzte, warum war ihm das dann nicht in der Vergangenheit gelungen? Er hatte sie so oft falsch beurteilt – wie konnte er jetzt richtig liegen? Vielleicht äußerte er nur Vermutungen, in der Hoffnung, dass sie sich womöglich als wahr erwiesen. Wenn es an dem war, hatte er ins Schwarze getroffen.

„Beatrice."

„Ich kann es dir nicht sagen."

„Kannst du es nicht? Oder willst du es nicht?"

„Wir haben schon darüber gesprochen", erwiderte sie und schaute in seine Augen, in denen sie Zorn erwartete.

Doch er sah sie ruhig und voller Geduld an. „Ich weiß. Aber dieses Mal werde ich dich nicht tadeln. Kannst du es mir nicht sagen?"

Sie schüttelte den Kopf. „Ich kann die Worte nicht finden." Denn das, was ihre Gedanken beherrschte, durfte um keinen Preis ausgesprochen werden.

„Falls du mich fürchtest, so gibt es dafür keinen Grund. Ich werde dir nicht wehtun."

Das Leid, das ich erfahren habe, besaß viele Gesichter, dachte sie. Beatrice erinnerte sich mit Schaudern, wie sie unter der Schärfe des Hohns und unter kalten, abweisenden Worten gelitten hatte – und unter den niedersausenden Fäusten. Vielleicht hatte aber auch Cecilia Recht, und Sebastians freundlicher Umgang mit Tieren ließ tatsächlich darauf schließen, dass er seiner Gemahlin die gleiche Freundlichkeit entgegenbringen würde.

„Ich fürchte Trauer und Ernüchterung", sagte sie leise.

„Du kannst mir vertrauen“, gab er ebenso leise zurück.

„Ich kann es nicht.“

Ihr stockte der Atem. Die Worte waren ihr herausgerutscht, denn seine zuvorkommende Art ließ sie unbedacht reden. Nun fürchtete sie, dass seine Freundlichkeit sich in Wut verwandeln würde. Was hatte sie anderes zu erwarten, wenn sie ihm deutlich gemacht hatte, dass sie ihm nicht vertraute?

„Dann muss ich dein Vertrauen gewinnen“, entgegnete er und zog ihre Hand an die Lippen.

„Wie soll ich dir vertrauen, wenn du London so erbost verlassen hast, dass du mich nicht einmal anschauen mochtest? Und dann kommst du zurück und tust so, als hätten wir uns nie gestritten. Ich muss immerzu an die Männer bei Hofe denken, die unerfahrenen Zofen nachstellen, ständig lächeln und liebliche Worte finden, um Täuschung und Schurkerei zu verbergen. Sobald sie bekommen haben, wonach sie suchen, ist es vorbei mit der Freundlichkeit und Schmeichelei – was bleibt, sind Hohn und Spott.“ Atemlos und erregt hielt sie inne und befürchtete erneut, ein Sturm der Entrüstung würde über sie hereinbrechen.

Er ließ ihre Hand nicht los, sondern hielt sie weiterhin sanft in seiner, was sie merkwürdig beruhigte. „Ich bin es leid, mit dir zu streiten, Beatrice, das ist alles. Wenn wir den Rest unseres Lebens gemeinsam verbringen müssen, wünsche ich, dass die Zeit für uns erfreulich wird und nicht von Zorn und Verbitterung überschattet ist. Ist das so schwer zu glauben? Und wenn ich den Weg dahin mit ein paar Schmeicheleien ebnen möchte oder mit dem ein oder anderen Lächeln, was sollte uns das schaden?“

„Ich fürchte mich“, sagte sie. Schmerz regte sich in ihrer Brust, und ihr traten Tränen in die Augen. „Ich kann deinem Zorn glauben, aber nicht deiner Freundlichkeit.“

„Gib mir Zeit, um dir zu beweisen, dass ich es nur gut mit dir meine.“

Sie blinzelte die Tränen fort. „Oh, Sebastian. Ich bin dir ergeben. Du brauchst mich nicht für dich zu gewinnen. Ich werde immer das tun, was du verlangst.“

Ein Schatten huschte über sein Gesicht, doch er war fort, bevor sie ihn deuten konnte. Er seufzte. „Wir werden heute zu keiner Einigung kommen. Ich möchte nicht mit dir sprechen, wenn ich weiß, dass du bei jedem meiner Worte überlegst, ob es wahr oder falsch ist. Ich wünsche mir, dass du meinen Worten Glauben schenkst, denn ich spreche die Wahrheit. Und *das* kannst du mir nicht durch Gehorsam geben, wie bedingungslos er auch sein mag.“

Es gab nichts, was sie ihm darauf hätte antworten können. Wenn er ihren Gehorsam nicht wollte, dies aber alles war, was sie ihm geben konnte, wohin sollte das führen? Doch sie musste irgendetwas sagen, da sie seine letzte Bemerkung nicht im luftleeren Raum stehen lassen durfte.

„Ich bitte dich, gib mir Zeit.“

Er berührte ihr Gesicht, zart wie eine Daunenfeder. „Die will ich dir gewähren.“

11. KAPITEL

Sebastian lehnte an der Mauer neben der Empore und beobachtete, wie eine lachende und anmutige Beatrice mit John tanzte. In der zurückliegenden Woche hatte er sie umworben, sie mit zarten Worten umschmeichelt, mit sanften Berührungen und mit noch sanfteren Küssen verführt, um ihr Vertrauen zu gewinnen. Wenn er abends die Halle oder das Speisezimmer verlassen hatte, war er davon überzeugt gewesen, ihren Schutzwall eingerissen zu haben. Aber anstatt sie für sich zu gewinnen, hatte er jeden Morgen feststellen müssen, dass sie die Mauern um ihr Herz erneut errichtet hatte. Somit durfte er wieder von vorne anfangen.

Er verlagerte das Gewicht, und seine Blicke folgten ihr und ihrem Bruder, während sie die schwierigen Tanzschritte vollführten. Wie war es möglich, dass sie nicht von den Küssen ergriffen worden war, die ihm die Sinne geraubt und seinen Leib entbrannt hatten? Wieso war er der Eroberung ihres Herzens so nah gewesen und hatte offenbar doch noch nichts erreicht? War sie wegen ihrer früheren Fehltritte vor ihm auf der Hut? Vor seinem geistigen Auge sah er Beatrice in Conyers' Armen, sich an ihn klammernd, ihn küssend. Zorn regte sich in seinem Innern, ein Zorn, der all seine Bemühungen, sie zu erobern, zunichte machen würde, wenn er ihn nicht beherrschte.

Leise stieß er einen Fluch aus, verbannte die unliebsamen Erinnerungen aus seinem Kopf und suchte sich einen anderen Platz. Doch er ließ Beatrice nicht aus den Augen.

Die Musik wurde allmählich schneller. Dicht von John begleitet, drehte Beatrice sich mit den übrigen Tänzern, und ihre Augen leuchteten, als sie zur Melodie sprang und auf dem Absatz herumwirbelte. Das Licht der Kerzen und Fackeln spielte auf ihrer Haut und ließ ihre Lippen glänzen. Ein heftiges Verlangen nahm von ihm Besitz. Auch wenn er sie nicht davon überzeugen konnte, ihn zu lieben, so forderte eine quälende Begierde, sie in sein Bett zu holen. Er könnte sich unmöglich bis Michaelis zurückhalten.

Wenn sie deine Frau ist, wirst du sie nehmen können, wie es dir beliebt.

Und sie war bereits seine Frau, zumindest beinahe, so dass es keinen Unterschied machte. Trotz ihrer Behutsamkeit antwortete sie auf seine Liebkosungen mit heißer Leidenschaft, die seine eigene anfachte. Und obgleich sie ihre Regungen so schnell zu verbergen wusste, wie sie aufgeflammt waren, würde sie sich ihm bestimmt bald hingeben …

In diesem Augenblick sagte John etwas zu ihr, das Beatrice dazu veranlasste, Sebastian einen flüchtigen Blick zuzuwerfen. Warum kämpfte sie gegen die Sehnsucht an, die sie fühlte? Hatte die Vergangenheit einen so großen Einfluss auf sie? Mochte er auch Bilder vor Augen haben, die ihn quälten, die Vergangenheit war für ihn abgeschlossen. Er war nicht Conyers, und sie war nicht länger Thomas Manners' Gemahlin. Wenn *er* das sah, warum sie nicht?

Mit viel Geduld wäre er vielleicht in der Lage, ihren Widerstand sanft zu brechen, doch er befürchtete, dass Geduld nicht seiner Art entsprach. Er sah Beatrice an, die mit ihrem Bruder lachte, als sie sich im Kreise drehten. Bei Gott, er wusste nicht, ob er noch die Geduld aufbrachte, diese Nacht abzuwarten.

Der Tanz war zu Ende. Sebastian straffte die Schultern und war bereit, Beatrice zu folgen, wo immer sie auch hingehen mochte. Wenn es ihm nicht möglich war, sie zu küssen oder zu liebkosen, könnte er indes ihre Hand halten, mit ihr sprechen und sich mit ihr vor aller Augen beim Tanz drehen. Jetzt legte Beatrice die Hand auf Johns Arm und sah Sebastian an. Trotz der Entfernung entdeckte er Zweifel in ihren Augen. John sagte etwas zu ihr, und dann durchschritten sie die Halle und kamen auf ihn zu.

„Ich bringe dir eine schöne Dame“, sagte John.

„Schön fürwahr“, gab Sebastian zurück und schaute Beatrice an.

Sie hob leicht den Kopf, in Anerkennung der Schmeichelei, während die Spielleute eine langsame Pavane anstimmten.

„Und jetzt, da ich euch beiden gegenüber meine Pflicht getan habe, lasst mich meine Gemahlin suchen“, fuhr John fort und entfernte sich.

„Willst du mit mir tanzen?“ fragte Sebastian.

Ihre Blicke trafen sich. „Gerne.“

Er führte sie zu der Gruppe der anderen Tänzer, und ihre Finger schlossen sich um die seinen. Eine Weile tanzten sie, ohne ein Wort zu sagen.

„Du hast es offenbar genossen, mit John zu tanzen“, bemerkte Sebastian schließlich.

Sie lächelte. „Ja. Aber ich hätte meine Schrittfolge verpasst, wenn er mir nicht geholfen hätte.“

„Dieser Tanz ist ganz anders.“

„Aber auch angenehm.“

„Ja.“

Sie machten ein paar Schritte nach vorne, wieder zurück und dann wieder nach vorne.

„Zu Hause macht mir das Tanzen mehr Freude als bei Hofe“, sagte sie plötzlich, und Sebastian wertete es in seiner Vorgehensweise als Erfolg, dass sie von sich aus sprach, anstatt seine Fragen abzuwarten.

Dennoch überraschte die Bemerkung ihn. Am Hof war sie von Bewunderern umringt gewesen. Obgleich keiner dieser Speichellecker in seinen Augen ihrer würdig gewesen war, schien es ihm, dass ihr die Aufmerksamkeiten der Höflinge dennoch gefallen hatte. „Wie kommt das?“

Sie seufzte und runzelte kaum merklich die Stirn. „Da ich zu Hause nicht so auf der Hut zu sein brauche. Wenn die Männer bei Hofe einer Frau schmeicheln, dienen die süßen Worte größtenteils Ränken, um der Dame im Nachhinein einen schlechten Dienst zu erweisen.“ Sie warf ihm einen flüchtigen Blick zu. „Du magst mir schmeicheln, Sebastian, und ich mag nach Gründen dafür suchen, aber ich denke nicht, dass du mich zu verletzen suchst.“

„Gleichwohl sehe ich, dass du zweifelst.“

Sie lachte, doch ihr Lachen klang misstrauisch und belustigt zugleich. „Ich wundere mich immer noch über deine Liebenswürdigkeit. Doch ich frage mich, wann sie wohl endet und welche Ziele du verfolgst.“

„Bin ich so unfreundlich gewesen?“

„Ja."

Er stolperte beinahe bei dieser Offenheit.

„Du hast mich gefragt, Sebastian. Ich hätte es sonst nie gesagt."

„Seit meiner Ankunft in Wednesfield bin ich nicht unfreundlich gewesen." Das war alles, was er sagen konnte.

„Nein, nein, das bist du nicht."

Ohne zu antworten, ließ er sich mit ihr von der Musik durch die Halle leiten und versuchte aufzunehmen, was sie gesagt hatte. Bei jeder anderen Frau hätte er Offenheit als nachlassende Verteidigung gedeutet, als erstes Anzeichen, dass die Mauern einstürzten. Bei Beatrice konnte er sich hingegen nicht so sicher sein.

Wenn du mir die Bemerkung gestattest, ich glaube nicht, dass wir uns wirklich kennen.

Wieder schien er ihre Stimme zu hören, die am Flussufer nüchtern und beinahe traurig zu ihm gesprochen hatte. Jeder Tag, den er mit ihr verbrachte, bestätigte, dass sie Recht behalten hatte. Sie war ihm ein Rätsel und blieb unzugänglich, obwohl sie sich seit so vielen Jahren kannten. Würde er sie jemals wirklich kennen? Er sah sich nicht in der Lage, ihr Verhalten einzuschätzen. Diese Ungewissheit erzürnte ihn, dennoch hatte er Beatrice nie verlockender gefunden.

Der Tanz endete, und die Musik verstummte. Zärtlich küsste er sie auf den Mund, hob dann ihre Hand und drückte seine Lippen auf ihre Handfläche. Obwohl die anderen Tänzer sich laut unterhielten, vernahm er ganz deutlich, wie sie den Atem anhielt. Als er sie anschaute, sah er für einen

Moment die Glut in ihren Augen aufflackern. Ermutigt von ihren Regungen, nahm er die andere Hand und drückte einen Kuss in ihre Handfläche und dann auf die Innenseite ihres Handgelenks.

„Bitte nicht“, flüsterte sie, doch sie zog die Hand nicht fort.

„Warum nicht?“ gab er flüsternd zurück.

„Ich …“ Sie schluckte. „Mir wäre es lieber, du tätest es nicht.“

„Magst du es nicht?“

Sie warf ihm einen flehenden Blick zu. „Nein. Ich … ich mag es zu sehr.“

„Du hast gesagt, du glaubst nicht, dass ich dich verletzen werde.“

„Ich habe gesagt, ich glaube nicht, dass du mich zu verletzen suchst. Das ist ein Unterschied.“

„Worte“, sagte er. Standen nur sie zwischen ihnen? War das der Grund für ihre Schwierigkeiten? Wenn er nun die trügerischen Worte beiseite ließ und endlich handelte, könnte er dann ihr Bollwerk aus Vorsicht und Angst durchbrechen? Würde sie sich ihm hingeben?

„Worte, die die Wahrheit bedeuten“, erklärte sie.

„Aber sie verbergen auch viel.“

„Ja“, sagte sie. „Nur über Taten wage ich zu urteilen, und selbst dann kann ich nicht sicher sein.“

„Dann lass mein Handeln für mich sprechen.“ Was sollte er sonst sagen? Die Musik erklang erneut, eine lebhaftere Melodie. „Tanze mit mir.“

Sie bewegte die Hand in seiner, und ihr Schweigen war ihm Antwort genug.

Später in der Nacht drehte Beatrice sich in ihrem breiten Bett auf die Seite und starrte in die Dunkelheit. Eine innere Anspannung, die sie gleichsam unter der Haut spürte, hielt sie wach. Wie sollte sie Schlaf finden, da sie sich in dem behaglichen Bett nicht entspannen konnte? Wenn sie immerzu Sebastians Berührungen fühlte, seine Hände und Lippen auf ihrer Haut spürte und seine Augen sah, die sie tiefblau und gespannt anschauten? Begehren vertrieb den Schlaf, ein nagendes Verlangen, das sie noch nie verspürt hatte und das ihr beinahe den Verstand raubte. Was auch immer sie für George Conyers empfunden hatte, war, verglichen mit dieser Welle der Sehnsucht, nur ein einzelner Tropfen gewesen.

Seufzend drehte sie sich wieder auf die andere Seite, und die Stränge unter ihrer Matratze knarrten leicht. Wenn sie bloß gegen ihr eigenes Verlangen ankämpfen müsste, würde sie es überwältigen. Sähe sie sich nur Sebastians Verlangen ausgesetzt, würde sie ihm so lange widerstehen, bis er die Belagerung aufgäbe. Aber wie sollte sie erfolgreich gegen sein und ihr Verlangen angehen? Sie wusste nicht, ob sie dazu die Kraft hatte. Wie lange würde es noch dauern, bis ihr Bollwerk erstürmt und ihre Mauern eingerissen waren, wenn ihr Begehren sie von innen verzehrte und sein Verlangen sie von außen bestürmte? Selbst jetzt fühlte sie, dass ihr Widerstand schwächer wurde, und sie hörte die leise Stimme in ihrem Innern flüstern, es sei besser nachzugeben und es hinter sich zu bringen. Immerhin war sie seine Gemahlin. Oder zumindest fast, so dass es keinen Unterschied machte …

Gib mir Kraft. Gib mir Weisheit.

Beatrice wusste nicht, was sie tun sollte, da sie in einem Fieber aus Begierde und Sehnsucht gefangen war. Sie sehnte sich nach Sebastian, und ihr Verlangen wurde von Tag zu Tag heftiger. Würde sie schließlich nachgeben, da sie den Schmerz ihrer Verweigerung nicht länger aushielt? Sie flehte zu Gott, es möge nicht so sein. Sebastian würde niemals verstehen, wie er sie zum Nachgeben gebracht hatte, und womöglich glauben, dass nicht nur er sie zu einem solchen Schritt bewegen könnte. Anstatt seiner Freundlichkeit würde sie sicherlich Zorn und Verachtung ernten, wenn sie sich ihm hingäbe. Sie befürchtete, dass er sie unwissentlich auf die Probe stellte, ob nur er allein Macht über sie ausübte, die kein anderer Mann auf Erden besaß. Doch er war der einzige Mann, dem sie nicht widerstehen konnte.

Beatrice seufzte, wälzte sich hin und her und legte sich schließlich auf den Rücken. Die Hände über dem Bauch gefaltet, starrte sie in die Finsternis. Sie hoffte auf Schlaf und auf eine Atempause von dem endlosen, klagenden Gemurmel ihrer Ängste und Zweifel. Langsam schloss sie die Augen und versank in der Dunkelheit …

Eine Minute oder eine Stunde später kehrte das Bewusstsein zurück. Hatte sie geschlafen? Und wenn ja, wie lange? Die Sehnsucht, die sie in ihrem Herzen spürte, hatte nicht abgenommen, sondern war stark wie zuvor. Wie wäre es, wenn sie sich nun auf die Seite drehte und ihren Mann neben sich fände? Was geschähe, wenn sie sich ihm zuwenden und seine Berührungen willkommen heißen würde?

Denk nicht daran, lass ab davon. Sie lief Gefahr, den Verstand zu verlieren, wenn es ihr nicht gelang, ihre verwerflichen Gedanken zu beherrschen. Wenn sie nicht immerfort an Sebastian denken wollte, musste sie sich eben zwingen, an irgendetwas anderes zu denken. Entwirf den Garten in Benbury, dachte sie. Das war eine Möglichkeit. Sie drehte sich auf die Seite und schloss die Augen. Rosmarin, Gartenraute, Lavendel und süßer Majoran …

Hilflos lag sie im Bett und öffnete die Augen. Ihr Garten … Nein, sie hatte nicht an die Gärten gedacht. Sie hatte an etwas anderes gedacht, etwas, das sie beunruhigte. Was war das?

Hände. Sie hatte von Händen geträumt, nur diesmal waren es nicht Thomas' Hände gewesen, sondern Sebastians. Und überall, wo sie berührt wurde, stand sie in Flammen, die so heiß waren, dass sie selbst jetzt, als sie sich an den Traum erinnerte, von einer riesigen, glühenden Woge des Verlangens erfasst wurde.

Sie presste das Gesicht ins Kissen und versuchte, die Erinnerung auszulöschen. Als die Eindrücke sich nicht vertreiben lassen wollten, setzte sie sich hin, zog die Beine an und legte den Kopf auf die Knie. Ihr Verlangen nach Sebastian raubte ihr den Schlaf, den Verstand, die Sicherheit. Obwohl sie wusste, welchen Preis sie zahlte, um Sebastian zu bekommen, wurde ihr Verlangen nach ihm umso stärker.

Was wird nur aus mir werden?

Seine Hände, sein heißer und fordernder Mund, der ihr Freuden bereitete … Beatrice setzte sich auf die Bettkante, und ihr Traum schien gleichsam an der Stelle zu verweilen, wo sie zuvor gelegen hatte. Durch den Spalt im Vorhang vernahm sie Nans leisen, regelmäßigen Atem. Sie schob die Hand zwischen die Vorhänge und berührte mit den Füßen den Boden. Die Nachtkerze tropfte auf die Halterung und warf ein flackerndes Licht an die Wände. Jenseits der Fenster war der tiefgraue Himmel von einem schwachen, roten Streif gesäumt. Wie viel Schlaf hatte sie gehabt? Ihre Augen brannten, als habe sie überhaupt nicht geschlafen.

Doch jetzt wollte sie nicht mehr ruhen. Sie konnte nicht im Bett bleiben und sich von Erinnerungen und Sehnsüchten peinigen lassen. Leise ging sie zum Wäscheschrank und holte ihre schlichteste Kleidung hervor, ein Mieder und einen Rock, den sie auch ohne Nans Hilfe anlegen konnte. Rasch zog sie sich an und steckte ihren Zopf unter eine einfache Haube. Wenn sie nun unten im Garten überlegte, was sie womöglich in Benbury pflanzen könnte, bliebe ihr vor Sonnenaufgang noch ausreichend Zeit, um in ihr Gemach zurückzukehren und sich angemessen zu kleiden.

Draußen war es noch unangenehm kalt. Beatrice spürte eine Gänsehaut auf den Armen, als sie durch die Tür trat. Doch nach dem Fieber der Nacht hieß sie die Kälte willkommen. Sie atmete tief durch und schaute zum Himmel hinauf, der langsam heller wurde.

Die Sterne wurden blasser, und aus dem Grau und Scharlachrot, das sie von ihrem Fenster aus gesehen hatte, war über der Gartenmauer ein Saphirblau geworden, das sich zu einem zarten Rosa färbte. Der Garten war voller Schatten, und die Mauerecken verschwammen noch mit der Dunkelheit. Während sie schaute, bewegte sich einer der Schatten. Ihr Herz begann zu pochen. Der Schatten kam näher. Reglos blieb sie stehen, bereit zur Flucht, obwohl sie keine Furcht verspürte. Niemand konnte sich mitten in der Nacht Zutritt zu Wednesfield Castle verschaffen, und außerdem würde ihr keiner der Bewohner ein Leid zufügen.

Jetzt erkannte sie den Schatten. Es war Sebastian. Augenblicklich war sie erleichtert, dennoch spürte sie eine innere Anspannung. Warum war er hier? Hatte auch er eine schlaflose Nacht hinter sich, in der er mit einem Verlangen gerungen hatte, das nicht nachlassen wollte? Er kam näher, so nah, dass sie die dunklen Ringe unter seinen Augen sehen konnte.

„Guten Morgen, Beatrice. Was machst du hier?“

„Guten Morgen“, erwiderte sie und holte tief Luft, um den inneren Aufruhr zu beruhigen. „Ich konnte nicht mehr schlafen, und … Und ich dachte, vielleicht einige Ideen für den Garten in Benbury zu erhalten. Was ist mit dir?“

„Ich weiß nicht, was ich hier mache, aber ich konnte ebenfalls nicht mehr schlafen.“ Er lächelte und streckte ihr die Hand entgegen. „Da du hier bist, möchtest du ein wenig mit mir gehen?“

Wie konnte sie diesem verwegenen und doch lieblichen Lächeln widerstehen? Sie schob ihre Hand in seine, die sich in der kühlen Morgenluft heiß anfühlte.

Er zog sie mit sich in die Tiefen des Gartens. Eine Weile

gingen sie schweigend nebeneinander her, und die einzigen Geräusche waren ihre Schritte und die Vogelstimmen, die bei Tagesanbruch immer lauter wurden. Als sie die Stelle des Gartens erreicht hatten, die noch ganz in Schatten gehüllt war, blieb Sebastian stehen. Er zog ihre Hand an seine Lippen, und mit der gleichen Zärtlichkeit wie am Abend zuvor drückte er einen Kuss auf ihre Innenfläche und einen weiteren auf die Innenseite ihres Handgelenks. Erneut genoss sie die Empfindungen, die durch ihren Leib strömten, und hielt den Atem an. Sein Mund wanderte von der Stelle, wo ihr Pulsschlag spürbar war, auf ihren bloßen Unterarm. Sie erzitterte, und kleine Wogen der Wonne wanderten von ihrer Hand bis zur Brust.

Sebastian schob ihren losen Ärmel weiter nach oben und küsste sie auf die Armbeuge. Eine Hitzewelle bestürmte ihren Unterleib, als sei sein forschender Mund bereits dort angelangt. Schnell legte sie ihre freie Hand zwischen Sebastians Mund und ihre Haut – die einzige Verweigerung, zu der sie in der Lage war. Er nahm ihre Hand, schob sie fort und zog sie im selben Augenblick in seine Arme. Sie schaute in seine Augen, die im Zwielicht kaum zu deuten waren, auf seinen Mund, auf die geschwungene Oberlippe und auf die Mundwinkel, die jederzeit zu einem Lächeln bereit schienen.

Bitte, dachte sie. Die Hitze seines kraftvollen Leibes drang durch ihr Mieder und Unterkleid und liebkoste ihre Haut. Ohne den Schutz ihres Korsetts und der Röcke gab es beinahe nichts zwischen ihnen.

Nein. Löse dich von ihm. Die klugen Worte verhallten. *Sebastian, bitte.*

Als habe er ihre Gedanken vernommen, verengten sich seine Augen. Sie spürte den Kuss in seinem Blick, noch ehe er sich zu ihr hinabbeugte und seine heißen Lippen auf ihren Mund drückte. Um nicht zu taumeln, schlang sie die Arme um seinen Hals und erwiderte den Kuss. Hitze durchdrang sie, und sämtliche Gedanken, Wünsche und guten Absichten schienen in einem glühend roten, dichten Dunstschleier gefangen. Die Welt bestand nur noch aus Sebastians Armen auf ihrem Rücken, aus seinem Mund, der sie verschlang, und aus seinem Körper, der sich so dicht an sie drückte und nichts mehr zwischen sie kommen ließ – und doch war er noch zu weit entfernt.

Er hob den Kopf und küsste ihre Augen. „Beatrice", raunte er. Sie umarmte ihn und war erstaunt, wie schnell er dieses glühende Fieber hervorgerufen hatte. „Wir können hier nicht bleiben, Liebes, wo man uns jeden Moment stören kann."

Und sehen konnte, was sie nicht tun durften. So, wie Sebastian einst sie und George gesehen hatte. Beatrice löste sich aus der Umarmung und starrte ihn an. Sie wusste nicht genau, was er beabsichtigte und vermochte selbst nicht zu sagen, was sie wollte.

Liebevoll umschloss er ihr Gesicht mit den Händen. „Ich muss dich immerzu berühren." Zärtlich küsste er sie, doch unter seiner Sanftheit loderten Flammen. „Bitte, Bea, lass uns an einen Ort gehen, wo wir ungestört sind."

Sein Mund suchte ihre Lippen, die Augen, während seine Finger über ihren Hals und die Ohren strichen. Ihr Verlangen wuchs ins Unermessliche und verzehrte sie von innen. Die Mauern, die sie gegen ihn errichtet hatte, stürzten ein, und ihre Fähigkeit, ihm zu widerstehen, war dahin. Sie nickte, ängstlich und begeistert, und die Lust regte sich mit einer solchen Macht in ihrem Leib, dass sie beinahe den Verstand verlor. Als Sebastian ihre Hand fest umschloss und sie in Richtung des alten Turmes zog, folgte sie ihm, obwohl eine Stimme in ihrem Kopf rief: *Das ist Irrsinn. Folge ihm nicht.* Es waren kluge Worte, doch sie konnte ihnen keine Beachtung schenken. Sie wollte stark sein, war jedoch schwach; sie wollte ehrenhaft und keusch sein, aber sie war wollüstig. Sie müsste sich dagegen wehren, tat es aber nicht.

Sebastian konnte jetzt mit ihr machen, was ihm beliebte.

12. KAPITEL

Verlangen brannte in Sebastian. Wohin konnten sie gehen, um von niemandem gesehen zu werden? Wenn sie im Freien blieben, würden sie gewiss durch die Gärtner gestört, und Beatrice würde davonlaufen. Er musste sie berühren, sie küssen, denn er hatte die schlaflose Nacht nicht in einem Fieberwahn der Begierde verbracht, um jetzt zurückgewiesen zu werden. Irgendwie hatte sie es versäumt, ihren Schutzwall zu erneuern; er musste ihren schwachen Widerstand jetzt ausnutzen, bevor sie die Gelegenheit erhielt, ihre Abwehr wieder zu verstärken.

Sebastian blickte hinauf zu dem Hauptgebäude. Neben dem hohen Dach der Großen Halle wirkte der alte Turm massig und schwerfällig. Sebastian lächelte. Kaum jemand betrat je den Turm, und schon damals, als John in der Dreikönigsnacht den Honigwein entwendet hatte, war ihnen allen klar gewesen, dass es nur einen sicheren Ort gab, um den Wein heimlich genießen zu können. Wäre es jetzt angemessen, dort hinzugehen und Beatrice zu drängen, sich ihm hinzugeben? Schweigend schritt Sebastian zu dem alten Turm und zog Beatrice hinter sich her.

Als er die Tür öffnete, stieg ihm zu seiner Verwunderung der Geruch von frisch gesägtem Holz in die Nase. Sebastian führte Beatrice in das dämmrige Innere des Turms und schloss die Tür. Die ersten Sonnenstrahlen fielen durch die Fenster, die in den dicken Mauern kaum breiter als Schlitze waren. Doch das Licht reichte aus, um die Treppe sehen zu können, die zum oberen Stockwerk führte. Er zog Beatrice an sich und spürte ihren Mund unmittelbar vor sich.

Sie entspannte sich, sobald er ihren Mund berührte, und unter seinen heißen, begehrlichen Küssen öffnete sie ihm die Lippen. Die Glut des Verlangens verzehrte seinen Leib und brannte in seiner Lendengegend. Er zog sie noch enger an sich, als wolle er sie ganz in sich aufnehmen. Schon wollte er sie zu Boden drücken und sein Feuer an den Rundungen ihres Leibes neu entfachen, um seine Begierde endlich zu stillen. Dann löste er sich von ihren Lippen und lehnte seinen Kopf gegen ihre Stirn.

Reglos stand er da, denn er fürchtete, seine übermäßige und unerklärliche Lust nicht zügeln zu können. Wie konnte seine Begierde in so kurzer Zeit derart anwachsen, obwohl sie nur von wenigen Küssen genährt worden war? Er war gewiss kein unerfahrener Bursche, der sich nur von seinem Verlangen leiten ließ.

Unter Aufbietung aller Willenskraft gelang es ihm, nicht an ihren bloßen Leib oder an den Genuss zu denken, den er zwischen ihren Schenkeln finden würde. Er brauchte jetzt seinen klaren Verstand und dachte über Beatrice nach, da er ihre Einwilligung nicht erzwingen wollte.

Er atmete tief durch und versuchte, an etwas Unangenehmes zu denken, an etwas, das ihn ablenken und sein Fieber kühlen würde. *London.* Stinkende Gassen, die üblen Gerüche des Flusses, Lärm und Unrat …

Abscheu regte sich in ihm, der stark genug war, um ihn ein wenig zu beruhigen. Dennoch zog er Beatrice weiter in den Raum hinein und schaute sich nach Decken oder Strohlagern um, die den Boden weicher machen sollten. Aber er fand nichts auf dem gefliesten Boden, der sauberer war, als er ihn in Erinnerung hatte. Vielleicht im oberen Stockwerk …

„Komm“, sagte er, führte sie zur Treppe und hoffte, dass das Licht ausreichte, um die beschädigten Stellen in den Stufen erkennen zu können.

Doch die Treppe war wieder instand gesetzt worden, gebrochene Stufen waren ausgebessert, Löcher gestopft. Der süßliche Geruch von frisch gesägtem Holz wurde stärker, als sie die Stufen erklommen und durch die Bodenöffnung stiegen. Oben war es etwas heller als im Eingangsbereich, so dass man mehr als bloße Schemen erkennen konnte.

Der Fußboden war ausgebessert worden, und das neue Holz stach hell von den alten Brettern ab. Der Raum wies keine Möbel auf, und selbst die wackeligen, morschen Bänke von damals waren verschwunden. Nur ein Stapel Holz lag an einer Wand; daneben waren Steine aufgeschichtet, die gewiss zur Ausbesserung der Treppe benötigt wurden.

Es ist genug, sprach sein Leib, der sich gegen die selbst auferlegte Zurückhaltung zu wehren begann. Wären sie ein erfahrenes Liebespaar gewesen, hätten sie sich nicht an der spärlichen Einrichtung der Turmstube gestört, sondern unweigerlich die Gelegenheit ausgenutzt, um das Vergnügen auszukosten. Doch sie hatten noch nie beieinander gelegen, und was Beatrice auch immer in ihrer Vergangenheit getan hatte, er wollte sie keinesfalls wie eine gewöhnliche Dirne behandeln.

Doch er musste sie immerzu berühren. Als habe sie seine

Gedanken gelesen, wandte sie sich ihm zu und blickte ihn fragend an. Er nahm ihre freie Hand und zog sie an sich. Sie ließ ihn gewähren, löste dann ihre Hände aus seinem Griff und legte sie auf seine Brust.

„Wir sind nun ungestört", flüsterte sie.

Fragend schaute er sie an. Wollte sie ihn verführen? Ihr Mund war von seinen Küssen gerötet und geschwollen, und ihre Brüste, die weich und hell von ihrem dunklen Ausschnitt abstachen, hoben und senkten sich mit ihren raschen Atemzügen. Doch in ihren Augen entdeckte er nichts von der Verwegenheit einer wollüstigen Hofdame. Vielmehr spielten ihre Finger verzagt an dem Aufschlag seines Wamses, als sei sie unsicher.

Beinahe willenlos hob sich seine Hand, und die Finger legten sich auf die bloße Haut, die ihr Ausschnitt preisgab. Sie fühlte sich samtweich und glatt an, weicher als alles, was er je angefasst hatte. Als er sie berührte, schloss sie die Augen halb und öffnete die Lippen, ein Anblick, der einladender nicht sein konnte. Er beugte den Kopf hinab und küsste die Vertiefung zwischen ihren Brüsten. Beatrice hielt den Atem an, und ihr Seufzer strich wie eine Liebkosung über sein Haar. Mit der anderen Hand umfasste er ihre Brust, die sich ohne die Enge des Korsetts voll und rund anfühlte. Ihre Hände klammerten sich an sein Wams, die Lider senkten sich weiter. Er schluckte hart, und seine Gedanken verschwammen.

Behutsam küsste er die Wölbungen ihrer Brüste – ihre Haut war seidig und kühl unter seiner Zunge. Als sein Mund ihren Hals hinaufwanderte, warf sie den Kopf in den Nacken, um ihn voll und ganz gewähren zu lassen. Hingebungsvoll lag sie in seinen Armen, genauso wie er es sich immer erträumt hatte. Er umspannte ihre Taille und strich über ihre Brüste. Dann entfernte er die Haube, die ihr Haar verhüllte, fuhr mit den Fingern durch ihre Zöpfe, löste die geflochtene Pracht, vergrub die Hände in ihrem Haar und küsste sie erneut. *Entbrenne für mich.*

Sie ließ sein Wams los, schlang die Arme um seinen Nacken und drückte ihren Leib gegen seinen. Er hob den Kopf, um ihre Bereitschaft einschätzen zu können. Ihre Lider mit den langen Wimpern waren verführerisch geschlossen. Als sie die Lippen befeuchtete, wurde der Schmerz in seiner Lendengegend beinahe unerträglich. Sebastian ließ ihr Haar los, umfasste ihre Hüften, hob sie leicht an und drückte sie gegen seinen Leib, dort, wo sein Verlangen am heftigsten wütete.

Es war indes nicht genug; bei dem Feuer, das in ihm brannte, besaß er nicht die Kraft, sie gleichzeitig hochzuhalten und an sich zu pressen. Der Holzstoß musste genügen; es gab nichts anderes. Jede bloße Stelle ihres süßen Leibes küssend, trug er sie zu dem aufgeschichteten Holz und setzte sie in Höhe seiner Hüften ab. Er legte die Hände auf ihre Knie und drückte ihre Beine sacht auseinander. Sanft strich er außen über ihre Oberschenkel, stellte sich zwischen ihre Beine und schmiegte sich eng an sie. Sie seufzte und vergrub einen Augenblick ihr Gesicht an seiner Schulter. Seine Finger machten sich an den Schnüren ihres Mieders zu schaffen, und als sie sich lösten, bot sich seinen Lippen und Augen die weiße, reine Haut dar.

Hitze und unbändiges Verlangen erfassten ihn und trieben

jeglichen Gedanken in den Hintergrund. Er brauchte nur noch ihren Rock hochzuschieben und sich der Enge seiner Beinkleider zu entledigen, um seine Lust in ihrer Glut zu stillen. Es würde nicht länger als zwei Atemzüge dauern. Die Seufzer, ihr keuchender Atem und die Art, wie sie sich unter seinen Händen zu winden begann, ermutigten ihn. Er beugte sich hinab und ergriff den Rocksaum – jederzeit bereit, ihren Widerstand mit heißen Küssen zu brechen. Seine Handflächen glitten über ihre Knie und die warme Haut ihrer Schenkel. Ihre Röcke bauschten sich über seinen Armen und raschelten wie der Wind in Blättern; seine Daumen spürten eine feuchte Glut an ihren Schenkeln. Sein Mund wurde ganz trocken, und die Lendengegend verspannte sich. Er schloss die Augen.

Los! schrie sein Leib.

Befriedige Beatrice, sagte eine andere Stimme. Seine Daumen begannen sich zu bewegen und folgten der Glut bis zu ihrem Schoß.

Plötzlich spürte er durch die Röcke hindurch Beatrice' Hand an seinem Handgelenk. „Nein", wisperte sie.

Verweigere dich mir nicht. Seine Erregung war so stark, dass es schmerzte. Er versuchte, ihre Hand beiseite zu schieben.

Sie hielt seine Finger weiter fest umklammert. „Nein."

Fragend schaute er sie an. Ihre Augen füllten sich mit Tränen, die im Halbdunkel schimmerten.

„Warum?" fragte er barsch. Er wusste nicht, ob er in diesem Augenblick überhaupt den Grund ihrer Tränen hinterfragen wollte. Doch sie schmerzten ihn, und dieser Schmerz barg kein Verlangen.

„Ich kann das nicht tun“, sagte sie. „Ich kann nicht zulassen, dass du mich so benutzt.“

Sanft streichelte er mit den Daumen über ihre Schenkel. Sie schluckte und schloss die Augen, als ob sie die Empfindungen nicht länger ertragen könnte. Als sie die Lider wieder öffnete, entdeckte er in den Tiefen ihrer Augen Scham.

„Du hast Grund genug, an mir zu zweifeln. Ich möchte dir nicht mehr von mir geben.“

„Glaubst du, ich werde an dir zweifeln, wenn wir uns jetzt vereinigen?“ fragte er. Das Verlangen wog bleischwer in seinem Bauch und zog ihn mit sich; er war kurz davor, Erleichterung zu finden, wenn er sie überreden könnte, sich ihm hinzugeben.

Sie musterte ihn und schien etwas in seinem Blick zu suchen. Als sie sein Handgelenk fortstieß und seine Finger von ihren Schenkeln streifen wollte, wusste er, dass sie ihre Antwort gefunden hatte.

„Glaubst du etwa, ich hätte nicht gelernt, dass ein Mann alles sagen wird, um eine Frau in sein Bett zu bekommen?“

„Du bist meine Frau. Es ist keine Sünde.“

„Wenn du von mir genug hast, wirst du dich dann daran erinnern, dass ich mich meinem Mann hingegeben habe? Oder wirst du nicht vielmehr denken, ich würde mich auch anderen hingeben, weil ich dich zu schnell gewähren ließ?“

„So etwas würde ich nicht denken.“

Ihre Augen verengten sich. „Lüg mich nicht an.“ Sie stieß mit beiden Händen gegen sein Handgelenk.

Er legte seine freie Hand über ihre Hände, um sie zu beruhigen. „Ich will dich. Und du willst mich. Ich bin bereit, alles zu wagen, um dich zu bekommen. Wirst du nicht dasselbe tun?"

Ihre Wut schwand, fortgespült von dem Gefühl der Trostlosigkeit. „Nein, das werde ich nicht", entgegnete sie. „Das Schlimmste, was ich je erfahren musste, war deine Verachtung. Das möchte ich nicht noch einmal heraufbeschwören."

Sebastian zog die Hand unter ihrem Rock hervor und ergriff ihre Finger. Er drückte sie gegen sein Geschlecht, um ihr zu zeigen, wie heftig sein Verlangen in ihm brannte.

„Ich *will* dich", stieß er zwischen zusammengebissenen Zähnen hervor. Verlangen und Mitleid vermengten sich mit Enttäuschung und formten sich zu Zorn. „Bedeutet dir das etwa gar nichts?"

Sie schaute ihm in die Augen. Ihre Lippen bewegten sich, und der trübe Schimmer in ihrem Blick verriet eine tiefe Traurigkeit. Ihre Lider schlossen sich, und als sie den Kopf zur Seite drehte, fiel ihr goldenes Haar wie ein schützender Schleier vor ihr Gesicht. „Wenn dein Verlangen dich derart überwältigt, so nimm mich und bringe es hinter dich", wisperte sie.

Seine Hand verspannte sich auf ihrer. Eine trügerische Stimme flüsterte: *Nimm sie. Sie gehört dir.* Er begehrte sie so sehr, dass es ihn schmerzte; nichts konnte ihn davon abhalten, hier und jetzt von ihr Besitz zu ergreifen. Als seine Gemahlin durfte sie sich ihm nicht widersetzen. Wenn er nun ihre Röcke hochschöbe, um in sie zu dringen, würde sie sich nicht wehren, sondern gehorsam verharren, während er sich Erleichterung verschaffte.

Doch wenn er befriedigt wäre, hätte er dann nicht sämtliche Hoffnungen zunichte gemacht, ihr Herz an sich zu binden? Für ein Vergnügen, das ihm keinen wahren Genuss bereiten würde?

Verzweifelt kämpfte er gegen sein Verlangen an, und nach einer Weile zog er ihre Hand an seinen Mund und küsste sie. „Vergib mir“, sagte er mit heiserer Stimme. „Das war nicht recht von mir.“

Sie wandte sich ihm zu, ihr Gesicht war von Tränen benetzt. Die Begierde brannte tief in seinem Innern und zerrte an ihm, aber er beugte sich dieser Forderung nicht, da der Preis zu hoch war. Sebastian zog ihre Röcke zurecht, trat einen Schritt zurück und schloss ihre Schenkel. Er nahm ihre Hände und schaute auf ihre schmalen, weißen Handrücken und sah die feinen bläulich-blassen Adern, die an ihren Handgelenken sichtbar wurden.

„Du zürnst mir“, meinte sie.

Sanft strich er mit den Daumen über die Adern. „Nein.“ Was er fühlte, war kein Zorn. „Ich hätte dich nicht so drängen dürfen.“

„Aber ich habe dich in Versuchung ...“

„Ich bin kein grüner Bursche, der sich von seiner Begierde leiten lässt.“ Als er sie anschaute und in ihre zweifelnden, tränennassen Augen sah, verfluchte er sich, ihr Furcht eingeflößt zu haben. „Ich will dich, du weißt, wie sehr, doch wenn wir uns zum ersten Mal vereinigen, soll es nicht auf einem Holzstapel stattfinden. Du hattest Recht, mir Einhalt zu gebieten.“

Sie löste eine Hand aus seinem Griff und wischte ihre

Tränen mit den Fingern fort. Plötzlich erinnerte er sich daran, dass sie die gleiche Bewegung mit vierzehn Jahren gemacht hatte, als ihr Bruder John sie wegen ihrer Eitelkeit geneckt hatte. An jenem Tag hatte sie merkwürdig ungerührt gewirkt, trotz der Tränen und der Wut in ihrem Gesicht, als habe nichts ihre Selbstverliebtheit und Schönheit zu trüben vermocht. Er war überrascht, da er feststellte, dass sie ihre Selbstgefälligkeit verloren hatte. Wann war dieser Zug in ihr erloschen? Vor einem Jahr? Vor zwei? Oder war ihr diese Eigenschaft an dem Tag abhanden gekommen, als sie Manners heiratete?

„Ich gehöre dir, und du kannst mit mir machen, wonach es dich verlangt", sagte sie mit ausdrucksloser Stimme, als habe sie die Worte auswendig gelernt.

„Es bereitet mir kein Vergnügen, dich zu berühren, wenn es dir keinen Genuss verschafft."

Beatrice senkte den Kopf und wich seinem Blick bewusst aus. „Aber ich genieße deine Berührungen." Sie sah ihn an, und die Unsicherheit in ihren Augen wollte gar nicht zu dem Vertrauen passen, mit dem sie ihre Hand in seiner ruhen ließ. „Das macht mich gewiss zu der wollüstigen Frau, für die du mich hältst."

„Wenn du wollüstig bist, was bin ich dann?" fragte er. „Ich hätte mich dir nicht versagt, du aber hast dich mir verweigert, da dir deine Ehre am Herzen liegt."

„Du hast gesagt, dass du mich verachtest."

„Ich war ein Narr und ein Lügner, als ich diese Worte sprach."

Sie schluckte. „Lüg mich jetzt nicht an, Sebastian."

Ihr Verhalten erstaunte ihn und machte ihm eines deutlich: sie ließ sich nicht so einfach täuschen, wie er es sich vielleicht wünschte. Daher blieb ihm nichts anderes, als ein Stück der Wahrheit zu offenbaren.

„Du hattest Recht. Ich habe mich in der Tat gefragt, ob du dich einem anderen Mann genauso rasch hingeben würdest wie mir."

„Aber ich habe mich dir nicht hingegeben", sagte sie leise und wappnete sich, als erwarte sie einen Schlag.

Ein Schlag, den er ausführen musste. Um sich zu beherrschen, sprach er so freundlich wie möglich. „Nein. Aber du hast Conyers gewähren lassen."

„Und daher bin ich wohl bis an mein Lebensende unanständig und unkeusch." Sie versuchte, ihre Hand aus seiner zu lösen.

Er hielt sie jedoch weiter fest. „Bist du es?"

„Nein!" rief sie und riss sich von ihm los. Sie kletterte von dem Holzstoß und schob Sebastian zur Seite. „Sir George konnte mir kaum Freude bereiten. Warum sollte ich meinen Namen aufs Spiel setzen und für irgendeinen Mann das zerstören, was noch von meiner Ehre übrig ist? Damit meine ich auch dich, Sebastian. Was hast du zu bieten, das den Preis rechtfertigen würde?"

Keine Freuden bei Conyers? Wenn sie keine Freude verspürt hatte, warum hatte sie dann mit ihm das Bett geteilt? Als Mann wusste er, was Conyers empfunden haben musste. Als sie nun vor ihm stand, sah sie wunderschön aus – das golden schimmernde Haar fiel um die bloßen Schultern, und ihre blauen Augen waren noch vom Zorn entflammt. Verlangen erfasste seinen Leib und setzte sich in seiner Brust fest. Jede andere Frau hätte er bewundert, die sich nicht von ihm hätte verführen lassen. Doch sie war Conyers' Geliebte gewesen. Koste es, was es wolle, er musste sie erobern – sowohl ihren Leib als auch ihr Herz.

„Ich verspreche dir Freuden. Du wirst Wonne mit mir erleben, das schwöre ich." *Und wenn ich dir etwas geben kann, was er nicht vermochte, umso besser.*

„Ich habe diese Worte schon einmal gehört, und sie waren weniger wert als der Atem, mit dem sie gehaucht wurden." Sie zog an den Bändern ihres Mieders und verschnürte sie.

„Es ist nicht lange her, da bist du beinahe ohnmächtig geworden und hast gesagt, es habe dir gefallen. Hast du gelogen?"

„Nein. Ich werde dich nicht anlügen. Es hat mir gefallen." Ihre Stimme wurde brüchig. „Aber was kommt nach dem Vergnügen? Schmerz und Hohn und Verachtung. Kannst du mir versprechen, bei deiner Ehre und deiner unsterblichen Seele, dass du mich nicht verachten wirst, wenn du mir dieses Vergnügen bereitet hast? Ich mache mir nichts aus Vergnügen. Mein sehnlichster Wunsch ist, keinen Schmerz zu erleiden."

„Glaubst du, ich werde dir wehtun?"

„Das hast du bereits!" rief sie und brach in Tränen aus. Sie kehrte sich von ihm ab und stolperte auf die andere Seite des Raumes. Wie ein Schössling, der vom Unwetter heimgesucht wird, zitterte sie unter dem Ansturm ihrer Tränen. Ihr Schluchzen hallte in der leeren Turmstube wider.

Sebastian durchquerte den Raum und legte seine Hände auf ihre bebenden Schultern. Sie entzog sich seinem Griff und entfernte sich von ihm. Der harsche Klang ihres Weinens schmerzte ihn, und er fragte sich, ob er bleiben oder gehen sollte; vielleicht schadete er seiner Sache eher, wenn er bliebe. Doch die Frage war nutzlos; er konnte sie so nicht zurücklassen. Langsam und behutsam berührte er erneut ihre Schultern. Minuten vergingen, in denen sie ihrem Kummer freien Lauf ließ, bis ihr Schluchzen schließlich abebbte und von Seufzern unterbrochen wurde, die einem heftigen Schluckauf glichen. Sie schien Sebastian keinerlei Beachtung zu schenken, als ob er gar nicht anwesend wäre.

„Womit habe ich dich verletzt, Bea?“ wollte er wissen. „Sag es mir.“

Abwehrend schüttelte sie den Kopf. „Ich kann nicht“, brachte sie mit gepresster Stimme hervor.

„Kannst du es nicht, oder willst du es nicht?“ fragte er bewusst vorsichtig. Denn Zorn würde sie unweigerlich zu ausweichenden Antworten treiben oder sie gar ganz verstummen lassen. Vielleicht könnte sanfte Zuwendung ihr die Wahrheit entlocken.

Sie drehte sich ihm zu. Die Tränen hatten ihre Lider anschwellen lassen, ihre Nase war gerötet und glänzte. „Ist das von Bedeutung?“ sagte sie. „Was ich auch immer für Gründe haben mag, dir widerstrebt mein Schweigen.“

„Fürwahr. Kannst du mir denn nicht vertrauen? Müssen wir denn immerzu fortfahren mit diesem Spiel des Zweifelns und des Misstrauens?“

„Aber ich bin nicht die Einzige, die dieses Spiel weiterführt, Sebastian. Zweifelst du nicht an mir? Misstraust du mir etwa nicht?“

Wie sollte er frei von Zweifeln sein, wenn sie ihn verraten hatte und Manners untreu geworden war?

„Du kannst mir nicht antworten, oder etwa doch?“ sagte sie. „Du kannst es auch nicht leugnen. Was soll nur aus uns werden, wenn wir uns ständig voller Argwohn begegnen?“

Sie hatte Recht. Irgendwie mussten sie sich von dieser unsichtbaren Last befreien. „Haben wir uns nicht darauf geeinigt, Frieden zu schließen?“

„Das haben wir.“

„Kannst du mir auch in diesem Punkt kein Vertrauen entgegenbringen?“

„Du bist nicht der Einzige, dem ich misstraue.“

Er zog die Stirn in Falten, da er nicht wusste, was sie meinte. „Ich verstehe nicht.“

„Ich kann mir selbst nicht vertrauen“, erwiderte sie. „Wie sollte ich, wenn ich mich von George Conyers wie eine gewöhnliche Dirne behandeln ließ, nur weil ich mich in meinem Stolz verletzt sah? Ich bin eine Närrin, Sebastian – ich besitze nicht mehr Verstand als ein Huhn. Damals hielt ich es nicht für nötig, die Verhaltensregeln zu befolgen, die meine Mutter für ihre sittsamen Töchter festgesetzt hatte. Ich wusste, dass ich schön war, und deswegen ging ich stets davon aus, mir würde kein Leid widerfahren. Aber ich habe mich geirrt, so sehr geirrt.“ Sie hielt den Atem an, und eine widerspenstige Locke fiel in ihre Stirn. „Ich habe mich in allen Belangen geirrt. Wie soll zwischen uns Einvernehmen herrschen, wenn ich immerzu befürchten muss, dass du mir wehtun wirst?“

Er vermochte ihren verworrenen Gedankensprüngen nicht zu folgen, doch er konnte ihr zumindest eine Antwort geben. „Ich würde dich niemals schlagen, solange du keine Zurechtweisung verdienst“, sagte er.

„Das weiß ich. Aber ist dir gar nicht bewusst, dass es nicht allein die Fäuste sind, die schmerzen?“

„Habe ich dir je wehgetan?“

„Ja!“

„Wie? Wann?“

„Du hast mir das Herz gebrochen.“

„Und du hast mir das Herz gebrochen. Wie steht es damit?“

Fassungslos starrte sie ihn an. „Wann habe ich dir das Herz gebrochen?“

„Als du dein Wort nicht gehalten hast und dich mit Manners vermähltest.“ Er atmete tief durch, um den Zorn zu bezwingen, der wieder so stark in ihm aufstieg, als habe man ihm den alten Schmerz soeben zugefügt. „Hast du je beabsichtigt, dein Versprechen mir gegenüber zu halten?“

„Ich?“ rief sie aus. Ihre Tränen und ihr Kummer waren verschwunden, und ihre Stimme klang jetzt leise und erbost. „Und was ist mit dir? Wenn du dein Versprechen eingelöst und Anspruch auf mich erhoben hättest, hätte ich Manners nie geheiratet. Aber du hast nicht um meine Hand angehalten. Du hast mich mit einem einfachen Lebewohl ziehen lassen. Gib nicht mir die Schuld, wenn das dein Herz gebrochen hat!“

„War ich derjenige, der Nein hätte rufen müssen, als du mir sagtest, du würdest ihn heiraten?“

„Ich habe dir lediglich gesagt, dass er mich gefragt hatte, doch es war keine Rede davon, dass ich ihn heiraten würde. Als ich mit dir darüber sprach, hatte ich ihm noch keine Antwort zukommen lassen. Hättest du nur mit einem Wort erkennen lassen, dass dir etwas an unserem Gelübde lag, hätte ich ihn zurückgewiesen.“

„Du hättest ihn schon zurückweisen müssen, als er dich fragte!“

„Um ein weiteres Jahr, oder fünf oder gar zehn Jahre darauf zu warten, dass du endlich mit deinem Vater redest? Ist es das, was ich deiner Meinung nach hätte tun sollen?“

„Warum hast du mir keine Zeit gelassen?“ rief er, und die Frage dröhnte in der Turmstube.

„Du hast mich nicht darum gebeten“, antwortete sie.

Er hatte es nicht gekonnt; der Stolz hatte ihn daran gehindert, die Gelegenheit wahrzunehmen. Und doch … „Wenn ich dich darum gebeten hätte, hättest du mir dann die Zeit gegeben?“

Scharf sog sie den Atem ein und war im Begriff, die Frage zu bejahen, doch dann änderte sich ihre Miene, als habe sie etwas Unerwartetes gesehen. Ihre Augen weiteten sich, und dann stieß sie einen Seufzer aus. „Nein“, sagte sie traurig. „Nein, das hätte ich nicht getan. Ich sagte dir schon, ich war eine Närrin.“

Was hatte er erwartet? Dass sie ihm die Zeit gelassen hätte? Er war enttäuscht. Der alte Schmerz vermischte sich mit dem alten Zorn. Doch beide Empfindungen waren nutzlos, denn das Vergangene war nicht mehr zu ändern. „Du kannst deine Fehltritte nicht rückgängig machen."

Sie errötete und senkte den Blick. „Nein", flüsterte sie mit erstickter Stimme, „keiner von uns vermag rückgängig zu machen, was geschehen ist. Kannst du denn nicht akzeptieren, dass mir bewusst ist, was für eine Närrin ich war? Ich denke, du weißt gar nicht, wie sehr ich mit dir in Frieden leben möchte."

„Daran zweifele ich nicht", erwiderte er.

„Als ich mit Lord Manners zusammenlebte …", begann sie.

„Bea …" *Es wird uns nichts nützen, darüber zu reden.*

„Lass mich ausreden, Sebastian." Unruhig rang sie die Hände, als suche sie nach neuem Mut, um weitersprechen zu können. Die Furcht hinter ihren fahrigen Gesten ließ ihn verstummen. „Als ich mit Lord Manners zusammenlebte, gab es zwischen uns weder Frieden noch Freundlichkeit. Ich glaube nicht, dass ich so ein Leben noch einmal ertragen könnte. Daher werde ich alles tun, was du verlangst. Ich werde versuchen, all das zu sein, was du wünschst, wenn es bedeutet, dass wir in Frieden auf Benbury leben können."

Wenn ich dir bis hierhin zugehört habe, musst du mir auch alles sagen. Er würde sich nicht mit weniger als der ganzen Wahrheit zufrieden geben. Ungewissheit machte bloß einen Narren aus einem Mann.

„Hast du deswegen bei Conyers gelegen, weil Lord Manners mehr als unfreundlich zu dir war?"

Sie verkrampfte die Hände, bis das Weiß der Knöchel sichtbar wurde. „Nein."

Alles, Bea.

„Warum hast du bei Conyers gelegen?"

Sie sah ihm in die Augen, und für einen Moment ähnelte sie ihrer strengen, furchtlosen Mutter. „Willst du es wirklich wissen?"

Nein, das will ich nicht. Nur sein verletzter Stolz hatte ihn zu der Frage verleitet. In Wirklichkeit wollte er überhaupt nicht wissen, was sie mit Conyers gemacht hatte oder warum es überhaupt so weit gekommen war. Alles, was sie ihm erzählte, würde nur erneut die Bilder heraufbeschwören, die er niemals aus seiner Erinnerung hatte verdrängen können – wie Beatrice vor Wonne bebend in den Armen eines anderen Mannes lag. Abermals erfasste ihn die dunkle Woge des Zorns. Immer noch wollte er Conyers dafür töten, dass er ihm das genommen hatte, was ihm gehörte.

Sie gehört zu mir.

Er hielt inne.

Ich hätte es sein müssen.

Die Wahrheit kam über ihn wie ein heller Sonnenstrahl.

Er war nicht wütend auf Beatrice, weil sie Lord Manners untreu geworden war. Er war zornig, da sie *ihm* untreu geworden war.

„Nein", sagte er schließlich. „Ich möchte wissen, warum du nicht bei mir gelegen hast."

13. KAPITEL

Beatrice starrte Sebastian an. Das Herz schlug ihr bis zum Halse und pochte so heftig, dass ihr ganzer Leib erzitterte.

„Conyers stellte mir nach“, sagte sie. Die nachfolgenden Worte musste sie sich sichtlich abringen. „Du nicht.“

Das war nur ein Teil der Wahrheit. Sie hatte sich von Conyers berühren und küssen lassen, da er sie offenkundig begehrt hatte. Und sie hatte das Gefühl gebraucht, begehrt zu werden. Hatte Sebastian sie ebenfalls begehrt? Wenn ja, so hatte er es nicht erkennen lassen.

„*Ich* hätte es sein müssen, Bea“, entgegnete Sebastian. Der Klang seiner Stimme verriet Schmerz; es war nicht zu überhören. *Oh, Sebastian.*

„Hätte ich dich verfolgen und mich dir anbieten sollen?“ fragte sie. „Was auch immer du denken magst, ich bin keine Dirne.“

„Du hast dich Conyers angeboten. Wenn du es schon tun musstest, warum hast du dann nicht mich genommen?“

„Ich habe mich Conyers nicht angeboten. Er kam zu mir.“

„Das beantwortet nicht meine Frage, Bea. Warum *er?*“

„Da er mich begehrte.“ Wie entehrend das klang, als es offen ausgesprochen wurde. Wenn Sebastian sie nun aufs Neue für flatterhaft und lüstern hielt, könnte sie es ihm kaum verübeln.

„Ich glaube dir nicht.“

„Ob du mir nun glaubst oder nicht, ich habe dir die Wahrheit gesagt. Sir George war der einzige Mann, den ich kannte, der bei mir liegen wollte."

„Abgesehen von Lord Manners."

„Nein." Die Kehle schnürte sich ihr zu, und sie rang nach Worten. „Lord Manners fand mich …" Sie konnte es nicht aussprechen. Dann ballte sie die Hände zu Fäusten, bis ihre Nägel sich in die Handflächen bohrten, und holte tief Luft. „Er hat mich nicht begehrt."

Sebastian starrte sie an und schüttelte den Kopf. „Er war ein alter Mann. Wenn er keine Erregung zeigte, so lag es bestimmt nicht an mangelndem Begehren. Du hast das falsch gedeutet."

Falsch gedeutet? Thomas' Meinung hatte sie gar nicht falsch deuten können. Da Sebastian ihr weiterhin beharrlich keinen Glauben schenken wollte, wurde sie ungeduldig. „Er sagte mir, dass ich ihn anwidere."

Bei diesen Worten gab etwas in ihr nach, und sie wurde von Schmerz und Scham erfasst, als sie an die unselige Zeit zurückdachte. Rasch wandte sie sich ab, ging auf die andere Seite des Raumes und drückte die Stirn gegen die kühle, raue Steinmauer. Thomas war gleich beim ersten Mal schlecht geworden, als er bei ihr liegen wollte. Er hatte seine kalte Hand auf ihre Brust gelegt und war dann zu dem Topf in der Ecke des Gemachs geeilt, da er sich übergeben musste. Nachdem er seinen Magen geleert hatte, hatte er ihr befohlen, sich zu bedecken. Entsetzt und verwirrt hatte sie gezögert – und war dafür geschlagen worden.

Sie kniff die Augen fester zusammen, um die Erinnerungen fern zu halten, und fragte sich, ob sie immer wieder von diesen Bildern heimgesucht würde.

„Was hast du getan?“ fragte Sebastian mit rauer Stimme.

„Du warst auf der Hochzeit. Gewiss hast du gesehen, wie wir das Bett im Schlafgemach aufsuchten.“ Was hatte sie getan, dass Thomas sie derart abstoßend fand? Sie wusste es immer noch nicht; sie hatte sogar Angst gehabt, George Conyers anzuwidern. Mit keinem Wort war er in der Lage gewesen, ihr diese Angst zu nehmen.

„Nein“, erwiderte Sebastian. „Als er sagte, du würdest ihn anwidern – was hast du da getan?“

Getan? Nach diesem Schlag ins Gesicht hatte sie nicht gewagt, sich zu rühren. Wie gelähmt hatte sie sich die brennende Wange gehalten, da sie so entsetzt gewesen war. Verschreckt hatte sie auf den fremden, alten Mann gestarrt, mit dem sie vermählt worden war.

„Was sollte ich tun? Er war mein Gemahl. Ich konnte es nicht wieder gutmachen.“

„Hast du dich nicht bemüht, ihm zu gefallen?“

„Er war mein Gemahl und Herr. Warum sollte ich mich nicht bemüht haben, ihm zu gefallen? Und doch habe ich versagt. Ich habe versagt, Sebastian.“ Und selbst ihre Schönheit und ihre Fähigkeit, das Verlangen eines Mannes zu wecken, hatten sich als wertlos erwiesen.

Schritte kamen näher, und dann spürte sie Finger in ihrem Haar, die langsam über ihren Nacken strichen.

„Weine nicht, Bea.“

„Ich weine nicht."

Seine Finger liebkosten ihren Nacken und ihre Schultern, glitten sanft und beruhigend über ihre Haut und boten ihr mehr Trost, als es eine Umarmung vermochte. Sebastian beschützte sie, denn er stand zwischen ihr und dem leeren Raum und der Welt, die dahinter lag. Er schützte sie vor ihren eigenen Erinnerungen, während seine Finger ihre verspannten Schultern lockerten. Als sie sich bei seinen Berührungen entspannte, änderten sich die Empfindungen ihres Leibes – Hitze breitete sich unter ihrer Haut aus, Verlangen regte sich. Selbst in ihrer Verzweiflung vermochte sie nicht, ihm zu widerstehen.

„Manners war ein Narr. Wieso hat er dich bloß nicht begehren können?" Seine Hände strichen weiter über ihre Haut. Sie wollte sich an ihn lehnen – sich von ihm lösen. Sie hatte keinen Willen mehr und war nur noch in der Lage, seine Berührungen still in sich aufzunehmen. Ihre Augen schlossen sich, als er sie zärtlich streichelte. „Bea", murmelte er, und dann spürte sie seinen warmen Mund auf ihrer Schulter. Sie seufzte, und sein Mund berührte sanft ihren schlanken Hals. „Bea, bitte. Ich begehre dich so sehr, dass es bereits schmerzt. Verweigere dich mir nicht."

Sie öffnete die Augen. „Du wirst mich verachten", wisperte sie. Ihre Stimme und ihr Wille waren schwach.

„Das werde ich nicht, ich schwöre es." Seine Lippen strichen über ihr Ohr; sie schloss die Augen, machtlos. „Lehne mich nicht ab."

„Michaelis …" Es hatte mit Michaelis zu tun …

„Ich kann nicht länger warten." Seine Arme legten sich um sie, zogen sie eng an sich und wiegten sie hin und her. „Quäl mich nicht."

„Sebastian ..." Ihr Wille gab nach, ihr Widerstand brach. Sie begehrte ihn so sehr, dass ihr Tränen aus den Augen liefen, so langsam wie Honigtropfen.

„Sag Ja, Bea, ich bitte dich. Wir sind so gut wie verheiratet. Es ist keine Sünde."

„Ich kann nicht ..."

„Bitte." Sein Flüstern war wie ein hartes Raunen an ihrem Ohr, und wieder schwang der Schmerz in seinem Tonfall mit.

Verlangen umgab sie, erfüllte sie. Dem Ansturm von Begierde und Sehnsucht konnte sie nicht widerstehen. Sie nickte.

Seine Arme spannten sich. „Ich werde heute Nacht zu dir kommen."

„Warte ..."

Er drehte sie um, umschloss ihr Gesicht und küsste sie leidenschaftlich. „Ich kann nicht, Bea. Verlange es nicht von mir."

„Versprich mir etwas." Sie schien sich ganz in ihm zu verlieren.

„Alles, was du willst."

„Versprich mir, dass du mich danach nicht beschimpfen wirst."

„Ich verspreche es. Es gibt keine Sünde."

„Dann komm."

„Liebes", raunte er und zog sie in seine Arme.

Sein Mund war heißer und fordernder als zuvor; sie erwiderte seinen Kuss, als hätte sie seit langer Zeit auf nichts anderes gewartet. Seine Arme legten sich hart um ihren Leib, seine Schenkel drückten unnachgiebig gegen ihre. Da die Selbstbeherrschung endlich von ihr abfiel, brannte sich ihr Verlangen nach ihm bis in ihr Innerstes, und sie wusste, warum sie sich einst für George Conyers und nicht für ihn entschieden hatte. Niemals hätte sie sich Sebastian verweigern können; sie hätte bei ihm gelegen, ohne auch nur an die Gefahren zu denken. Sie fuhr ihm mit den Fingern durch sein dichtes, seidiges Haar. Sebastian unterbrach den Kuss, sein Atem drang stoßweise an ihr Ohr.

„Sebastian", flüsterte sie. Ihr Mund lag auf seinem Hals, sein Pulsschlag pochte rasch und hart gegen ihre Lippen. Oder spürte sie bloß ihren Puls? „Oh, Sebastian."

„Wenn wir jetzt nicht einhalten, gibt es kein Zurück mehr", brachte er mühsam hervor. „Ich muss gehen. Ich muss dich immerzu berühren, wenn du in meiner Nähe bist." Seine Stimme zitterte leicht, als ob gerade dieser Kuss und kein anderer ihn seiner Fassung beraubt hätte.

„Dann geh", sagte sie weich. Bleib, dachte sie, verlass mich nicht. Doch er musste gehen, sie wusste es. Beatrice sah zu, wie er die obere Turmstube verließ.

Einen Moment später hörte sie, dass die Tür knarrte und zugeschlagen wurde. Sie war allein, ihrer Sinne beraubt, ängstlich und belebt.

Der Gedanke an Sebastians feurigen und fordernden Mund sandte eine heiße Welle über ihre Haut, die brennend und lieblich zugleich war. Eine Stimme in ihr rief: *Das ist Irrsinn!* Es war Irrsinn, aber sie konnte ihm nicht abschwören. Etwas in ihr trieb sie in Sebastians Arme und machte es ihr unmöglich, sich ihm zu verweigern. Vielleicht war dies das Werk des Teufels, aber würde der Teufel sie dazu anhalten, bei ihrem Gemahl zu liegen?

Sie war eine Närrin, aber das konnte sie nicht ändern. Das Verlangen nach Sebastian und die Gewissheit, dass sie vor Gott verheiratet waren, hatten sich verschworen, um sie zu schwächen und ihren Widerstand zu brechen. Hätte sie die Kraft dazu, würde sie sich Sebastian verweigern.

Doch sie hatte keine Kraft.

Sebastian schlich durch die schlafende Burg zu Beatrice' Gemach. Die Kerze gab kaum genug Licht, um die Finsternis zu durchdringen. Sein Herz pochte vor Aufregung, Verlangen und Beklommenheit, doch es gab kein Zurück. Er war mittlerweile zu weit gegangen, um jetzt noch auf den Pfad der Tugend zurück zukehren.

Als er Beatrice' Tür erreichte, öffnete er sie ohne Zögern und schlüpfte in die Kammer. Auf dem Tisch beim Fenster brannte eine Kerze, deren Licht große, tanzende Schatten auf die Bettvorhänge an Beatrice' Schlafstatt warf. Es war vollkommen still. Trotz der Kerze fragte er sich, ob er womöglich ganz allein im Raum war. War Beatrice dem Stelldichein ferngeblieben? Er ging weiter in die Kammer hinein. Eine Diele knarrte unter seinen Schritten.

Die Vorhänge wurden an einer Ecke zur Seite gezogen,

und Beatrice steckte den Kopf heraus. „Wer geht da – Sebastian …?“

„Ja, ich bin es.“ Er löschte seine Kerze und durchquerte den Raum, um sie auf dem Tisch abzustellen. Bewusst zögerte er den Moment hinaus, ehe er sich zu ihr gesellen würde.

Sie war nicht mehr zu sehen, als er sich wieder dem Bett zuwandte. Das wilde Pochen seines Herzens verdoppelte sich noch, als er sich zu entkleiden begann. Er legte das Wams ab, öffnete die Schnüre seiner Beinlinge und entledigte sich seines Schuhwerks. Dann zog er sein Hemd aus der Hose und war im Begriff, es sich über den Kopf zu ziehen, als er nachdenklich innehielt. Das erste Mal, wenn er und Beatrice sich liebten, würde vermutlich unbeholfen genug sein, und daher sollte er ihr besser nicht gleich zu Beginn nackt begegnen. Nein, er gedachte, sie erst zu umwerben und langsam zu verführen. Immerhin hatte er ihr Freuden in Aussicht gestellt und wollte ihr jeglichen Verdruss ersparen.

Die ganze Zeit über jubelte eine kleine Stimme in ihm, dass dieser Augenblick nun endlich gekommen sei.

Er teilte den Vorhang am Fußende. Eine weitere Kerze stand auf einem kleinen Regal über dem Bett und tauchte Beatrice in ein gelbes Licht; auf den weichen Kissen wirkte ihr offenes Haar wie ein Strahlenkranz. Schatten sammelten sich in den Falten ihres Nachtgewandes und verbargen die Rundungen ihres Leibes. Mit der Regelmäßigkeit eines Herzschlags huschte ein Schatten unaufhörlich über ihre Halsbeuge hinweg.

Ihre Blicke trafen sich. „Ich habe Angst“, wisperte sie.

„Ich auch.“

Ihre Augen weiteten sich. „Du auch? Warum?“

„Ich versprach, dir Freuden zu bereiten, und nun habe ich Angst zu versagen. Was befürchtest du?“

Aus ihrem Blick wich der Zweifel, und sie wurde nachdenklich. Jetzt erinnerte er sich an ihren Gesichtsausdruck im Garten der Londoner Residenz, als sie ihn gewogen und für zu leicht befunden hatte. Er hielt den Atem an.

„Ich befürchte Schmerz. Und ich habe Angst, dich zu enttäuschen.“

„Du kannst mich nicht enttäuschen“, erwiderte er und stieg zu ihr ins Bett. Die Stränge unter den Matratzen knarrten unter seinem Gewicht. Sie biss sich auf die Unterlippe, und ihre Augen weiteten sich, je näher er kam. Als er bei ihr war, setzte er sich neben sie. Jetzt war er ihr so nah, dass er unter ihrem dünnen Nachthemd die Schatten ihrer Brüste sehen konnte. Er schluckte.

„Möchtest du, dass ich mich hinlege?“ wisperte sie und hielt die Hände verkrampft in ihrem Schoß.

Er legte eine Hand auf die ihre und strich mit dem Daumen über ihren Handrücken. „Wir haben Zeit, Bea. Wir haben die ganze Nacht.“

Er wartete und strich ihr so lange über den Handrücken, bis sie die verkrampften Hände lockerte. Dann schob er seine Finger zwischen ihre und war gewillt, so lange ruhig neben ihr zu sitzen, bis sie sich an seine Gegenwart gewöhnt hatte und zur Ruhe kam. Sosehr er sie auch begehrte, er konnte warten.

Während er ihre Hand hielt, spürte er, wie sie sich entspannte. Er verharrte noch einen Augenblick und hob dann ihre Hand an, um sie näher zu betrachten. „So schöne Hände", murmelte er, zog die Finger an die Lippen, küsste ihre Handfläche und bedachte jeden einzelnen Finger mit zärtlichen Liebkosungen. Dabei beobachtete er sie, um ihre Reaktion abzuschätzen.

Sie seufzte, und ihre Lider senkten sich wie Schleier über ihre Augen. Jetzt drückte er seine Lippen auf ihren Puls, bis er das Blut pulsieren spürte. Schon schob er den Ärmel bis zum Ellbogen hoch, fuhr mit bebenden Lippen über ihren bloßen Unterarm und vernahm ihren keuchenden Atem. Er verspürte die Anspannung in seiner Lendengegend.

Die ganze Nacht, die ganze Nacht, wir haben noch die ganze Nacht vor uns. Doch er wollte sie jetzt, er wollte, dass sie sich in die Kissen schmiegte und ihr Nachtgewand hochschob, um ihn gewähren zu lassen. Er hatte bereits zu lange auf diesen Moment gewartet – jahrelange Sehnsucht hatte sich in ihm angestaut und verlangte nach Erlösung.

Du musst dich auf etwas anderes konzentrieren, dachte er. Denk an Wolle. Wie hoch werden die diesjährigen Erträge ausfallen, und wie viel Gold wird es mir einbringen?

Die Schärfe seiner Begierde nahm ein wenig ab, obgleich er immer noch an der Last zu tragen hatte. Dieses Warten war kaum noch auszuhalten. Doch er würde es schaffen, denn wenn er sich nicht zurückhielt, erführe sie in dieser Nacht keine Freuden. Und das wollte er nicht hinnehmen.

Er wandte sich ihrem Hals zu und drückte einen zarten

Kuss auf die empfindliche Stelle unterhalb des Ohrs. Dann drehte er mit sanfter Hand ihren Kopf zu sich, um ihren lieblichen, heißen Mund zu küssen, bis ihm das Blut in den Ohren pochte. Er konnte an nichts anderes mehr denken als an seine brennende Lust und die begierigen Qualen seiner Erregung. Als er ihre Brust berührte, entfuhr ihm ein Stöhnen – die weiche Rundung füllte seine Hand, und ihre Spitzen wuchsen unter seinen Handflächen. Er streichelte Beatrice, und als sie sich von seinen fordernden Lippen löste, glich ihr schneller Atem einem erregten Keuchen.

In diesem Augenblick vergaß er all seine Vorsätze, schob die Bettdecke zur Seite, zog Beatrice in seine Arme und dann auf seinen Schoß. Ihre Haare fielen wie Seide über seine Hände, als sie die Stirn gegen seinen Hals drückte und ihn die warmen, weichen Rundungen erkunden ließ, die er zuvor nur hatte erahnen können.

Er musste sie berühren, sie liebkosen. Mit seiner freien Hand glitt er unter den Saum ihres Nachthemdes und strich über ihre heißen, seidigen Schenkel. Er erinnerte sich, dass ihre Hände ihn im Turm aufgehalten hatten. Doch jetzt umklammerte sie seine Schultern und fuhr durch sein Haar. Sie bebte in seinen Armen, ihr Atem kam in kleinen, schluchzenden Stößen, die sein Verlangen erbarmungslos aufflammen ließen.

Ihre Hüften waren so weich wie Satin, und seine Hand folgte der Rundung ihrer Taille. Benommen von Begierde spannte er die Hand über ihren Bauch.

„Ich kann nicht länger warten“, raunte er mit heiserer Stimme. „Ich brauche dich.“

Beatrice drehte seinen Kopf und küsste ihn. Ihr Mund war heiß und zügellos, der Kuss fordernd und feurig. War sie bereit? Sie küsste ihn, als wäre sie es, doch er wollte Gewissheit haben. Mit der Hand fuhr er zwischen ihre Schenkel und spürte die feuchte Glut. Doch sie spannte die Schenkel an und versteifte sich in seinen Armen.

„Sebastian …“, hauchte sie ihm zu. Ihre Stimme klang erschrocken.

„Hat bislang niemand …“

„Nein.“

„Entspanne dich. Lass mich dir Befriedigung verschaffen.“

London. Denk an London, den Gestank, den Lärm und die Ausgaben. Er rief sich alles in Erinnerung, was er an dieser Stadt hasste, und konzentrierte sich allein auf seinen Ekel und Widerwillen. Das Feuer in seinen Adern ließ etwas nach – nun konnte er Beatrice berühren, ohne von dem Verlangen überwältigt zu werden, sich unverzüglich auf sie zu legen und dem Warten ein Ende zu bereiten.

Sie entspannte sich, ließ sich berühren und streicheln. Zärtlich küsste er sie auf den Mund, die Augen, bedeckte ihr ganzes Gesicht mit Küssen und nahm ihr Seufzen und Aufstöhnen in sich auf. Sie legte die Stirn in Falten, biss sich auf die Unterlippe und bewegte sich unter seiner Hand in kurzen, ruckartigen Stößen.

„Oh, Sebastian, Sebastian …“ Sie legte die Hand auf seine. „Bitte. Ich kann es nicht mehr aushalten. Komm zu mir.“

Sämtliche Eindrücke von London verblassten im selben Augenblick. Er hob sie an, legte sie auf die Matratze und löste schnell die Schnüre der Beinkleider. Schließlich riss er sich das Hemd vom Leib und kroch unbekleidet zu ihr zurück. Er schob ihr Nachthemd hoch, entblößte ihre helle Haut, die runden Brüste, die harten, rosigen Knospen. Wenn er sie bekleidet für schön befunden hatte, so war das nichts im Vergleich zu ihrer jetzigen Herrlichkeit.

„Zieh es aus“, brachte er aus trockenem, heiserem Hals hervor.

Sie wusste sogleich, was er meinte, zog das Hemd aus und warf es zur Seite. Als ihr Blick auf seine Männlichkeit fiel, schluckte sie. Glühend heiß stieg ihr Blut ins Gesicht, so dass ihre Röte selbst bei dem schwachen Kerzenschein sichtbar war. Er beugte sich über sie und bedeckte ihren erhitzen Leib mit Küssen, bevor er sich auf sie legte. Sie spreizte die Schenkel und verströmte eine glühende, verlockende Hitze, in die er eintauchen wollte. Er musste sich zurückhalten, nicht augenblicklich in sie zu dringen, denn er wollte sie küssen und streicheln, bis sie sich unter ihm aufbäumen würde.

Jetzt, dachte er und glitt vorsichtig in sie.

Er traf auf Widerstand. Beatrice versteifte sich und keuchte wie unter Schmerzen. Er stieß härter, und als sie seine Unterarme umklammerte, bohrten sich die Nägel in seine Haut.

„Was …?“ Und dann begriff er. So unglaublich es auch war, Beatrice war noch Jungfrau. Er war demnach der Erste.

„Hör nicht auf“, flüsterte sie. „Bitte.“

Ihre Bitte und sein drängender Leib überwältigten ihn – er konnte unmöglich widerstehen. Langsam bewegte er seine

Hüften, der Widerstand gab nach, und er war von ihr umschlossen, eng und heiß. Er erschauderte, doch ihr klammernder Griff erfüllte ihn mit Wonne. Jegliches Denken geriet in den Hintergrund, Begierde nahm von ihm Besitz, riss ihn in einer Woge fort, trieb ihn in sie und trug ihn seinem Höhepunkt entgegen.

Bei seiner Erlösung wurde sein Leib von einem heftigen Schütteln ergriffen. Er schien niederzubrennen bis aufs Mark und nichts als Asche zu hinterlassen. Als er wieder zu Sinnen kam, zitterte er und war wie ausgehöhlt. Es war lange her, dass er bei einer Frau gelegen hatte, und es schien ein Leben her, seit er begonnen hatte, Beatrice zu begehren.

Und was war mit ihr? Was hatte sie gespürt? Er hob den Kopf und schaute in ihr Gesicht. Ihre Augen waren geschlossen, feuchte Wimpern glänzten, eine Tränenspur lief silbrig von den Augenwinkeln bis in ihr Haar hinein. Tiefe Reue überkam ihn, und er zog sich so sanft wie möglich zurück. Er hatte ihr nicht wehtun wollen.

„Oh, Bea. Warum hast du mir nicht gesagt, dass du noch Jungfrau bist?“ wisperte er.

„Ich dachte, du wüsstest es. Als du mich fragtest, ob ich je …“

Was hatte er sie bloß gefragt, das sie beide derart falsch verstanden hatten? Er versuchte sich zu erinnern, was zuvor geschehen war. Mit der Hand hatte er über die Innenseite ihrer Schenkel gestreichelt, bis sie sich angespannt hatte …

„Ich habe dich doch gefragt, ob du je berührt worden bist“, erklärte er.

„Oh." Sie wand sich unter ihm und zuckte zusammen. „Du erdrückst mich."

Er rollte sich auf die Seite. „Ich wollte dir nicht wehtun." Wenn er es geahnt hätte, wäre er sanfter mit ihr umgegangen. „Aber du hättest es mir sagen müssen." Des einen Mannes Gemahlin, des anderen Geliebte, und immer noch eine Jungfrau – wenn er es nicht selbst gespürt hätte, hätte er es für unmöglich gehalten. Auch wenn es unbegreiflich schien, es entsprach der Wahrheit, und etwas tief in ihm frohlockte. Er war der Erste gewesen, der einzige Mann, der so innig mit ihr vertraut war.

Sie setzte sich aufrecht hin, griff nach dem Nachthemd und zog es über. „Ich dachte, ich hätte es erwähnt." Das Nachtgewand umhüllte sie und verbarg ihren Leib.

Unwillkürlich strich er unter dem weichen Leinen mit den Fingerspitzen über ihre Hüfte. „Wenn ich es gewusst hätte, hätte ich es weniger schmerzhaft machen können."

Sie warf ihm einen unergründlichen Blick über die Schulter zu. „Es tut nichts zur Sache."

Obwohl er sie besessen hatte, war sie noch in der Lage, sich gegen ihn abzuschirmen. Er setzte sich hin, zog ihr die Decke über die Hüften und kleidete sich ebenfalls an. „Wie kannst du sagen, es tue nichts zur Sache? Du ließest mich glauben, dass du bei Conyers gelegen hast. Du hast mich angelogen."

„Du hast mich nie gefragt, was ich im Sinn hatte. Du hättest es besser wissen können, aber stattdessen hast du mich verurteilt, ohne mich anzuhören", entgegnete sie und nahm ihr Haar in die Hand.

„Du hättest mir die Wahrheit sagen müssen“, meinte er.

„Hättest du mir zugehört, wenn ich es versucht hätte? Oder hättest du mich nicht vielmehr beschuldigt, dich schamlos anzulügen?“

Unerwartet hatte sie mit ihrer Frage ins Schwarze getroffen. Nachdem er sie und Conyers zusammen gesehen hatte, hatte er alles Erdenkliche unternommen, um ihr aus dem Weg zu gehen. Dadurch hatte er es unmöglich gemacht, dass die Wahrheit herauskam. Anstatt Gewissheit zu erlangen, hatte er sich die ganze Zeit in seinen Zorn hineingesteigert und sich mit bloßen Vermutungen abgeben müssen.

„Wenn du es mir jetzt erzählen magst, werde ich dir zuhören.“

Sie wandte sich ihm zu, und für einen Moment, wie zuvor in der Turmstube, sah sie wie ihre stolze, strenge Mutter aus. „Bist du sicher, dass du das hören möchtest?“

Im Grunde wollte er ihr nicht zuhören und lieber so tun, als sei sie nie Manners' Gemahlin gewesen, als habe sie sich nie auf Conyers eingelassen. Aber die Dinge, die sie ihm verschwiegen hatte, holten ihn immer wieder ein, denn sie hatte ihre Geheimnisse lange genug für sich behalten. Es war an der Zeit, dass sie offen miteinander sprachen.

„Ich bin sicher. Erzähl es mir.“

„Nun gut.“ Sie seufzte und legte den Kopf in den Nacken, ihre Augen waren geschlossen. „Ich sagte dir schon, dass ich Thomas anwiderte. Etwas habe ich dir allerdings nicht erzählt. Als er versuchte, sich mit mir zu vereinigen, war er so angeekelt, dass er sich übergeben musste.“

Sie sprach eintönig und hart, als ob sie sich nicht traute, ihrer Stimme Ausdruck zu verleihen. Hatte sie vielleicht die Augen geschlossen, damit sie nicht mit ansehen musste, wie er ihre Worte aufnahm? Er wollte sie trösten, doch er fürchtete, sie würde bei seiner Berührung verstummen. „Er versuchte es immer wieder, doch wenn er versagte, wurde er zornig und schlug mich dafür."

Sie verstummte. Im Garten in London war sie zusammengezuckt und hatte die Hand vors Gesicht gehalten, als wollte sie sich vor einem Schlag schützen. Wie oft musste Manners sie geschlagen haben, dass sie die Hand hochriss, ohne nachzudenken? Er wollte es lieber nicht genau wissen und nur das hören, was er wissen musste. Nicht mehr.

So sanft er konnte, fragte er: „Und Conyers?"

Sie hielt die Augen geschlossen. „Ich wollte die Gewissheit haben, dass ich nicht jeden Mann anwiderte, den ich kennen lernte. Sir George begehrte mich sehr. Er brachte mich so durcheinander, dass ich ihm alles gab, wonach er verlangte, außer meiner Jungfräulichkeit." Sie öffnete die Augen und sah Sebastian an. Ihr Blick war fest, als fordere sie ihn heraus. „Ich konnte es nicht darauf ankommen lassen, ein Kind zu erwarten."

„Warum hast du diesen Schritt dann überhaupt gemacht?"

Beatrice schüttelte den Kopf. „Ich weiß es nicht. Aber nachdem ich mir Tag um Tag hatte anhören müssen, ich sei so widerwärtig, dass mich kein Mann je haben würde, habe ich wohl den Verstand verloren, als ich in einem fremden Mann wahres Begehren hervorrief." Ihr Mund war verkniffen, als sie den Blick senkte. „Ich war eine Närrin, und es tut mir Leid."

Was sollte er darauf erwidern? Da ihm keine Worte einfielen, die weder hart noch unehrlich wären, nahm er ihre Hand und umschloss ihre Finger. Einen langen, friedlichen Moment saßen sie schweigend da, und die einzige Bindung zwischen ihnen waren die verschränkten Hände.

„Hasst du mich?" fragte sie und sah ihn nicht an.

Tat er das? Hatte er sie je gehasst? Er vermochte nicht zu sagen, was sein Herz peinigte, aber es war gewiss kein Hass.

„Nein."

Sie hob den Kopf und sah ihm geradewegs in die Augen. „Nie wieder werde ich etwas derart Törichtes tun. Ich habe gelernt, welchen Preis man für diese Art von Dummheit zu zahlen hat, und er ist zu hoch. Du magst mir vielleicht nicht glauben, aber es ist nicht gelogen."

Er dachte an jede Dummheit, die er in den letzten fünf Jahren begangen hatte, an jede schmerzliche Erfahrung, die ihm das Törichte in seinen Handlungen aufgezeigt hatte. Wenn er Beatrice nun jede Dummheit beichtete und schwor, sie nicht zu wiederholen, würde sie ihm dann glauben? Würde sie nicht vielmehr glauben, er würde einen einmal gemachten Fehler unweigerlich immer und immer wieder begehen?

„Ich wünschte, du hättest Lord Manners nie geheiratet, und ich wünschte mir noch sehnlicher, dass du dich Conyers nicht so leichtfertig in die Arme geworfen hättest", sagte er langsam. „Ich kann weder das eine noch das andere vergessen. Aber ich bezweifele nicht, dass du beides bereust. Und ich denke, deine Reue wird dich abschrecken, falls irgendein Mann dich in Versuchung bringen sollte."

„Welchen Mann sollte ich derart begehren, dass ich meine Ehre aufs Spiel setzte? Ich … vergib mir, Sebastian, aber du hast mir keine Freuden bereitet." Ihr stieg eine tiefe Röte in die Wangen, die selbst in dem unsteten Licht zu erkennen war. „Ich habe deine Berührungen sehr genossen, bevor … ich wusste, es würde wehtun, aber ich ahnte nicht, wie sehr."

Er stieß einen Seufzer aus und war gleichzeitig aufgebracht. Wenn er doch nur gewusst hätte … „Willst du es mich nicht noch einmal versuchen lassen? Ich schwöre dir, dass es Genuss verschaffen kann. Ich habe anderen …" Er brach ab, um den Rest des Satzes für sich zu behalten.

„Anderen Frauen Genuss verschafft?" ergänzte Beatrice. „Ich bitte dich, erzähle mir nichts von diesen anderen Frauen, auch wenn du ihnen noch so viel Befriedigung verschafft hast."

„Verstehst du jetzt, warum es mich wütend macht, von Lord Manners und Sir George zu hören?" forderte er.

„Du fragst nach ihnen, also habe ich zu antworten. Ich habe mich nicht nach den Frauen erkundigt, bei denen du gelegen hast."

„Da du mich mit keiner von ihnen zusammen gesehen hast." Ihm war klar, dass sein Zorn nicht gerechtfertigt war. Er fuhr sie nur an, da es ihm unangenehm war, seine Sünden in dieses Bett zu tragen, obgleich er ihre nicht hier haben wollte. *Narr, Narr, verfluchter Narr.*

„Ich habe dich nicht gefragt, weil ich es nicht wissen

möchte", sagte Beatrice mit gerunzelter Stirn. „Du fragst, obwohl du die Antwort nicht hören willst, du schiltst mich, wenn ich schweige und schiltst mich erneut, wenn ich antworte. Ich weiß nicht, was du von mir erwartest, Sebastian. Seit Jahren schon weiß ich es nicht. Ich habe begonnen, mich zu fragen, ob ich es deshalb nicht wissen kann, da du selbst nicht zu sagen vermagst, was du erwartest."

„Ich wollte eine Frau, der ich vertrauen kann."

„Die hast du, wenn du es doch nur einsehen würdest. Wäre es besser, ein Mädchen zu heiraten, das so arglos ist, wie ich es einst war? Das nur deshalb auf die Unantastbarkeit ihrer Tugend vertraut, weil diese erst noch auf die Probe gestellt werden muss? Oder wäre es nicht klüger, eine Frau zu heiraten, die weiß, wie schnell den Sorglosen Gefahr droht, und die ihre Ehre und ihre Seele zu schützen versteht? Ich bin nicht mehr länger so stolz zu glauben, ich könne nicht vom rechten Weg abkommen. Ich weiß mich gut zu schützen."

Sie wandte sich von ihm ab und nahm ihr Haar in die Hände. Im Kerzenschein leuchteten ihre weißen Finger auf, mit denen sie das Haar in drei Stränge teilte, die sie zu flechten begann. „Du solltest jetzt gehen", sagte sie, ohne ihn anzuschauen. „Es wäre besser, wenn man dich hier nicht sieht."

Sie hatte Recht, aber er regte sich nicht. Sein Zorn war so rasch wieder verflogen, wie er aufgeflammt war. Dieser Raum und dieses Bett schienen Wärme und Lieblichkeit zu spenden, während draußen Kälte und Finsternis lauerten. Er wollte nicht gehen.

Beatrice hatte ihr Haar beinahe zu einem hübschen Zopf geflochten und warf Sebastian nun einen Blick über die Schulter zu. Fragend hob sie die Brauen. „Gehst du nicht?“

„Nein, ich gehe nicht. Lass mich noch etwas länger verweilen.“

Ihre Augen weiteten sich, ihr kühler, strenger Gesichtsausdruck wirkte mit einem Mal unsicher. „Das ist zu gefährlich“, sagte sie.

Er lehnte sich nach vorne, umschloss ihren Hinterkopf mit beiden Händen und küsste sie. Als sie seinen Lippen nachgab, vertiefte er den Kuss. Sie schmiegte sich an ihn, legte die Hände auf seine Schultern und klammerte sich förmlich an ihn, als müsse sie sich abstützen. Ihr Zopf löste sich, und die wogende Haarpracht umfing ihn. Das Verlangen war aufs Neue entfacht und stand binnen eines Herzschlags in hellen Flammen. Eng zog er sie an sich, um zu spüren, wie die weichen Rundungen ihres Leibes nachgaben. Beatrice’ Hände umklammerten seine Schultern und entspannten sich wieder, als ob sie gar nicht wüsste, was sie mit ihnen anfangen sollte.

Er legte sich auf den Rücken und zog sie mit sich. Beatrice hob den Kopf, um Sebastian anzuschauen.

„Sebastian …?“

„Ich werde gehen, bevor es hell wird. Wir haben noch ein paar Stunden. Schick mich noch nicht fort.“

Zweifel und Sehnsucht lagen in ihrem Blick. Zärtlich strich er ihr mit den Fingern über die Wange.

„Bitte.“

Sie senkte den Blick, und die langen Wimpern verbargen ihre Augen. „Du brauchst es lediglich zu fordern, Sebastian. Ich bin deine Gemahlin und muss mich deinem Willen beugen."

„Nicht aus Gehorsam", meinte er sanft und strich ihr mit dem Daumen über den weichen, geschwollenen Mund. „Nur, weil du es wünschst."

14. KAPITEL

Beatrice schloss die Augen und war immer noch benommen von den Küssen, von Sebastians zarten Berührungen und seinem zärtlichen Flehen. Wie sollte sie da Nein sagen, wenn der Schmerz des Verlangens größer war als der Schmerz seines ungestümen Liebesspiels? Sie konnte nicht einmal wütend auf ihn sein.

„Ich wünsche es von Herzen", flüsterte sie, öffnete die Augen und beugte sich zu ihm hinab, um ihn zu küssen.

Er schloss sie in die Arme und erwiderte ihren Kuss, als wollte er sie verschlingen. An ihrem Bauch spürte sie, wie seine Erregung anwuchs, und sie wusste, dass die Küsse und Berührungen genauso auf ihn wirkten wie auf sie. Halb versank sie im Feuer seines Kusses und spürte die Hitzewoge in sich aufsteigen, halb wartete sie darauf, dass er sie erneut ergreifen und auf den Rücken drehen würde. Sosehr sie auch den erneuten Schmerz fürchtete und sosehr sie wusste, dass es zu früh war, ihn erneut zu empfangen, sie würde sich ihm dennoch hingeben. Nicht nur, weil sie ihm Gehorsam schuldete, sondern weil die Freuden, die sie ihm mit ihrem Leib beschert hatte, einen Teil von Thomas' Schmähungen vergessen machten. Mochte er auch noch so oft das Gegenteil behauptet haben, sie *war* begehrenswert.

Aber Sebastian drehte sie nicht um. Stattdessen griff er unter ihr Nachtgewand und streichelte ihre Schenkel und die Hüften. Seine Hände kreisten unaufhörlich, als könne er sie nicht ausreichend berühren, während er ihren Hals mit Küssen bedeckte. Beatrice badete gleichsam in der Gewissheit, sein Verlangen spüren zu können; die Woge seiner Begierde vereinte sich mit ihrer eigenen Lust. Sie schauderte und keuchte, war kaum noch in der Lage zu atmen, sank in die brandende Hitze, die er entfachte, und verlor sich in den züngelnden Flammen.

Dann drehte er sich und legte sie auf den Rücken, aber er schob sich nicht über sie. Er lag neben ihr, gestützt auf einen Ellbogen, und seine Augen glitzerten im Kerzenschein, als er mit den Handflächen über ihre Brüste strich. Es durchzuckte sie bis ins Innerste, sie keuchte vor unerwarteter Wonne, und eine riesige Woge Schwindel erregender Freuden überschwemmte sie. So hatte sie sich wahrlich noch nie gefühlt. In Thomas' Gegenwart hatte sie nur Verachtung gespürt und sich stets vor den Grausamkeiten gefürchtet, die sein Versagen mit sich brachten; bei George hatte sie immer Angst gehabt, entdeckt zu werden, und sich ihr sündiges Verhalten vor Augen geführt.

Sebastian beugte sich über sie und liebkoste ihre Brüste nun mit seinem Mund. Immer aufs Neue von Lust durchzuckt, bäumte sie sich unter ihm auf.

„Ich habe dir Freuden versprochen, Bea. Ich werde dir nicht wieder wehtun", murmelte er mit einer Stimme, die so weich wie ein zarter Kuss war.

„Wenn du ... du wirst mir wehtun, wenn du ... wenn wir ..."

„Ich weiß. Also werden wir das nicht tun. Lass mich dich

berühren, lass mich herausfinden, was dir Freude bereitet. Ich verspreche, dir nicht wehzutun."

Kein Mann hatte je herausfinden wollen, was ihr Freude bereitete. George war sich sicher gewesen zu wissen, was ihr Wonne verschaffte. Und obgleich er sich geirrt hatte, hatte sie sich nicht getraut, es ihm zu sagen. Thomas hatte keinen Gedanken daran verschwendet, was sie überhaupt empfand.

Sie öffnete die Augen und sah ihn an. „Tu, was du magst."

Er nahm ihre Hand, und während er sie mit lodernden Augen beobachtete, fuhr er mit der Zungenspitze über ihre Handfläche. Sie zitterte.

„Nein. Ich werde das tun, was meiner Dame gefällt." Er beugte sich über sie.

Mit seinen Händen und seinem Mund, mit Freude und glühender Hingabe, begann er zu erkunden, welche Berührungen und zärtlichen Striche ihr Genuss verschafften. Er raubte ihr den Atem, und als sie mit bebendem Leib seinen Namen hauchte, klang es wie ein Flehen. Sie versuchte, still und ruhig zu bleiben, doch immer wieder verlor sie die Kontrolle über sich, stöhnte laut, bäumte sich unter seinen Berührungen auf und öffnete sich den Freuden, die er ihr bescherte.

Nie hätte sie gedacht, dass die Haut ihres Körpers derart empfindlich war. Beatrice war erschöpft vor Freude und angespannt zugleich; ihr Leib glich einer Bogensehne, die langsam gespannt wurde. Eine unsägliche Hitze raubte ihr die Sinne; die ganze Welt schien nur noch aus Sebastians Händen und Lippen zu bestehen. Seine blau flammenden Augen brannten sich in ihre Augen, während die Sehne weiter und weiter gespannt wurde.

„Bitte, bitte“, hauchte sie, doch sie wusste nicht, worum sie bat. Sebastian zog sie an sich und streichelte sie an der empfindlichsten Stelle, während sein Mund ihren Hals hinabstrich und sein Arm ihr Halt bot. Erneut berührte er sie, ein zärtliches Streicheln, und die Bogensehne schnellte nach vorne, ließ sie ungeahnte Höhen erreichen. Einen nicht enden wollenden Augenblick lang schwebte sie in diesen Freuden, bevor sie, hell glühend wie eine Sternschnuppe, in Sebastians Arme sank. Er küsste ihr Haar und hielt ihren bebenden Leib, wobei er selbst zitterte.

„Oh, Sebastian“, murmelte sie. Dort, wo sie zuvor die Anspannung verspürt hatte, war sie nun zutiefst entspannt. *Das ist also Erlösung.* Es war ein passender Name, und mit einem Mal begriff sie, warum Männer so begierig darauf waren, Frauen ins Bett zu bekommen. Es drängte sie, etwas zu sagen, um diese überwältigende Befriedigung in Worte zu fassen. „Das wusste ich nicht.“

„Ich kann nicht glauben, dass du noch keine Befriedigung erfahren hast“, erwiderte er zärtlich.

In ihrem Taumel sprach sie die Wahrheit. „Ich weiß, was Befriedigung ist. Aber *das* war …“

„Das war was?“ wollte er wissen.

„Mir fehlen die Worte.“

Seine Arme verspannten sich. Da sie so nah bei ihm lag, spürte sie unweigerlich, dass er noch nicht befriedigt war. Sie drehte ihm den Kopf zu. „Was ist mit dir?“ wisperte sie. Sollte sie ihn berühren und so liebkosen, wie er es bei ihr getan hatte? Sie bezweifelte, dass sie ihm die gleichen Freuden bereiten würde, doch sie konnte ihm womöglich Erleichterung verschaffen.

„Mir geht es gut."

„Du bist ..."

Er legte einen Finger auf ihren Mund und gebot ihr zu schweigen. „Ich bin länger geblieben als geplant und muss bald gehen. Alles, was ich jetzt möchte, ist, dich in meinen Armen zu halten."

Sie schmiegte sich an ihn, verwirrt von seiner Zurückhaltung, aber sie glaubte, dass er das tat, was ihm gefiel. Es war herrlich, in seinen Armen zu liegen, seine bloße Haut zu spüren und seinen regelmäßigen Herzschlag zu hören. Langsam, fast unmerklich wie die anbrechende Flut, wurde sie schläfrig, eingehüllt in die Wärme seines Leibes und die tiefe Entspannung ihres Körpers. Sie war fast eingeschlafen, als Sebastian sich bewegte und sie behutsam auf die Matratze bettete. Sie wachte auf.

„Es wird gleich hell. Ich muss gehen." Er beugte sich hinab und küsste sie, ein Kuss, dem er kein Ende gewähren wollte. Ihr Leib sprach auf seine Leidenschaft an, eine glühende Hitze glomm in ihr, als wüsste sie um die Freuden, die möglich waren. „Wirst du mich heute Nacht erneut empfangen?"

„Heute Nacht?" fragte sie verwirrt. War es jetzt nicht Nacht?

Er lächelte – das alte, verlockende, schelmische Lächeln.

Die Hitze in ihrem Leib breitete sich aus, erfasste sie wie eine Welle. Sie verzehrte sich so nach ihm, dass es sie all ihre Willenskraft kostete, ihn nicht erneut in ihr Bett zu ziehen.

„Es ist Morgen, Liebes. Wir sind die ganze Nacht füreinander entbrannt."

Ein letztes Fünkchen ihres Stolzes hielt sie davon ab, ihn zum Verweilen zu bewegen. „Ich werde auf dich warten."

Seine Augen glitzerten. „Es wird mir schwer fallen, bis heute Abend warten zu müssen. Wenn du mich also heute kaum siehst, ist das der Grund."

„Das wird mir nur recht sein", erwiderte sie. „Geh, bevor ich dich bitte, zu bleiben."

Sebastian hielt den Atem an, und seine Nasenflügel bebten. Er beugte sich zu ihr hinab und küsste sie fordernd mit sengenden Lippen. „Führe mich nicht in Versuchung."

„Geh", antwortete sie, „und führe mich nicht in Versuchung."

Eine Hand schüttelte sie. „Mylady, Ihr müsst aufstehen."

Mit einem lauten Seufzer vergrub Beatrice das Gesicht noch tiefer in den Kissen. Ihr tat alles weh, doch der Schmerz war keineswegs unangenehm; sie wollte in diesem Bett bleiben, wo sie ein solches Glück erfahren hatte, bis Sebastian wieder zu ihr kommen würde.

„Mylady, es ist schon spät. Ihr müsst aufstehen." Nans Stimme klang unerbittlich.

Beatrice drehte sich auf den Rücken und breitete die Arme

auf der Matratze aus. Das Haar lag ihr wirr um den Kopf, das Nachtgewand war an den Schenkeln verknittert. Kein Zweifel, sie sah so lüstern aus, wie sie sich fühlte, aber zum ersten Mal seit Jahren kümmerte es sie nicht.

„Mylady, Eure Regel“, merkte Nan an.

Bei diesen Worten öffnete Beatrice die Augen. Die Zofe starrte auf das Laken. Beatrice folgte ihrem Blick und entdeckte neben sich einen rötlich braunen Fleck, der halb so groß wie ihre Handfläche war. Sie starrte das befleckte Leinen an. Woher stammte das Blut?

Brennender Schmerz hatte das erste Entflammen ihres Verlangens überlagert. Der Fleck war der Überrest ihrer Jungfräulichkeit, der Beweis, dass sie in der letzten Nacht bei Sebastian gelegen hatte. Warum hatte sie daran nicht gedacht? *Närrin!*

„Es ist nicht meine Regel“, erklärte sie und wünschte im selben Augenblick, sie hätte es nicht gesagt. Wenn es sich nicht darum handelte, was sollte sie Nan dann erzählen?

„Was ist Euch dann widerfahren?“

„Es geht mir gut. Nichts ist mir widerfahren.“

„Aber, Mylady ...“

Sie setzte sich aufrecht hin, um nicht länger zu ihrer Zofe aufschauen zu müssen. „Willst du dich mit mir streiten?“

Nan senkte den Blick. „Nein, Mylady.“

„Du darfst darüber nicht sprechen, Nan. Ich bin nicht verletzt, das kann ich dir versichern.“

Die Zofe schaute auf, und ihr Blick verriet Scharfsinn. „Ihr seid meine Herrin, ich werde Euch nicht verraten. Und wenn es Euch gut geht, erfreut mich das. Soll ich das Laken wechseln lassen? Ihr werdet nicht länger darin schlafen wollen."

„Das würde mir gefallen." Sie schwang die Beine über die Bettkante. „Kleide mich wieder in Blau, Nan." *Kleide mich in den Farben, die Sebastian bevorzugt.*

„Ja, Mylady."

Während die Zofe sie ankleidete, schweifte Beatrice in ihrer Erinnerung zurück zu Sebastians Berührungen, zu den gehauchten Liebesbeweisen, und sie entsann sich all der Dinge, die sie in der vergangenen Nacht gesagt und getan hatten. Das Herz wollte ihr übergehen und sich von der Woge der Freude forttreiben lassen, doch Zweifel hielten es fest, als stünde Kummer bevor. Sie seufzte. Erfreute sie sich nicht im Frühjahr an dem jungen Grün der Bäume und vergaß bewusst die kalten, grauen Tage, die der April hervorbrachte? Warum sollte sie sich bei ihrer neu erblühten Freude in ihrem Herzen nicht genauso fühlen, solange sie anhielt? Denn sie würde bald vergehen, wenn Ernüchterung Einzug hielt, wenn Sebastian ihrer überdrüssig würde oder etwas anderes geschähe, was sie sich noch nicht auszumalen vermochte. Das Gefühl des Glücklichseins dauerte nicht länger als der Frühling an. Warum sollte sie sich nicht daran erfreuen, solange sie es noch konnte?

Und was sollte sie sonst tun, wenn die Sehnsucht sie zu ihm hinzog, als seien sie an ein unsichtbares Seil gebunden? Als sie die Kammer verließ und die Treppe zur Halle hinunterging, rang sie mit sich – ihr Pflichtbewusstsein regte sich.

Als gute, gewissenhafte Tochter hätte sie sich wieder in die Kemenate zu dem Altartuch begeben müssen, das ihre Mutter zu beenden wünschte. Doch als sie die Halle betrat und sah, wie der geflieste Boden durch die bunten Glasfenster in jene üppigen Farben getaucht war, die vierzehn Tage zuvor Sebastian umspielt hatten, wusste sie mit einem Mal, dass sie sich unmöglich in der Kemenate einschließen konnte. Sie drehte sich auf dem Absatz um und begann, nach Sebastian Ausschau zu halten.

Er war nicht in der Kapelle, auch nicht im Garten oder dem alten Turm. Vor der Tür zum Turm hielt sie inne, eingehüllt von der Duftwolke der Kräuterbeete. War es töricht von ihr, ihm nachzustellen? Sie schaute hinauf zur Burg, zu den Fenstern der Kemenate hoch über dem Garten. Wenn sie noch ein bisschen Verstand hätte, so würde sie sich augenblicklich dort hinbegeben und diese Narretei beenden.

Sie machte sich wieder auf die Suche.

Endlich fand sie ihn und ihren Bruder im staubigen Hof bei den Stallungen. Beide Männer trugen lediglich Hemd und Beinkleider und standen sich mit gekreuzten Klingen gegenüber. Einen Augenblick lang, nicht länger als einen Herzschlag, dachte sie, die beiden kämpften tatsächlich gegeneinander, doch Sebastians durchtriebenes Lächeln und Johns leuchtende Augen beruhigten sie. Dies war nur ein Spiel, nicht mehr. Ein Spiel, dem sie bereits als Jungen gefrönt hatten. Sie gesellte sich zu den Bediensteten, die am Rande des Hofes standen und sich den Schaukampf ansahen.

Sebastians Hemd war nass von Schweiß. Der Stoff klebte

an seinem Leib, an den breiten Schultern und dem kraftvollen Rücken. Der Anblick brachte Beatrice' Körper zum Schwingen. Sie wollte diese Schultern umgreifen und diesen Rücken streicheln, die Fingerspitzen über jede kraftvolle Stelle laufen lassen, die sich unter dem dünnen Leinenhemd hob und spannte. Schon früher hatte sie geglaubt, Verlangen verspürt zu haben, aber es war nie so wie mit Sebastian gewesen. Nichts in ihrem Leben war wie ihr jetziges Verlangen gewesen.

Sebastian war ihrem Bruder nicht ganz ebenbürtig – das konnte sie trotz ihrer geringen Kenntnis von Schwertkämpfen beurteilen. Immer wieder unterbrach John den Kampf, um Sebastian einen klügeren Schlag, eine bessere Verteidigung oder eine schnellere Schrittfolge zu zeigen. Und schon nahmen sie den Zweikampf wieder auf, wenn Sebastian verinnerlicht hatte, was ihr Bruder ihm beibrachte.

„Halt!" rief John plötzlich. Er grinste und nickte in Beatrice' Richtung. „Dort hinten wartet deine Braut."

Sebastian drehte sich um. Er lächelte sie nicht an, aber die Glut in seinen Augen ließ ihren Mund ganz trocken werden.

„Guten Morgen", grüßte er.

„Guten Morgen", erwiderte sie und war erstaunt, dass sie überhaupt etwas sagen konnte.

Die Stallburschen und Bediensteten, die unmittelbar neben ihr standen, traten ein wenig zurück und starrten sie an. Sebastian übergab John sein Schwert und kam über den Hof auf sie zu.

„Ich dachte, wir hätten uns geeinigt, uns heute aus dem Weg zu gehen", sagte er im Flüsterton, denn die Worte waren nur für sie allein bestimmt.

Ihr Gesicht brannte. Er war verstimmt. Warum war sie nur gekommen? „Ich ... ich konnte mich nicht fern halten."

Sein Blick fiel auf ihren Mund. „Du raubst mir den Verstand", raunte er.

„Soll ich gehen?"

Schick mich nicht fort, ich bitte dich.

„Nein, bleib hier und sieh uns zu. Lass uns später ein wenig gehen." Er schaute sich auf dem Hof um. „Dort. Setz dich drüben auf den Steinblock. Ich möchte dies hier noch zu Ende bringen."

Gehorsam schritt sie über den Hof zu dem schweren Block neben den Stallungen. Die Stallburschen und Dienstboten wichen zurück, als hätten sie Angst, sie zu berühren, und einige der jungen Burschen glotzen sie förmlich an. Gewiss hatten sie die Tochter des Earl bereits zuvor gesehen. Vielleicht nicht von nahem, aber was machte das für einen Unterschied? Es war schon lange her, dass sie angestarrt worden war.

Sie setzte sich auf den Block und strich die Röcke zurecht, damit sich möglichst wenig Staub und Schmutz auf dem Saum ansammelte. Sebastian holte sich das Schwert zurück, und der Zweikampf begann aufs Neue. Klirrend trafen die Klingen aufeinander. John hielt sich zurück und spielte nicht sein ganzes Können aus; das zeigte sich an den Gelegenheiten, die er ausließ, an den Lücken in Sebastians Verteidigung, die

John nicht ausnutzte, und es wurde offensichtlich an den halbherzigen Stichen, Täuschungen und Hieben.

Ob es auch Sebastian auffiel, vermochte sie nicht zu sagen. Da er sich ausschließlich auf John und den Schwertkampf konzentrierte, hätte sie genauso gut bei ihrer Mutter in der Kemenate sitzen können. Jedes Mal, wenn John den Kampf unterbrach, um Sebastian Angriffs- und Verteidigungsmöglichkeiten zu zeigen, hörte er aufmerksam zu und ahmte sämtliche Bewegungen von John nach, als hinge sein Leben davon ab. Vielleicht wäre es eines Tages tatsächlich so. Beatrice zitterte und bekreuzigte sich angesichts des unheilvollen Gedankens.

Nun gingen die beiden Männer erneut aufeinander los. Die Anstrengungen des Kampfes, die Angriffe und Verteidigungen begannen Sebastian zu ermüden. Sein Hemd war durchnässt, der Schweiß lief ihm über das Gesicht. Selbst Johns Haare waren so feucht, dass sie sich wellten. Wie lange konnten sie noch fortfahren? Wann gelangten sie an den Punkt, wo nichts mehr möglich war?

Als hätte er ihre Gedanken vernommen, hielt John sich nicht mehr länger zurück und begann, Sebastian geschickt und wagemutig anzugreifen. Obwohl Beatrice nicht viel vom Kämpfen verstand, konnte sie beurteilen, dass Johns Schwertführung nicht nur Sebastians Fertigkeiten bei weitem übertraf, sondern auch die jedes anderen Mannes, den sie kannte. Auch Sebastian wusste dies; selbst als er vergeblich versuchte, sich der klugen Schwertstreiche zu erwehren, die John mit unbegreiflicher Geschwindigkeit austeilte, weiteten sich seine Augen vor Bewunderung. Dann wich er vor John zurück, hielt das Schwert hoch und deutete mit einer Geste an, dass er sich ergab. John unterbrach den Angriff und lehnte sich mit einem durchtriebenen Grinsen auf seine Waffe.

„Wo hast du das gelernt?“ rief Sebastian voller Erstaunen.

Da der Kampf nun beendet war, erhob Beatrice sich und ging auf die Männer zu.

„In Paris und Rom“, erwiderte John. Er nahm die Schwertscheide, die an der Wand lehnte und schob die Klinge hinein. „Mein Schwert hat mich ernährt.“

„Du hast anderen deine Schwertdienste angeboten?“ fragte Sebastian. Sein Tonfall war sonderbar, als ob er zwischen Bewunderung und Missfallen schwankte.

„Ich wollte nicht verhungern“, erklärte John und reichte dem Freund die andere Schwertscheide.

Sebastian schüttelte den Kopf. „Wie konntest du Wednesfield nur verlassen?“

„Damals ist es mir leicht gefallen.“ John trocknete die Stirn mit seinem Ärmel. „Das ist alles, was ich dazu sagen möchte.“ Mit einem Lächeln wandte er sich Beatrice zu. „Lasst uns in den Garten gehen, wo die Düfte angenehmer sind.“

Beatrice warf Sebastian einen Blick zu. Mit unbeweglicher Miene starrte er sie an, als könne er durch all die Kleider hindurch bis auf ihre Haut sehen. Verlangen erfasste sie erneut, die heftigste Woge, die sie an diesem Morgen verspürt hatte. Wie sollte sie das bis zur Vermählung ertragen, wenn sie sich bereits nach einer Liebesnacht so fühlte? Und wenn sie sich ihm nun erneut hingäbe, würde er ihrer dann nicht umso eher überdrüssig? Er hatte gesagt, er wolle ein gutes Einvernehmen, und sie hatte dasselbe eingefordert, doch nun fürchtete sie, dass sie nach mehr verlangte.

„Oder vielleicht möchtest du lieber mit Sebastian allein durch den Garten gehen", sagte John einfühlsam. „Ich kann ebenso gut meine Gemahlin aufsuchen und mich um sie kümmern."

Sebastian sah John an. „Ich bin sicher, dass sie deine Nähe sucht."

Ich nicht, hing unausgesprochen in der Luft.

John grinste, als ob Sebastian ihn belustigte. „Lass mich dein Schwert mitnehmen. Sollen wir uns morgen früh wieder hier treffen?"

„Das würde mir gefallen", antwortete Sebastian. Er reichte John das Schwert, hob sein Wams vom Boden auf und wandte sich an Beatrice. „Komm."

Sie berührten einander nicht, als sie in den Garten gingen, und doch fühlte es sich so an, als streichelte er sie zärtlich, als hielte er sie. Sie nahm den reinen Geruch seines erhitzten Leibes und die anderen unbestimmbaren Düfte in sich auf, die ihn allein ausmachten. Sein Duft hatte sie in der letzten Nacht umfangen, als er sie berührt hatte; da sie ihn nun erneut wahrnahm, erinnerte sie sich lebhaft an alles, was sie im Bett getan hatten. Das dünne Leinenhemd klebte immer noch auf seiner Haut und verbarg nur wenig von seinen kraftvollen Armen und breiten Schultern. Er ging sehr anmutig, mit geschmeidigen und doch kraftvollen Bewegungen, die einem Tanz glichen.

Als sie den Garten betraten, war niemand zu sehen. Beatrice wusste nicht genau, ob die Stille ihr gefiel oder Unbehagen hervorrief. Da nur sie im Garten waren, war sie geneigt, Dinge zu tun, die sie besser für die Nacht aufsparen sollte.

„Du trägst wieder Blau“, sagte Sebastian und nahm ihre Hand.

Beatrice spürte, dass seine Haut ein wenig rau war, als er über ihre Finger strich. „Ich wollte dir gefallen.“

„Das tust du.“

Bei diesen Worten wandte sie sich ihm zu und schaute zu ihm auf. Seine Lippen waren zusammengepresst, als ob er gegen Schmerzen ankämpfte. Sie wollte ihm Trost spenden und zugleich das Verlangen in seinen Augen erwidern. „Sebastian“, flüsterte sie nur, anstatt ihn zu berühren. Sie wusste nicht, was sie genau bezwecken wollte.

„Bea, das ist Irrsinn.“

„Ich weiß.“ Sie hätte sich für ihren Ungehorsam entschuldigen müssen, aber sie konnte die Worte nicht finden, wenn er sie in dieser Weise ansah.

Er zog sie enger an sich. Ihr Herz rief *Gefahr!*, und ihr Leib rief *Ja!* Ermutigt von seinem Blick und der Art, wie er sie an sich zog, fuhr sie ihm mit der Hand durch das feuchte Haar. Behutsam zog sie seinen Kopf ein wenig herunter und küsste ihn mit der ganzen Leidenschaft, die sie verspürte. Sebastian erwiderte den Kuss sogleich, ihre Lippen verschmolzen, und seine Arme drückten sie eng an seinen herrlichen, kraftvollen Leib.

Ihr Mund brannte, ihr Herz pochte und heiße Blitze

durchzuckten sie tief in ihrem Innern. Er hielt sie fest in seinen starken Armen.

Dann löste er sich von ihr.

„Nein, Bea, nicht weiter."

Scham durchströmte sie. Sie hatte sich geirrt und ihn falsch verstanden.

Als hätte er ihre Gedanken gelesen, schüttelte Sebastian den Kopf. „Guck nicht so traurig." Er lachte unsicher. „Es ist nicht dein Fehler, sondern meiner." Röte stieg ihm ins Gesicht. „Ich kann mich nicht zurückhalten."

„Wir haben uns geeinigt, uns erst am Abend wieder zu treffen", wisperte sie. „Und das war klug. Aber ich musste dich sehen."

Sanft strich er ihr mit den Fingern über die Wange, eine Liebkosung, die sie zu lieben begann. „Wenn du nicht zu mir gekommen wärst, wäre ich zu dir gekommen."

Nur unter Aufbietung ihrer Willenskraft brachte sie es fertig, ihrem Verlangen Einhalt zu gebieten. Sie holte tief Luft und trat einen Schritt zurück, um sich selbst nicht länger der Versuchung auszusetzen. Sie war indes nicht in der Lage zu gehen und ihn stehen zu lassen. „Wenn wir schon zusammen sind, müssen wir Acht geben", sagte sie. „Ich will mir selbst keine Schande bereiten."

„Ich mir auch nicht", erwiderte er mit einem Seufzer. „Nun gut, ich werde eine Armeslänge Abstand zu dir halten."

Sie ging auf dem Pfad voraus und horchte auf seine Schritte. Als sie nichts vernahm, drehte sie sich um. Er stand dort, wo sie ihn verlassen hatte, und runzelte die Stirn.

„Was ist?“ rief sie.

Er schüttelte den Kopf. „Ich möchte hier nicht spazieren gehen.“ Er sah sie an, und seine Stirn glättete sich wieder. „Komm mit mir zum Teich.“

Unschlüssig sah sie ihn an, denn sie machte sich bewusst, dass ein abgelegener Ort ohne wachsame Augen zu verführerischen Handlungen einlud, die sich nicht schickten. Bei diesem Gedanken prickelte ihre Haut vor Hitze, und ein kleiner Dämon wisperte: *Ist das nicht genau der Grund, ihm zu folgen?*

„Ja“, sagte sie.

Gemeinsam gingen sie durch den Torbogen, ließen die Burg hinter sich und betrachteten einen Augenblick die Welt, die vor ihnen lag. Obgleich der Teich in ihrer Jugendzeit ein beliebter Treffpunkt gewesen war, war Beatrice niemals in Begleitung von Sebastian dort hingegangen. Eine mahnende Stimme wisperte ihr zu, dass es sich nicht schickte, die Burg ohne Zofen zu verlassen. Doch Beatrice brachte die Stimme zum Schweigen, denn sie war nicht länger das unverheiratete Mädchen, das peinlich genau auf ihre Ehre Acht zu geben hatte. In den Augen der Welt war sie eine Witwe, eine Frau, der man einen gewissen Freiraum zugestand. Noch wichtiger aber war die Tatsache, dass sie in Begleitung eines Mannes ging, der praktisch ihr Gemahl war.

Beim Teich breitete er sein Wams auf dem Boden aus, damit sie sich setzen konnte. Als sie es sich bequem gemacht hatte, legte er sich neben sie ins Gras, schob die Hände unter den Kopf und schlug die ausgestreckten Beine übereinander.

Sie war überrascht, dass er sie nicht anfasste, denn in einem Winkel ihres Herzens hatte sie sich bereits ausgemalt, wie er sie gleich nach der Ankunft am Teich verführen würde. Offenbar hielt er sich an ihre Mahnung, Acht zu geben, obwohl niemand sehen konnte, was sie am Teich taten.

Trotz ihres Verlangens war sie froh, dass er nicht versucht hatte, hier bei ihr zu liegen. Immerhin hatte sie ihn gewarnt, sie ließe sich nicht wie eine Gänsemagd ins Gras drücken. Vielleicht hielt auch das Versprechen Sebastian fern. Was auch immer der Grund für seine Zurückhaltung sein mochte, sie konnte nicht dagegen ankämpfen, denn er gewährte ihr die Sicherheit, um die sie gebeten hatte. Daher wollte sie die friedvolle Zeit mit ihm genießen, so gut es ging.

Sie rutschte näher an den Baum heran, bis sie den Rücken an den Stamm lehnen konnte, und suchte sich einen behaglichen Platz zwischen all den Wurzeln. Sebastian rührte sich nicht. Mit geschlossenen Augen lag er neben ihr, und nur seine Brust hob und senkte sich bei seinen langsamen, tiefen Atemzügen. Beatrice lehnte den Kopf an die Rinde und schloss ebenfalls die Augen.

Ihre anderen Sinne regten sich nun, als sie die Lider geschlossen hatte. Einige Schritte entfernt plätscherte das Wasser am Flussufer. Über ihr sangen und riefen Vögel; ein Stimmengewirr, das sich über das kaum wahrnehmbare Rascheln der Blätter legte. Eine leichte Brise strich über ihr Gesicht und brachte den lieblichen Geruch des Flusses und seiner Pflanzen mit sich. Ihr Atem wurde langsamer, ihr Herz kam zur Ruhe; sie entsann sich des himmlischen

Friedens, den sie vor vierzehn Tagen genau an dieser Stelle gefunden hatte. Nun kehrte er in ihr Herz zurück, ungleich stärker als zuvor, nicht nur, weil Sebastian neben ihr wohl eingeschlummert war.

Wie war das möglich? Träumte sie? Oder waren die langen, kummervollen Jahre mit Thomas nur ein Traum gewesen? Es tat nichts zu Sache. Wenn sie träumte, wollte sie um keinen Preis erwachen.

„Bea."

Sebastians Stimme klang leise; hätte sie geschlafen, wäre sie nicht davon aufgewacht.

„Ja?"

„Gibt es da noch etwas anderes, was du mir nicht erzählt hast?"

Sie öffnete die Augen und schaute ihn an. Seine Augen waren noch geschlossen, und sein ganzer Körper wirkte entspannt, als ob ihre Antwort ihn nicht aus der Ruhe bringen könnte.

„Ich weiß nicht, was du meinst."

„Du hast mir nicht gesagt, dass du noch Jungfrau warst. Gibt es noch andere Dinge, von denen ich nichts weiß?"

Sie dachte an alle Geheimnisse, die sie gehütet hatte – Thomas' gefürchtete Hand, ihre Jungfräulichkeit, die Gründe, warum sie sich in Georges Arme geflüchtet hatte – und an alle Dinge, die sie mit Scham erfüllt hatten. Sebastian wusste von all dem, und das verschaffte ihr Erleichterung. Denn es gab nichts mehr, was er noch entdecken könnte, nichts, was ihn bewegen könnte, sich von ihr abzuwenden. Seine freundliche Art in den letzten vierzehn Tagen weckte in ihr sogar die Hoffnung, dass er womöglich Gefallen an ihr fand.

„Nein, da ist nichts mehr. Du kennst meine dunkelsten Punkte."

Er schlug die Augen auf. „Und auch die hellsten."

Sie dachte daran, wie er sie mit rauer Stimme aufgefordert hatte, das Nachtgewand abzustreifen, und errötete.

Durchtrieben lächelnd stützte er sich auf dem Ellbogen ab.

„Habe ich dir je gesagt, wie wunderschön du bist?" fragte er.

„Ja", flüsterte sie. Der Ausdruck in seinen Augen beschämte sie, es war eine Mischung aus Vergnügen und Verlangen. Doch da war noch etwas anderes, was ihr den Atem raubte.

„Habe ich dir je gesagt, dass du zum Anbeißen bist, wenn du errötest?"

Ihr Gesicht brannte. „Nein."

„Küss mich, Bea."

Wenn sie ihn küsste, würde sie Gefahr heraufbeschwören, genau die Gefahr, die sie vermeiden mussten.

„Ich darf nicht."

„Ein kleiner Kuss. Er kann nicht schaden, und ich werde auch nicht weitergehen."

Sie sah sein verführerisches Lächeln, dem sie nicht widerstehen konnte, beugte sich zu ihm hinab und drückte ihre Lippen auf die seinen. Seine Hand umschloss ihre Wange, und der Daumen strich ihr sacht über das Gesicht. Sein Mund war weich und zärtlich, und die Berührung rief eine wohlige

Wärme hervor, keine Hitze. Kein Kuss, den sie je erhalten hatte, war so himmlisch gewesen. Langsam und widerwillig hob sie den Kopf und schaute in seine Augen. Das durchtriebene Aufblitzen und das Verlangen waren verschwunden, geblieben war allein die Wärme in seinem Blick. Während er sie unverwandt anschaute, tastete er nach ihrer Hand, küsste sie und legte ihre Hand dann auf seine Brust. Sie spürte seinen gleichmäßigen und kräftigen Herzschlag. Ihr Herz tat einen Sprung, und sein Blick brachte sie aus der Fassung.

„Habe ich nicht gesagt, dass ich dir nicht wehtun würde?“

„Ja“, antwortete sie wie abwesend.

Er zog die Stirn in Falten. „Was ist dann?“

„Der Kuss“, stammelte sie. „Er macht mich mehr als benommen.“

Schelmisch lächelte er sie an. „Hättest du gerne noch einen?“

„Oh, ja“, sagte sie und beugte sich wieder vor.

Der Kuss war so lieblich und warm wie der erste, Sebastians Mund und Hände genauso zärtlich wie zuvor. Er streichelte ihre Wange, den Hals, und seine Berührungen lösten wohlige Schauer in ihr aus. Sie ließ sich tiefer in den Kuss fallen und versank in den herrlichen Gefühlen, bis ihr der Atem ausging. Schließlich legte sie die Hände auf sein Gesicht und hob das Kinn.

„Ich habe immer noch keinen klaren Kopf“, meinte sie.

Seine Augen leuchteten. „Das habe ich auch nicht versprochen, sondern nur gefragt, ob du noch einen Kuss haben wolltest. Küss mich erneut, Liebes.“

„Nein", flüsterte sie.

„Liebling", kam es in flehendem Tonfall.

„Nein", wiederholte sie und bemühte sich, streng zu wirken, doch sie musste lachen. Das Herz war ihr so leicht, als schwebe es auf Daunen gebettet in ihrer Brust. Pure Freude strömte durch ihre Adern und bewirkte jenes Lachen, das nun aus ihr hervorbrach. Ihre Freude ängstigte sie, doch sie vermochte sie nicht zu unterdrücken.

„Ich sterbe ohne deinen Kuss."

„Das glaube ich nicht." Sie bemühte sich, ihn finster anzustarren.

„Ihr seid grausam, meine schöne Dame."

„Umso besser vermag ich Eure Liebe zu gewinnen."

„Die habt Ihr bereits", sagte er mit einem Lächeln.

„Mit Verlaub, ich bezweifele es."

„Küss mich und wisse, dass ich von ganzem Herzen die Wahrheit sage."

„Um dir zu helfen, dich durchzusetzen? Ich bin keine Närrin."

„Bea, bitte."

Rasch beugte sie sich hinab und küsste ihn, wobei sie seinen Mund nur kurz berührte. „Da." Sie fasste sich und war im Begriff aufzustehen. „Du hast deinen Kuss gehabt. Ich muss jetzt gehen."

Als Beatrice sich erhob, setzte Sebastian sich aufrecht hin und schlang die Arme um ihre Hüften. Sie stolperte über den Rocksaum und drohte zu fallen, doch er fing sie auf, setzte sie auf seinen Schoß und schloss sie in die Arme.

„Jetzt, meine Liebe, bist du meine Gefangene. Du musst dir die Freiheit mit Küssen erkaufen."

Sie warf ihm einen koketten Blick zu, den sie schon seit Jahren nicht mehr angewandt hatte. Doch während sie den Blick einst mit Berechnung eingesetzt hatte, war er nun reine Spielerei. „Und wenn ich meine Freiheit nicht ersehne?"

Seine blauen Augen funkelten, als er sie enger an sich zog. „Dann werde ich dich küssen, um mein Herz zu beruhigen."

Obwohl sie wusste, wie unklug es war, schmiegte sie sich enger an ihn und hob das Gesicht. Seine Augen nahmen eine dunklere Färbung an, und während ihr Bauch vor Aufregung und Sehnsucht kribbelte, wartete sie auf seinen Kuss. Es schien hundert Jahre her zu sein, dass sie so unbeschwert getändelt hatte, und ihre Freude wurde nur von dem Bedauern getrübt, dass sie viel Zeit vergeudet hatte.

„Mylord!" Die Stimme kam von dem nah gelegenen Weg.

Sebastian versteifte sich und seine Miene verfinsterte sich. „Wenn er keinen triftigen Grund vorweisen kann, mich zu suchen …"

„Lass mich aufstehen, Sebastian", murmelte Beatrice, und ihre Hochstimmung verflüchtigte sich, wie sie es befürchtet hatte. Der glückliche Augenblick war so kurz gewesen … „Er soll mich nicht so sehen."

„Warte." Er legte die Hand in ihren Nacken und küsste sie mit heißen und fordernden Lippen. „Wir werden das zu Ende bringen, sobald ich ihn wieder fortgeschickt habe."

Mit diesen Worten half er ihr beim Aufstehen und erhob

sich ebenfalls. Sein Diener kam über das Feld auf sie zu, die Mütze in der Hand. Als Ned sie erreichte, verbeugte er sich und schaute nur Sebastian an, als wäre Beatrice gar nicht anwesend.

„Ein Mann am Tor sagte, Ihr wäret womöglich hier, Mylord. Der Earl hieß mich Euch suchen, denn er wünscht Euch zu sprechen."

„Weißt du, warum?"

„Der Earl hat mich nicht ins Vertrauen gezogen, Mylord."

„Sei kein Narr, Ned. Du bist klüger, als du vorgibst."

Der Diener seufzte. „Ja, Mylord. Ein Reiter kam mit Briefen. Ich denke, der Earl möchte mit Euch über ein Schreiben sprechen. Er trieb mich zur Eile an, damit Ihr so schnell wie möglich bei ihm sein könnt." Geht *jetzt,* verriet Neds Blick.

Sebastian seufzte. „Nun gut. Ich werde zur Burg zurückkehren. Geh und teile dem Earl mit, dass du mich gefunden hast und ich bald bei ihm sein werde."

„Wünscht Ihr nicht, dass ich auf Euch warte, Mylord?"

„Wenn ich das wünschte, würde ich es sagen. Geh nun und tue, was ich dir aufgetragen habe."

„Ja, Mylord." Er verbeugte sich und trottete auf demselben Weg zurück, den er gekommen war.

Sebastian wandte sich wieder Beatrice zu. Er verzog den Mund zu einem wehmütigen Lächeln. „Ich denke, dein Vater ist ein triftiger Grund."

Als er seine Arme um sie legte, empfand sie bei dieser Berührung mehr Schutz, als sie erwartet hatte. „Das ist er. Es ist vielleicht besser so. Ich wage nicht daran zu denken, wohin es geführt hätte, wenn ich mich freigekauft hätte."

Er küsste sie auf die Stirn. „Ich habe dich noch nicht von dem Lösegeld entbunden. Es ist nur aufgeschoben. Ich werde es heute Nacht in deinem Bett einfordern."

„Wie du es wünschst", wisperte sie.

Als er lächelte, waren Durchtriebenheit und Vergnügen wieder in seine Augen zurückgekehrt.

„Denke daran."

15. KAPITEL

Sebastian geleitete Beatrice zurück zur Burg, denn es widerstrebte ihm, sie ohne Begleitung am Teich zurückzulassen. Sie hatte ihn angelächelt, als er seine Bedenken geäußert hatte, und ihr Gesicht war wie eine helle Kerzenflamme erstrahlt. Der Anblick hatte seinem Herzen einen Stich versetzt, und nun strich er sich über die Brust, um den Schmerz zu lindern. Wie lange mochte es her sein, dass er sie so hatte lächeln sehen? Jahre, kein Zweifel – und gewiss nicht seit ihrer Vermählung mit diesem Schurken Manners.

Der Schmerz verschlimmerte sich. Sie war in ihrem Leben von Männern schlecht behandelt worden, auch von ihm selbst, denn er hatte es versäumt, sie für sich zu beanspruchen. Ihrem Vater war es nicht gelungen, seine Tochter vor Manners zu beschützen, der sie weder höflich noch freundlich behandelt hatte, und Conyers hatte sie nicht in Ehren gehalten. Wie konnte sie da jetzt lächeln, als wäre die Sonne nach vielen Regentagen zum Vorschein gekommen?

Er nahm ihre Hand und legte sie auf seinen angewinkelten Ellbogen, wobei er ihre Fingerspitzen mit der Hand bedeckte. Unbändiges Verlangen war eine der Kräfte, die ihn bewogen, sie zu berühren, aber es war nicht die einzige Kraft. Sie zu berühren, befriedigte ein anderes Verlangen, das er nicht so ohne weiteres benennen konnte.

In der Halle trennten sie sich. Beatrice begab sich zu ihrer Mutter in die Kemenate, und er suchte Lord Wednesfields Gemach auf. Am Fuße der Treppe drehte Beatrice sich um, als wollte sie einen letzten Blick von ihm erhaschen. Da sie sah, dass er ihr nachblickte, lächelte sie, als habe er ihr ein großes Geschenk gemacht. Sein Herz verkrampfte sich wieder. Er musste all seine Kraft aufbringen, ihr nicht nachzugehen. Immer noch lächelnd, kehrte sie sich ab und entschwand seinen Blicken. Erst ihre Abwesenheit schien ihn zu erlösen, und Sebastian machte sich auf, ihren Vater aufzusuchen.

Der Earl saß allein in seinem Gemach und schrieb etwas nieder. Sebastian trat ein und schloss die Tür.

„Sir, ich bin gekommen, wie Ihr es wünscht."

Lord Wednesfield warf ihm einen Blick zu, nickte kurz und schrieb mit finsterer Miene weiter. Sein Mund war nicht mehr als ein dünner Strich. Nach zwei weiteren Zeilen legte er die Feder zur Seite und streute Sand auf das Schreiben. Dann überflog er den Brief noch einmal, legte ihn weg und schaute Sebastian an. Der finstere Blick wich einer Miene, die den Besucher willkommen hieß.

„Komm, setz dich, Junge."

Als Sebastian auf dem Stuhl Platz genommen hatte, der ihm bereits bei seiner Ankunft vor vierzehn Tagen angeboten worden war, begann der Earl.

„Ich habe einen Brief von meinem Verwalter erhalten, der alsbald dein Verwalter auf Herron sein wird. Offenbar ist es zwischen zwei Pächtern zu einer Art Streit gekommen, den der arme Bursche nicht in der Lage ist, beizulegen. Vor einem Monat wäre ich selbst dort hingeritten, um einige der Dickköpfe wieder zu Verstand zu bringen, aber der Landsitz wird bald dir gehören. Ich halte es für klug, wenn du mich begleiten würdest, um zu entscheiden, wie der Streit aus der Welt geschafft werden kann. Du wirst mit der Entscheidung leben müssen, nicht ich."

„Es wäre mir eine Freude, Euch begleiten zu dürfen, Sir. Wann brechen wir auf?"

„Sobald es morgen hell wird."

So rasch? Wie konnte er Beatrice verlassen? „Das kommt mir sehr schnell vor."

„Ich möchte nicht, dass dieser Streit länger als nötig schwelt. Je eher wir aufbrechen, desto schneller wird wieder Frieden auf deinem Land herrschen."

Der Earl hatte Recht und traf weise Entscheidungen. Sebastian wusste das seit langem, aber er wollte nicht klug und umsichtig sein, wenn dies bedeutete, Wednesfield zu verlassen. Beatrice würde hier sein, und das allein war Grund genug zu bleiben.

Aber es war nicht Grund genug, dem klugen Ratschlag des Earl den Rücken zu kehren.

„Das ist wahr, Sir. Ich werde bereit sein."

„Gut." Lord Wednesfield lehnte sich zurück. „Ich habe gehört, dass du dich heute Morgen mit John dem Schwertkampf gewidmet hast."

„Wie die Maus mit der Katze zu spielen pflegt, Sir. Ich bin ihm nicht gewachsen."

„Er wird dir zweifelsohne den ein oder anderen Trick beibringen können."

„Ich hoffe es, Sir."

„Der kluge Mann lernt von demjenigen, der etwas zu lehren weiß, und nur der stolze Mann denkt zuerst an den Stand seines Lehrers, bevor er an den Verstand seines Lehrers denkt."

„Ja, Sir", entgegnete Sebastian verwirrt.

„Ich will damit sagen, dass es klug von dir ist, von John etwas lernen zu wollen, obwohl dir die Umstände missfallen, die ihm zu seiner Fertigkeit mit der Waffe verholfen haben."

Aha. Gewiss hatte da John seine Hände mit im Spiel; er hatte es stets vorgezogen, um jeden Preis offen zu sprechen, anstatt sich zu verstellen. Nun, Sebastian wollte ihm in diesem Punkt in nichts nachstehen. „Es schickt sich nicht für den Sohn eines Earl, sich mit der Waffe zu verdingen, als sei er ein gewöhnlicher Söldner."

„In der Tat." Lord Wednesfield seufzte. „Dennoch, unschicklich oder nicht, er besitzt eine ungewöhnliche Fertigkeit. Und er ist nach England zurückgekehrt, um das Leben eines guten Engländers zu führen. Ich werde nicht über Dinge klagen, die sich nicht mehr richten lassen. Du solltest es auch nicht tun."

„Das tue ich auch nicht, Sir. Ich bin froh, dass er wieder daheim ist."

Der Earl schaute weg, seine Augen leuchteten. „Nicht so froh wie ich, Junge, nicht so froh wie ich."

Ein unbeschwertes, friedvolles Schweigen trat ein. Wie immer, wenn es ein Augenblick der Ruhe zuließ, war Sebastian von Erinnerungen an Beatrice erfüllt: ihr wohliges Stöhnen, wenn sie die Berührungen genoss, ihre Bekundungen, sie habe niemals die Art von Freuden erfahren, die er ihr bereiten konnte. Wie sie lieblich und warm in seinen Armen lag, dass sie sich erneut in Blau gekleidet hatte, als ob sie ihm gefallen wollte. Ihre Haut hatte sich wie das leuchtende Weiß einer Perle von dem dunklen Stoff ihres Gewandes abgehoben; bei diesem Anblick hatte er sich an ihre samtweiche Haut erinnert und sich zurückhalten müssen, sie nicht auf der Stelle in ihr Schlafgemach zu tragen. Seltsamerweise hatte er geglaubt, sie weniger zu begehren, sobald er bei ihr gelegen hatte. Es war ein Irrtum. Zuvor hatte er nicht gewusst, welche lieblichen Reize sie zu bieten hatte; jetzt verzehrte er sich nach ihr, wie es den Trinker nach Wein drängt.

Vergessen geglaubte Gefühle regten sich, Sehnsüchte, die er längst für tot gehalten hatte. Er wollte ihr die Welt zu Füßen legen, ihr Seide und Brokat geben, Juwelen und Gold, die ihre Schönheit noch unterstreichen sollten. Doch er konnte sich nichts davon leisten. Selbst wenn es um seine Finanzen besser stand als zu dem Zeitpunkt, als er sein Erbe angetreten hatte, so wäre er immer noch nicht wohlhabend genug, um all das kaufen zu können, was ihm durch den Kopf ging. Und wenn er reich genug wäre, um für Beatrice diese Kostbarkeiten zu erwerben, würde er es dann tun?

„Ich wünschte, John hätte keine Frau aus dem Ausland geheiratet“, sagte der Earl plötzlich. „Ich fürchte, eines Tages wird Johns halb italienischer Sohn das unrühmliche Erbe seines Onkels Jasper antreten.“

„Gibt es denn Anzeichen, dass Jaspers Frau guter Hoffnung ist?“

„Nein, keine Anzeichen, und ich erwarte es auch nicht." Der Earl seufzte. „Genug davon."

„Johns Sohn soll wie ein Engländer erzogen werden", bot Sebastian an. Lord Wednesfield hatte noch nie so offen mit ihm gesprochen, geschweige denn, seine Sorgen und Bedenken geäußert. Was blieb ihm da anderes übrig, als Trost zu spenden? „Das wird gewiss genügen."

Der Earl bedachte ihn mit einem durchdringenden Blick, der Sebastian verriet, dass er ihn offenbar erschreckt hatte. Doch plötzlich lächelte Lord Wednesfield. „Einige sagen, ich sei ein Waliser, da ich aus Pembroke stamme", sagte er, als könne man stolz darauf sein. „Wenn ich englisch genug für den Titel eines Earl bin, so wird mein Enkel es auch sein, woher auch immer seine Mutter stammt. Ich danke dir."

„Es war mir ein Vergnügen, Sir, obwohl ich nicht weiß, was ich eigentlich getan habe."

„Du hast mich daran erinnert, auf was es wirklich ankommt, um diesen Besitz verwalten zu können. Du vergeudest hier nur deine Klugheit und solltest noch einmal über meinen Ratschlag nachdenken, ob es nicht besser für dich wäre, an den Hof zurückzukehren, wo ein scharfer Verstand von Nutzen ist."

„Es ist kostspielig, Sir, und ich bekomme weniger, als ich gezwungen werde auszugeben."

„Du wirst mein Schwiegersohn sein, und das allein ist schon von Bedeutung. Ich meine es in diesem Punkt ernst, Sebastian. Du könntest mir von Nutzen sein."

Wie konnte er unter diesen Bedingungen ablehnen? Es

würde bedeuten, für längere Zeit von Beatrice getrennt zu sein, denn er wollte sie nicht dem Morast des Hoflebens anvertrauen. *Wenn ich ihrer überdrüssig geworden bin, werde ich gehen,* dachte er.

„Ich werde darüber nachdenken, Sir."

„Vergiss Beatrice nicht. Die Königin mochte sie sehr, als sie noch in ihren Diensten stand, und wenn sie gemeinsam mit dir zurückkehrt, könnte sie dir eine große Hilfe sein. Du brauchst nur etwas verlauten zu lassen, und schon werde ich euch einträgliche Stellungen verschaffen."

Er konnte das Angebot des Earl unmöglich offen ablehnen, aber er würde Beatrice' brüchige Ehre auf keinen Fall aufs Spiel setzen. „Ich ersuche Euch, Beatrice heiraten zu dürfen, bevor ich irgendeine Entscheidung treffe."

„Nun gut", sagte der Earl und zeigte sich einverstanden. Er beugte sich vor und ergriff die Feder. „Ich habe noch viel zu tun. Du darfst dich nun entfernen."

Sebastian erhob sich. „Ja, Sir. Wie lange werde ich voraussichtlich fort sein?"

„Vierzehn Tage, vielleicht länger. Wenn wir schon einmal da sind, wirst du gewiss den Besitz in Augenschein nehmen wollen und deine alten Lehnsmänner wieder treffen. Wir werden ausreichend Zeit haben, um all das zu erledigen."

Alles, was der Earl sagte, machte Sinn, doch Sebastian sank das Herz. Sosehr er sich auch einst gewünscht hatte, Herron wiederzusehen, so konnte er Beatrice nicht lange allein lassen. Ein Kind wünscht sich, dass die Dinge sich ändern, dachte er. Ein Mann indes beugt sich den Umständen.

Als sie an diesem Abend nach der Mahlzeit in der Halle zu einer langsamen und getragenen Pavane tanzten, erzählte Sebastian Beatrice von dem Vorhaben, nach Herron zu reiten. „Wir brechen in der Dämmerung auf."

„Morgen?" flüsterte Beatrice. Ein düsterer Blick huschte über ihr Gesicht und brachte sie für einen Moment aus der Fassung. „Warum so bald?"

„Je eher wir reiten, desto schneller wird sich der Streit auf Herron beilegen lassen. Das meinte zumindest dein Vater. Ich denke, er hat Recht, Bea."

„Wirst du heute Nacht kommen?" fragte sie.

„Nichts könnte mich davon abhalten."

Sie warf ihm einen Blick zu, als der Tanz ihre Schritte durch die Halle lenkte. „Ich hätte nicht gedacht, dass ich mich jemals so verhalten würde", meinte sie im Flüsterton.

„Wie verhalten?"

„Dass ich dich heimlich in meinem Bett willkommen heiße."

Heimlich einen Mann in ihrem Bett willkommen zu heißen, war genau die Sünde, die er ihr angelastet hatte. Ihre Worte drohten diesen alten Zorn zu wecken, doch dazu kam es nicht; trotz ihrer früheren Fehler war sie weder lüstern noch leichtfertig. Sie teilte mit ihm das Bett, da sie glaubte, vor Gott vermählt zu sein, und das war auch seine Ansicht.

Plötzlich machte er sich die Tragweite seiner Gedanken bewusst – was es auch immer mit jenem Gelübde auf sich hatte, das vor so langer Zeit abgelegt worden war, sie *waren* miteinander verbunden. Durch das feierliche Verlöbnis in

Gegenwart von John im Turm von Coleville House und durch das Liebesspiel der vergangenen Nacht waren sie so untrennbar aneinander gebunden, als hätten sie sich vor einem Geistlichen die Treue geschworen. Etwas in seiner Brust kam zur Ruhe, als habe sich die Welt, die beinahe aus dem Gleichgewicht geraten wäre, wieder von allein gefangen. Sebastian war nicht gewillt, über die Folgen dieser Empfindung nachzudenken, und ließ sich und Beatrice von dem Tanz forttragen.

Als Sebastian in Beatrice' Kammer schlich, waren die Bettvorhänge offen und zeigten Beatrice, die sich in goldenen und weißen Farben von den Kissen abhob. Wie in der Nacht zuvor blies er seine Kerze aus und stellte sie auf das kleine Ecktischchen. Als er sein Wams öffnete, war er sich der eigenen Anspannung bewusst, wollte sich indes das Vergnügen nicht entgehen lassen, Beatrice zu verführen. Sie würde sich ihm gewiss nicht verweigern, da sie willentlich bekundet hatte, ihn zu treffen. Er warf ihr über die Schulter einen Blick zu; sie beobachtete ihn, doch ihr Gesichtsausdruck war auf die Entfernung und bei dem schwachen Licht kaum auszumachen.

Rasch legte er das Wams ab, kam an ihr Bett und beugte sich hinab, um sie zu küssen. Schon bei der ersten zärtlichen Berührung öffnete sie die Lippen und vertiefte den Kuss. Befreit durch diese zarte Berührung, regte sich das Verlangen in ihm und blendete alle anderen Wahrnehmungen aus. Er zog Beatrice in seine Arme, presste sie eng an sich, fuhr ihr mit einer Hand durchs Haar und drückte mit der anderen ihre Hüfte gegen seine.

Sie schmiegte sich eng an ihn und schlang die Arme um seinen Hals – ihr Mund schien zu glühen, ihr Kuss brachte ihn beinahe um den Verstand. Sein Bein schob sich zwischen ihre Schenkel, während sie die Beine um seine Taille schlang. Beatrice bewegte sich unter ihm, versengte seinen Hals mit fordernden Küssen. Ihr Atem war rau und schnell an seinem Ohr, und ihre Begierde überwältigte sie. Wenn er sie jetzt nicht haben könnte, würde es ihn umbringen; sein Verlangen war zu groß, um es noch einen Moment länger bändigen zu können. Er entledigte sich der Beinkleider und versank in ihr.

Der Schreck des Vergnügens war so betäubend wie ein Sprung ins kalte Wasser; er stöhnte auf und war dem Wahnsinn nahe.

Mit geschlossenen Augen umklammerte Beatrice ihn fester, ihr Mund war vor Erregung verzerrt. Dann wurde er von heißen Schauern ergriffen, die ihm bis ins Mark drangen, als er die Zuckungen ihres Höhepunktes spürte. Er verlor sich in einem heftigen Stoß, und die Freuden ließen ihn am ganzen Leib erzittern. In einem tosenden Sturm der Erregung hörte er sich selbst stöhnen, und eine Woge durchströmte ihn und schien auch Beatrice zu erfassen.

Als er wieder zu Sinnen kam und an Armen und Beinen zitterte, war er gerade noch in der Lage, sich auf den Ellbogen abzustützen, um Beatrice nicht zu erdrücken. Er schaute sie an. Ihre Augen waren noch geschlossen, und ein kleines Lächeln umspielte ihre Lippen. Ihre Haut schien zu leuchten und schimmerte wie eine Perle unter Wasser. Zärtlich fuhr er mit den Fingern durch ihr Haar und beugte sich zu ihr hinab, um ihre Mundwinkel, das runde Kinn und die samtene Halsbeuge zu küssen.

„Vergib mir, dass ich nicht gewartet habe", flüsterte er. Er glaubte, sie befriedigt zu haben, aber wenn er es nicht erreicht hatte …

Sie öffnete ein wenig die Lider; ihr Blick war verführerisch. „Ich hätte es nicht ertragen zu warten."

Zärtlich küsste er sie und verlor sich in dem Liebreiz ihres Mundes. „Erdrücke ich dich?" fragte er, als er wieder in der Lage war zu sprechen.

„Nein, bleib bei mir", antwortete sie und zog seinen Kopf für einen weiteren Kuss zu sich herab, der ihn berauschte wie süßer Honigwein.

Der Kuss schien kein Ende zu nehmen und entfaltete sich wie ein immerwährender Traum oder wie der Augenblick des Erwachens, wenn der junge Tag noch alle Möglichkeiten offen lässt. Beatrice hüllte ihn ein in ihre Wärme; er könnte hier für immer verweilen, verbunden mit ihr, sie küssend. Er verlagerte das Gewicht auf einen Ellbogen und genoss es, mit der anderen Hand ihre volle, runde Brust zu umschließen. Sie stieß einen wohligen Seufzer aus, schob die Hand unter sein Hemd und streichelte seinen Rücken.

Er spürte, wie die Erregung erneut in ihm aufstieg. Auch Beatrice musste es gefühlt haben, denn sie stöhnte leise auf, und ihre Hand umklammerte seine Schulter. Seine Beine zitterten immer noch leicht vor Erschöpfung; er hatte unmöglich die Kraft dazu. Doch als Beatrice sich unter ihm regte, sprach sein Körper unmittelbar auf ihre Bewegungen an, als habe ihn der Liebesakt nicht im Geringsten ausgelaugt.

„Sebastian", wisperte sie und strich mit der Zunge über seinen Hals.

Er stöhnte auf. „Vertraust du mir?"

Wenn die Frage sie überraschte, ließ sie es sich nicht anmerken. „Ja."

„Gut. Dann widersetze dich nicht."

Er nahm all seine Kraft zusammen, umfasste ihre Hüfte und rollte gemeinsam mit ihr zur Seite, bis er auf der Matratze lag und Beatrice rittlings auf ihm saß. Ihre Leiber waren immer noch verbunden, und ihre Augen weiteten sich vor Schreck, bevor sie vor Vergnügen lächelte.

„Sebastian!" rief sie und lachte ausgelassen.

Der Klang ihres Lachens fuhr ihm wie eine Klinge durch den Leib; wie lange mochte es her sein, dass er es gehört hatte? Er verdrängte den Gedanken, um nicht in einer tiefen Traurigkeit zu versinken. „Tu was du willst. Ich habe keine Kraft mehr für etwas anderes."

Ihre Lider senkten sich, und in ihrem Blick lagen Berechnung und Verlockung. „Dann bestimme ich unser Spiel?"

„Ja."

„Oh, Sebastian", murmelte sie. „Ich glaube, ich werde das sehr genießen."

Sie beugte sich zu ihm hinab und küsste ihn, lange und voller Sehnsucht. Durch ihr Nachtgewand und sein Hemd hindurch drückten sich die harten Spitzen ihrer Brüste; wo Hemd und Gewand verschoben waren, strich die seidige Haut ihres Unterleibs über seinen Bauch. Ihr Haar umgab sie wie ein Vorhang aus Gold und kitzelte wie Federn an seinem Hals. Seine Sinne gerieten in Aufruhr, als Beatrice' weiches Haar und ihr verführerischer Leib auf seine Lendengegend wirkten. Beatrice richtete sich auf, streifte das Nachtgewand ab und zeigte sich ihm in voller Blöße. Eine flüchtige Röte stieg ihr in die Wangen, als sie ihn mit einem Blick bedachte, in dem sich Beklommenheit und Triumph widerspiegelten.

Er weidete sich an dem Anblick ihres Körpers. Im Kerzenschein schien ihr fester, weißer Leib in Gold getaucht, Schatten umspielten die runden Brüste und den weichen Bauch, und ihre langen, geschwungenen Schenkel umklammerten seine Taille. Ihre Schönheit raubte ihm den Atem. Er hob eine Hand, um eine Brust zu umschließen, weil er sich nicht zurückhalten konnte; sie schloss die Augen und fuhr sich mit der Zunge über die Lippen. Sanft liebkoste er ihre Rundungen, die rosige Spitze. Langsam begann Beatrice, die Hüften zu bewegen. Er strich mit der freien Hand über ihr Bein und überließ seinem Daumen die glühende Stelle ihres Schoßes. Sie öffnete die Augen und lächelte ihn an, ein zutiefst bezauberndes Lächeln. Er streichelte sie und beobachtete, wie die Lust in ihren Augen aufflammte, bevor sie die Lider wieder schloss.

Die Art, wie sie nach Luft rang und leise aufstöhnte, wie sie sich zurückbeugte und sich immer schneller und heftiger auf ihm bewegte, verriet ihm, dass seine Liebkosungen sie zu erregen vermochten. Im gleichen Augenblick spürte er, wie sie den Höhepunkt erreichte und Tränen über ihre Wange rollten. Aufgeschreckt zog er seine Hand zurück.

Sie öffnete die Augen und wisperte: „Hör nicht auf. Bitte."

Er schob die Hand zurück, streichelte sie weiter und ließ ihre Verzückung auf seine wachsende Erregung übergehen. Langsam, doch von glühender Hitze begleitet, erreichte er den Höhepunkt. Im Schein der Kerze schimmerte Schweiß zwischen Beatrice' Brüsten; er sah ihren vollen, geschwollenen Mund, die Tränen, die auf ihren Wangen glänzten.

Als das letzte Erzittern verebbte, öffnete sie die Augen, und ihre feuchten Wimpern glitzerten. Sie beugte sich hinab und küsste ihn, dann vergrub sie die Stirn in seiner Halsbeuge, während er ihren Rücken streichelte. So etwas wie dies hatte es in seinem Leben noch nicht gegeben; wie er sich das Liebesspiel mit Beatrice auch immer vorgestellt hatte, nie hätte er sich das eben Geschehene ausmalen können.

„Liebes", flüsterte er. Es kam ihm sonderbar und richtig zugleich vor, den Kosenamen zu wählen. „Warum hast du geweint?"

„Vor Freude", erklärte sie. Die Bewegung ihrer Lippen an seinem Hals war wie ein weiterer Kuss. „Vor Erregung. Es war zu viel."

Er legte die Arme um sie. *Zu viel.* Es war zu viel gewesen; es war nicht genug gewesen.

„Ich möchte dich nicht verlassen", sagte er. Ihr Haar fühlte sich weich an, und die Locken umschmeichelten seine Haut.

„Ich wünschte, du würdest bleiben", flüsterte sie und

schmiegte sich nach wie vor eng an seinen Hals. „Musst du gehen?“

„Sosehr ich es mir auch anders wünsche, aber ich glaube, dein Vater hat Recht, wenn er mich mitnimmt.“

„Dann musst du gehen.“ Sie hob den Kopf und versuchte zu lächeln, doch ihre Lippen bebten kaum merklich. „Wenn du fortmusst, können wir uns wenigstens auf unser Wiedersehen freuen.“

„Oh, Bea.“

Die Klugheit gebot, jetzt aufzustehen, damit man sie nicht im Bett entdeckte, aber er konnte die Kraft nicht aufbringen, sich von ihr zu trennen. Schon recht bald würde er sie verlassen müssen, und wenn er fortritt, würde er sie viele Tage lang nicht sehen können.

Sebastian hielt sie die ganze Nacht in seinen Armen, während sie schlummerte. Er kämpfte gegen den Schlaf an, denn der Morgen käme umso schneller, wenn er einschliefe. Trotz seiner Bemühungen und seiner Gebete, dass diese Nacht nie enden möge, kam die Dämmerung rasch und stahl sich durch die Scheiben der Fenster. Das Licht war noch grau und schwach, als er Beatrice aus seiner Umarmung entließ und ihr die Bettdecke über die bloßen Schultern zog.

Ihre Augen flatterten auf. „Ist die Dämmerstunde schon angebrochen?“

„Jeden Augenblick. Ich muss fort, Liebste.“

Ihre Lippen bebten. Dann nickte sie.

Er berührte ihr Gesicht voller Zärtlichkeit. „Wenn es mir möglich ist, schreibe ich dir.“

„Mein Vater wird einmal in der Woche Boten zu meiner Mutter schicken, vielleicht zweimal“, sagte sie. „Wenn meine Mutter antwortet, werde ich die Briefe an dich mitschicken.“

Die Aussicht überraschte ihn. Als Mädchen hätte Beatrice alles unternommen, um Feder und Papier zu umgehen. „Liegt dir das Schreiben immer noch nicht?“

Ihre Blicke trafen sich. Entschlossen sah sie ihn an. „Ich werde dir schreiben.“

16. KAPITEL

Mit einem aufgebrachten Seufzer stieß Beatrice die Bettdecke fort und setzte sich aufrecht hin. Einen Moment zögerte sie und konnte an nichts anderes denken als an die tiefe Enttäuschung, die sie überfallen hatte. Abermals seufzend riss sie die Vorhänge auf, so dass die Holzringe klapperten, und schlüpfte aus dem Bett. Eilig trat sie ans Fenster, als könnte sie Sebastian unten in dem kleinen Hof erblicken.

Sie vermisste ihn, vermisste ihn so sehr, dass sie nachts nicht schlafen konnte und sich immerzu nach seiner Wärme und seiner Leidenschaft gesehnt hatte. Nun war es eine Woche her, seit er fortgeritten war; gewiss hatte sie inzwischen genug Zeit gehabt, um sich an seine Abwesenheit zu gewöhnen. Aber sie verzehrte sich immer noch nach ihm.

Beatrice lehnte sich an die Wand, drückte die Schläfe gegen den Fensterrahmen und starrte versonnen hinaus in die sternenklare Nacht. Vermisste Sebastian sie genauso wie sie ihn? Fand er ebenso wenig Schlaf? Oder hatte er sie bereits kurz nach seinem Aufbruch vergessen?

Sie wusste, dass er sie begehrte; von der Angst, ihn anzuwidern, hatte sie sich befreit. Doch wenn sie geglaubt hatte, diese Gewissheit würde sie beruhigen, so hatte sie sich getäuscht. Nachdem ihr die Leidenschaft seines Leibes vergönnt gewesen war, sehnte sie sich nun nach der Leidenschaft seines Herzens. Sie wollte sicher sein, dass er sie liebte.

Warum?

Weil sie ihn liebte. War diese Liebe neu, oder handelte es sich um ihre Jugendliebe, die zu neuem Leben erwacht war? Machte es einen Unterschied? Gewiss waren die Sehnsucht ihres Herzens, die Furcht, verletzt zu werden, und der Wunsch nach Sebastians Gesellschaft ein und dasselbe Gefühl, ungeachtet des Ursprungs.

Beatrice schloss die Augen und drückte die Stirn gegen die Glasscheibe, die sich hart und kalt anfühlte. Sie wollte Sebastian nicht lieben, denn dies konnte nur Schmerz und Enttäuschung bedeuten. Obgleich er sie nicht länger verachtete und hasste, folgte daraus nicht unweigerlich, dass er sie auch eines Tages liebte.

Sie öffnete die Augen und ging zu dem Betstuhl in der Ecke des Gemachs. Dort kniete sie nieder, faltete die Hände und stellte ihren Geist auf ein Gebet ein. Aber für was sollte sie beten?

Sebastians Liebe?

Es kam einer Gotteslästerung gleich, um etwas zu bitten, das so weltlich, sinnlich und selbstsüchtig war wie die Liebe eines Mannes. Gewiss würde es ihrer Seele nicht gut tun, eine solche Bitte vorzubringen. Falls ihr Sebastians Liebe nicht vergönnt sein sollte, was brauchte sie dann? Was benötigte ihre Seele?

Kraft. Kraft und die Geduld, das zu ertragen, was über sie käme.

Mit gesenktem Haupt begann sie ihr Gebet.

Am Morgen war Beatrice nach wie vor rastlos, und sie hatte das Gefühl, als ob das Fleisch unter der Haut juckte. Während der gesamten Messe zwang sie sich, ruhig zu sein. Sie wollte Sebastian, und sie vermochte ihre Sehnsucht nicht zu lindern, auch wenn sie sich in Erinnerung rief, dass er einen Tagesritt von ihr entfernt war.

Als sie die Kapelle verließ und sich fragte, wie sie es ertragen sollte, den Morgen ruhig stickend in der Kemenate zu verbringen, gesellte sich John zu ihr.

„Was bereitet dir Kummer?“ fragte er.

„Nun, John“, entgegnete sie. „Ist das eine Art, mich zu begrüßen?“

„Sei nicht keck. Ich habe dich nicht mehr so unruhig gesehen, seit wir Kinder waren. Was macht dir so zu schaffen?“

Sie seufzte. John war so hartnäckig wie die Flut und genauso unaufhaltsam. „Ich vermisse Sebastian.“

Er kniff die Augen zusammen, als begreife er, was sie meinte – dass nämlich ihr Leib Sebastian vermisste. Sie hielt den Atem an und wartete auf seine Schelte; schlimmer noch, auf seine Fragen. Aber seine Miene hellte sich auf, als ob er in diesem Augenblick alles Nötige erfahren hätte und keine Fragen mehr stellen müsste.

„Was du brauchst, Bea, ist ein langer Ausritt. Komm, lass uns gehen.“

„Ich muss unserer Mutter Gesellschaft leisten“, entgegnete sie, obwohl es das Letzte war, was sie jetzt tun wollte.

„Du würdest lieber mit mir ausreiten, als in der Kemenate sitzen. Ich weiß es.“

Wie oft hatte er sie in der Kindheit dazu gebracht, Unfug zu treiben, indem er ihre geheimsten Wünsche aussprach? Er hätte sogar einen Ritt durch die Hölle vernünftig erscheinen lassen. Und obwohl sie seine Art kannte, vermochte sie ihm nicht zu widerstehen, da er ihre Bedürfnisse durchschaute.

John hatte Recht gehabt; der Ritt auf ihrer flinken, kräftigen Stute über die Felder und Wege von Wednesfield Castle war genau das, was sie gebraucht hatte. Sie und ihr Bruder sprachen nicht miteinander, doch das taten sie ohnehin selten, wenn sie zusammen ausritten. Die Freude an der Bewegung im Wind und der Reiz der schönen und abwechslungsreichen Landschaft nahe der Burg nahmen ihre ganze Aufmerksamkeit in Anspruch. Sie ritten eine Stunde lang, bis der Himmel sich zuzog. Dann kehrten sie um und versuchten, schneller als der Regen zu sein, doch es gelang ihnen nicht ganz. Die ersten dicken Tropfen platschten auf den gepflasterten Hof, als sie die Pferde in die Obhut der Stallburschen gaben.

In dem geschützten Durchgang hielt Beatrice ihren Bruder am Arm fest, bevor er sich verabschieden konnte. „Danke, John. Ich habe das tatsächlich gebraucht."

„Es war mir ein Vergnügen. Ich stehe immer zu deinen Diensten."

Sie sah, dass er lächelte, und erwiderte das Lächeln. „Ich bin froh, dass du wieder daheim bist. Ich habe dich vermisst."

Sein Lächeln schwand. „Bist du wirklich froh?"

„Wieso nicht?"

„Du und Sebastian … Keiner von euch schien auch nur im Geringsten begeistert zu sein, als ihr erfahren habt, dass ihr einander versprochen seid."

Seine Bemerkung überraschte sie, und sie zog die Stirn in Falten, als sie nach Worten suchte, die der Wahrheit entsprachen. „Das stimmt, aber du hast keinem von uns geschadet. Du hast uns aus unserer Torheit herausgeholfen. Wenn wir auch alles andere als begeistert waren, so war das nicht dein Verschulden."

„Dann bin auch ich froh, wieder zu Hause zu sein."

Als sie die Halle betraten, überbrachte ihr ein Diener die Nachricht, sie möge unverzüglich ihre Mutter in der Kemenate aufsuchen.

„In diesem Aufzug?" fragte sie und deutete auf den verschmutzten Rocksaum, der ein untrügliches Anzeichen für den Ausritt war.

„Ja, Mylady. Sobald Ihr zurück seid."

Der ernste Gesichtsausdruck des Dieners und die Tatsache, dass ihre Mutter sie sogar in ihrer schmutzigen Kleidung zu sprechen wünschte, riefen ein leichtes Unbehagen in ihr hervor. Ihr Herz schlug schneller. Ohne ein Wort wandte sie sich von dem Diener ab und eilte die Stufen hinauf zur Kemenate.

Ihre Mutter saß mit geschlossenen Augen in ihrem Stuhl und ließ sich von einer Zofe aus einem Buch vorlesen. Beatrice blieb bei diesem friedvollen Anblick zunächst auf der Schwelle stehen. Was mochte denn bloß vorgefallen sein, dass sie in ihrer Reitkleidung zu erscheinen hatte, ihre Mutter aber noch die Ruhe besaß, sich von ihrer Zofe etwas vorlesen zu lassen?

Die Countess öffnete die Augen. „Du bist zurück."

„Ich habe mich sofort nach meiner Rückkehr zu Euch begeben. So, wie Ihr es von mir erwartet habt.“

Ihre Mutter zog die Stirn in Falten und stieß einen missmutigen Seufzer aus. „Ich wollte dir indes nicht verbieten, dich vorher noch etwas frisch zu machen. Margery, du darfst gehen.“

„Ja, Mylady.“

Während Beatrice den Raum betrat, entfernte sich die Zofe. „Ich dachte, Euch sei etwas Schlimmes widerfahren.“

„Es tut mir Leid, dich verängstigt zu haben, mein Kind. Komm, setz dich zu mir.“

Beruhigt nahm Beatrice auf dem Schemel neben dem Lehnstuhl der Countess Platz und schaute aufmerksam in das Gesicht ihrer Mutter. Im hellen, unbarmherzigen Licht des Nachmittags zeichneten sich die Falten an ihren Augen und die tiefen Furchen neben dem Mund deutlich ab. Dennoch besaß ihre Mutter trotz ihres Alters immer noch eine schöne Gestalt und einen hellen, klaren Blick. Von ihr stammte ihre eigene Schönheit, sie war die Gussform, aus der sie geschaffen worden war.

„Männer haben mich Helena von Troja genannt“, sagte Beatrice und schaute ihrer Mutter unverwandt ins Gesicht. „Haben sie das auch zu Euch gesagt, als Ihr jung wart?“

Ihre Mutter wirkte bei dieser Frage äußerst überrascht. Glaubte sie etwa, Beatrice könne nicht sehen, wie schön sie einst gewesen sein musste?

„Nein, aber man schätzte dennoch meine Schönheit.“ Sie schaute ihre Tochter an und nahm ihr Antlitz in Augenschein, als würde sie es zum ersten Mal sehen. „Allerdings denke ich, dass ich nicht so schön war wie du."

„Wenn ich nicht so schön wäre, hätte mein Leben ganz anders verlaufen können."

„Aber vielleicht gar nicht so anders, wie du es dir jetzt vorstellst."

Beatrice erwiderte darauf nichts; aus ihrer eigenen, nutzlosen Bemerkung sprach nichts als Selbstmitleid.

„Warum wünscht Ihr, mich zu sprechen?"

Behutsam strich die Countess ihr mit den Fingerspitzen über die Wange; die Berührung war zärtlich und kaum spürbar. „Darf ich mir nicht wünschen, dich zu sehen?"

Beatrice ergriff die Hand, bevor ihre Mutter sie zurückzog, denn sie wollte sie weiterhin spüren. „Ich hätte in jedem Fall zu Euch kommen müssen. Sicher wusstet Ihr das."

„Seit du kaum älter als ein Kind warst, bist du deine eigenen Wege gegangen. Ich konnte nicht sicher sein, dass du es tun würdest."

„Habt Ihr von mir erwartet, dass ich zu Euch komme? Ich habe immer geglaubt, Ihr würdet Ceci bevorzugen."

Beatrice spürte, wie sich die Hand ihrer Mutter verspannte. „Mit Ceci hatte ich es immer leichter, denn sie ist ganz anders als ich. Sie gleicht ihrem Vater nicht nur äußerlich, während du und John sehr viel von mir habt. Ich sehe Eigenarten in mir, die mich aufregen, und so geht es mir auch, wenn ich sie bei dir feststelle. Aber ich liebe dich genauso, wie ich Ceci liebe. Zweifle nie daran."

Beatrice senkte den Kopf und legte die Stirn gegen die

Knie ihrer Mutter. „Warum habt Ihr mich nicht in meine Kammer gesperrt, um mich gefügig zu machen, als ich sagte, dass ich Thomas als Gemahl haben wollte? Ich weiß, dass Ihr gegen diese Verbindung wart." Die Worte waren ihr ohne ihren Willen über die Lippen gekommen, als hätte eine andere Beatrice gesprochen. Die Offenheit ihrer Mutter hatte dies begünstigt, als ob die Wahrheit nichts als die Wahrheit verlangte.

„Dein Vater hat es mir nicht erlaubt, und ich war mir damals meines Urteils nicht sicher genug, um mich gegen ihn aufzulehnen. Wenn ich gewusst hätte, wie unbarmherzig Manners zu dir sein würde …"

Beatrice hob den Kopf. „Woher wusstet Ihr, dass Thomas unbarmherzig war?"

„Du bist mein Kind. Wie sollte mir da entgehen, dass du unglücklich warst? Hätte ich das vor der Hochzeit gespürt, hätte ich so lange auf deinen Vater eingeredet, bis er einsichtig geworden wäre. Hätte ich all das im Voraus gewusst, wäre die Vermählung nie zu Stande gekommen."

„Ich habe die Frage nicht gestellt, um Euch zu tadeln."

Ihre Mutter lächelte gütig. „Wirklich nicht?"

Beatrice starrte sie an und blickte dabei tief in ihr eigenes Herz, um die Wahrheit zu finden. Offenheit gegen Offenheit. „Ein wenig, vielleicht." Sie seufzte. „Doch wenn ich irgendjemandem Vorwürfe machen sollte, dann allein mir, denn die Torheit habe ich begangen. Wie dem auch sei, es ist vorüber, und ich werde keinen Moment länger über etwas klagen, was nicht mehr rückgängig gemacht werden kann." Sie straffte die Schultern. Das freundliche Lächeln, die lieben Worte, die beruhigende Hand ihrer Mutter und die offene Aussprache ermutigten Beatrice zu einer Frage, die sie sonst nie zu stellen gewagt hätte. „Hat mein Vater Euch jemals geschlagen?“

Das Lächeln ihrer Mutter verschwand langsam, und ihre Miene nahm eine gewisse Schärfe an. „Er hat es nie getan, trotz einiger Herausforderungen.“

„Würde mein Vater Euch jemals schlagen, ohne dass Ihr ihn verärgert? Würde er Euch schlagen, weil sein Vieh die Seuche hat oder weil es für die Jagd zu heftig regnet?“

Die grauen Augen ihrer Mutter funkelten, und ihre Stimme klang sanft. „Hat Thomas dich geschlagen, weil sein Vieh krank war oder er nicht auf die Jagd gehen konnte?“

„Jedes Mal, wenn Thomas in Wut geraten war und mich geschlagen hat, habe ich ein Schmuckstück erhalten. Ich weiß, dass es meinem Gemahl zusteht, mich zurechtzuweisen, aber wenn ich nichts Falsches getan habe …“

Die Countess nahm Beatrice’ Hände und streichelte sie sanft. „Oh, Kind, Kind.“

Die Trauer in ihrer Stimme überraschte Beatrice. „Er ist tot, Mama. Er kann mir nicht mehr wehtun.“

„Du zitterst, mein Kind.“

Ihre Mutter hatte Recht. Es war ihr gar nicht aufgefallen, bis die Countess sie darauf hingewiesen hatte.

„Er tut dir immer noch weh, Beatrice.“

„Nicht mehr so sehr, wie er es einst vermocht hat.“ Und das stimmte auch; wieder eine Sache, die ihr erst bewusst geworden war, als sie den Gedanken ausgesprochen hatte.

Die Wunden ihrer Ehe begannen zu verheilen. Sebastian hatte dazu beigetragen, denn er hatte sie trotz seines Zorns freundlich behandelt und war im Bett sehr zärtlich gewesen. Diese Gewissheit war Balsam für ihre Seele, so dass Beatrice ihre Mutter nun anlächelte und das Thema wechselte. „Darf ich Euch erneut fragen, ob Ihr mich nur herbestellt habt, um mich zu sehen?"

Die Countess lächelte. „Ich werde es von nun an tun. Heute jedoch habe ich dich kommen lassen, da ein Brief für dich angekommen ist."

„Ein Brief? Von Sebastian?"

„Nein, nicht von Sebastian. Ich glaube, er ist von Sir George Conyers."

Beatrice wurde ganz kalt ums Herz, die Wärme des Raumes schien mit einem Mal erloschen. *Weshalb hast du geschrieben ... was, wenn Sebastian herausfindet ...? Warum willst du mich nicht in Frieden lassen?* Sie hatte geahnt, von etwas Bösem heimgesucht zu werden, aber mit diesem Brief hätte sie nie gerechnet.

„Du bist blass, Beatrice. Bedroht Sir George dich? Soll ich deinen Vater holen lassen?"

„Nein!" Entsetzt schaute sie in das Gesicht ihrer Mutter. „Ich ersuche Euch, niemandem hiervon zu erzählen."

„Wer ist dieser Mann?"

Erneut senkte Beatrice den Kopf und legte die Stirn gegen die Knie ihrer Mutter. „Ich schäme mich so. Ich kann es Euch nicht sagen." Aber sie war im Begriff, es ihrer Mutter zu erzählen, das fühlte sie. Daher hatte sie ihr Antlitz verborgen.

„Ich werde dich nicht verurteilen, Kind. War er dein Geliebter?“

Beatrice hob den Kopf, denn sie staunte einmal mehr über den scharfen Verstand ihrer Mutter. „Sebastian glaubte das.“

„Er glaubt es aber nicht länger.“ Der Blick ihrer Mutter war unergründlich, als habe sie alles schon einmal gesehen und es bereits vor langer Zeit Gott überlassen, zu urteilen.

„Er hat allen Grund dazu, es besser zu wissen.“

„Dann hat Thomas nie die Ehe vollzogen?“

Beatrice verschlug es bei diesen Worten den Atem. „Woher wisst Ihr das?“

„Cecilia erwähnte einmal, dass Thomas sich in den Fuß gestochen habe, um Blut für die Laken zu bekommen. Aber ich habe das schon vorher geahnt.“ Ein dünnes Lächeln umspielte ihre Lippen. „Und Sebastian hat das vollbracht, was Thomas nicht konnte.“

Beatrice Ohren brannten. Sie hatte nicht gewollt, dass ihre Mutter davon wusste … „Woher …?“

„Wie sollte Sebastian sonst erfahren, dass du keinen Geliebten hattest, ohne bei dir zu liegen und zu bemerken, dass du noch Jungfrau warst? Ich nehme an, dies hat sich nach seiner Ankunft in Wednesfield ereignet.“

„Ja.“ Beatrice brachte kein weiteres Wort hervor und wünschte sich, der Erdboden möge sie verschlucken. Verspürte sie Schande, oder war es ihr einfach nur peinlich? Es war ihr peinlich, denn ein Gefühl der Schande stellte sich nicht ein, da es um Sebastian ging.

„Lass uns über Sir George sprechen. Wenn du nicht bei ihm gelegen hast, was bedeutete er dir dann?"

Beatrice seufzte. Sie hatte bereits dem Geistlichen und Sebastian alles gebeichtet. Wie schwierig würde es sein, den Fehltritt auch ihrer Mutter zu gestehen? Sie musste all ihren Mut zusammennehmen. „Er wünschte, mein Liebhaber zu sein, und ich gestattete ihm, mich zu küssen und dort zu berühren, wo die Ehre es mir hätte verbieten müssen." Sie schluckte, und ihre Wangen brannten. „Es gibt viele Dinge, die ein Mann und eine Frau tun können, ohne viel aufs Spiel zu setzen. George und ich wagten viel davon."

„Wann war die Tändelei mit ihm beendet?"

„Woher wisst Ihr, dass es bloß Tändeleien waren?"

„Durch die Art und Weise, wie du davon sprichst."

Offenbar hatte Beatrice sich allmählich an die klugen Bemerkungen ihrer Mutter gewöhnt, denn diese Beobachtung rief kein Entsetzen mehr in ihr hervor. „Sebastian sah mich zusammen mit George." Sie legte die Stirn in Falten, als sie daran zurückdachte. „Danach schwor ich mir, George nicht mehr zu treffen, denn der Vorfall hatte mir vor Augen geführt, wie leicht uns Thomas überraschen könnte. Und das durfte ich auf keinen Fall riskieren. Tatsächlich aber wollte ich George nicht mehr treffen, nachdem ich Sebastian gesehen hatte."

Ihre Mutter nickte verständnisvoll.

„Seid Ihr nicht zornig auf mich, Mama? Ich habe mit einer solchen Nachsicht nicht gerechnet."

„Warum nicht? Du bist kein Kind mehr, Beatrice, und ich denke, deine Fehler haben dich nicht ungerührt gelassen.

Soll ich dich tadeln, wenn du dich bereits selbst getadelt hast? Ich sagte schon, ich würde dich nicht verurteilen."

„Ihr wusstet noch nicht, was ich getan hatte, als Ihr das sagtet."

„Aber ich kannte dein Herz und das meinige. Sag mir, wenn du magst, warum du George nicht mehr treffen wolltest, nachdem du Sebastian gesehen hattest."

Beatrice seufzte. Dies hatte sie noch nie gebeichtet, denn sie hatte es zuvor nicht durchschaut. „Weil ich meine Lüsternheit und Schande erst erkannte, als ich den Abscheu in Sebastians Augen sah. Und nachdem mir das bewusst geworden war, konnte ich mich nicht länger so schändlich verhalten."

„Bedeutet Sebastian dir so viel?"

Beatrice nickte. „Ich habe mir bis jetzt nicht eingestanden, wie viel er mir bedeutet. Oh, Mama, ich liebe ihn und will es doch nicht zulassen."

„Warum nicht? Es ist nicht schlimm, deinen Gemahl zu lieben."

„Er liebt mich nicht, nicht mehr länger. Wenn er mich nie geliebt hätte, könnte ich noch auf seine Liebe hoffen, aber eine tote Liebe kann nicht neu entstehen."

„Ich bete, dass du dich irrst, mein Kind." Die Countess strich ihr mit den Daumen über die Handrücken, und die Berührung war fest und beruhigend zugleich. „Nun, wie wirst du mit diesem Brief verfahren?"

„Schickt ihn ungeöffnet zurück, wie die anderen, die ich von ihm erhalten habe."

Ihre Mutter nickte, doch eine dünne Falte zeichnete sich zwischen ihren Brauen ab. „Wenn das deinem Wunsch entspricht, werden wir den Brief mit seinem Boten zurücksenden. Ich würde es indes nicht tun, wenn ich du wäre."

Nichts, was sie getan hatte, hatte George bisher vertreiben können, und ihre Mutter war die weiseste Frau, die sie kannte. „Was würdet Ihr machen? Sagt es mir."

„Wie viele Briefe hat er dir geschickt?"

„Vier oder fünf. Ich habe es mir nicht genau gemerkt."

„Wenn ich dich richtig verstehe, hast du sie alle versiegelt zurückgehen lassen, aber er schreibt dir unbeirrt weiter. Ich denke, du musst lesen, was er zu Papier gebracht hat, und ihm dann antworten, dass er von dir ablassen möge."

„Ich möchte ihm nicht schreiben."

„Du musst ihm sagen, dass er aufhören soll, sonst wird er damit fortfahren. Weiß Sebastian von diesen Briefen?"

„Nein!" Sie konnte ihm nicht davon erzählen, niemals.

„Ein Grund mehr, an Sir George zu schreiben. Teile ihm mit, du seiest verlobt und wünschst, nicht länger belästigt zu werden. Sonst ist es sehr gut möglich, dass eines Tages ein Schreiben von ihm in Benbury eintrifft. Dann wird Sebastian nicht nur wissen, dass du Briefe erhältst, sondern ihm wird ohne Zweifel bewusst werden, dass du sie ihm verschwiegen hast."

„Aber ich habe nichts verbrochen", sagte Beatrice, doch sie wusste, dass ihre Unschuld bei Sebastian nicht zählen würde, wenn es um George Conyers ging.

„Nein? Du hast deinem Gemahl diese Briefe verschwiegen. Wenn du nichts verbrochen hast, warum hast du sie dann verheimlicht?“

„Glaubt Ihr mir etwa nicht?“

„Natürlich glaube ich dir. Habe ich dein Entsetzen nicht mit meinen eigenen Augen gesehen? Ich versuche dir nur klar zu machen, was Sebastian wahrscheinlich von all dem denken wird.“ Die Countess ließ Beatrice’ Hand los, nahm ein kleines, rechteckiges, mit Wachs versiegeltes Stück Pergamentpapier, das auf dem Tisch gelegen hatte, und reichte es Beatrice. „Hier, lies diesen Brief, damit du weißt, was George Conyers von dir will. Und dann werden wir eine Antwort erstellen.“

Lange starrte Beatrice auf den Brief, bevor sie ihn nahm. Erneut zauderte sie, ehe sie das Siegel erbrach. Bedeutete das Öffnen des Briefes nicht, dass sie George wieder zu Wort kommen ließe? Die Weigerung, seine Briefe anzunehmen, hatte ihr das Gefühl gegeben, endlich ihre Ehre zu wahren – so wie sie es von Anfang an hätte tun müssen. Doch ihre Mutter, der sie von ganzem Herzen vertraute, hatte ihr geraten, den Brief anzunehmen. Sie faltete das Papier auseinander und begann zu lesen.

Die Handschrift war schön geschwungen und sehr deutlich. Das hatte sie nicht erwartet, denn sie hatte gedacht, seine Schrift wäre schwer zu lesen. Seine leidenschaftliche Wortwahl und die Inbrunst seines Flehens aber entsprachen genau ihren Erwartungen. Er verstand nicht, warum sie ihn nicht zu sehen wünsche, und ob sie nicht begreife, dass er sie wie ein wahrer Ritter liebe; sie möge ihn empfangen, damit er ihr seine Liebe beweisen könne. Beklommen reichte sie den Brief ihrer Mutter.

„Er sagt nichts, was ich hören möchte", erklärte sie. „Ich bitte Euch, lest es und sagt mir, was ich tun soll."

Ihre Mutter überflog das Schreiben sehr viel schneller als Beatrice. „Er klagt zu viel. Ich denke, er liebt dich nicht annähernd so, wie er es liebt, dich zu preisen." Sie schaute auf. „Ich meine das nicht unfreundlich."

„Ich verstehe es genau richtig. Und ich bin froh, dass er mich nicht liebt, denn ich würde ihn nicht verletzen wollen."

Die Countess schnaubte. „Einige Männer, mein Kind", sagte sie, „sind nicht so schnell zu verletzen. Komm, setz dich an den Tisch, und dann verfassen wir eine Antwort."

„Könnt Ihr nicht für mich schreiben?" antwortete Beatrice, denn sie wollte es nicht tun. Schon das Lesen seines Briefes erweckte in ihr den Eindruck, sie habe George erlaubt, um sie zu werben. Wenn sie jetzt noch die Antwort schriebe, käme sie sich vor, als ob sie ihn ermuntere, mit seinem Werben fortzufahren.

„Nein, das kann ich nicht. Diese Aufgabe musst du übernehmen. Vertrau mir. Du wirst dich besser fühlen, wenn es vollbracht ist."

Beatrice lächelte gequält, und zahlreiche Erinnerungen stiegen in ihr hoch. „Ich bin kein Kind."

„Dann benimm dich nicht wie eins", erwiderte ihre Mutter mit einem ebenso gequälten Lächeln.

Beatrice' Antwort, bei der ihre Mutter bedeutende Hilfestellung geleistet hatte, war einfach und unmissverständlich verfasst: Was auch immer sie in der Vergangenheit miteinander verbunden habe, sei nun vorbei. Sie sei mit Sebastian Benbury verlobt und werde ihn zu Michaelis ehelichen. Wenn er, Sir George, sie wirklich so sehr liebe, wie er behaupte, würde ihm sicherlich ihr Wohlergehen am Herzen liegen. Und dazu würde er beitragen, wenn er ihr nicht mehr schriebe. Er möge für ihre Seele beten, wie auch sie für sein Seelenheil bete.

Beatrice unterschrieb mit zittriger Hand, und ihr Handgelenk schmerzte von der ungewohnten Arbeit. Ihre Mutter nahm den Brief, las ihn nochmals durch und bestreute ihn dann mit Löschsand, um die Tinte zu trocknen. „Sehr gut, mein Kind. Hast du ein Siegel?"

„Das Siegel der Manners, das ich aber nicht benutzen möchte", antwortete Beatrice und beobachtete, wie die Countess den Briefbogen faltete.

„Wie du meinst. Wir werden stattdessen das Siegel von Wednesfield benutzen." Sie versiegelte den Brief und reichte ihn Beatrice. „Bring ihn dem Laufburschen draußen und trage ihm auf, den Brief zu Sir Georges Boten zu bringen."

Beatrice brachte das Schreiben dem Jungen und sah, wie er schnurstracks die Treppenstufen hinuntereilte. Als der Bursche um die Ecke gebogen war, verspürte sie plötzlich eine böse Vorahnung, als würde sie es noch bereuen, den Brief geschrieben zu haben. Rasch bekreuzigte sie sich, um ihre Furcht zu vertreiben, und kehrte dann in die Kemenate zurück.

Sie betete zu Gott, dass sie sich geirrt hatte.

17. KAPITEL

Sebastian und der Earl bogen in den kurzen Weg ein, der nach Herron führte; sie waren von Schlamm bespritzt und von dem langen Ritt müde und erschöpft. Den Streit, der sie hierher geführt hatte, hatten sie bereits einen Tag nach ihrer Ankunft beigelegt. In der darauf folgenden Woche hatte der Earl sein Versprechen gehalten, Sebastian die Ländereien zu zeigen. Gemeinsam hatten sie Gehöfte besucht, Äcker in Augenschein genommen und waren durch kleinere Waldstücke geritten. Sebastian erkannte, dass Herron nach wie vor ein herausragendes Gut war. Es hatte ihm gefallen, alles sehen zu dürfen, doch seine Freude war verhalten und halbherzig gewesen, als sei sie unvollständig. Als der Earl die Reise vorgeschlagen hatte, hatte Sebastian sich die Rückkehr nach Herron anders vorgestellt, als sie bislang verlaufen war.

Jetzt erschien es ihm kaum erstrebenswert, den alten Familienbesitz wiederzusehen. Sogar das Haus, das er als prächtigen Herrensitz in Erinnerung hatte, war tatsächlich nur ein kleines Gebäude aus Stein. Es war zwar fest gemauert, aber kaum größer als eines der besseren Häuser der Lehnsmänner auf Wednesfield. Und trotz allem hatte er immer davon geträumt, hierher zurückzukehren; nun aber, da er da war, wollte sich keine Zufriedenheit einstellen. Des Nachts konnte er in seinem kalten und viel zu großen Bett nicht schlafen. Er wusste, dass er ein Narr war – wie konnte er es vermissen, das Bett mit Beatrice zu teilen, wenn er erst zwei

Nächte in ihrem Bett verbracht hatte? Dennoch vermisste er sie, Narr oder nicht.

Mehr noch, er wollte mit ihr sprechen, ihre Stimme hören und die Veränderungen in ihrem Mienenspiel beobachten. Bei Gott, wie er sich nach ihr sehnte!

Als er und der Earl das Haus betraten, kam der Verwalter von Herron auf sie zu. „Ein Bote von Wednesfield brachte dies, Mylord“, sagte er und gab dem Earl einige Briefe.

Der Earl ging die Briefe durch und reichte Sebastian einen. „Dieser ist für dich.“

Außen auf dem Brief war sein Name zwar lesbar, aber ohne jede Sorgfalt geschrieben worden, und die Hand verriet, dass der Verfasser eher ungern zur Feder griff. Als habe er sie herbeigezaubert, befand sich Beatrice mit einem Mal bei ihm. Die Erinnerung an sie war so lebendig, dass er beinahe den Duft ihres Haars wahrnehmen und die Wärme ihres Leibes spüren konnte. Er öffnete den Brief. Nur drei dürftige Zeilen bedeckten den weißen Untergrund: ihre Begrüßung, eine Zeile, um ihm mitzuteilen, dass es ihr gut gehe und dass sie hoffe, auch er sei wohlauf, und ihre Unterschrift. Die Zeilen wirkten verloren auf dem großen Bogen. Er las sie dreimal und sah Beatrice in jedem zittrig geschriebenen Buchstaben. Um den Brief nicht noch ein viertes Mal zu lesen, faltete er ihn rasch zusammen und steckte ihn in sein Wams.

„Wenn Ihr es erlaubt, Sir, würde ich mich gerne von dem Ritt frisch machen.“ Und den Brief beantworten, obgleich er keine Vorstellung hatte, wie die Antwort aussehen sollte.

Der Earl war in seinen Brief vertieft und schaute nur kurz auf. „Gut. Wir sehen uns bei der Abendmahlzeit."

Sebastian verbeugte sich und verließ die Empfangshalle.

Nachdem er sich gewaschen hatte, ließ er Pergamentpapier und Feder kommen, doch als er sich hinsetzte, um zu schreiben, war sein Kopf leer. Was konnte er ihr mitteilen? Er schrieb die Grußzeile, in der Hoffnung, die Feder auf dem Papier würde ihm weiterhelfen. Doch es half nichts. Die Tinte trocknete auf der Spitze der Feder, als er auf die Zeile starrte und auf eine Eingebung wartete. Sie hatte geschrieben, sie hoffe, dass er wohlauf sei. Das konnte er beantworten. Er tauchte die Feder ein und schrieb. Am Ende des Satzes verließ ihn die Eingebung, und die Feder trocknete erneut aus. War sie wohlauf? Wieder tauchte er die Feder ins Tintenfässchen und schrieb. Als ihm diesmal die Gedanken ausgingen, stellte er die Feder in die Tinte, damit sie nicht ein drittes Mal austrocknete.

Ich möchte nicht ohne dich hier sein. Ich finde keinen Schlaf vor Sehnsucht nach dir, liege wach und träume nur von dir. Ich will nicht noch einmal von dir getrennt sein.

Sebastian konnte keinen dieser Gedanken aufs Papier bringen. Er wollte ihr nicht erneut sein Herz anvertrauen, auch wenn sie sich offenbar verändert hatte.

Schließlich nahm er die Feder und unterschrieb mit seinem Namen.

Beatrice saß bei ihrer Mutter in der Kemenate und nähte ein Hemd für Sebastian, als der Bote mit Briefen von Herron hereinkam. Einer war für sie, von Sebastian. Ihre Mutter reichte ihn ihr mit einem Lächeln herüber, das ihr das Blut in die Wangen trieb.

Der Brief war kurz, so wie der ihrige. Sie hatte nicht gewusst, was sie sagen sollte, da die Zeilen an George auf ihrer Seele lasteten. Außerdem hatte die alte Abneigung gegenüber der Schreibfeder sie eingeschränkt. War Sebastian so kurz angebunden, weil sie ebenfalls nur wenig geschrieben hatte? Und warum sank ihr das Herz, als ob sie enttäuscht wäre? Hatte sie einen Liebesbrief von einem Mann erwartet, der sie nicht liebte?

„Du siehst nicht zufrieden aus, mein Kind. Stimmt etwas nicht?"

Beatrice' Augen brannten. Sie blinzelte und schaute auf. „Nein. Ich hatte nur einen längeren Brief erwartet. Er schreibt lediglich, dass er wohlauf sei, und er hofft, dass es Euch und mir ebenfalls gut geht."

Ihre Mutter schnaubte. „Dein Vater würde auch nicht mehr schreiben, wenn ich es nicht anders wünschte. Möchtest du hören, was er zu berichten weiß?"

Beatrice wurde wieder leichter ums Herz. Die Liebe machte sie schwindelig, wankelmütig und töricht, und sie vermochte dies genauso wenig zu beeinflussen wie die steigende Flut. Sie sah ihrer Mutter in die Augen und kam in der weisen Wärme ihres Blicks zur Ruhe.

„Ich würde es sehr gerne hören."

Die Countess lächelte, senkte den Kopf und begann laut zu lesen.

Sie hätten den Streit beigelegt, der sie ursprünglich nach Herron geführt hatte; Sebastian sei in der Angelegenheit äußerst klug und umsichtig vorgegangen. Er selbst habe lediglich angekündigt, dass das Landgut an Michaelis an die Familie Benbury zurückgegeben werde; das habe ausgereicht, um die streitenden Parteien wieder zur Vernunft zu bringen. Nach der Streitschlichtung hätten Sebastian und ihr Vater die Tage damit verbracht, die Lehnsmänner von Herron zu besuchen und die Höfe, Felder und Wälder in Augenschein zu nehmen, die zu dem Landgut gehörten. Sebastian habe vor den Lehnsmännern eine gute Figur gemacht, und er selbst habe keinen Zweifel, dass er ein trefflicher Gutsherr sein werde.

„Teilt er mit, wann sie zurückkommen werden?“ fragte Beatrice.

„Nein, leider nicht.“

Beatrice nickte enttäuscht.

„Du möchtest sicher antworten“, sagte ihre Mutter aufmunternd.

„Ja, gerne“, erwiderte Beatrice. Sie mochte die Feder zwar nicht, aber wenn das Schreiben bedeutete, dass sie Sebastian womöglich zu einem längeren Brief veranlassen könnte, würde sie ohne zu klagen eine Seite nach der anderen füllen.

„Es ist zu spät, um den Boten heute zurückzuschicken. Ich schicke ihn morgen los. Setz dich an meinen Tisch, nimm meine Feder und Tinte.“

Beatrice ging zu dem Tisch, holte einen Bogen Pergamentpapier hervor, wählte eine Feder aus, tauchte sie in die

Tinte, und saß dann einen Moment nachdenklich da, weil sie nicht wusste, wie sie den Brief beginnen sollte. Sie hatte sein Schreiben erhalten, das könnte sie ihm mitteilen. Und es ging ihr gut, wie er gehofft hatte; auch das könnte sie zu Papier bringen. Sie schrieb sorgfältig und war bemüht, keine Tintenkleckse zu machen. Als sie fertig war, starrte sie auf die Buchstaben, die sich dunkel und krumm über das Papier zogen.

Ich vermisse dich.

Das konnte sie nicht schreiben. Oder doch? Sie verspürte ein heißes, prickelndes Gefühl in der Magengegend. Wenn sie ihm dies offenbarte, würde er dann dasselbe bekennen? Und wenn er es nicht tat?

Bevor sie sich von ihrer Angst hindern ließ, tauchte sie die Feder ein und schrieb, dass sie ihn gerne sehen würde. Sie starrte auf die Worte, als sie auf dem Bogen geschrieben waren, und ihr Herz pochte wie eine kleine, schwache Trommel. Rasch schluckte sie, um ihr Unbehagen zu verscheuchen und fügte noch hinzu, sie hoffe, er und ihr Vater seien wohlauf.

Wann darf ich mit deiner Rückkehr rechnen?

Thomas wäre unverzüglich nach Hause geritten, um sie zu schlagen, wenn sie es gewagt hätte, ihm eine solche Frage zu stellen; doch sie glaubte nicht, dass Sebastian dasselbe tun würde. Sie nahm all ihren Mut zusammen, schrieb die Frage nieder und unterzeichnete den Brief, bevor sie noch irgendetwas anderes hinzufügen konnte. Dann stand sie auf und gab ihrer Mutter das Schreiben. Es war vollbracht. Sollte Sebastian daraus machen, was er wollte.

Der Bote aus Wednesfield kehrte zwei Tage später zurück, in Begleitung eines anderen Boten, den der Earl zu einem seiner Güter nördlich von Herron geschickt hatte. Der Earl nahm die Briefe aus Wednesfield in Empfang, ging sie durch und reichte einen Sebastian. Der hatte ihn bereits geöffnet, bevor Lord Wednesfield die übrigen Schreiben durchgegangen war.

Der Brief war von Beatrice, doch er hatte es schon im Voraus gewusst. Sie hatte ein wenig mehr geschrieben als zuvor, sagte, dass sie ihn vermisse, und fragte, wann er zurückkäme.

Sobald ich kann.

Die Worte kamen aus dem Nichts, von seinem Herzen. Sebastian starrte auf den Brief, obwohl er gar nicht mehr las. Er nahm die unregelmäßigen Buchstaben wahr, die fehlende Anmut ihrer Handschrift, während er auf das Klopfen seines Herzens lauschte. Sehnlichst wünschte er, jetzt in Wednesfield bei Beatrice zu sein und nicht einen Tagesritt von ihr entfernt ausharren zu müssen, nur durch den Boten des Earl mit ihr verbunden. Der Schmerz des Verlangens war stark und hartnäckig; deswegen hatte er keinen Gefallen daran gefunden, nach Herron zurückzukehren. Nichts vermochte ihm Freude zu machen, wenn er von Beatrice getrennt war.

Heiliger Jesus.

Bis zu diesem Augenblick hatte er nicht gewusst, wie sehr er sie brauchte. Auch wenn er sich einreden mochte, dass er ihr nicht sein Herz schenken wollte, so änderte dies nichts. Wenn er sie brauchte, was hatte es dann für eine Bedeutung, dass er sie nicht liebte oder ihr nicht vertraute? Er war so oder so in ihrer Gewalt. Mit zittrigen Händen faltete er den Brief, gab Acht, ihn nicht zu zerknittern, und steckte ihn vorne in sein Wams. Er hatte befürchtet, in eine Falle zu laufen, wenn es ihm gelänge, Beatrice' Liebe zu gewinnen. Liebte sie ihn? Oder war er allein mit seiner Schwäche für sie, mit seiner Vernarrtheit, die ihn lächerlich machte? Er wusste es nicht und hatte keine Möglichkeit, es in Erfahrung zu bringen. Selbst ihre Leidenschaft und Hingabe, wenn sie beieinander lagen, zeigten womöglich nur die schwache Seite des weiblichen Geschlechts.

Wo lag letzten Endes die Wahrheit? Er wusste es nicht mehr, und darin sah er die gefährlichste aller Fallen. Er war gleichsam von Nebel umgeben, irrte ziellos herum und war nicht mehr in der Lage, vorwärts oder rückwärts zu gehen. Seine einzige Hoffnung bestand darin, sich ruhig zu verhalten und abzuwarten, bis der Nebel sich auflöste und sein Weg wieder deutlich vor ihm lag.

„Hundesohn!" rief der Earl wutentbrannt und unterbrach Sebastian in seinen Gedanken.

Sebastian schaute auf. „Sir?"

„Wir werden nicht so schnell nach Wednesfield zurückkehren, wie ich dachte. Ich muss nach Norden, und ich wünsche, dass du mich begleitest."

„Was ist denn vorgefallen, wenn Ihr mir die voreilige Frage erlaubt?"

„Welche Torheit", sagte der Earl und faltete den Brief zusammen. „Barer Unsinn, doch ich muss trotzdem nach Norden reiten." Er schaute Sebastian an. „Wenn du meiner

Tochter antworten möchtest, musst du es heute Abend tun. Wir werden vor Sonnenaufgang aufbrechen."

Sebastians Hand berührte die Stelle an seiner Brust, wo der Brief steckte. Das Papier knisterte in der Tasche. Seine einzige Hoffnung war, sich ruhig zu verhalten. „Nein, Sir. Ich schreibe nicht zurück."

„Ich kann das nicht", seufzte Lucia.

„Doch, du kannst es. Lass es mich dir noch einmal zeigen", sagte Beatrice beharrlich. Der Einfall, Lucia die Schwarzstickerei beizubringen, war Beatrice gekommen, als ihre Schwägerin das Hemd betrachtet hatte, das sie für Sebastian anfertigte. Das Muster war das Gleiche, das sie bereits vor so vielen Jahren für ein Hemd für ihn benutzte hatte – schwarze Reiher auf weißem Grund für Benbury. Lucia hatte das Hemd genommen, auseinander gefaltet und auf ihren Knien ausgebreitet. Dabei hatten sich die fein gearbeiteten, schwarzen Stiche deutlich von dem weißen Leinen abgehoben. Ihr Seufzer und die Art, wie ihre Finger kaum merklich über den Stoff strichen, hatten Beatrice genug verraten.

„Nein, nicht mehr, bitte", entfuhr es Lucia verzweifelt.

Beatrice sah Johns Gemahlin an. Lucias Wangen waren gerötet, und ihre Augen schimmerten, als ob sie jeden Moment in Tränen ausbrechen würde. „Sieh mir zu. Vielleicht ist das hilfreich."

Abermals zog Beatrice die Nadel mit dem Seidenfaden durch das Leinen. Die Stiche waren winzig und fein und gingen ihr scheinbar mühelos von der Hand. Lucia beugte sich hinab und sah aufmerksam zu.

„Das werde ich nie können“, sagte sie halb laut zu sich.

„Doch, das wirst du“, erwiderte Beatrice ohne aufzuschauen, wobei sie genau wie ihre Mutter klang.

In diesem Augenblick klopfte jemand an die Tür zur Kemenate. Beatrice’ Mutter, die in die Rechnungsbücher vertieft war, rief: „Herein.“

Die Tür öffnete sich, und einer der Dienstboten trat ein. „Hier ist ein Brief meines Herrn Lord Wednesfield, Mylady.“

„Bring ihn hierher.“

Beatrice schaute auf. Gewiss war da noch ein zweiter Brief. Sebastian musste ihr geantwortet haben.

„Ist da kein anderer Brief?“

Das Gesicht ihrer Mutter nahm weichere Züge an. Sie wandte sich an den Diener. „Sieh nach, ob noch ein anderer Brief angekommen ist.“

„Mylady, es gibt nur diesen Brief.“

Die Countess drehte sich wieder zu Beatrice um. „Du hast deine Antwort.“

„Ja, Mylady.“

Sebastians Antwort war Schweigen, eine Leere, die nichts zurückgab. Sie konnte dieses Schweigen deuten, wie es ihr gefiel – fest stand, dass kein Brief geschickt worden war. Sebastian war bei ihrem Vater …

„Mylady, ist Lord Benbury noch bei meinem Vater?“

Ihre Mutter schaute zunächst sie an, dann den Diener.

„Ihr dürft gehen. Ihr dürft euch alle entfernen, außer Lady Manners und Mistress Coleville.“

Als sich die Tür hinter der letzten Bediensteten geschlossen hatte, legte die Countess den Brief auf den Tisch. „Komm her, Beatrice.“

Sie erhob sich und setzte sich neben ihre Mutter.

„Ich weiß nicht, warum Sebastian dir nicht geschrieben hat, aber es schickt sich nicht, dass du dich in dieser Weise ängstigst. Er ist ein viel beschäftigter Mann und geht gemeinsam mit deinem Vater wichtigen Geschäften nach. Es mag sehr wohl sein, dass er nicht die Zeit hat, dir zu schreiben.“

„Mein Vater schreibt Euch“, flüsterte sie verzagt. Sie wollte es nicht aussprechen, aber die Worte waren ihr über die Lippen gekommen.

Die Countess schnaubte und nahm den Brief. „Hier. Lies, was er mir mitzuteilen hat.“ Sie reichte Beatrice den Brief.

Ihr Vater schrieb genauso unsauber wie sie, und daher war es schwierig, den Brief zu lesen. Mühsam entzifferte sie die Zeilen und gewann den Eindruck, dass jeder Satz mit „Unternimm Folgendes …“ oder „Ich wünsche, dass du …“ begann. Es war eine Aneinanderreihung von Aufträgen, bei denen es um Waren von den Gütern und Geldern aus der Kasse ging, oder um Gefälligkeiten und Gunsterweisungen. Ernüchtert, aber unzufrieden gab sie ihrer Mutter den Brief zurück.

„Wenn ihr beide einmal so eng miteinander verwoben seid wie dein Vater und ich, wird Sebastian dir genauso oft und mit ebenso wenig Liebe schreiben. Verzage nicht, mein Kind.“

„Ich habe ihm geschrieben, dass ich ihn vermisse“, wisperte Beatrice.

„Und weil er nicht antwortet, fürchtest du, dass er nicht dasselbe empfindet?“

Beatrice nickte nur kurz, denn sie konnte es nicht offen aussprechen.

„Vielleicht vermisst er dich nicht“, sagte ihre Mutter halb laut.

Oh, was für eine Närrin war sie gewesen, als sie sich in ihrer Sehnsucht Hoffnungen gemacht und bereits geglaubt hatte, ihre Wünsche seien in Erfüllung gegangen! Wusste sie denn nicht, dass die Hoffnung stärker war als die Gewissheit, stärker als die Wahrheit? Wenn man der Hoffnung freien Lauf ließ, dann würde sie einen alles vergessen lassen, was die Weisheit zu beherzigen riet. Sie hatte gewusst, dass Sebastian sie nicht liebte, doch sie hatte sich von der Hoffnung überreden lassen, dass es anders wäre.

„Beatrice.“

Sie schaute zu ihrer Mutter auf. „Es geht mir gut, Mama.“

„Mach dir nicht zu viel Gedanken. Ich kenne keinen Mann, der sein Herz gerne zu Papier bringt.“

„Ihr sagtet ...“

„Ich weiß. Ich hätte sagen müssen, dass du nicht wissen kannst, warum Sebastian dir nicht geschrieben hat. Du darfst keine voreiligen Schlüsse daraus ziehen, bevor du nicht mehr weißt.“

„Er kann mich nicht lieben“, murmelte Beatrice in tiefer Überzeugung.

„Woher willst du das wissen?“ fragte die Countess. „Hat er dir das gesagt?“

Hatte er diese Worte gesagt? Sie konnte sich nicht daran erinnern, doch er hatte sich klar ausgedrückt. „Ich denke, er hat es gesagt.“

„Wann?“

„Ich weiß es nicht“, erwiderte Beatrice. „Ich ersuche Euch, nicht weiter in mich zu dringen. Ist es von Bedeutung, ob er es gesagt hat oder nicht, wenn ich doch sicher bin, dass es stimmt? Er kann mich nicht lieben, und ich liebe ihn. Das ist meine Buße dafür, dass ich ihn verletzt habe. Darf ich mich nun zurückziehen?“

Die Countess runzelte die Stirn, doch sie sah eher besorgt als verärgert aus. *Schaut mich nicht so an, ich kann es nicht ertragen.* Beatrice wollte dort hingehen, wo sie ihre Ruhe hatte, weg von ihrer Mutter, weg von Lucia. Es musste einen Ort geben, wo ihr Herz Frieden fände – vielleicht die Kapelle, die ihr wahrlich eine Zuflucht geworden war, obwohl sie das vor zwei Monaten noch nicht für möglich gehalten hatte.

„Nun gut, mein Kind. Du darfst gehen“, sagte ihre Mutter langsam, aber ihre Miene wurde noch sorgenvoller.

Beatrice sank in einen Knicks und verließ den Raum, bevor die Countess sie aufhalten konnte. Sie hörte noch Lucias Stimme hinter sich, doch sie schloss rasch die Tür und eilte zur Kapelle.

Tränen brannten in ihren Augen.

18. KAPITEL

Es kostete den Earl mehr Zeit, die Angelegenheit auf dem Gut nördlich von Herron zu regeln, als den Streit auf dem Landsitz zu schlichten. Die Tage, in denen er bei manchen Fragen und Überlegungen um eine Entscheidung rang, zogen sich hin, und Sebastian konnte wenig tun, außer dem Earl zur Seite zu stehen und den zähen Verhandlungen zuzuhören. Doch so langsam die Tage auch vergingen, die Nächte, die er in einem fremden Bett verbringen musste, waren noch schlimmer.

Sebastian lag in der Dunkelheit wach und musste immerzu an Beatrice denken, sosehr er auch versuchte, seine Gedanken auf andere Dinge zu richten. Die Sehnsucht nach ihr schmerzte wie eine Wunde. Jeden Tag kamen Boten von Wednesfield, doch sie brachten nur Briefe der Countess. Beatrice schrieb nicht und schwieg beharrlich, als wünschte sie, ihn zu strafen und leiden zu lassen. Eine leise Stimme in seinem Hinterkopf raunte ihm zu, dass sie ihm nur deshalb nicht schrieb, da er keine Zeilen an *sie* richtete. Jedes Mal, wenn er diese Stimme vernahm, brachte er sie zum Schweigen. Auch wenn sie die Wahrheit sprach, so war er nicht in der Lage, Beatrice zu schreiben.

Schließlich, nach einer endlosen Woche, verkündete der Earl bei der Abendmahlzeit, er sei mit der Regelung der Angelegenheit zufrieden und sie könnten am folgenden Tag zurück nach Herron reiten und einen Tag später weiter nach Wednesfield. Sebastian verspürte ein ungutes Gefühl in der

Magengegend; ob aus Furcht oder vor Aufregung, vermochte er nicht zu sagen. Wie sollte er Beatrice nach dieser Trennung begegnen? In den letzten Wochen hatten sich die Dinge zwischen ihnen verändert – das lange Schweigen nach den kurzen Briefen hatte das allzu deutlich werden lassen. Hatte sich die Beziehung zum Besseren gewendet – und wenn es so war, was bedeutete das? Er würde die Wahrheit nur dann erfahren, wenn er Beatrice noch einmal sähe.

Der Ritt nach Herron und von dort nach Wednesfield war eine Reise vom Unbekannten zum Vertrauten, doch als sie ihre Pferde durch die Hügel und Felder lenkten, die er kannte, drückten ihn Sorgen und ein Gefühl der Niedergeschlagenheit. Was sich in den vergangenen drei Wochen auch immer zwischen Beatrice und ihm ereignet hatte, war vorüber. Der Schaden war angerichtet. Nun galt es, das Einvernehmen wiederherzustellen. Es war ihm schon einmal gelungen, ihre Mauern aus Schmerz und Misstrauen zu überwinden; gewiss könnte er dies nach einigen Wochen der Trennung erneut vollbringen. Wenn er es wollte.

Am Nachmittag des zweiten Tages erreichten sie die Gegend, die er beinahe so gut kannte wie Benbury. Hier lagen die Wälder, in denen er in Begleitung seines Vaters und des Earl gejagt hatte; und auch die Hügel, über die er zusammen mit Beatrice' Brüdern Jasper und John geritten war, sobald sie im Sattel sitzen konnten. An der Art, wie die Landschaft beschaffen war, und beinahe an dem Grün der Hügel und Wälder konnte er sehen, dass es nicht mehr weit nach Wednesfield war. Und die Begierde, Beatrice zu sehen, wuchs, je näher sie kamen. Sie war eine Gefahr für ihn, das war ihm bewusst, und dennoch wünschte er immer wieder, die Pferde wären schneller.

Schließlich ragten die Türme und Zinnen der Burg über die Baumwipfel, und die Steine wirkten im grauen Licht des verhangenen Nachmittags wie mit Silber überzogen. Sebastians Schultern verspannten sich. So nah – nur noch ein Ritt von wenigen Minuten, und dann würde er Beatrice von Angesicht zu Angesicht gegenüberstehen.

Sie bogen in den Weg ein, der durch das Burgtor führte. Nachdem sie die Dunkelheit des Torhauses durchquert hatten, gelangten sie in den großen, von einer matten Sonne beschienenen Hof, in dem reges Treiben herrschte. In dem matschigen Hof tummelten sich Pferde, Hunde, Stallburschen und Dienstboten; es hatte den Anschein, als habe sich der gesamte Haushalt eingefunden, um Lord Wednesfield willkommen zu heißen. Das Stimmengewirr und das Kläffen der Hunde schmerzte in Sebastians Ohren, während der Earl die Bediensteten begrüßte. Mit einem Wink deutete er an, die großzügigen Geschenke zu verteilen, ehe er so beschwingt wie ein junger Mann von seinem Ross sprang. Sebastian stieg ab und folgte dem Earl, der bereits die Große Halle betrat.

Nach dem Durcheinander auf dem Hof war die Halle ein Ort gesegneter Stille, eine Welt der Ruhe und Ordnung. Da der Earl einen Mann vorausgeschickt hatte, um seine Rückkehr anzukündigen, wartete die Countess mit ihren Zofen bereits unter dem Baldachin. Sebastian suchte nach Beatrice, entdeckte sie schließlich unmittelbar neben ihrer Mutter und wunderte sich, dass er sie nicht sogleich gesehen hatte. Der Hals schnürte sich ihm zu. Sie hatte die Hände gefaltet und hielt den Blick gesenkt, und er vermochte nicht zu sagen, ob ihre Zurückhaltung Demut, Stolz oder Zorn barg. Sie trug Blau, die Farbe, die ihm gefiel, aber wenn sie seinen Blick nicht suchte, was hatte es dann für eine Bedeutung, welche Farbe sie trug?

Schau mich an. Bitte. Lass mich nicht der Einzige sein, der sich freut.

Als habe sie seine Bitte vernommen, hob sie den Kopf, und ihre Blicke trafen sich für einen langen, innigen Moment. In ihren Augen lag Traurigkeit, und ihr Mund glich einer schmalen Linie. Demnach empfand sie weder Stolz noch Demut oder Wut – was er sah, war Schmerz. Er wollte die Halle durchqueren und sie in die Arme schließen, um ihren Kummer zu lindern. Doch er brachte es nicht fertig, denn ihn hielt nicht nur eine innere Härte, sondern auch der gebotene Anstand zurück. Ihre Lider senkten sich und verbargen ihren Blick. Sie sah ihn nicht mehr an, als ihre Mutter ihn begrüßte.

„Sebastian, willkommen auf Wednesfield." Das Lächeln der Countess war freundlich und kühl zugleich, als ob sie unzufrieden mit ihm wäre, aber Verständnis für den Grund seines Vergehens hatte.

Hatte Beatrice ihrer Mutter irgendetwas gesagt? Wenn ja, was? „Habt Dank für den freundlichen Empfang, Mylady. Ich freue mich, zurück zu sein."

Die Countess nickte und begrüßte dann einen anderen Begleiter ihres Gemahls, den Sohn eines Edelmannes, der im Hause Wednesfield aufwuchs. Sebastian nahm die Gelegenheit wahr und trat näher an Beatrice heran. Sie schaute nicht auf.

„Mylady."

„Mylord." Ihre Stimme war kaum mehr als ein Flüstern.

„Schau mich an."

Sie sah ihn an, war ihm gehorsam, mehr aber nicht. „Mylord?"

„Warum benutzt du nicht meinen Namen?"

Sie errötete. „Es ziemt sich nicht in Gegenwart meiner Eltern", erwiderte sie und sah flüchtig zu ihrem Vater herüber.

„Wirst du meinen Namen aussprechen, wenn ich es dir befehle?"

Beatrice senkte den Blick und wich ihm aus. „Ich bin gehalten, Euch zu gehorchen."

„Ist das der einzige Grund?"

„Reicht das nicht aus?"

Nein.

Aber er konnte dieser verschlossenen Frau nicht offen sagen, was er dachte. „Tu, was dir beliebt. Ich werde dich nicht zwingen."

Fast unmerklich versteifte sie sich, und diese kleine Bewegung reichte aus, den Abstand zwischen ihnen zu vergrößern, als habe sie sich einen Schritt von ihm wegbewegt. Sebastian wusste nicht, was er sagen oder tun sollte, um die Kluft zwischen ihnen zu überwinden, ohne sich eine Blöße zu geben. Er durfte sich nicht in ihre Macht begeben, doch er wollte sie an sich ziehen, wollte, dass sie ihn anlächelte, wie sie es vor seiner Abreise getan hatte. Er verfluchte seine Verwirrung und die widerstreitenden Gefühle, die ihm die Ruhe und den inneren Frieden raubten.

Sebastian kam es sehr gelegen, dass sie bei dem nachfolgenden Austausch von Höflichkeiten voneinander getrennt wurden und er nicht weiter in Versuchung gebracht wurde. Aufmerksam beobachtete er Beatrice. Sie lächelte, wenn sie musste, fiel in einen Knicks, wenn es angebracht war, und begegnete jedem mit einem ausgewogenen Maß an Hochmut und Bescheidenheit. Anmutig und mühelos beherrschte sie die Gepflogenheiten – wieso auch nicht, da sie als Tochter eines Earl erzogen worden war?

Als sie schließlich zu ihm aufschaute, sah er in ihren Augen, dass sie sich innerlich entfernt hatte. Eine flüchtige Röte huschte über ihre Wangen, ehe sie wegschaute und sich scheinbar aufmerksam zu ihrer Mutter gesellte. Die Countess warf ihm einen Blick zu, bevor sie sich ihrer Tochter zuwandte; sie sagte etwas zu Beatrice, worauf diese auf ihn zukam. Als sie vor ihm stand, fiel sie in einen steifen Knicks.

„Meine Mutter bat mich, Euch zu Eurem Gemach zu geleiten, wenn es Euch beliebt."

Wäre ihr dies auch ohne ihre Mutter eingefallen? Warum stellte er sich diese Frage? Er wollte die Antwort gar nicht wissen.

„Es würde mir sehr wohl gefallen. Führt mich, Mylady."

Mit einem flüchtigen Blick versuchte sie, seine Gedanken in seinem Gesicht zu lesen, aber sie sagte kein Wort, sondern wandte sich der Treppe zu, die zu seinem Gemach führte. Würde er heute Nacht dort schlafen? Oder würde sie ihn wieder in ihr Bett lassen? Mit einer Lebhaftigkeit, die er sich zuvor nicht eingestanden hatte, erinnerte er sich daran, wie warm und lieblich sie in den beiden Nächten gewesen war, die sie gemeinsam verbracht hatten. Er hatte geglaubt, dass sie sich ihm nicht nur mit dem Körper, sondern auch mit ihrem Herzen hingegeben hatte. Jetzt war er sich nur noch ihres Körpers sicher.

Und das genügte, um seine Sehnsucht anzufachen. Vielleicht hatte er damals nur das Verlangen des Fleisches verspürt, als Antwort auf ihre willige Begierde. Und was war, wenn sie es genauso vermisst hatte, bei ihm zu liegen? Er erklomm die Stufen hinter ihr, und als er sah, wie sich ihre Hüften unter den Röcken bewegten, malte er sich ihren makellosen Leib unter dem blauen Brokat aus. Am oberen Treppenabsatz ergriff er ihren Arm, drehte sie zu sich und zog sie an sich.

„Seba…"

Sein Mund verschloss ihre Lippen. Für einen Augenblick versteifte sie sich, als ob sie sich widersetzen wollte, doch dann schmiegte sie sich an ihn, öffnete ihren Mund und fügte sich in seinen Kuss. Fordernd presste er sie an sich, während der Kuss inniger und leidenschaftlicher wurde. Er wollte sie gleichsam verschlingen; den zarten, gehauchten Seufzern und der Glut ihres Kusses nach zu urteilen, verlangte es sie ebenso nach ihm. Für einen scheinbar endlosen Augenblick versank er in wonnevollen Gefühlen, während sie miteinander verschmolzen.

Bea. Oh, Bea.

Als unten eine Tür zugeschlagen wurde und Stimmen in dem Treppenaufgang widerhallten, machte Sebastian sich bewusst, wo sie sich befanden. Dies war gewiss kein Ort, um Beatrice zu küssen, da sie jeden Augenblick überrascht werden konnten. Er löste sich von ihren Lippen, doch das Verlangen nach ihr schmerzte ihn mehr denn je.

„Ich habe dich vermisst", wisperte er und fuhr mit den Lippen über ihre Wange. Ein Schauer durchfuhr ihn. Er hatte diese Worte nicht aussprechen wollen.

Sie vergrub das Gesicht in seinem Wams, um ihre Gefühle nicht preiszugeben. Ihr Verhalten dämpfte seine Leidenschaft, und er lockerte die Umarmung. Hatte sie ihn etwa nicht vermisst?

Sie sagte etwas, doch ihre Stimme wurde von dem Wams und dem Umhang verschluckt.

„Wie bitte? Ich kann dich nicht verstehen." Er legte die Hand unter ihr Kinn und war im Begriff, ihr Gesicht zu heben, als sie sich mit einem Ruck von seiner Hand befreite.

„Ich sagte, dass ich dich auch vermisst habe." Sie klang ungeduldig und wirkte angespannt. Er ließ von ihr ab.

„Aber du hast mir nicht geschrieben." Die Worte waren heraus, bevor er sie zurückhalten konnte. Wenn er jetzt nicht Acht gab, würde er alles bekennen, was er für sich behalten wollte.

Sie trat einen Schritt zurück, ließ die Kluft zwischen ihnen umso größer werden und verschränkte abwehrend die Hände. „Du hast mir nicht geantwortet, als ich dir gestand, dich zu vermissen. Wie sollte ich dir da erneut schreiben?"

„Du hättest es tun sollen."

Einen Augenblick lang vergaß sie ihre Zurückhaltung. Stattdessen entflammte Zorn ihre Augen und rötete ihre Wangen. Ihrem bebenden Mund entnahm er, dass sie nur mit Mühe Worte zurückhielt, die ihn gewiss mit voller Schärfe getroffen hätten. Dann presste sie die Lippen zusammen und schluckte. Sie senkte den Blick, und die Beatrice, die vielleicht eine bittere Wahrheit ausgesprochen hätte, war fort.

„Wie sollte ich? Ich dachte, ich hätte dein Missfallen erregt", entgegnete sie.

Nein, du hast mir über alle Maßen gefallen, dachte er, aber zu weiteren Bekenntnissen war er nicht mehr fähig. Ihre offenkundige Weigerung, die Wahrheit zu sagen, bestärkte ihn in seinem Beschluss zu schweigen. Er würde sich keine Blöße geben, wenn sie sich vor ihm versteckte.

„Bring mich bitte in mein Gemach, wie deine Mutter es dir aufgetragen hat. Ich möchte nicht ihr Missfallen erregen."

Sie fiel in einen auffallend tiefen Knicks, der entweder von Spott oder wahrer Ehrerbietung zeugte. Sebastian sah darin ein weiteres Anzeichen für die Mauern, die in den Wochen seiner Abwesenheit zwischen ihnen entstanden waren. Ohne ein Wort zu verlieren und ohne ihn anzuschauen, führte sie ihn zu dem Gemach, das er zuvor bewohnt hatte. Vor der Tür fiel sie abermals in einen Knicks, als ob sie andeuten wollte, dass sie ihre Aufgabe erfüllt hatte und nun zu ihrer Mutter zurückkehren würde. Er streckte die Hand aus, um sie aufzuhalten.

„Erlaube mir, dich heute Nacht aufzusuchen." Die Worte waren heraus, bevor er nachgedacht hatte, und die Absicht ohne jegliche Schmeichelei geäußert. Gewiss würde sie es ablehnen; er könnte es ihr kaum übel nehmen, wenn sie nun ginge, ohne ihm eine Antwort zu geben. Und doch hatte er nicht darauf angespielt, sie erneut lieben zu wollen. Vielmehr gab er die Hoffnung nicht auf, dass Beatrice aus ihrer abwehrenden Haltung herauskäme, wenn sie zusammen im Bett lägen, wo sie sich nah gewesen waren. Dann wäre auch er von dem Bedürfnis befreit, seine Gefühle vor ihr zu verbergen.

Sie schaute zu ihm auf und versuchte, in seinem Gesicht zu lesen, als habe sie ihn bislang nicht wirklich angesehen.

„Wünschst du es?"

„Ich würde nicht danach fragen, wenn ich es nicht wollte." *Lass mich nicht darum bitten.* Wenn sie ihm jetzt nicht zu kommen erlaubte, wäre es das Ende. Dann könnte er nichts mehr sagen.

Sie trat näher und sah ihn unverwandt an. Ihr Schritt überwand mehr als den sichtbaren Abstand zwischen ihnen. „Wenn du es wünschst, brauchst du es nur von mir zu verlangen."

„Ich will dich nicht zwingen." Er hielt inne. „Du weißt, es birgt Gefahren. Ich kann nicht von dir verlangen, dass du sie auf dich nimmst."

Verschämt senkte sie den Blick, und eine leichte Röte stieg ihr ins Gesicht. „Es würde mir gefallen, wenn du kämst", flüsterte sie.

„Dann werde ich da sein."

Sie fiel ein drittes Mal in einen Knicks. „Ich muss zurück zu meiner Mutter."

Geh nicht, dachte er, aber er nickte. Sie musste gehen; wenn sie bliebe, würden sie entweder miteinander sprechen oder sich lieben, und jede Möglichkeit barg ihre eigenen Gefahren.

Sie verließ ihn, ohne sich umzuschauen. Als er ihren Schatten nicht mehr sah, betrat er sein Gemach. Es war unverändert – warum sollte es auch anders aussehen? Beinahe kam es ihm so vor, als sei er drei Jahre fort gewesen, dabei hatte seine Reise gerade mal drei Wochen in Anspruch genommen. Sebastian löste sich aus dem Trübsinn und ging zum Fenster. Es hatte zu regnen begonnen, und das Grün des Gartens wirkte stumpf und grau bei diesem Wetter. Die Wege, die sich schier endlos durch die gesamte Anlage schlängelten, erinnerten ihn an die Zeit, als er gemeinsam mit Beatrice durch den Garten gegangen war und sie, so gut er konnte, umworben hatte.

Wie hatten sich die Dinge in der kurzen Zeit, die er fort gewesen war, so ungünstig entwickeln können? Vor seiner Abreise war Beatrice offen zu ihm gewesen und hatte sich ihm mit ganzem Herzen und mit ihrem Leib hingegeben. Er hatte ihre Gesellschaft genossen, doch er durfte nun nicht erneut in die Gefahr geraten, den Kopf zu verlieren.

Das einzig Gute in seiner brenzligen Lage war, dass ihr offenbar nicht bewusst war, welche Macht sie über ihn ausübte. Sie benutzte keine List, um ihn an sich zu ziehen, täuschte ihn nicht mit einem Lächeln oder keuschen Blicken. Stattdessen stand sie in seiner Gegenwart steif da, als ob sie Flüche und Schläge erwartete und seine bloße Nähe ihr Unbehagen bereitete.

„Bei allen Heiligen, was für ein Durcheinander“, sagte er

halb laut zu sich und stieß das Fenster auf. Das Geräusch des heftig prasselnden Regens erfüllte den Raum und hallte von der Decke wider. Kühle, reine Luft umgab ihn, und Regen tropfte auf den Fenstersims, so dass seine Finger nass wurden. Ruhe und eine Art von Frieden überkamen ihn. Er musste sie wieder für sich gewinnen und gleichzeitig einen Weg finden, um seinem Verlangen zu widerstehen. So einfach war es. Er dachte an all die Gefahren, die er auf Geheiß seines Onkels auf sich genommen hatte, um die Familienkasse wieder aufzufüllen; gewiss könnte er seinen Stolz ein wenig außer Acht lassen.

Denn welche Wahl blieb ihm, wenn er sein ganzes Leben mit Beatrice verbringen musste?

Als Beatrice Sebastian verließ, floh sie zu ihrem einzigen Zufluchtsort – der Kapelle. Sie hatte nicht damit gerechnet, dass es so wehtun würde, ihn nach der langen Abwesenheit wiederzusehen. Ein jäher Schmerz hatte sie durchzuckt, als er die Halle betreten hatte, und es war noch schlimmer geworden, nachdem er auf die Empore gekommen war. Statt Wärme und Freude hatte sie etwas wie Besitzgier in seinen Augen entdeckt, als ob er sie sein Eigen nannte, aber nicht wertschätzte. Danach hatte sie kaum wahrgenommen, was er zu ihr gesagt hatte.

Sie verdrängte die Erinnerung, stieß die Tür zur Kapelle auf und war sogleich von dem lieblichen Duft des Weihrauchs umgeben. Der Wohlgeruch rief in ihr Erinnerungen an inneren Frieden und ein reines Herz hervor, aber es reichte nicht aus, um sie zur Ruhe kommen zu lassen. Sie schloss die Tür hinter sich und lehnte an der Holzverkleidung, als wolle sie ihren Kummer von diesem Ort fern halten.

Doch es gelang ihr nicht; wo auch immer sie hinging, was auch immer sie tat, ihre Seelenqualen begleiteten sie. Der letzte Fehler war ihre unkluge Entscheidung gewesen, Sebastian in dieser Nacht in ihr Bett zu lassen, trotz des Abstandes zwischen ihnen und trotz des Schmerzes, den er in ihr auslöste. Warum hatte sie das getan? Welcher Irrsinn hatte von ihr Besitz ergriffen? In einer Woge unerwarteter und ungewollter Hitze fühlte sie seine Lippen auf den ihren, seinen harten Leib vor sich, als ob er sie jetzt küsste. Und in dieser Woge des Verlangens fand sie ihre Antwort. Fleischeslust war der Irrsinn, von dem sie besessen war. Einmal von diesen Fängen ergriffen, konnte sie Sebastian nichts abschlagen.

Hätte sie nur ein bisschen Verstand oder Willen, würde sie ihre Zustimmung rückgängig machen – aber sie brachte es nicht fertig. Sie kniete vor dem Altar nieder und betete mit gefalteten Händen und gesenktem Haupt, dass Frieden über sie kommen möge. Reglos und voller Anspannung verharrte sie eine Zeit lang in dieser Haltung, doch Frieden wollte sich nicht einstellen. Stattdessen verspürte sie ein aufgeregtes Flattern, als ob ein verschrecktes Wesen in ihr gefangen wäre. Oder war sie selbst dieses Wesen, das vor den eigenen Taten erschrak und den Schmerz fürchtete, der noch bevorstand?

Sie verbarg ihr Gesicht hinter den Händen. Warum stellte sie sich diese Frage, wenn sie die Antwort bereits kannte? Oh, was war sie doch für eine Närrin. Sie ließ die Hände sinken, hob den Kopf und starrte auf die ruhige Flamme der Altarkerze. Sebastian zu lieben bedeutete, sich in seine Gewalt zu begeben; mit einem Wort konnte er sie schlimmer verletzen, als Thomas es je getan hatte.

Was sollte sie jetzt tun? Wie konnte sie sich gegen Sebastian und ein gebrochenes Herz schützen?

Du vermagst es nicht.

Die Stimme schien nicht aus ihr zu sprechen. War es Gott? Oder war es der Teufel, der sie für seine Zwecke in Versuchung führte? Sogleich bekreuzigte sie sich und sah mit einem Mal klarer. Wie konnte der Teufel sie versuchen, da er sie daran erinnerte, dass sie sich bei Sebastian nicht vor Schmerz schützen konnte? Worin sollte hierbei das Trügerische liegen?

Zumindest schien Sebastian, anders als Thomas, keine Freude daran zu haben, sie zu verletzen. Das war eine große Gnade und Grund genug, dankbar zu sein. Und wenn er sie doch verletzte, würde er dann nicht Reue zeigen? Er hatte es sogar bedauert, ihr Schmerzen verursacht zu haben, als er ihr die Jungfräulichkeit genommen hatte, ein Schmerz, der sich nicht hatte verhindern lassen.

Habe Vertrauen.

Erneut schien die Stimme irgendwo aus der Kapelle zu kommen, aber diesmal hinterfragte sie nicht die Quelle. Wenn Sebastian sie auch nicht liebte, so hasste er sie wenigstens nicht. Vor zwei Monaten wäre sie für diese Aussicht dankbar gewesen. Waren ihr Stolz und ihre Habsucht derart angewachsen, dass sie sich damit nicht mehr begnügen konnte? Oder lag es in ihrer Natur, dass sie immer mehr wollte, ganz gleich, wie viel sie bereits besaß? Möge Gott verhindern, dass es so war. Doch wenn es stimmte, musste sie um Dankbarkeit und Demut bitten, um die Gnade schätzen zu lernen, die ihr zuteil geworden war, anstatt die Gaben zu beklagen, die ihr nicht vergönnt waren.

Plötzlich erinnerte sie sich an ihr Gebet, das sie gesprochen hatte, als Sebastian fort gewesen war. Sie hatte sich selbst ermahnt, nicht um seine Liebe zu beten – der Wunsch war zu weltlich, um ihn vor Gott zu tragen. Stattdessen hatte sie um Kraft und Geduld gebeten, damit sie die Heimsuchungen ertragen könnte, die ihr noch bevorstanden. Und jetzt wurde sie erstmals auf die Probe gestellt und beklagte sich, weil sie nicht bekommen hatte, was sie überhaupt nicht hätte verlangen dürfen.

Mit Sebastian bekäme sie einen freundlichen Gemahl; er würde ihr Kinder schenken und die Ehre seiner Frau wahren. Erneut kniete sie nieder und bekreuzigte sich. Allein ihr Stolz und ihr habgieriges Verlangen verursachten den Schmerz, und daher würde sie diesen Irrungen keine Beachtung mehr schenken. Sie würde von nun an dankbar für die Gnaden sein, die ihr vergönnt waren; sie waren groß, und das durfte sie nicht vergessen. Wenn ihr törichtes Herz von Liebe flüsterte, würde sie nicht hinhören; die Pflicht gegenüber Sebastian und ihrer Ehe würde sich als keine Bürde erweisen. Das allein war ein Geschenk.

Es war sonderbar, aber an diesem Abend machte Sebastian es ihr leicht, das Versprechen sich selbst gegenüber zu halten. Sie saßen bei der Abendmahlzeit zusammen, und er bestimmte den Umgangston bei Tisch, indem er sie wie ein Höfling mit unverfänglichen Schmeicheleien bedachte. Er hätte jeder anderen Frau dieselben Komplimente gemacht, und als Beatrice spürte, dass sie sich nach Liebesgeflüster sehnte, schenkte sie diesem Verlangen keine Beachtung. Es musste ihr genügen, dass er ihr freundlich und nicht mit Flüchen begegnete.

Sie tanzten eine Pavane, und wenn sie mit ihm sprach, tat sie es ihm gleich und sagte nichts weiter als leere, bedeutungslose Dinge. Einmal hatte sie den Eindruck, Enttäuschung in seinen Augen zu entdecken, aber nachdem sie ihn erneut angesehen hatte, schenkte er ihr nur ein freundliches, aber steifes Lächeln, das ihr zeigte, dass sie sich geirrt hatte. Als sie mit John tanzte, tanzte Sebastian mit der Frau ihres Bruders. Danach bewegten sie sich zu einer lebhaften und schnellen Galliarde. Am Ende stolperte sie und fiel in seine Arme. Von Hitze erfasst, vernahm sie, wie er die Luft zwischen den Zähnen einsog. Einen Augenblick lang verharrten sie in dieser Stellung, bis er sie wieder auf die Füße stellte und sich bei ihr entschuldigte. Kurz darauf verließ er die Tanzfläche und ließ sie verwirrt und aufgewühlt zurück.

Ein wenig später ging er aus der Halle. Sie sah ihm nach, und ihr Schmerz war gewiss für alle deutlich zu sehen. Rasch eilte John zu ihr und zog sie bereits in den nächsten Tanz. Seine Miene hatte sich verfinstert.

„Schau nicht so“, sagte er und drückte ihre Hand, dass es beinahe schmerzte.

Sie machte sich von ihm los. „Das tut weh.“

„Wenn ich dich so anschaue, bereitet dir noch etwas anderes Kummer."

Aufbrausend machte sie ihrem Zorn Luft. „Wenn ich dich nicht nach deinem Rat gefragt habe, dann deshalb, weil ich ihn nicht benötige."

„Du wirst ihn trotzdem bekommen."

„Aber ich werde ihn nicht beherzigen. Du könntest dir deine Worte also sparen."

Es kam ihr äußerst gelegen, als die Tanzschritte sie in diesem Augenblick trennten. Vom Ärger beflügelt, lächelte sie ihren Partner an, einen Jungen, dessen Kinn noch mit einem zarten Flaum überzogen war. Er errötete und stolperte. Schon brachte der Tanz sie wieder mit ihrem Bruder zusammen.

„Du bist eine zänkische Närrin", sagte er, als er bei ihr war.

„Und du bist ein stolzer und schreiender Esel."

Seine Augen sprühten vor Vergnügen, und er grinste. „Deine Zunge ist so scharf wie eh und je. Ich fürchtete schon, die Zeit hätte sie stumpf gemacht."

„Gib Acht, dass sie dich nicht schneidet", erwiderte sie, und ihr Zorn legte sich ein wenig, als sie sein Vergnügen bemerkte.

„Ich weiß mich zu schützen."

Das war das Schlimmste – er konnte sich vor allem schützen, was sie ersinnen würde. Der Tanz trennte sie erneut und brachte Beatrice mit einem anderen Partner zusammen, einem älteren Mann, der schon seit langem dem Haushalt ihres Vaters angehörte. Er war an ihr Gesicht gewöhnt; wenn er sie jemals schön gefunden hatte, so übten ihre Reize scheinbar keine Wirkung mehr auf ihn aus. Er tanzte fehlerfrei und übergab sie erneut ihrem Bruder. Mittlerweile hatten sich die Wogen geglättet, und ihr Zorn war fast ganz verflogen.

„Hat Sebastian dich etwa verletzt?“ sagte John ohne Umschweife.

Sie geriet ins Stocken. „Warum fragst du?“ sagte sie dann, um Zeit zum Nachdenken zu bekommen.

„Wegen deines Gesichtsausdrucks während des Mahls und der Art, wie du ihm nachgeschaut hast, als er die Halle verließ.“

Sie sah ihren Bruder an und las sowohl Besorgnis als auch ein klein wenig Streitlust in seinem Blick. Was würde er mit Sebastian machen, wenn sie es bejahte? Wie auch immer, Sebastian verdiente es nicht. Seine einzige Sünde bestand darin, dass er sie nicht liebte.

„Wenn er mich verletzt hat, dann nur, weil ich zu viel von ihm erwartet habe“, entgegnete sie so gefasst wie irgend möglich. „Er hat mir nicht mit Absicht wehgetan, und wenn er erführe, dass er mir zufällig ein Leid angetan hat, würde er es bereuen.“

„Was könntest du verlangen, das so groß ist, dass er es dir nicht geben kann?“

Sein Herz.

Sie vermochte es nicht zu sagen; wenn sie es täte, würde sie in Tränen ausbrechen. Die mühsam errungene Fassung, die allein von ihrem Zorn gewahrt wurde, würde sich in nichts auflösen.

„Frage nicht, John.“

Mit zusammengekniffenen Augen sah er sie an, als ob er in sie hineinschauen wollte. Jeden Augenblick würde er sie zu einem Geständnis zwingen. Plötzlich aber nickte er.

„Ich will dich nicht drängen, Bea. Aber denke daran, wenn du jemanden zum Reden brauchst, ich bin immer für dich da.“

Ihr Hals brannte. „Wie bei der Beichte?“ fragte sie und war bemüht, heiter zu klingen.

Er lächelte. „Ja, aber ohne das Keuschheitsgelübde oder die Notwendigkeit, Bußen aufzuerlegen.“

Schweigend und in gutem Einvernehmen tanzten sie weiter, bis die Musik endete. John nahm sie bei der Hand und führte sie zu seiner Gemahlin, die inzwischen neben der Countess Platz genommen hatte. Als Beatrice stehen blieb, drehte er sich zu ihr um und sah sie fragend an.

„Ich bin müde und möchte mich zurückziehen“, sagte sie. „Wenn es dir nichts ausmacht, so lenke unsere Mutter ab. Ich traue mich nicht, sie um Erlaubnis zu fragen, und möchte nicht, dass sie mich gehen sieht.“

„Sie wird dir ihre Erlaubnis geben. Niemals würde sie so hartherzig sein.“

„Ich weiß. Aber sie könnte fragen … Bitte, John, hilf mir diesmal.“

Er runzelte die Stirn. „Nun gut. Versuche zu schlafen. Morgen sieht alles anders aus.“

„Ich hoffe es.“

19. KAPITEL

Sebastian erwartete sie bereits in ihrem Gemach, und er trug nicht mehr als sein Hemd und seine Beinlinge. Der Schein der einzigen Kerze tauchte sein Gesicht in goldenes Licht und dunkle Schatten – seine Miene war undurchdringlich. Beatrice schloss die Tür, starrte ihn an, und ihre Atemzüge beschleunigten sich. Ohne ein Wort zu verlieren, kam er auf sie zu und umschloss ihr Gesicht mit den Händen. Ihr blieb nur ein Moment, um das helle Leuchten in seinen Augen zu sehen, bevor er sich zu ihr hinabbeugte und sie küsste. Seine Lippen waren heiß und fordernd.

Eine Woge des Verlangens überrollte sie, ertränkte ihre Furcht und Pein, und Beatrice stöhnte leise auf. Nichts anderes war von Bedeutung, als seinen Mund zu spüren, seine Hände auf ihrem Leib. Sie fuhr unter sein Hemd, um seine warme Haut zu fühlen. Mit der ganzen Größe seines kraftvollen Leibes drückte er sie gegen die Tür. In ihrem Kopf drehte sich alles. Die Wochen ohne ihn machten sich bemerkbar und vergrößerten ihre Begierde. Durch die Röcke spürte sie, wie er einen Oberschenkel zwischen ihre Beine schob und seine Lendengegend gegen ihren Unterleib presste. Ihr entfuhr ein wonnevoller Seufzer.

Er hob den Kopf und raunte mit heiserer Stimme: „Ich kann nicht mehr warten."

„Das sollst du auch keinen Augenblick länger", erwiderte sie, geblendet von dem Verlangen, seinen Leib zu spüren, ihn in sich zu aufzunehmen.

Er hob sie hoch und trug sie zum Bett, wo er sie mit gespreizten Beinen auf der Bettkante absetzte.

Eine innere Stimme sagte ihr: *Du benimmst dich wie eine lüsterne Frau.*

Es ist mir gleich.

Sie konnte ihn nicht mehr abweisen, denn sie begehrte ihn viel zu sehr, um sich jetzt noch von Liebkosungen, Küssen und all seinen Verführungskünsten umwerben zu lassen. Wenn sie seine Liebe nicht haben konnte, musste sie sich mit seiner Lust begnügen. Als er ihre Röcke hochschob, half sie ihm, und ihre Hände berührten sich. Ungestüm machte er sich los, ergriff ihre Hüften und drang in sie ein.

Obwohl sie sich ohne Umschweife vereinigten, empfand sie es als so herrlich wie ein Fest nach einer langen Fastenzeit. Es blieb keine Zeit für Zärtlichkeiten, doch sie war auch nicht auf Zärtlichkeiten eingestellt. Sie wollte das nehmen, was er ihr gab, sein brennendes Verlangen, die Wucht seiner Bewegungen. Die Beine um seine Taille geschlungen, passte sie sich seinem Rhythmus an. Sie klammerte sich an seine Schultern, als er sich in ihr bewegte und sie unnachgiebig zu dem erlösenden Moment trieb. Sie fühlte seine Stöße, und eine Woge der Lust erfasste sie und raubte ihr die Sinne. Lustvolle Laute hallten im Raum wider; wie von weit her nahm sie wahr, dass sie beide aufstöhnten. Sebastian vergrub sein Gesicht an ihrem schlanken Hals.

Im Raum herrschte eine angespannte Stille, wie nach einem großen Unwetter oder einem furchtbaren Streit. Sie schwieg, aus Angst, was ihre Worte womöglich auslösen würden. Ihre

Haube drückte auf dem Kopf, das Korsett engte sie ein und das Gewicht von Sebastian lastete zu schwer auf ihren Hüften. Doch sie blieb ruhig liegen und beklagte sich nicht. Eine tiefe Einsamkeit überkam sie. Zwar hatten sie zuvor beieinander gelegen, aber da hatte sich so etwas wie Freude eingestellt. Jetzt indes verspürte sie nichts dergleichen.

Sebastians Leib spannte sich; jeden Augenblick würde er sich erheben. Obwohl die Nähe seines Körpers ihre Einsamkeit noch zu verstärken schien, wollte sie Sebastian nicht gehen lassen.

„Du hast mich verhext", sagte er leise. In seiner Stimme schwang weder Freude noch Tändelei mit. Er sprach wie ein Mann, der verflucht worden war.

„Nicht willentlich", flüsterte sie. Sie hörte die Verzweiflung in ihrer eigenen Stimme und wünschte, sie könnte die Worte zurücknehmen.

Er stieß einen Laut aus, der an ein Auflachen erinnerte. „Gott stehe uns beiden bei."

„Warum hast du mir nicht geschrieben?"

Beatrice hatte die Frage nicht stellen wollen, hatte nicht einmal gewusst, dass sie in ihrem Kopf war. Sebastian seufzte und zog sich behutsam von ihr zurück. Sie sah zu, wie er ihre Röcke glatt strich und seine Kleidung richtete, wobei er ihren Blick beharrlich mied.

„Ist das von Bedeutung?" fragte er.

„Ja", erwiderte sie einsilbig.

Rasch verschnürte er sein Hemd und ging dann zu der Truhe, auf der er sein Wams abgelegt hatte. Da er im

Dunkeln stand, sah sie nur den Schimmer des weißen Leinens und den Glanz seines hellen Haars. „Du hast mir auch nicht geschrieben."

„Willst du mir nicht antworten?"

Er trat in den Lichtkreis der flackernden Kerze. „Nein."

Sie erhob sich und glättete die Röcke, als habe er den Stoff nie berührt.

„Dann geh. Ich wünsche nicht, dass du hier bist."

Lange sah er sie an, als ob er einschätzen wollte, wie ernst sie die Worte gemeint hatte. Sie hob das Kinn, da sie Angst hatte, er würde sehr wohl sehen, wie schwach ihr Wille in Wirklichkeit war. Wenn er bliebe, würde sie ihn anflehen und gleichsam um seine Liebe betteln. Es würde ihn nur mit Abscheu erfüllen und sie beschämt zurücklassen.

„Wie es dir beliebt", sagte er und kehrte sich ab.

Geh nicht! Sie biss sich auf die Lippe, um nicht zu weinen, drückte ihre Nägel in die Handflächen, um sich zu zwingen, die Hände nicht nach ihm auszustrecken. Er schaute sich nicht mehr um, sondern schloss die Tür hinter sich mit einem leisen, endgültig klingenden Geräusch.

Beatrice starrte lange auf die Holzverzierungen der Tür und konnte nicht glauben, dass sie ihn fortgeschickt hatte. Die Stille war in den Raum zurückgekehrt – jene Lautlosigkeit, die eintritt, wenn jemand etwas Unverzeihliches sagt. Was hatte sie bloß angerichtet?

Doch sie konnte es nicht rückgängig machen, ohne in den Gängen von Wednesfield hinter ihm herzulaufen. Wie betäubt bereitete sie sich auf das Zubettgehen vor, so gut es ohne Nans Hilfe ging. Während sie die Haare flocht, erinnerte sie sich an die Nacht in London, als Cecilia ihr eröffnet hatte, dass sie an den Hof zurückkehren würde.

Ich liebte einen Mann, und ich dachte, er liebt mich. Ich muss die Wahrheit ergründen. Ich muss wissen, was er fühlt. Beatrice hörte die Stimme ihrer Schwester so deutlich, als wäre sie im Raum. Woher hatte Cecilia den Mut genommen? Selbst jetzt noch raubte der Gedanke daran Beatrice den Atem. Woher stammte die Kühnheit, mit der ihre Schwester sogar die schmerzliche Erkenntnis in Kauf genommen hatte, dass der Mann, den sie liebte, ihre Liebe nicht erwiderte?

Wenn er mich nicht liebt, muss ich es wissen.

Plötzlich sah sie die Antwort hell und klar vor sich. Solange Cecilia nicht wusste, was der Mann ihrer Liebe fühlte, bliebe sie in der Schwebe und wäre nicht mehr in der Lage, ihr Leben zu gestalten. Mit einer noch so schmerzhaften Gewissheit aber konnte sie fortfahren, neue Entscheidungen treffen und ihr Leben so gut wie möglich ordnen. Vielleicht traf das auch auf sie selbst zu. Wäre es nicht besser, ihr Leben auf der Wahrheit aufzubauen? Sie dachte zurück an längst vergangene Tage, an Stolz und Zweifel, die sie davon abgehalten hatten, Sebastian zu fragen, ob er sie heiraten würde, nachdem Thomas seine Heiratsabsichten hatte erkennen lassen. Wenn damals einer von ihnen die Wahrheit gesagt hätte, wäre vielleicht vieles anders verlaufen.

Ich habe schreckliche Angst.

Sie hatte Angst vor Thomas gehabt und ihn doch überlebt. Sie hatte Angst vor Sebastians Zorn und Abscheu gehabt und beides überwunden. Schmerz verging gewiss so schnell wie Glück. Das einzig Wichtige, das Bestand hatte, war die Wahrheit.

Als sie ihren Zopf geflochten hatte, setzte sie die Nachthaube auf und verschnürte sie. Am Morgen, wenn das Tageslicht ihren Wagemut entfachte, würde sie Sebastian fragen, ob er sie liebte oder nicht.

Als Sebastian sich bei Anbruch der Dämmerung von seinem Bett erhob, trug er immer noch das Hemd und die Beinlinge vom vergangenen Abend. Er hatte keine Minute dieser langsam dahinkriechenden Nacht geschlafen, denn seine Gedanken hatten sich wie ein Mühlrad in seinem Kopf gedreht. Die letzte Nacht hatte ihm körperliche Erleichterung verschafft, aber auch nicht mehr. Seine Hoffnung, die körperliche Nähe zu Beatrice könnte zu einem offenen Wort führen, hatte sich als falsch erwiesen – während das Liebesspiel sie einst in vielversprechender Weise zusammengeführt hatte, waren sie nun weiter voneinander entfernt als je zuvor. Jetzt wusste er nicht mehr, was er tun sollte.

Er nahm sein Wams vom Boden auf, das er nachts von sich geschleudert hatte. Während er es anlegte, starrte er auf die Wand und versuchte, an nichts zu denken. Wenn er nachdachte, kam ihm unweigerlich die letzte Nacht in den Sinn, und was sollte ihm das bringen? Er hatte sich den Kopf zerbrochen, immer wieder über dasselbe nachgedacht und war doch zu keiner Lösung gekommen. Mit einem Seufzer durchquerte er das Gemach und öffnete die Tür. Auf dem

Boden schlief sein Diener Ned, zusammengerollt wie ein Hund vor dem Ofen. Sebastian hatte ihn nach der Rückkehr aus Beatrice' Kammer schleunigst fortgeschickt, denn er war zu aufgewühlt gewesen, um dessen Gesellschaft ertragen zu können. Offensichtlich hatte Ned nicht weit weggewollt. Sebastian stieg mit einem langen Schritt über ihn hinweg, denn er suchte die Gesellschaft des Dieners jetzt genauso wenig wie in der letzten Nacht.

In einiger Entfernung vernahm er Stimmen und die ersten Geräusche der Bediensteten am frühen Morgen. Die Türen waren nun gewiss entriegelt worden; er könnte die Burg verlassen, ohne bemerkt zu werden. In der Großen Halle stellten die Diener mit schnellen und geübten Griffen die langen Tische für die Frühmahlzeit auf. Sebastian grüßte sie mit einem Nicken, als er in den Garten hinausging.

Silberner Tau lag auf den Büschen, und die Feuchtigkeit des Morgens glitzerte im frühen Sonnenlicht. Sebastian stand vor der Tür, wo die Gartenwege zusammenliefen, holte tief Luft, hielt inne und atmete dann langsam aus. Die Verspannung in seinen Schultern gab ein wenig nach.

Er nahm einen der Wege, und als er über den Kies ging, durchströmten ihn die Erinnerungen an Beatrice, als habe sein Geist nur auf die Gelegenheit gewartet, über diese Frau nachzudenken. Hier hatte er sie zum ersten Mal umworben, in der Gewissheit, er könnte sie für sich gewinnen, ohne sein Herz an sie zu verlieren. Wie sehr hatte er sich geirrt! Während er versucht hatte, ihr Bollwerk einzureißen, hatte er seinen eigenen Schutz vernachlässigt, und sie, die ursprünglich erobert werden sollte, hatte stattdessen ihn erobert. Was sollte er jetzt machen?

Der Garten bot ihm keinen Frieden. Er kehrte in sein Gemach zurück und ließ sich von Ned ankleiden. Dann suchte er die Kapelle auf, um die Messe zu hören, und ging anschließend in die Halle, um die Frühmahlzeit einzunehmen. Beatrice erschien nicht, und er wusste nicht, ob er erleichtert oder enttäuscht sein sollte. Ihre Abwesenheit verschob die nächste Begegnung, zumindest für eine Weile.

Kurz nach der Frühmahlzeit erreichte ein Reiter seines Onkels die Burg und verkündete, dass Isham binnen einer Stunde in Wednesfield eintreffen würde. Warum hatte er sich auf den Weg gemacht? Sebastian dachte über die Frage nach, verwarf sie dann aber als unwichtig. Was machte es schon aus, wenn Henry hier wäre? Was ihn auch immer geschäftlich hierher führte, Sebastian würde bei Henrys Ankunft gewiss von all den Dingen abgelenkt, über die er nicht nachsinnen wollte. Sein Onkel würde es ihm ermöglichen, nicht mehr über Beatrice nachzudenken.

Beatrice öffnete die Augen und schaute auf den Baldachin über ihr, der in dem schwachen Licht, das durch einen Spalt im Bettvorhang fiel, gerade zu erahnen war. Ihr Schlaf war traumlos gewesen, und nun lag sie da und ließ sich von der wohligen Wärme unter der Bettdecke umhüllen. Sie lauschte auf Nans Atem, hörte aber nichts; im Raum war es still. Wo war Nan? Verwundert setzte sie sich auf und zog an dem Bettvorhang. Als er sich öffnete, sah sie, dass die Sonne ihre goldenen Strahlen durch die Fenster schickte. Beatrice war entsetzt. Sie hatte geglaubt, es sei noch früh am Tage. Gemessen am Stand der Sonne war es jedoch schon später Vormittag.

Sie schwang die Beine aus dem Bett und stand auf. Die Sonne hatte die Dielenbohlen erwärmt, und ihre Füße entspannten sich in der Wärme. Sie ging hinüber zu dem Tisch bei den Fenstern. Dort standen eine Schüssel und ein irdener Krug neben einem gefalteten Handtuch. Beatrice füllte die Schüssel mit Wasser und wusch sich das Gesicht mit dem kühlenden Wasser. Als sie es trocknete, knarrte die Tür. Voller Erwartung wandte sie sich um.

Doch es war nur Nan. Beatrice sank das Herz, denn sie hatte insgeheim gehofft, Sebastian zu erblicken. Um ihre Enttäuschung zu verbergen, kehrte sie sich von der Tür ab.

„Warum hast du mich so lange schlafen lassen? Es ist fast Mittag." Eine Übertreibung – es war noch Vormittag.

„Entschuldigung, Mylady, aber als ich versuchte, Euch zu wecken, sagtet Ihr, ich solle Euch in Ruhe lassen." Die Tür fiel leise ins Schloss.

Beatrice legte die Stirn in Falten und sah auf die Waschschüssel. „Daran kann ich mich nicht erinnern."

„Nein, Mylady. Ich glaube, dass Ihr gar nicht wach wart, aber ich wollte nicht ungehorsam sein."

Sie schluckte und sah ihre Zofe an. „Es tut nichts zur Sache. Ich bin nun wach. Hilf mir beim Ankleiden. Ich muss Lord Benbury finden."

Nan kam näher und zog Beatrice das Nachtgewand über den Kopf. „Er ist in seinem Gemach, Mylady."

„Mach schnell, Nan."

Warum diese Eile? Weil sie das Wagnis unternehmen wollte, bevor ihr Mut sie verließ. Ihre Ungeduld steckte die Zofe an, die sich beeilte, ihre Herrin so auszustatten, wie es sich für ihren Stand ziemte. Schneller als Beatrice dies für möglich gehalten hätte, war sie angekleidet.

„Dank dir, Nan!" sagte sie und betrachtete sich in dem kleinen silbernen Spiegel, den die Zofe ihr hinhielt.

Nan errötete. „Soll ich Euch begleiten?"

Und ihre Frage und Sebastians Antwort hören? Unter keinen Umständen! „Ich gehe lieber allein. Leiste mir Gesellschaft, wenn ich zurückkomme."

„Ja, Mylady."

Als Beatrice den Gang vor ihrer Kammer betrat, schlug ihr das Herz bis zum Hals, ihre Ohren schienen zu glühen, und der Magen krampfte sich schmerzhaft zusammen. Sie hatte sowohl die Messe als auch die Frühmahlzeit verpasst und konnte daraus nun keine Kraft schöpfen.

Das hat Zeit. Verschieb es auf heute Abend, murmelten Furcht und Zweifel tief in ihrem Innern.

Sie ging zwei Schritte und blieb stehen.

Wenn du es jetzt nicht unternimmst, wirst du es nie mehr tun. Die Stimme gehörte Cecilia, ihr Tonfall war freundlich. Eine Woge der Sehnsucht nach ihrer Schwester erfasste sie, gefolgt von aufflammendem Mut. *Wenn Ceci es tun kann, dann kann ich es auch.*

Mit dem neu gefassten Entschluss eilte sie durch die Burg zu Sebastians Gemach. Ihre Röcke schwangen wie eine

Glocke gegen ihre Knöchel, denn sie lief so schnell, als wolle sie die Feigheit weit hinter sich lassen. Sie verlangsamte die Schritte erst, als sie Sebastians Tür erreichte. Ihr Mut erlosch. Die Tür stand halb offen, und sie vernahm eine männliche Stimme, die ihr unbekannt war und die sie nicht deutlich verstehen konnte.

Einen Augenblick lang wollte sie nichts lieber als fliehen. Dieser Wunsch ängstigte sie, doch sie rang nach Fassung, machte drei Schritte bis zur Tür und blieb stehen.

Sie hörte Sebastian. „Belassen wir es dabei, Onkel." Er klang verärgert, als habe der andere Mann eine Frage gestellt, die er nicht beantworten wollte. Sein Tonfall zog sie noch näher an die Tür heran.

Die andere Stimme sagte: „Liebst du deine Frau?"

Tief in ihrem Innern wisperte eine kleine Stimme: *Sag Ja*, und ihr Herz stand vor Anspannung einen Augenblick still.

„Nein", sagte Sebastian. „Ich liebe sie nicht."

Ihr Herz begann wieder zu schlagen. Doch es schlug unregelmäßig, und als sie Luft holte und wieder daran dachte zu atmen, verspürte sie einen Schmerz, als hätte man ihr einen Stich versetzt. Sie hatte sich keine Hoffnungen gemacht und war sich sicher gewesen, die Wahrheit zu kennen – warum tat es dann so weh, die Worte zu hören?

Schnell drehte sie sich um und eilte blind durch den Gang, der zur Treppe führte.

Als sie die sichere Zuflucht ihrer Kammer erreichte, hatte sie den schlimmsten Schmerz bewältigt, aber es war ihr schwer ums Herz. Sie wagte nicht zu denken, als ob dadurch eine schmerzhafte Wunde wieder aufgerissen würde.

Nan schien sie zu erwarten und stand neben dem Bett. Sie wirkte angespannt. „Mylady, Sir George Conyers wünscht, Euch zu sehen."

Wie bitte?

Für einen Moment verstand sie die Bedeutung der Worte nicht, die sie soeben vernommen hatte, als ob die Zofe in einer fremden Sprache zu ihr gesprochen hätte. Doch dann begriff sie, und ein Entsetzen befiel sie, das ihren großen Kummer überlagerte.

Bei allen Heiligen! George war hier? Was für Unheil drohte ihr noch an diesem Tag? Sie hatte nicht die Kraft, ihm zu begegnen, doch sie musste diese Kraft aufbringen. Da seine Hartnäckigkeit schon in seinen Briefen offenkundig geworden war, würde er nur von ihr ablassen, wenn sie darauf bestand. Oder Sebastian. Der Gedanke ließ sie erschaudern; das Frösteln machte ihren Kopf frei und betäubte ihr Herz.

„Wo ist er, Nan?"

„Er wartet unten in der Halle, Mylady."

„Geh zu ihm und bitte ihn, im Garten auf mich zu warten."

„Ja, Mylady."

Während sie auf Nans Rückkehr wartete, schritt Beatrice unruhig und mit raschelnden Röcken in ihrem Gemach auf und ab. Die Gedanken kreisten in ihrem Kopf, und eine ängstliche Stimme rief: *Warum ist er hier? Geh fort.*

Allzu rasch kehrte die Zofe zurück. Obwohl die Neugierde in ihren Augen unübersehbar war, war sie klug genug, keine Fragen zu stellen. „Es ist so, wie Ihr es wünscht, Mylady.“

„Sehr gut.“

Das feine Gewand, das sie für Sebastians Augen angelegt hatte, verhöhnte sie nun, denn sie war zu hübsch gekleidet für einen Mann, den sie nicht mehr länger zu verführen suchte. Aber es blieb ihr keine Zeit mehr, sich umzuziehen. Sie musste George treffen und ihn fortschicken, bevor Sebastian von seiner Anwesenheit erfuhr. Rasch eilte sie hinunter in die Halle und betrat den Garten.

George wartete einige Längen von der Tür entfernt auf einem der abzweigenden Gartenwege. Er blickte in die Ferne und hatte die Hände in die Hüften gestützt. Ihre Erinnerung hatte sie nicht getrogen, denn er sah nach wie vor äußerst ansprechend aus mit den breiten Schultern unter dem staubbedeckten Wams und den kraftvollen Beinen in den Beinkleidern und Reitstiefeln. Plötzlich fiel ihr ein, dass nicht allein sein Werben dazu geführt hatte, sie mit ihm liebäugeln zu lassen. Einst hatte der Anblick dieser scharf geschnittenen Gesichtszüge genügt, um ein Flattern in ihrem Bauch auszulösen. Jetzt war sie davon unberührt und brachte seinem Aussehen die gleiche Bewunderung entgegen wie einer ansprechenden Mahlzeit oder einer hübschen Stoffbahn. Überrascht stellte sie fest, dass er nicht so groß war wie Sebastian.

Die Kiesel knirschten unter ihren Schritten, als sie den Weg betrat. George fuhr auf dem Absatz herum, und seine rasche Bewegung verriet, wie aufgeregt er war. Diese Gewissheit beruhigte sie ein wenig – mochte er sich auch beherrscht und gelassen geben, so wusste sie doch, dass dieses Treffen ihn genauso in Unruhe versetzte wie sie. Er fasste sich rasch und eilte ihr mit ausgestreckten Händen entgegen. Seine dunklen Augen leuchteten, und ein leicht spöttisches und selbstsicheres Lächeln, das sie einst fasziniert hatte, umspielte seinen Mund. Da sie seine Hände nicht ergriff, schwand sein Lächeln, und er ließ die Arme sinken.

„Nun, Beatrice?" sagte er leise.

„Nun, Mylord?"

Er hob die Brauen. „Was ist das? Du hast mich zuvor George genannt."

Sie hatte seine Kühnheit vergessen, seine Art, sie von ihren Gedanken abzubringen und ihre Worte so lange herumzudrehen, bis sie ganz verwirrt war. Wenn sie sich jetzt von ihrem Vorhaben ablenken ließ, wäre sie verloren.

„Warum bist du hier?"

„Freust du dich nicht, mich zu sehen?"

„Das beantwortet meine Frage nicht. Warum bist du hier?"

Er kam näher und hob die Hand, als wolle er ihre Wange berühren. Als sie sich einen Schritt entfernte, runzelte er die Stirn.

„Sag mir, was dich zurückhält, Beatrice."

„Die Ehre", erwiderte sie.

„Dein Verlöbnis?"

„Ja."

„Das ging alles sehr schnell", sagte er.

Der scharfe Unterton in seiner Stimme trieb ihr Zornesröte ins Gesicht. Herausfordernd reckte sie das Kinn empor und wappnete sich in ihrem Stolz. „Ich möchte das nicht mit dir besprechen. Sag mir, warum du mich zu sehen wünschst, oder ich werde auf der Stelle gehen."

„Ich bin gekommen, um zu ergründen, warum du keinen meiner Briefe beantwortet hast außer dem letzten, und warum du, nach allem, was zwischen und gewesen ist, mich bittest, dich in Ruhe zu lassen."

„Ich habe gelobt, Lord Benbury zu heiraten. Daher habe ich dich gebeten, mich in Frieden zu lassen", gab sie scharf zurück. Sie spürte, wie angespannt sie in diesem Augenblick war; zudem merkte sie, dass sie auf Sebastians Schritte lauschte und jeden Moment fürchtete, entdeckt zu werden. *Wenn er mich erneut mit George im Garten entdeckt …*

„Du hast mich geliebt."

„Ich war deine Geliebte."

„Du warst mehr als das."

„Nein, das war ich nicht."

„Ich liebe dich."

„Ich glaube dir nicht."

Er kam näher und ergriff ihre Hände so schnell, dass sie keine Gelegenheit mehr hatte, sie zurückzuziehen. Sein Griff war hart, doch sie weigerte sich, ihm in die Augen zu sehen, um ihn nicht noch weiter zu ermutigen.

„Ich laste es dir nicht an, dass du mir nicht glaubst, Beatrice." Er lockerte den Griff und umschloss ihre Handgelenke. „Schau mich an."

„Sag, was du zu sagen hast, und geh“, erwiderte sie. Sein Wams war ein wenig zerschlissen, und an der Schulter entdeckte sie einzelne lose Fäden.

„Beatrice, ich werde nicht eher gehen, bis du mich anschaust.“

Widerwillig sah sie ihm in die Augen, die bei seinen aufwallenden Gefühlen beinahe schwarz wirkten.

„Ich möchte dich heiraten.“

„Ich bin Lord Benbury versprochen. Das Verlöbnis kann nicht mehr gelöst werden.“

„Das glaube ich nicht.“ Seine Hände legten sich auf ihre Schultern. Der Griff war nicht so hart wie zuvor, aber sie bezweifelte nicht, dass er sie festhalten würde, wenn sie versuchen sollte, sich von ihm zu lösen. Fasziniert und gebannt von seinem Augenausdruck starrte sie ihn an, wie ein Kaninchen, das reglos vor einer Schlange sitzt. Und die ganze Zeit lauschte sie auf Sebastians Schritte. „Ich liebe dich, Beatrice, und ich glaube, du liebst mich.“

„Nein.“

Seine Hände ruhten auf ihren Schultern, und seine Daumen lagen warm auf ihren Schlüsselbeinen. Sein Blick war weicher geworden, und der Zug um seinen Mund erinnerte sie daran, wie verwundbar sie sich fühlte, wusste sie doch, dass sie Sebastian liebte, aber nicht auf seine Liebe hoffen durfte. Völlig unerwartet und gegen ihren Willen verspürte sie Mitgefühl.

„Liebt Benbury dich?“ Georges Stimme war sanfter als je zuvor, doch die Frage brach den Bann, denn er lockerte den

Griff. Beatrice löste sich von ihm und entfernte sich einige Schritte.

Er ging ihr nach. „Er liebt dich nicht, habe ich Recht?“

Die Wunde war zu frisch, um sie verheimlichen zu können, und Beatrice war nicht in der Lage, sich zu fassen oder ihre Gefühle hinter einer undurchsichtigen Maske zu verbergen. Sie hörte, wie er näher kam.

„Wenn er dich nicht liebt, warum willst du ihn dann heiraten?“

Ich habe es gelobt … Ehen werden nicht aus Liebe geschlossen … Ich habe bei ihm gelegen … Die Gedanken überschlugen sich in ihrem Kopf und brachten sie ganz durcheinander. „Ich muss.“

„Warum?“ Seine Stimme war weich, flehend.

Sie dachte an Sebastian und seinen Onkel.

Liebst du deine Frau?

Nein, ich liebe sie nicht.

„Ich möchte mein Versprechen nicht brechen.“

„Du kannst sagen, dass du mir die Ehe versprochen hast. Er liebt dich nicht, und dein Verlöbnis ist nicht bekannt gemacht worden. Niemand braucht es zu erfahren.“

„Aber ich würde es wissen.“

„Ich werde dich glücklich machen, ich schwöre es“, beteuerte er.

Sie trat einen Schritt zurück. „Das kannst du nicht.“ Mit einem Seufzer wandte sie sich ihm zu. „Ich liebe dich nicht, George. Und ich werde dich nicht heiraten.“

Eine auffällige Röte überzog sein Gesicht, als ob er sich

schämte. „Ist es, weil ich ein Ritter bin und er ein Baron? Verachtest du mich wegen meines Standes?“

Hilflos rang sie die Hände. „So etwas würde ich nicht denken. Ich bin Lord Benbury versprochen. Dass er mich nicht liebt, hat keine Bedeutung. Wir heiraten nicht, um unsere Leidenschaften erfüllt zu sehen, das weißt du so gut wie ich. Selbst als wir uns nah waren, hast du da nicht reiche Erbinnen und Witwen umworben, um eine gute Partie zu machen? Ich habe es dir damals nicht verübelt und tue es auch jetzt nicht.“

„Bitte, Beatrice, ich flehe dich an …“

„Nein, George.“

„Ich brauche dich, Beatrice“, flüsterte er. „Ich bitte dich, werde meine Frau.“

„Nein“, entgegnete sie mit ebenso leiser Stimme. „Ich möchte keinen Mann heiraten, der mich liebt, wenn ich ihn nicht auch liebe. Das wäre ungebührlich.“

„Du wirst mich lieben lernen.“

Sie senkte den Kopf, denn sie konnte ihn nicht ansehen, als sie sprach: „Nein, ich liebe Sebastian. Ich habe immer nur ihn geliebt.“

„Er wird dir das Herz brechen.“

„Ich weiß. Das bedeutet indes nicht, dass ich dir das deinige brechen sollte. Und das wird geschehen, George.“

„Das wird es nicht.“

Erneut sah sie ihn an und versuchte, all das, was sie dachte und fühlte, in ihren Blick zu legen, damit er ihre Worte begriff. „Ich weiß es. Wie sollte es anders sein? Du wirst es eines

Tages leid sein, eine Frau zu lieben, die einen anderen liebt, und du wirst in Zorn geraten, denn sie wird deine Liebe nicht erwidern, was auch immer du tust und sosehr du dich auch abmühst. Und dann wird sich diese Liebe in Hass verwandeln. Das würde ich niemandem wünschen."

„Was ist mit dir? Wird es dir bei Sebastian nicht genauso ergehen?"

„Das ist etwas anderes. Ich liebe Sebastian. Und auch wenn er mich nicht liebt, so liebt er auch keine andere."

„Zum letzten Mal, Beatrice, heirate mich."

„Zum letzten Mal, George, ich will es nicht." Sie las in seinem Blick, dass er verletzt war, sah, wie sein Mund ein harter, dünner Strich wurde. „Ich werde beten, dass du Zufriedenheit findest", sagte sie. Es war ein schwacher Trost, aber mehr konnte sie ihm nicht bieten.

„Zum Teufel mit der Zufriedenheit." Er machte einen Satz nach vorne, und ehe sie seine Absicht durchschauen konnte, drückte er seine Lippen hart und fordernd auf die ihren. Entsetzt und abgestoßen riss sie sich von ihm los und stieß ihn von sich. Sie starrte ihn an und wischte sich mit der Hand über die Lippen.

„Geh und komm nie wieder. Ich will dich nicht mehr sehen."

Sie wich vor ihm zurück, da sie mit einem weiteren dreisten Übergriff rechnete. Als er sich nicht von der Stelle rührte, drehte sie sich um und eilte auf dem schnellsten Weg zur Tür der Halle. Sie war aufgebracht und atmete schwer; erschrocken stellte sie fest, dass sie sogar außer sich vor Zorn war.

Im Eingangsbereich war es dunkel, und sie stieß gegen jemanden, der im Gang stand. Hände ergriffen ihre Arme, um sie festzuhalten. Augenblicklich wusste sie, wer dort vor ihr stand. Sie kannte die Hände, den Duft.

Sebastian! durchfuhr es sie.

Ihr Zorn war verflogen. Wie viel hatte er gesehen? Was dachte er? Ihr wurde ganz kalt, als habe sie Eis verschluckt.

„Ist das der Mann?" fragte Sebastian sehr leise.

Beatrice' Augen hatten sich noch nicht an die Dunkelheit des Gangs gewöhnt, und daher konnte sie seinen Gesichtsausdruck nicht deuten. „Sebastian ..."

„Antworte mir. Ist das Conyers?"

„Ich kann alles erklären ..."

„Das bezweifele ich nicht. Ich will es aber nicht von dir hören. Ich würde es lieber von Sir George hören."

„Was willst du tun?"

Inzwischen konnte sie mehr erkennen und sah, dass Sebastian die Lippen zusammenpresste. „Um wen hast du Angst?" fragte er und starrte sie an. „Um mich? Oder um Conyers?" Er ließ sie los. „Geh hinein. Ich werde dich finden, wenn ich mit Conyers fertig bin."

„Sebastian ..." Sie wusste nicht, was sie fürchtete, abgesehen von dem eisigen Ausdruck in seinen Augen.

„Geh, Beatrice. Ich werde dich nicht noch einmal bitten."

„Nein."

„Nun gut. Dann sieh mir zu. Aber misch dich nicht ein."

Das würde sie nicht tun, sofern er sich nicht selbst gefährdete. Es kümmerte sie nicht, was er George sagen würde, solange er ihm nichts antat. Aber was sie weitaus mehr beschäftigte, nachdem sie in sein Gesicht gesehen und seine Stimme gehört hatte, war das Ausmaß seines Zorns, der von seiner ganzen Körperhaltung abzulesen war. Rasch ging er an ihr vorbei und trat hinaus ins Sonnenlicht. Sie folgte ihm bis an die Tür und blieb dann stehen, als sie George bemerkte, denn sie wollte nicht gesehen werden.

Sebastian ging auf Conyers zu, und seine Hände ballten sich zu Fäusten. George verschränkte die Arme vor der Brust und kniff die Augen zusammen. Ein unangenehmes Lächeln umspielte seinen Mund. Er hatte Angst, und sie konnte es ihm nicht verübeln. Sebastians angespannte Haltung verriet, dass er zu allem fähig war.

Tu ihm nichts, dachte sie. Er ist es nicht wert. Schick ihn fort, und ich werde alles tun, was du von mir verlangst.

20. KAPITEL

Beatrice und Conyers, wie sie miteinander im Garten sprachen. Beatrice und Conyers, sich küssend ... Sebastian betrat den Garten, sein Kopf fühlte sich leer und leicht an, sämtliche Gedanken waren mit einem Mal verstummt, doch eine große Anspannung erfasste seine Glieder. Er war so zornig, dass er nichts mehr fühlte. Die kleinen Steine auf dem Weg knirschten unter seinen Schuhen; die Vögel in den Bäumen zwitscherten im Sonnenschein, ihr Gesang war herrlich.

„Nun, Sir George", sagte er und zwang sich zu äußerster Ruhe. „Wie kommt Ihr nach Wednesfield? Seid Ihr auf Einladung von Lady Beatrice hier?"

Conyers' Augen verengten sich. Er war klug und gefährlich und blieb mit verschränkten Armen stehen. Überlegte er, was er antworten sollte? Oder versuchte er, Sebastians Verfassung einzuschätzen? Einen Moment zu spät verbeugte er sich – die Ehrerbietung barg nichts als Hohn.

„Ich plaudere keine Vertraulichkeiten aus, Mylord."

„Was habt Ihr mit meiner Gemahlin zu schaffen?"

„Eure Gemahlin? Mir ist neu, dass Ihr sie geheiratet habt."

„Ich habe sie geheiratet."

„Das hat sie mir gar nicht gesagt. Sie sagte nur, sie sei mit Euch verlobt."

Warum hatte sie Conyers nicht gesagt, dass sie unwiederbringlich verbunden waren? Zweifel brachen in ihm hervor, nagten an seinem Zorn. Mit Mühe hielt er seine Wut zurück; er würde sie noch brauchen.

„Ein Versehen. Wir sind verheiratet“, bekräftigte er.

Lange starrte Conyers ihn an und schien seine Worte abzuwägen. Sebastian war aufgestachelt und hielt seinem Blick stand. Was auch immer in Conyers vorging, er hatte offenbar einen Entschluss gefasst, denn er straffte die Schultern und entspannte sich. Die kühle Berechnung in seinen Augen wich einer unerwarteten Offenheit. Sebastian vermochte nicht zu sagen, ob sein Gegenüber es ehrlich meinte.

„Beatrice hat nicht nach mir geschickt. Vielmehr hat sie mich in einem Brief gebeten, sie in Ruhe zu lassen.“ Er schien die Wahrheit zu sprechen, aber jeder gute Lügner würde sich verstellen.

Sebastian konnte sich nicht entspannen. „Wann hat sie Euch geschrieben?“

„Ich erhielt ihren Brief vor fünf Tagen.“

Obwohl sie es nicht für nötig befunden hatte, ihm ein paar Zeilen zukommen zu lassen, hatte sie an Conyers geschrieben. Erneut flammte Sebastians Zorn auf.

„Warum sollte ich Euch glauben?“ fragte er.

Conyers griff in sein Wams, holte ein zusammengefaltetes Stück Pergamentpapier hervor und reichte es Sebastian. „Lest ihren Brief selbst.“

Widerwillig nahm Sebastian das Schreiben entgegen und faltete es auseinander. Es war ihre Handschrift, ungeübt und unregelmäßig, aber die Wortwahl, die sie benutzte, war wohlklingender als in den Briefen an ihn. Die Vergangenheit sei vorbei, sie sei verlobt und werde an Michaelis heiraten. Wenn er, Conyers, sie liebte, würde er ihr nicht mehr schreiben. Sie würde für seine Seele beten. Ihre Unterschrift war unsicher, als ob es sie geschmerzt hatte, die Feder zu führen.

Obgleich der Brief Conyers' Worte bestätigte, dass sie ihn zurückgewiesen hatte, fand Sebastian in den Zeilen keinen Trost. Beatrice hatte ihm nicht mehr geschrieben, aber die Zeit gefunden, ihrem ehemaligen Liebhaber zu schreiben. Er steckte das Papier in sein Wams.

„Das ist mein Brief, Mylord."

„Nicht mehr."

„Mylord ..."

„Wenn Beatrice nicht nach Euch geschickt hat, warum seid Ihr dann hier?"

„Ich liebe sie. Und ich möchte sie heiraten." Sein Augenausdruck wurde schärfer, als er Sebastian beobachtete. „Wenn Ihr sie nicht liebt, so gebt sie frei und lasst sie mir."

„Wer sagt, dass ich sie nicht liebe?"

„Sie selbst."

Warum sollte sie so etwas behaupten? Er dachte an das Gespräch mit seinem Onkel, an die Frage, die ihn so erschreckt hatte, dass er sich in eine Lüge geflüchtet hatte. Vielleicht hatte Beatrice sie sprechen hören. Aber wie, wenn er nichts von ihrer Gegenwart bemerkt hatte?

„Liebt Ihr sie?" unterbrach Conyers' Stimme seine Gedanken.

„Das geht Euch nichts an", entgegnete er.

„Da ich Liebe für sie empfinde, geht es mich etwas an.

Gebt sie auf. Gewiss gibt es andere Frauen, die Ihr haben könnt."

Es gab nur eine Frau, und er würde sie nicht freigeben, schon gar nicht an diesen Schurken.

„Nein. Sie ist meine Gemahlin."

„Ich werde freundlicher zu Beatrice sein als Ihr."

„Das tut nichts zur Sache. Wir sind verheiratet."

Conyers runzelte die Stirn und seufzte. Seine Miene hatte sich verfinstert, wie klares Wasser, das plötzlich trübe wurde. „Gewiss wollt Ihr sie nicht, da sie schon bei mir gelegen hat."

Sebastian lächelte, halb erzürnt und halb belustigt durch Conyers' Lüge. „Da sie nicht bei Euch gelegen hat, fällt es nicht ins Gewicht."

„Sie war meine Geliebte."

„Ich will zugeben, dass sie etwas getan hat, was sie nie hätte tun dürfen, aber ich weiß, wie weit sie bei Euch gegangen ist. Ihr habt nicht bei ihr gelegen."

„Sie hat Euch getäuscht. Ich kenne die Form ihrer Brüste, die Farbe ihrer ..."

Sebastian unterbrach ihn. „Sie war noch Jungfrau, als ich das erste Mal bei ihr lag. Unser Verlöbnis bindet uns an die Ehe. Sie ist meine Gemahlin, und nichts, was Ihr sagt, keine Bitte, die Ihr vorbringt, wird das ändern. Jetzt schert Euch fort, bevor ich die Hunde auf Euch hetze."

Conyers errötete. „Aber ich liebe sie."

Erneut trat Sebastian einen Schritt auf ihn zu. „Das tue ich auch, und ich werde sie nicht gehen lassen. Schert Euch fort, Conyers. Meine Geduld ist zu Ende."

„Sie liebt mich." Es klang wie eine letzte, verzweifelte Lüge, aber selbst wenn er die Wahrheit sprach, kümmerte es Sebastian nicht. Beatrice gehörte ihm.

„Dann wird sie ihr Leben eben damit verbringen, sich nach Euch zu verzehren. Geht, Conyers. Ihr seid hier nicht willkommen."

Damit machte er auf dem Absatz kehrt und ging zurück zur Halle. Beatrice wartete im Gang, wie ein Schatten im schwachen Licht. Rasch ging er an ihr vorbei, ohne ein Wort zu sagen, denn sein Zorn war zu groß, um ihn bändigen zu können. Er fürchtete, sie womöglich zu schlagen, wenn er sie anspräche. Daher eilte er weiter, bis er auf einen Diener traf. Diesem Mann trug er auf, einige Männer zu holen, um einen unliebsamen Gast aus dem Garten zu entfernen. Dann machte er sich auf die Suche nach John. Er brauchte Schwertübungen, um seinem Zorn die Schärfe zu nehmen, bevor er Beatrice begegnen konnte.

Männer aus der Halle gingen an Beatrice vorbei und begaben sich in den Garten. Sie umringten George, und einer von ihnen sprach leise auf Conyers ein. Dessen Miene verfinsterte sich, und er bedachte die Bediensteten mit bösen Blicken. Als er antwortete, konnte sie den Zorn in seiner Stimme hören. Die Diener bedrängten ihn nun, in ihren Bewegungen und Gesten lag eine eindeutige Drohung. Würde George die Warnung ernst nehmen? Falls nicht, was hatte er dann vor? Und was müsste sie unternehmen, um die Situation zu entschärfen?

George sprach erneut. Der Diener, der offenbar die Führung übernommen hatte, schüttelte den Kopf und nickte in Richtung des Hauses. Augenblicklich ließ George die Schultern sinken. Die Wut war aus seinem Gesicht gewichen, und er sah erschöpft und niedergeschlagen aus. Schließlich gab er sich geschlagen und schien jeden Gedanken an Widerstand aufgegeben zu haben. *Gott sei Dank.* Beatrice wich zurück, bis sie Conyers nicht mehr sehen konnte, und betrat dann die Halle.

Doch wie sollte es nun weitergehen? Sie müsste Sebastian suchen, um zu ergründen, welchen Schaden dieser Vorfall bei ihrer ohnehin angeschlagenen Beziehung angerichtet hatte, aber sie wollte es nicht. Denn sie fürchtete nicht nur seine harten Worte, sondern auch das, was sie erwidern würde. Eine maßlose Wut regte sich in ihr; wenn Sebastian sie auch nur einen Moment ansähe, würde sich ihr Zorn gewiss in unschicklicher und gefährlicher Weise entladen.

In diesem Augenblick ging ein Mann die Treppe hinunter, die zur Kemenate führte, und betrat die Halle. Er war groß und breitschultrig und trug teure, aber staubige Kleider. Beatrice nahm ihn mit einer gewissen Neugierde in Augenschein, als er auf sie zukam und wenige Schritte vor ihr stehen blieb. In seinem verwitterten Gesicht leuchteten klare, blaue Augen, und allein die Augenfarbe verriet ihr, dass es sich um einen Verwandten von Sebastian handeln musste. Seine Größe und die vollendete Verbeugung bestärkten sie in ihrer Annahme. Ihr war, als hätte sie einen flüchtigen Blick von Sebastian in mittlerem Alter erhascht.

„Seid gegrüßt, Herrin“, sagte er und betrachtete sie genau, als wolle er einschätzen, wie sie auf diese Anrede reagierte.

„Seid gegrüßt, Sir. Ihr müsst Master Henry Isham sein.“

„Der bin ich. Und mit wem habe ich die Ehre?“

„Ich bin Lady Manners, Eure angeheiratete Nichte.“

Erneut verbeugte er sich, tiefer als zuvor. „Es ist mir eine Ehre, Euch kennen zu lernen.“ Seine Worte und Gesten waren höflich, aber seine blauen Augen waren wachsam und kalt, musterten sie und nahmen alles wahr. Obwohl sie sich äußerlich ähnlich sahen, hatten er und sein Neffe nicht viel gemeinsam. Sebastian konnte nichts verbergen, dieser Mann hingegen alles.

„Und es freut mich, Euch kennen zu lernen, obgleich ich erstaunt bin. Was führt Euch nach Wednesfield, Sir? Unsere Hochzeit findet erst in einem Monat statt.“

„Ich habe einen Auftrag ausgeführt, den Lord Benbury mir erteilt hat, ein Auftrag, der Euch betrifft. Ich habe Euren Schmuck zurückerhalten, Mylady.“

„Ich fürchte, ich verstehe nicht recht.“

„Habt Ihr meinen Neffen nicht gebeten, Euer Eigentum an edlen Schmuckstücken von dem Sohn Eures verstorbenen Gemahls zurückzuverlangen?“

Für einen Moment starrte sie ihn an, da sie seinen Ausführungen nicht folgen konnte. Dann erinnerte sie sich schlagartig an den Brief, den Thomas’ Sohn geschickt hatte, in dem er sich weigerte, ihr die Dinge zurückzugeben, die ihr gehörten. Es schien so lange her zu sein, insbesondere nach den

Aufregungen an diesem Morgen, und daher wunderte es sie nicht, dass sie das Schreiben längst vergessen hatte.

„Verzeiht. Ich habe ihn in der Tat darum gebeten. Es ist gütig von Euch, Sebastian zu helfen. Zweifelsohne wird er sehr zufrieden sein."

„Wollt Ihr den Schmuck nicht sehen?"

Verwirrt sah sie ihn an. Sie hatte immer verhindern wollen, dass Thomas' Sohn Anspruch auf Dinge erhob, die nicht sein Eigen waren. Da Master Isham nun unüberhörbar von ihr erwartete, einen Blick in das Kästchen zu werfen, durfte sie ihn nicht enttäuschen.

„Wo ist der Schmuck?" fragte sie.

„Ich habe ihn soeben in die Kemenate gebracht", antwortete Isham.

„Sebastian hat ihn nicht behalten?"

„Er hat den Schmuck noch nicht gesehen. Bevor ich ihm die Stücke zeigen konnte, ging er fort, um Euch zu suchen. Seid Ihr ihm nicht begegnet?"

Eine heiße Röte stieg ihr in die Wangen. „Doch."

Fragend hob Isham die Brauen. Wenn sie ihn jetzt nicht ablenkte, würde er versuchen, mehr zu erfahren, und sie wusste nicht, ob sie die Klugheit und Willenskraft besaß, ihn in Schach zu halten.

„Seid so nett und zeigt mir den Schmuck."

Für einen Moment kniff er die Augen zusammen, aber anstatt weiter in sie zu dringen, nickte er bereitwillig und bot ihr seinen Arm. Beatrice hakte sich bei ihm ein und hoffte, seine höfliche Zurückhaltung möge noch weiter andauern.

Es war niemand in der Kemenate, als habe ihre Mutter sich zurückgezogen, um Beatrice die Möglichkeit zu geben, Master Isham ungestört treffen zu können. Das eisenbeschlagene Kästchen, das sie in Norfolk zurückgelassen hatte, stand mitten auf dem großen Tisch. Die Farben waren noch so strahlend wie beim letzten Mal, als sie es in Händen gehalten hatte. Ihre Hand verspannte sich auf Ishams Arm. Ihr war beinahe so, als könne sie Thomas' Schritte auf den Treppenstufen hören, als dringe sein keuchender Atem an ihre Ohren, der immer dann schneller wurde, wenn seine Laune sich verschlechterte und ein gefährliches Ausmaß annahm. Beatrice verkrampfte die Schultern und wartete auf seine Schläge, die ihr nie wieder zusetzen würden.

„Was habt Ihr, Mylady?" fragte Isham freundlich.

Sie holte tief Luft und versuchte, ruhig auszuatmen. „Nichts. Es ist nichts."

Isham ergriff ihre Hand. „Ich glaube Euch nicht. Lasst mich Euch helfen. Sagt mir, was Euch bedrückt."

„Erinnerungen", flüsterte sie. „Nichts als Erinnerungen."

„Ah", kam es von Isham, als habe er verstanden. Aber wie sollte er? Wie könnte irgendjemand sie verstehen?

Sie löste sich von ihm und ging auf den Tisch zu. Lange starrte sie das Kästchen an, eine kleine Schatulle aus Holz und Eisen, Farbe und Blattgold. Langsam streckte sie die Hand aus, und als sie den Deckel öffnete, kamen die auffälligen Schmuckstücke und die mit Juwelen besetzten Kostbarkeiten zum Vorschein, die ihr wohlhabender Gemahl ihr gegeben hatte, um den Schmerz der Prellungen und Striemen zu lindern, die er ihr zugefügt hatte. Stoff raschelte, und dann war Isham an ihrer Seite.

„Das ist ein Vermögen“, sagte er in einem nüchternen Tonfall, der beruhigender auf sie wirkte als jegliches Mitleid.

„So ist es“, erwiderte sie mit rauer Stimme.

„Ich kannte Euren verstorbenen Gemahl seit vielen Jahren. Vergebt mir, wenn ich es offen ausspreche, aber er war kein kluger oder freundlicher Mann. Meiner Meinung nach sähe es ihm ähnlich, wenn er dieses Vermögen nur angeboten hat, um seine Grausamkeiten abzubezahlen.“

Die Kehle schnürte sich ihr zu. Wie hatte er das erahnen können? Sie wollte ihm sagen, dass er richtig vermutet hatte, aber sie vertraute ihm nicht. Er könnte sie in Sebastians Auftrag auf die Probe stellen, um herauszufinden, ob sie Fremden gegenüber schlecht über ihren verstorbenen Mann sprach.

„Es ist nicht gut, schlecht von den Toten zu reden. Und gewiss darf ein Mann mit seiner Frau umgehen, wie es ihm beliebt.“ Sie warf Isham einen flüchtigen Blick zu und versuchte, seine Miene zu deuten. Er sah nachdenklich aus und nickte, als ob er über ihre Worte nachsann.

„Da ist etwas Wahres dran, aber ein weiser Mann schlägt seine Frau nicht, es sei denn, es ist notwendig. Wenn ich zornig bin, da ein Unwetter eines meiner Schiffe in die Tiefe gerissen hat, ist es nicht notwendig, deswegen meine Frau zu strafen. Sie hat den Wind nicht geschickt, der das Schiff sinken ließ. Daher braucht sie keine Zurechtweisung. Ich habe keine Achtung vor einem Mann, der seine Wut an seiner Frau, seinem Pferd oder seinem Hund auslässt.“

„Ich möchte lieber geschlagen werden und den Zornesausbruch hinter mir haben, als ein Leben lang Groll spüren zu müssen." Die Worte blieben ihr beinahe im Halse stecken und kamen ihr rau über die Lippen.

„Glaubt Ihr, mein Neffe hegt Groll gegen Euch?"

Sie nickte und war unfähig zu sprechen. Allmählich gewöhnte sie sich an Ishams scharfe Beobachtungsgabe und daran, dass er offen aussprach, was er sah.

„Vielleicht tut er das. Glaubt Ihr, er hat Grund dazu?"

Wieder nickte sie.

Er streckte die Hand aus und zog das Kästchen zu sich. Dem Haufen aus Perlen, Gold und glitzernden Edelsteinen entnahm er zwei Schmuckstücke und hielt sie Beatrice hin, so dass sie die Stücke genau betrachten konnte. Sie erkannte sie sogleich, und eine Woge der Erleichterung erfasste sie. Thomas' Sohn hatte sie also nicht gefunden und nicht für sich beansprucht. Beatrice hätte auf alles andere aus dem Kästchen verzichtet, aber von diesen beiden Stücken würde sie sich niemals willentlich trennen.

In Henry Ishams Handfläche lagen ein aus Saphiren und Diamanten gefertigtes *B* und ein kleiner, goldener Reiher, der mit Diamanten und Gagat besetzt war. Thomas hatte sie einst für sie anfertigen lassen, ohne zu wissen, was sie bedeuteten, denn sie hatte ihre Gründe sorgsam vor ihm verheimlicht. Sie hatte ihm gesagt, dass sie ein *B* wie Beatrice haben wollte, doch in Wahrheit stand das *B* für Benbury, und der Reiher war ein Benbury-Reiher. Der Schmuck war ihr Talisman gewesen, eine Erinnerung, dass Sebastian sie einst geliebt hatte. Sie nahm den Reiher aus Ishams Hand und umschloss ihn.

„Was bedeuten diese Gegenstände, Mylady?"

Sie drückte den Reiher an sich, als ob sie fürchtete, Isham könnte sie ihr wieder wegnehmen. „Sebastian."

„Ihr liebt ihn, nicht wahr?" Seine Stimme klang sehr sanft.

Sie nickte und dann nahm sie ihren Mut zusammen und sagte im Flüsterton: „Aber er liebt mich nicht."

„Woher wisst Ihr das, Mylady?"

„Er hat mit Euch gesprochen. Ich habe gehört, was er zu Euch gesagt hat."

„Ah." Behutsam schloss Isham den Deckel des Kästchens. „Glaubt Ihr nicht, dass Eure Liebe ihn für Euch gewinnen wird?"

„Nein. Ich bin eine große Närrin gewesen, und nun ist es zu spät."

„Was habt Ihr getan, das so furchtbar ist?"

„Das kann ich Euch nicht sagen. Bitte glaubt mir, wenn ich Euch sage, dass Sebastian es mir nie verzeihen wird."

„Wenn Ihr erlaubt, ich denke, da irrt Ihr Euch."

Hoffnung flackerte auf, so heftig und unerwartet, dass es beinahe schmerzte. Sie schloss die Augen, um diese Hoffnung zu bewahren. „Lasst das, ich bitte Euch. Ich ertrage es nicht."

„Ich habe Euch nicht für eine so furchtsame Frau gehalten, Mylady."

Bei diesen Worten öffnete sie die Augen. „Furchtsam? Ihr haltet mich für furchtsam?"

„Ängstlich wie eine Nonne“, erwiderte er, ohne verletzend zu klingen. „Alles, was ich besitze, bekam ich durch Wagemut. Alles, was Sebastian besitzt, bekam er, da er keine Gefahren gescheut hat.“

Verständnislos sah sie ihn an, da seine Worte sie verwirrten. „Alles, was Sebastian besitzt, hat er von seinem Vater geerbt.“

„Was Sebastian von seinem Vater geerbt hat, waren Schulden. Er hat in den letzten fünf Jahren hart gearbeitet, um sie zu begleichen und um etwas aus seinen Besitztümern zu machen.“

Sebastian war verschuldet gewesen? Wenn sie auch vieles vor ihm verheimlicht hatte, so hatte sie geglaubt, er hätte nichts vor ihr verborgen, vor niemandem. Für einen Augenblick flammte der Zorn wie ein Blitz in ihr auf. Wie konnte Sebastian es wagen, ihr vorzuhalten, dass sie Dinge verheimliche, wenn er das Gleiche getan hatte? Doch sie begriff rasch, und ihr Zorn legte sich – er war aus dem gleichen Grund nicht ehrlich zu ihr gewesen wie sie. Er hatte es nicht gewagt, da er ihr nicht vertrauen konnte.

„Das wusste ich nicht …“, sagte sie verblüfft.

„Er wollte nicht, dass es irgendjemand erfährt.“

„Warum erzählt Ihr mir dann davon?“ fragte sie und hob das Kinn. Wenn Sebastian seine Geheimnisse wahren wollte, warum gab Isham sie dann preis?

„Ich weiß nicht genau, warum“, erwiderte er. „Vielleicht, um Euch zu ermutigen, das zu verfolgen, was ihr Euch wünscht – die Liebe meines Neffen. Vielleicht, um Euch zu zeigen, dass er ein Mann ist, der großen Wagemut besitzt. Er könnte es sehr wohl wagen, Euch zu lieben, Mylady. Wie wollt Ihr es je wissen, wenn Ihr es nicht versucht?"

„Ich habe meinen ersten Gemahl betrogen, und Sebastian weiß davon. Heute Morgen sah er mich im Garten von Wednesfield zusammen mit dem Mann, auf den ich mich einst eingelassen habe. Jetzt hält er mich für unzuverlässig und lüstern. Ich weiß es."

Isham pfiff leise durch die Zähne. Ihr wurde ganz flau im Magen. „Seid Ihr unzuverlässig und lüstern?"

Energisch schüttelte sie den Kopf. „Das bin ich nicht."

„Warum habt Ihr diesen Mann dann getroffen?"

„Um ihm zu sagen, dass er gehen soll."

„Ihr hättet ihm schreiben können."

„Es war ein Brief, der ihn überhaupt erst hierher gebracht hat. Wenn ich ihm einen weiteren schicke, fände ich den Mann zweifelsohne in meinem Schlafgemach vor", gab sie scharf zurück, doch dann hielt sie inne, damit ihr nicht noch Schlimmeres über die Lippen käme.

Ishams Augen leuchteten, als könnte er ihr Verhalten gutheißen. „Warum Ihr Euer Temperament zu verbergen sucht, ist mir ein Rätsel, Mylady. Setzt Euren Feuereifer für Eure Belange ein. Erobert das Herz meines Neffen."

„Warum möchtet Ihr, dass ich das tue, Master Isham? Was könnte ich Sebastian schon Gutes tun?"

„Seit dem Tod seines Vaters leidet er unter einer leichten Schwermut. Ich hatte geglaubt, es sei der Verlust seines Vaters und die geerbte Schuldenlast, die ihm Kummer bereiteten.

Jetzt bin ich mir gar nicht mehr so sicher. Sagt mir, Mylady, wann habt Ihr Lord Manners geheiratet?"

„Im Mai, vor fünf Jahren. Sechs Wochen nach dem Tod von Sebastians Vater."

„Ah. Und wann erfuhr Sebastian, dass Ihr Lord Manners heiraten würdet?"

„Zwei Wochen vor dem Tod seines Vaters", sagte sie. „Wollt Ihr damit andeuten, ich sei der Grund für seine Schwermut gewesen? Das möchte ich bezweifeln." Gleichwohl wollte sie so sehr daran glauben. Wenn dieses aberwitzige und schmerzliche Gespräch doch zu Ende wäre! Sie wollte nicht hoffen, nicht, wenn es zwecklos war.

„Ich bezweifele es keineswegs. Diese Schwermut ist vorüber, Mylady. Ich denke, es liegt daran, dass er Euch heiratet. Allein deswegen möchte ich Euch dazu anhalten, ihn für Euch zu gewinnen."

„Aber da ist doch noch mehr?" merkte Beatrice an.

„In der Tat. Ich möchte offen zu Euch sprechen, Mylady."

„Tut Ihr das nicht längst?" fragte sie und hob die Brauen. „Ich habe Angst vor Euren Worten, falls Ihr Euch bislang verstellt habt."

Ein überraschend jungenhaftes Lächeln erhellte Ishams Gesicht für einen Moment, bevor er antwortete. „Mit dem Inhalt dieser Schatulle kann ich Sebastian zu einem wohlhabenden Mann machen. Er wäre reich genug, um an den Hof zu gehen und mich mit Informationen zu versorgen, die ich benötige, um uns noch wohlhabender zu machen.

Ich möchte ihm nicht wünschen, dass ihm ein solches Vermögen entgeht."

„Er kann darüber verfügen, wie er es für richtig hält."

„Und wenn er das juwelenbesetzte Halsband und die Anstecknadel, die Ihr in Händen haltet, zu dem Vermögen zu legen wünscht, das er zusammen mit mir investiert?"

Schnell umschloss sie den Reiher. Niemals könnte sie ihn aufgeben; es hatte Tage gegeben, an denen das Schmuckstück alles gewesen war, woran sie sich hatte klammern können. Sie hatte es in der Hand gehalten, wenn Thomas sie verfluchte und schlug, und sich immer an die Zeit erinnert, als sie noch Sebastians Liebe gewesen war – eine glückliche, längst vergangene Zeit. Aber wenn Sebastian sie aufforderte, die Anstecknadel und das Halsband herauszugeben, und sie sich weigerte, was hätte sie dann von diesen Schmuckgegenständen? Sie würden sie nur daran erinnern, wie sehr sie ihn enttäuscht hatte.

„Ich werde das tun, was er von mir verlangt."

Isham nickte. Seine Gesichtszüge entspannten sich, und eine unerwartete und unwiderstehliche Wärme lag in seinen Augen. Sie ging einen Schritt auf ihn zu, als ob sie bei ihm Schutz finden könnte.

„Und ich werde tun, was in meiner Macht steht, um ihn für Euch zu gewinnen", sagte er.

„Glaubt Ihr, er lässt sich erobern?" In ihrer Frage lag Wehmut, und Beatrice zuckte zusammen, da sie Angst hatte, ihre Gefühle preiszugeben. Sie war unsicher, wie Isham diese Offenbarung aufnehmen würde.

„Ich investiere nie in etwas, wenn ich nicht von meinem Erfolg überzeugt wäre. Vertraut mir."

Sie schaute ihm in die Augen, die so sehr denen seines Neffen ähnelten. Dieser Anblick beruhigte Beatrice von ganzem Herzen. „Ich vertraue Euch."

21. KAPITEL

Als Sebastian John endlich fand, war aus seinem Zorn Enttäuschung, Wut und Schmerz geworden. Er konnte Beatrice nicht gegenübertreten, solange seine Gefühle in Aufruhr waren, doch er musste sie zur Rede stellen, um herauszufinden, was sie sich dabei gedacht hatte, Conyers im Garten zu treffen. Hatte sie etwa geglaubt, er würde es nicht herausfinden? Er schritt durch die Gänge und Gemächer, wohl wissend, dass die Diener und Pagen ihrem Herrn aus dem Weg gingen. Wäre er nicht so stark von den Gefühlswirren in seiner Brust vereinnahmt worden, hätte ihn die Art, wie sie ihm geflissentlich auswichen, amüsiert.

Schließlich fand er John an der Stelle, wo er sofort hätte suchen sollen – beim Teich unten am Fluss. Nur mit Hemd und Hose bekleidet, stand er im flachen Wasser des Teichs und angelte. Eine zweite Angel lag im Gras unter den Bäumen, als habe er mit Gesellschaft gerechnet. Lange starrte Sebastian auf die Angel. Er war nicht auf der Suche nach einem Zeitvertreib, der so ruhig und bedächtig war wie das Fischen; vielmehr wollte er eine harte körperliche Betätigung, um seinem Zorn die Schärfe zu nehmen. Wie die Dinge lagen, würde er gewiss sämtliche Fische verjagen, wenn er auch nur einen Fuß in das Wasser setzte. Rastlos und unfähig, etwas mit sich selbst anzufangen, ließ er sich unter dem Baum nieder. Gedankenversunken zog er kleine Steine aus dem Boden, die er einen nach dem anderen in das hohe Gras warf, das sanft in der Brise wogte.

Er ging all die Dinge durch, die seinen Groll erregten.

Beatrice hatte nicht ihm, sondern Conyers geschrieben. Beatrice hatte Conyers im Garten von Wednesfield getroffen, obwohl sie gewusst haben musste, wie wütend ihn das machen würde. Beatrice liebte ihn nicht. Liebte sie Conyers? Hätte er sie gehen lassen sollen? Er ließ die restlichen Steinchen fallen und vergrub das Gesicht in den Händen. Es änderte nichts, ob er sie hätte gehen lassen sollen oder nicht. Sie waren verlobt, durch Worte und Taten aneinander gebunden, und nichts konnte diese Bindung auflösen. Sie war seine Gemahlin, ob sie es wünschte oder nicht, genauso wie er ihr Gemahl war. Er glaubte Conyers, dass er Beatrice liebte; wieso sollte er ihm auch nicht glauben?

Wenn er und Beatrice nicht untrennbar verbunden wären, hätte er sie dann freigegeben? Nein, niemals. Sie war die Seine, und dies war trotz all ihrer Fehltritte immer so gewesen. Er hatte sie nie bereitwillig gehen lassen, hatte immer geglaubt, dass die Bande, die sie in ihrer Jugend geschmiedet hatten, stark genug wären, um sie schließlich wieder zueinander zu führen. Jahrelang hatte er Cecilia gegenüber vorgetäuscht, dass Beatrice ihm nichts bedeute, doch jedes Mal hatte er bloß gelogen, um seinen Stolz zu schützen. Und er würde es jetzt erneut tun, denn der Stolz war alles, was ihm geblieben war.

„Verflucht!" rief John. Wasser spritzte mehrere Male hoch, als hätte er die Angelrute auf die Wasseroberfläche geschlagen.

Sebastian hob den Kopf. John watete ans Ufer, und seine Lippen bewegten sich, als verfluche er sich im Stillen. Dann wandte er sich um und schleuderte seine Angel mutwillig in die Mitte des Teichs. Sie drehte sich in der Luft um die eigene Achse, bevor sie ins Wasser klatschte und langsam im Teich versank.

Offenbar hatte der Freund keine bessere Laune als er selbst. John wandte sich wieder dem Ufer zu, schaute auf, sah Sebastian und blickte finster drein.

„Warum bist du hier?“ fragte er schroff. „Ich brauche keine Gesellschaft.“

„Wenn du so übel gelaunt bist, wie es aussieht, bist du genau die Gesellschaft, die ich suche.“

„Scher dich fort, Sebastian.“

„Ich brauche Schwertübungen.“

John nahm den Pfad, der zu den Bäumen führte, und kam näher. „Such dir jemand anders.“

„Nein.“

„Der Teufel soll dich holen, Sebastian“, fluchte er. Inzwischen hatte er den Baum erreicht.

„Kämpfe zuerst gegen mich.“

„Steh auf, und ich werde es tun.“

Sebastian erhob sich. John machte einen Satz nach vorne und schlug den Freund mit den flachen Händen gegen die Schultern. Er taumelte zwei, drei Schritte zurück, warf sich dann aber auf John und stieß ihn zurück. Wieder gingen sie aufeinander los, rangen miteinander, rutschten auf dem Gras aus und stürzten zu Boden, um sogleich wieder aufzuspringen. Sie balgten sich wie zwei Narren. Zuletzt hatten sie so gegeneinander gekämpft, als sie noch Jungen gewesen waren. John fluchte in einer Sprache, die Sebastian nicht verstand; dann stieß er immer wieder „Hundesohn“ hervor, als kenne er kein anderes Schimpfwort.

Blitzschnell schlang John einen Arm um Sebastians Hals, als wolle er ihn zu Boden ringen. Sebastian aber duckte sich und rammte dem Freund seine Schulter in die Rippen, worauf sie beide zu Boden gingen. John wand sich halb aus Sebastians Griff und versuchte, seinen Gegner zu Boden zu zerren; Sebastian ließ ihn los und warf sich auf ihn. Wütend packte John ihn am Kragen und riss an seinem Wams, als könne er dadurch den Vorteil wettmachen, den sein größerer und schwererer Gegner in diesem Kampf hatte. Langsam gewann Sebastian die Oberhand; genüsslich drückte er John zu Boden, bis dieser mit dem Gesicht nach unten im Gras lag und sich nicht mehr rühren konnte.

„Bitte um Gnade“, raunte er John ins Ohr.

„Nein“, erwiderte der und versuchte zu lachen.

Sebastian drückte ihm das Knie in den Rücken und lehnte sich mit seinem ganzen Gewicht auf ihn. John ächzte.

„Bitte um Gnade, mein Junge.“

Nein, formte John mit den Lippen.

Unerbittlich drückten Sebastians Unterarme auf Johns Schultern.

„Bitte um Gnade.“

„Gnade.“

Endlich ließ Sebastian von seinem Gegner ab und begab sich rasch aus dessen Reichweite, um nicht seinerseits zu Boden gedrückt zu werden. Aber John machte keine Anstalten, ihn erneut zu packen. Nach Luft ringend, rollte er sich auf den Rücken und musste gleichzeitig lachen. Sebastian war genauso außer Atem, lag auf dem Bauch und vergrub das Gesicht in der Armbeuge. Es war keine Schwertübung gewesen, doch der Zweikampf hatte seinen Zorn mehr als entschärft. Die Erschöpfung gab ihm ein wenig Frieden.

„Beim Schwertkampf hättest du mich nicht besiegt“, meinte John.

Sebastian hob den Kopf. „Wenn du dich erinnerst, habe ich dich nach Schwertern gefragt. Du warst es, der sich nicht darauf einlassen wollte.“

John wischte sich mit dem Ärmel über die Stirn. „Fürwahr. Aber du hättest nicht gewonnen.“

„Ich weiß.“

Sebastian drehte sich auf den Rücken und starrte in den Himmel. Wolken, so dick wie Federkissen, glitten dort oben vorüber. Er dachte an die Schiffe auf der Themse, die flussabwärts in den Kanal segelten, an sämtliche Häfen der Welt, an die Schiffe, die ihm sein Vermögen eingebracht hatten. Er versuchte nicht daran zu denken, was er bis jetzt hätte erlangen können, wenn er nicht vor diesem Schuldenberg gestanden hätte; daran wollte er keinen Gedanken verschwenden, denn dadurch kam kein Gold in seine Truhen und keine Ruhe in der Nacht. Doch manchmal, besonders in Augenblicken wie diesen, wenn Körper und Geist erschöpft waren, machte sich Bedauern bemerkbar.

„Also“, sagte John, „warum das plötzliche Verlangen nach Schwertübungen?“

Sebastian beobachtete eine Wolke, die wie ein Kaninchen

aussah und gar nicht zu den anderen Wolken passte, die über den blauen Himmel zogen. Eigentlich wollte er John nichts preisgeben, aber er konnte seiner Frage auch nicht ausweichen. „Ich war wütend und wollte mich abreagieren."

„Was hat dich so wütend gemacht?"

Sebastian zögerte. Er glaubte, John würde es nicht gerne hören, wenn man schlecht über seine Schwester sprach, aber was sollte er sonst auf die Frage antworten?"

„Sebastian?" John stützte sich auf die Ellbogen.

„Beatrice." Er hielt sich den Arm vor die Augen, damit er nicht in das Gesicht seines Freundes sehen musste. „Sie hat mich wütend gemacht."

„Ist das alles? Ich dachte, es wäre etwas Ernstes."

Sebastian nahm den Arm weg und starrte John an. „Was soll das heißen, du dachtest, es sei etwas Ernstes?"

„Gott hat es so bestimmt, dass Frauen ihren Männern und Männer ihren Frauen Ärger bereiten", erwiderte John mit einem Grinsen. „Und dass du mit Beatrice streitest, ist nichts Neues."

„Ich habe nicht mit ihr gestritten."

„Das ist allerdings neu. Warum nicht?"

Sebastian setzte sich auf. „Ich war zu wütend, um mich zu streiten."

„Ah."

„Was soll das heißen?" fuhr Sebastian ihn an. „Haben sie einen Priester aus dir gemacht?"

„Streite nicht mit mir, wenn du meiner Schwester zürnst", entgegnete John.

„Das tue ich nicht."

„Nun gut. Warum also warst du wütend?"

„George Conyers ist hier." Er wartete, dass John etwas sagen würde, irgendetwas. Dann sah er ihn an, weil er keine Antwort erhielt. „George Conyers", wiederholte er.

„Sebastian, ich weiß nicht, wer George Conyers ist", erwiderte John ungehalten.

„Beatrice war seine ..." Er konnte das Wort Geliebte nicht sagen, denn sie hatte nie bei ihm gelegen. Aber welches andere Wort gab es, um zu beschreiben, was Beatrice für diesen Mann gewesen war? „Als Beatrice verheiratet war, da ...", er zögerte, „da wäre Conyers ihr Liebhaber geworden, wenn sie es zugelassen hätte."

„Ich verstehe."

„Tatsächlich?"

„Du bist eifersüchtig", meinte John grinsend.

„Eifersüchtig? Ich?"

„Ja, du, mein Freund. Warum solltest du Beatrice sonst zürnen, wenn nicht wegen dieses Mannes? Es sei denn, sie hat ihn kommen lassen, aber das kann ich nicht glauben."

„Nein, er kam, obwohl sie ihn gebeten hat, sie nicht aufzusuchen. Doch er war hier, und sie hat ihm Freiheiten gewährt ..."

„Hier und jetzt?" fragte John ungläubig.

„Nein", entgegnete Sebastian ungeduldig. „Bevor Manners starb. Unterbrich mich nicht dauernd. Er hat sie berührt und sie geküsst, und er wird es wieder tun, wenn ich es nicht verhindere. Aber ich bin so zornig, und ich fürchte, ich werde

Beatrice schlagen, wenn ich versuche, mit ihr zu sprechen. Manners hat sie aus geringerem Anlass gezüchtigt, und ich habe mir geschworen, sie anders zu behandeln."

„Und daher bist du zu mir gekommen, um deine Wut abzulassen."

„Habe ich mich nicht klar genug ausgedrückt?" Hatte John überhaupt zugehört?

„Ich möchte nur sicher sein, dass ich dich richtig verstehe. Was willst du von mir?"

Sebastian seufzte. Was wollte er eigentlich von John? „Sag mir, was ich tun soll."

„Hast du überhaupt schon mit Beatrice gesprochen, seit du erfahren hast, dass Conyers hier war? Und woher wusstest du von seiner Anwesenheit?"

„Ich sah ihn mit Beatrice im Garten."

„Wie bitte? Warum hast du das nicht erzählt?"

„Ich sagte doch, er war hier."

„Aber nicht, dass er bei Beatrice war. Was ist geschehen?"

„Sie sprachen miteinander, und dann hat Conyers sie geküsst."

„Hat sie sich bereitwillig küssen lassen?"

Sebastian versuchte, seinen Schmerz außer Acht zu lassen und sich genau an den Moment zu erinnern, als Conyers Beatrice an sich gezogen hatte. Vor seinem geistigen Auge sah er, wie Beatrice ihn wegstieß, sich über den Mund wischte und eilig zurück zum Haus lief. Ihr Gesicht war bleich, außer zwei roten Flecken auf ihren Wangen. Ihr Mund glich einer harten Linie. Conyers' Kuss hatte ihr keine Freude bereitet.

„Nein, hat sie nicht."

„Ich bin froh, das zu hören", meinte John erleichtert. „Für einen Moment dachte ich, du wolltest mir weismachen, meine Schwester sei eine zügellose Frau." Er setzte sich aufrecht hin und stützte die Arme auf den Knien ab. „Fassen wir noch einmal zusammen. Du hast Beatrice und ihren früheren Verehrer zusammen im Garten erblickt und gesehen, dass er sie geküsst hat. Das hat dich so wütend gemacht, dass du nicht in der Lage warst, Beatrice zu fragen, was diesen Burschen überhaupt nach Wednesfield geführt hat. Ist es so?"

„Ich höre mich wie ein Narr an."

„Nicht ganz. Ich wäre an deiner Stelle auch wütend gewesen, obgleich ich nicht weiß, ob ich derart in Rage geraten wäre. Dennoch, da ist noch etwas, was ich nicht begreife. Wenn du nicht mit Beatrice gesprochen hast, woher weißt du dann, dass sie diesen Conyers gebeten hat, sich fern zu halten?"

„Ich sah den Brief, den sie ihm geschrieben hat", erklärte Sebastian, und sein aufgestauter Zorn flammte wieder auf. „Sie schrieb ihm, mir jedoch zu diesem Zeitpunkt nicht. Und ihre Zeilen waren viel freundlicher als die, die ich zuvor bekommen hatte."

„Ah."

„Hör endlich mit diesem ‚Ah' auf!"

„Was stand in dem Brief an ihn?"

Sebastian zog das Schreiben aus dem Wams und warf es dem Freund zu. „Lies selbst."

John faltete den Brief auseinander, las ihn und kicherte.

„Was ist?" fragte Sebastian verblüfft.

„Das hat meine Mutter verfasst."

„Aber das ist Beatrice' Handschrift."

„Ich weiß. Ihre Schrift hat sich nicht verbessert. Aber die Wortwahl stammt von meiner Mutter. Ich habe keinen Zweifel, dass sie Beatrice jedes einzelne Wort diktiert hat."

„Bist du sicher?"

„Warum fragst du *mich* das?" John gab ihm den Brief zurück. „Warum fragst du Beatrice nicht zu all diesen Dingen? Mir scheint, du hast viel zu lange nach Gründen gesucht, um sie zu beschuldigen, ohne dir die Zeit zu nehmen und anzuhören, was sie zu sagen hat. Genau das solltest du tun, bevor du irgendwelche Entscheidungen triffst."

„Wovon sprichst du?"

„Wenn du keine Entscheidungen treffen wolltest, warum hast du mich dann gefragt, was du unternehmen sollst?" John stand auf und grinste. „Es gibt etwas, das sich nicht geändert hat. Beatrice bringt dich immer noch um deinen Verstand."

„Das tut sie nicht."

John lachte und schüttelte den Kopf, bevor er sich bückte, um die zweite Angelrute aufzuheben. „Ich will nicht mit dir streiten. Ich gehe zurück zur Burg zu meiner Gemahlin."

„Warte. Ich komme mit dir."

Sie waren auf halbem Weg nach Hause, als Sebastian sagte: „Danke, John."

„War mir ein Vergnügen."

Als Sebastian sein Gemach betrat, traf er seinen Onkel an, der die mitgebrachte Schatulle mit geöffnetem Deckel auf den Tisch gestellt hat. Das Sonnenlicht fiel auf Perlen, glitzerte auf Gold und Edelsteinen und machte ihn ganz schwindelig.

„Woher kommt all dies?“ fragte Sebastian atemlos und schloss die Tür hinter sich.

Sein Onkel saß am Tisch und lehnte sich auf die Unterarme, als habe er seit geraumer Zeit über den Reichtum vor seinen Augen nachgedacht. „Lord Manners' Geschenke an seine Gemahlin, jetzt dein Eigentum. Zumindest wird es dein Eigen sein, wenn du die Witwe heiratest.“

„Bist du sicher, dass die Schatulle Beatrice gehört?“

„Absolut sicher, wie bei allen Dingen“, erwiderte Isham und schaute auf. „Sie wirkte nicht verwirrt, als sie den Inhalt zu Gesicht bekam, daher denke ich, dass nichts fehlt. Hast du gewusst, dass es so viel sein würde?“

„Nein“, erwiderte Sebastian und durchquerte den Raum, um den Schatz genauer betrachten zu können. Dies allein machte ihn zu einem reichen Mann. Er dachte an den Earl, der ihn drängte, an den Hof zurückzukehren. Zusammen mit dem Geld in seinen Truhen könnte er sich die Ausgaben in London ohne weiteres leisten. „Sie sagte, ihr läge nicht viel an dem Schmuck, aber Manners' Sohn dürfe nicht das an sich nehmen, was ihr gehöre.“ Er vergrub die Hand in den Stücken. „Wenn ich all das hier sehe, kann ich nicht glauben, dass sie nichts dafür übrig hat.“

„Glaube mir. Sie hängt nicht an diesem Besitz.“ Isham hielt inne und beobachtete seinen Neffen.

„Was ist, Onkel?“

„Wenn du mir diese Werte anvertraust, kann ich sie investieren und das Vermögen mehren."

„Da die Schatulle nicht mir gehört, kann ich sie dir nicht geben", sagte Sebastian ohne nachzudenken.

Sein Onkel hob die Brauen. „Wem gehört sie, wenn nicht dir?"

Sebastian schloss den Deckel. „Sie gehört Beatrice."

„Nach dem Gesetz besitzt sie nichts."

„Ich weiß. Aber ich möchte den Schmuck nicht ohne ihre Zustimmung in deine Hände geben. Ob sie diese Stücke nun liebt oder nicht, sie wollte sie zurückhaben. Ich werde ihr den Schmuck nicht im selben Moment wegnehmen, in dem sie ihn zurückbekommen hat."

„Seltsame Anwandlungen, Sebastian. Ich dachte, du würdest die Dame nicht lieben."

Sebastian ließ sich auf die nächste Bank sinken, stützte die Ellbogen auf dem Tisch ab und verbarg das Gesicht hinter seinen Händen. Er rieb sich über das Gesicht, als wolle er auch die Erinnerung an jene Worte verscheuchen, die er zuvor gesagt hatte. „Ich habe gelogen, Onkel", flüsterte er hinter seinen Händen.

„Ich verstehe."

Sebastian ließ die Hände sinken. „Tatsächlich? Ich habe mir geschworen, nicht in diese Falle zu laufen, und nun bin ich genau da hineingeraten."

„Bist du denn allein in dieser Falle?"

„Natürlich. Beatrice liebt mich nicht."

„Woher weißt du das? Hast du sie gefragt?"

Fassungslos starrte er seinen Onkel an, als verberge sich ein Fremder hinter diesem vertrauten Gesicht. Er sollte Beatrice fragen, ob sie ihn liebte? Und sie damit wissen lassen, dass die Frage ihm etwas bedeutete?

„Ich entnehme deiner Miene, dass du sie nicht gefragt hast. Warum nicht? Fürchtest du, den Vorteil in deinen Verhandlungen zu verspielen? Lass uns darüber nachdenken. Wenn du sie fragst, ob sie dich liebt, offenbarst du dein Interesse an ihrer Antwort, das ist wahr. Welche Antwort kann sie dir indes geben, die dir zum Nachteil gereicht? Wenn sie Ja sagt und du ihren Worten Glauben schenkst, dann weißt du, dass du nicht allein bist. Wenn sie Ja sagt und du ihr nicht glaubst, dann weißt du, dass sie dich zu täuschen sucht." Als er innehielt, sah er Sebastian durchdringend an. „Wenn sie Nein sagt und du ihr glaubst, könntest du dich wappnen. Und wenn sie Nein sagt, du ihr aber nicht glaubst, dann weißt du, dass sie sich fürchtet, die Wahrheit zu sagen, und dir steht ein weiterer Kampf bevor. So einfach ist das."

Immer noch starrte Sebastian seinen Onkel an. So einfach war es nicht, konnte es nicht sein. Wenn es so war, warum pochte dann sein Herz so wild?

„Oder ist es vielmehr so, Sebastian – du fürchtest zu erfahren, dass die Dame dich nicht liebt?"

Sebastian erhob sich und wusste nicht, wohin er gehen sollte.

„Als dein Vater starb, hast du gefürchtet, alles zu verlieren, was du hattest, doch so kam es nicht. Erinnerst du dich, warum?"

„Ihr seid Risiken eingegangen."

„Nein, du. Ich gebe zu, ich habe dir ein wenig unter die Arme gegriffen, aber hättest du dich von deinen Ängsten leiten lassen, wäre ich nicht in der Lage gewesen, dir zu helfen. Geh jetzt ein Risiko ein, Sebastian. Finde heraus, wo du mit der Frau, die du liebst, stehst."

22. KAPITEL

Obwohl ihr das Herz bis zum Halse schlug und ihre Hände unaufhörlich zitterten, war Beatrice geradezu beseelt, dass Isham an sie glaubte, und daher brannte sie beim Verlassen der Kemenate darauf, Sebastian zu finden. Während sie ihn suchte, überlegte sie, wie sie das Gespräch eröffnen sollte, doch keine der Möglichkeiten, die sie in Erwägung zog, stellten sie zufrieden. Sie wusste nicht, was sie ihm sagen sollte, damit er sie ausreden ließ und ihren Worten Vertrauen schenkte.

Sie fand Sebastian nirgends, nicht einmal im alten Turm, dem letzten Ort, den sie aufsuchte. Als sie seinen Namen rief, hallte nur ihr Echo einsam wider. Demnach würde sie ihn wohl kaum vor der Abendmahlzeit antreffen. Mit Gottes Hilfe wäre sie womöglich in der Lage, nach dem Mahl ein Gespräch mit ihm zu arrangieren – mehr könnte sie nicht tun. In der Zwischenzeit musste sie in ihr Gemach gehen und die Halskette und Anstecknadel in ihr Schmuckkästchen legen, um sie sicher unterzubringen.

Und dann, als sie bereits die Suche aufgegeben hatte, fand sie Sebastian. Er war in ihrer Kammer und legte gerade die Schatulle auf das Ecktischchen, als sie eintrat.

„Du bist hier", entfuhr es ihr erstaunt.

„In der Tat", erwiderte er. Er legte eine Hand auf das Kästchen. „Ich kam, um dir das hier zu bringen. Es beinhaltet die Juwelen, die du vor einiger Zeit von Lord Manners zurückverlangt hast."

Was auch immer sie sich von einem Gespräch mit Sebastian erwartet hatte – hiermit hatte sie nicht gerechnet.

„Ich weiß, was sich in dem Kästchen befindet. Und ich will es nicht haben", sagte sie und hielt den Reiher und das Halsband so fest umklammert, dass ihre Hände schmerzten.

Er runzelte die Stirn. „Mein Onkel ist nach Norfolk geritten, um dies für dich zu holen. Es ist ein wenig spät, wenn du jetzt sagst, dass du den Schmuck nicht willst."

Sie seufzte und versuchte, ihre Fassung vollends zurückzugewinnen, da sie in ihrem Gemach nicht mit Sebastian gerechnet hatte. „Ich bin froh, dass er das getan hat. Doch wir sind aneinander gebunden. Und alles, was ich besaß, gehört nun dir, auch die Gegenstände in diesem Kästchen. Es tut nichts zur Sache, ob ich es haben möchte oder nicht."

„Ich weiß, was mein Eigen ist. Aber mein Onkel holte diesen Schmuck für dich, nicht für mich. Und ich hätte nicht gedacht, dass du so undankbar sein würdest."

„Ich glaube, dein Onkel hat mich nicht für undankbar gehalten", entgegnete sie

„Du hast mit ihm gesprochen?" Er schien davon nicht begeistert zu sein.

„Er wollte mir zeigen, was er mitgebracht hatte. Ich wusste nicht, dass ich nicht mit ihm sprechen darf."

„Natürlich darfst du mit ihm reden", sagte er ungeduldig. „Kommst du gerade von ihm? Ich habe dich gesucht."

„Und ich habe dich gesucht", antwortete Beatrice. Sie lehnte sich an die Tür, um sie zu schließen, den Schatz sicher in ihren Händen. „Ich wollte mit dir sprechen."

„Hast du meinem Onkel gesagt, dass dir das Kästchen nichts bedeutet? Und damit zum Ausdruck gebracht, dass seine Mühen umsonst waren?“

Offenbar war er nicht mehr zornig wegen George Conyers. Jetzt zürnte er ihr wegen Master Isham. „Ja, ich sagte ihm, was ich beim Anblick des Schmucks empfinde, und warum. Er war nicht verstimmt.“ Sie ging zu ihm, in der Hoffnung, durch die Nähe seine Miene besser deuten zu können. „Er sagte, wenn du ihm die Juwelen überließest, um sie für dich zu investieren, könnte er dich reich machen. Du könntest an den Hof zurückkehren und ihm helfen. Er möchte dein Vermögen mehren.“ Sie zögerte und fragte sich, wie weit sie in ihrer Aussage gehen durfte. „Und ich auch.“

„Ich habe nicht vor, an den Hof zurückzukehren.“

Versonnen schaute sie auf ihre Hände, die ihre Schätze fest umklammerten. Sebastian wagte es wohl nicht, an den Hof zu gehen, solange er ihr nicht vertrauen konnte. „Falls es dir hilft, werde ich bei meinen Eltern bleiben, während du fort bist. Wenn du es verlangst, werden sie mich im Auge behalten, damit du sicher sein kannst, dass ich dir keine Schande mache.“

„Ich habe das nicht nötig, denn ich weiß, dass du das nicht tun wirst, Bea“, sagte er schroff.

Sie hob den Kopf. „Aber nachdem Sir George …“

„Conyers zeigte mir den Brief, den du geschrieben hast.“ Er räusperte sich. „John sagte, du habest ihn auf Bitten deiner Mutter hin verfasst.“

Sie errötete ein wenig. „So war es.“

„Hast du ihn nicht schreiben wollen?" fragte er leise. Wie schon einmal, hörte sie den Schmerz in seiner Stimme.

Hitze stieg ihr ins Gesicht, als sie einen weiteren Schritt näher kam. „Ich wollte, dass er mich in Ruhe lässt. Er hatte zuvor geschrieben, und ich schickte seine Briefe ungeöffnet zurück. Ich dachte, er würde auf diese Weise begreifen, dass ich nichts mehr mit ihm zu tun haben will. Aber meine Mutter sagte, er würde nur das begreifen, was ich ihm sage." Glaube mir, Sebastian. *Glaube mir, da ich die Wahrheit spreche.*

„Ich war wütend, als ich dich mit ihm im Garten sah."

Je offener sie sprach, desto leichter wurde es. „Es war falsch, ihn zu treffen, aber ich wusste nicht, was ich sonst tun sollte. Alles, was ich dachte, war, dass du es nicht herausfinden durftest, da du niemals glauben würdest, dass ich nicht nach ihm geschickt hatte."

„Ich glaubte es nicht, bis ich den Brief sah", sagte er in demselben leisen Ton, den er einst angeschlagen hatte, um sie daran zu erinnern, dass sie bei George gelegen hatte. Er hielt inne und zog die Stirn in Falten, sein Blick war nach innen gewandt.

„Dann muss ich ihm dankbar sein, dass er den Brief bei sich trug. Hätte er ihn nicht bei sich gehabt, würdest du immer noch denken, ich hätte nach ihm geschickt."

Die Falten auf seiner Stirn vertieften sich. „Das ist nicht wahr", entgegnete er langsam. „Doch es ist mir erst jetzt bewusst geworden." Sein Blick gewann an Schärfe, als er sie ansah. Sie hatte das Gefühl, als könne er in ihre Seele sehen.

„Ich habe immer gewusst, dass er nicht auf deine Bitte hin gekommen ist."

Dann hast du mir vertraut. Sie wagte nicht, die Gedanken auszusprechen, damit er ihr nicht widersprechen würde. In ihrem Herzen aber verspürte sie den Drang zu sprechen. „Oh, Sebastian."

„Du sagtest, du wolltest mit mir reden. War es deswegen?" fragte er.

„Nein", antwortete sie. Sie war noch nicht bereit, ihm ihre Liebe zu gestehen. „Ich kam aus einem anderen Grund." Sie merkte, dass er sie eindringlich betrachtete. „Dein Onkel gab mir etwas aus der Schatulle. Ich würde es gerne behalten, aber wenn du es investieren möchtest …"

Eine Spannung fiel von ihm ab, als habe er mit etwas anderem gerechnet. „Um welche Stücke geht es, Bea?"

Sie kam näher und zeigte ihm das Halsband und den Reiher. „Um diese."

Sprachlos starrte er auf ihre Hände und schluckte. „Woher stammen sie?" fragte er leise.

„Ich bat Thomas, sie für mich anfertigen zu lassen."

Er streckte einen Finger aus und berührte den Reiher. „Für Benbury?"

„Ja."

„Warum, Bea?"

Und jetzt fiel es ihr leicht zu sprechen, leicht, die Bitte zu beantworten, die in seiner Frage mitschwang. „Weil sie mir das Gefühl gaben, du wärst in meinem ganzen Kummer bei mir gewesen. Es war töricht, ich weiß, aber … Aber ich habe es dennoch getan." Jedes ihrer Worte erleichterte ihr Herz, als habe sie nach und nach eine Last abgeworfen.

„Ich liebe dich", sagte er plötzlich und sah immer noch auf die funkelnden Juwelen in ihrer Hand. „Ich glaube, ich habe nie aufgehört, dich zu lieben."

Einen Moment lang dachte sie, sie hätte sich verhört, doch dann sah sie ihn an. Sein Herz offenbarte sich unverhüllt in den Tiefen seiner Augen. Sie wollte etwas sagen, doch ihr fehlten die Worte.

„Glaubst du, du kannst mich lieben?" fragte er vorsichtig.

Sie seufzte, und die Enge in ihrer Brust löste sich. „Das tue ich schon", wisperte sie. „Deshalb wollte ich diese Schmuckstücke behalten. Um etwas von dir bei mir zu tragen."

Er nahm die beiden wertvollen Talismane, legte sie auf den Tisch, ergriff ihre Hände und küsste sie dort, wo die Juwelen gelegen hatten. „Du hast mich ganz für dich", sagte er und schloss sie in seine Arme.

Ein wenig benommen und unsicher schmiegte sie sich an ihn. „Mcinst du es wirklich so?"

„Ich kann es dir beweisen."

Er beugte sich zu ihr hinab und küsste sie. Sein Mund erkundete ihre Lippen und Wangen, die Stirn und den Hals, seine Finger folgten dem Weg seines Mundes, als ob er neu lernen müsste, wie sie sich anfühlte. Er entfernte die Haube aus ihrem Haar und löste ihre Zöpfe, wobei er ihr zärtlich über die Ohren, den Kopf und den Hals strich. Es schien, als könnte er niemals aufhören, sie zu berühren.

Als das Haar ihr offen über die Schultern fiel, hielt er inne, um sie anzuschauen. Seine Augen leuchteten, bevor er sie erneut küsste und enger an sich zog. Zwischen den Küssen entfuhr ihr ein leises: „Ich kann nicht glauben, dass es wahr ist."

Er hielt inne und schaute sie mit einem forschenden Blick an. „Warum?"

„Du hast deinem Onkel erzählt, dass du mich nicht liebst."

Überraschenderweise errötete er. „Das war eine Lüge, Bea. Ich habe das nur gesagt, weil ich nicht wusste, was ich tun sollte. Hat er es dir erzählt?"

„Ich stand vor deiner Tür und habe dich gehört."

Er schloss die Augen und legte den Kopf in den Nacken. „Bei allen Heiligen", seufzte er. Wieder schaute er ihr in die Augen. „Kannst du mir vergeben?"

„Wenn du mich liebst, habe ich dir schon vergeben."

„Ich liebe dich über alles."

Hitze durchströmte ihre Adern, als seine Küsse feuriger wurden. Und jetzt war sie es, die nicht aufhören konnte, ihn zu berühren, seine Schultern und Arme, den Hals und sein Haar – alles erkundeten ihre Hände, während er sie ebenfalls liebkoste und streichelte. Sie schmiegte sich eng an ihn, wisperte seinen Namen und empfand ihre Kleidung als unwillkommene Barriere, die sie überwinden wollte. Ihr Verlangen machte sie blind, und die Sehnsucht, in Liebe bei ihm zu liegen, brannte in ihr – eine Liebe, die sie sich gegenseitig gestanden hatten. Als hätte er ihre Wünsche erahnt, trug er sie zum Bett und ließ seinen Lippen und Händen freien Lauf.

„Im Speisezimmer wartet das Mahl auf uns", raunte er

unvermutet, als sein Mund über ihren Hals strich und seine Hände auf ihrem Schenkel und Bauch kreisten.

„Nein“, hauchte sie. „Ich kann nicht, ich kann nicht.“

„Ich auch nicht.“

Er stand auf und verriegelte die Tür. Auf dem Rückweg entledigte er sich seines Hemdes. Auf keinen Fall wollte er jetzt gestört werden, nicht nur, weil sein Verlangen ihn drängte. Er wollte, dass dies niemals endete; er wollte sie bis zum Einbruch der Dunkelheit und darüber hinaus berühren und schmecken. Für ihn war es bedeutungslos, dass sie den Rest ihres Lebens auf diese Weise verbringen konnten. Er musste sie jetzt spüren, zum ersten Mal mit der Gewissheit bei ihr liegen, dass Beatrice ihn liebte, und dabei zum ersten Mal keine Angst verspüren, sie zu lieben.

Als er ihr half, das Mieder zu öffnen und abzulegen, bot sich ihm die Blöße ihres Leibes, in der er sich verlieren konnte, die er liebkosen und küssen wollte. Dann folgten ihre Röcke, die raschelnd zu Boden glitten. Gleichzeitig half Beatrice ihm, die Beinlinge zu öffnen, und sie lachte und küsste ihn, während sie die Bänder löste. Als er sich der Beinkleider entledigt hatte, fuhren ihre Hände hinab, um ihn zu liebkosen. Er keuchte bei dieser Freude und spürte, dass er allmählich die Kontrolle über sich verlor.

„Nicht so schnell“, stöhnte er. „Lass mich noch ein wenig aushalten.“

Sie lächelte ihn an, schamlos und mit leuchtenden Augen. Dieser Blick verfehlte seine Wirkung genauso wenig wie ihre Berührungen und vermochte seine Lust noch zu steigern. Er ergriff sie, und gemeinsam sanken sie auf das Bett. Ihr liebliches Lachen, das eher einem vergnügten Kichern glich, erfüllte den Raum, während ihre Hände ihn berührten und weiter zu entflammen wussten.

„Ich kann nicht mehr warten", keuchte er.

In diesem Augenblick war jemand an der Tür zu hören und rüttelte an dem Riegel. „Mylady, seid Ihr da? Die Tür ist verschlossen", erklang die Stimme einer Zofe.

Beatrice versteifte sich unter ihm. Er sah sie an, schaute in ihre Augen, wo Scham ihr Lachen zu verdrängen drohte. Sebastian hielt den Atem an und wollte, dass sie das Mädchen fortschickte, aber nur, wenn sie es reinen Gewissens konnte. Sie brauchte sich nicht für das zu schämen, was sie taten; sie hatte bereits zu viel davon gekostet.

Sie atmete tief durch und schloss die Augen. „Ich bin hier, Nan. Ich habe Kopfschmerzen und möchte nicht gestört werden."

„Sehr wohl, Mylady. Die Countess wünscht zu erfahren, ob Ihr Lord Benbury gesehen habt."

„Nein, Nan. Ich konnte ihn nirgends finden."

„Ja, Mylady. Soll ich in einer Stunde zurückkehren?"

„In drei Stunden, Nan. Ich möchte gerne lange schlafen."

„Wie Ihr wünscht, Mylady."

Beatrice öffnete die Augen. Durchtriebenheit und Hitze glommen in ihren Tiefen, während Beas Hände erneut in verführerischer Weise über Sebastians Leib strichen. Er bewegte sich auf ihr, um ihr Stöhnen zu hören, und er liebkoste all die Stellen, bei deren Berührung sie in Verzückung geriet. Ihr genussvolles Seufzen verstärkte seine Begierde, ihr Verlangen ging auf ihn über; unaufhörlich liebkoste er sie, achtete indes darauf, wie weit sie beide gehen konnten, bevor die Lust sie überwältigte.

Beatrice zitterte, keuchte, ihr Haar wirkte dunkler durch die Feuchtigkeit und klebte auf seiner und ihrer Haut. Schließlich, zu früh, drang er in sie – und hielt dann inne, bis er sich wieder ein wenig unter Kontrolle hatte. Schließlich begann er, sich langsam zu bewegen, wobei er jeden Augenblick auskostete. Mit geschlossenen Augen und lustvoll geöffnetem Mund bäumte Beatrice sich unter ihm auf. „Sebastian", wisperte sie, „bitte."

„Warte, warte", hauchte er an ihrem Hals. „Nicht zu schnell."

„Bald, Sebastian, bitte."

„Bald, ja, aber warte ein bisschen."

„Ich kann nicht", keuchte sie, und dann umklammerte sie ihn, als sie den Höhepunkt erreichte.

In diesem Moment verlor er die Kontrolle über sich. Er drang tiefer in sie, als müsste er ihr alles von sich geben, was er aufzubieten hatte. Stöhnend wand sie sich unter ihm; er verschloss ihren Mund mit seinen Lippen, um die Schreie der Lust zu ersticken. Der Druck seines Verlangens nahm unaufhörlich zu, bis er endlich unter heißen Schauern Erlösung fand. Er ließ sich von den Gefühlen forttreiben, sah sich in schwindelnden Höhen, verzehrt von Flammen der Freude und heftigem Verlangen. Als er wieder zu Sinnen kam, ließ er sich auf Beatrice sinken, erschöpft und befriedigt.

Eine Zeit lang lagen sie vereint beieinander. Dann stützte er sich auf den Ellbogen ab, um sein Gewicht von ihr zu nehmen und ihr Gesicht zu betrachten. Liebevoll lächelte er. Feine Haarsträhnen auf ihrer Haut hatten sich in federweiche Locken verwandelt; ihr Mund war geschwollen, rot und verführerisch. Er erlag der Versuchung und küsste sie, bevor er sich auf die Seite rollte und sie mit sich zog. Während er den blauen Himmel durch die Fenster sah, streichelte er ihr Haar. Sie fühlte sich warm und weich neben ihm an und wandte den Kopf, um seine Schultern zu küssen – kleine prickelnde Küsse.

„Meintest du dies, als du dir wünschtest, dass wir in Harmonie zusammenleben?“ fragte sie plötzlich und schmiegte ihr Kinn an seine Brust.

Dies? Er wäre nie in der Lage gewesen, sich dies vorzustellen. „So ehrgeizige Ziele habe ich nicht verfolgt“, erwiderte er.

„Glaubst du, wir können in Eintracht zusammenleben?“

„Wie es die Heiligen und Engel tun, in vollkommenem Einklang?“ fragte er.

Sie lächelte ihn an. „So ehrgeizig bin ich nicht. Nein, glaubst du, wir werden eine gute Ehe führen, von jetzt an?“

Die Frage war ihr sehr ernst, trotz des Lächelns. „Glaubst du es denn?“ wollte Sebastian wissen.

„Ja“, antwortete sie. „Ich glaube es aus zwei Gründen. Erstens haben wir auf Umwegen gelernt, dass wir ehrlich zueinander sein müssen. Bedenke nur, wie unser Leben verlaufen wäre, wenn wir schon vor fünf Jahren offen miteinander gesprochen hätten. Ich weiß, dass ich dir von nun an sagen werde, was ich denke, und ich vertraue darauf, dass du dasselbe tun wirst."

„Das werde ich." Er schloss sie in die Arme. Denn er wollte nicht daran denken, was möglich gewesen wäre – was er nun besaß, war so herrlich, dass er das Vergangene nicht beklagen konnte. „Und der zweite Grund?"

„Dieser Moment. Da ich diese herrlichen Augenblicke erlebt habe, werde ich mich nicht mit weniger zufrieden geben. Ich habe gelernt, dass es sich lohnt, manche Risiken einzugehen."

Sanft drückte er sie an sich. Ihre Augen leuchteten ihm voller Vertrauen entgegen; er glaubte, in die Tiefen ihrer Seele schauen zu können und alles zu sehen. Vielleicht konnte er es tatsächlich. Und falls nicht, hatte er nicht von jetzt an ein Leben lang Zeit, diese Tiefen zu ergründen?

„Fürwahr", sagte er, „wenn der Gewinn groß genug ist."

– ENDE –

Gaelen Foley

Die Rache der Kurtisane

Die schöne Kurtisane Belinda Hamilton ist die Trumpfkarte im Rachespiel des Duke of Hawkscliffe. Sie soll ihm dabei helfen, seinen Erzfeind zu vernichten. Doch stattdessen verliert er sein Herz an „La Belle“ Hamilton …

Band-Nr. 25181
5,95 € (D)
ISBN: 3-89941-239-7

Gaelen Foley

Die Lady mit der Maske

Stets ist sie bei ihren Kutschenüberfällen maskiert, und niemand hat ihr Gesicht jemals gesehen. Auch Kronprinz Rafael nicht, weshalb er nichts von Lady Danielas gefährlichem Geheimnis ahnt, die ihm auf einem Ball das Herz raubt …

Band-Nr. 25164
5,95 € (D)
ISBN: 3-89941-203-6

Susan Wiggs

Leuchtfeuer der Liebe

Columbia River, 1876: Bei dem verschlossenen Leuchtturmwächter Jesse Morgan findet die junge Mary Geborgenheit und Liebe. Doch Jesses Vergangenheit droht ihre zärtlichen Gefühle zu zerstören ...
Band-Nr. 25089
5,95 € (D)
ISBN: 3-89941-116-1

Sara Bennett

Die schöne Herrin von Somerford

England 1072: Die schöne Lady Rose hat Gunnar Olafson und seine Männer gerufen, damit er ihre Ländereien vor feindlichen Übergriffen schützt. Mutig schlägt der breitschultrige Wikinger alle Feinde in die Flucht und weckt zugleich in Rose ein Begehren, das süß und gefährlich ist ...
Band-Nr. 25173
5,95 € (D)
ISBN: 3-89941-231-1